T0248120

OPHELIA Y EL SUEÑO DE CRISTAL

OPHELIA Y EL SUEÑO DE CRISTAL

PAULA GALLEGO

TITANIA

Argentina • Chile • Colombia • España
Estados Unidos • México • Perú • Uruguay

Copyright © 2020 *by* Paula Gallego
All Rights Reserved
© 2023 *by* Ediciones Urano, S.A.U.
Plaza de los Reyes Magos, 8, piso 1.º C y D – 28007 Madrid
www.titania.org
atencion@titania.org

ISBN: 978-84-19131-00-3
E-ISBN: 978-84-19497-09-3
Depósito legal: B-22.679-2022

Fotocomposición: Ediciones Urano, S.A.U.
Impreso por Romanyà Valls, S.A. – Verdaguer, 1 – 08786 Capellades (Barcelona)

Impreso en España – *Printed in Spain*

A Cris y a Meg,
y a todas las amigas que son refugio y hogar.

I
HELENA Y NICO

Mi primer recuerdo está en las alturas.

Nunca antes había subido completamente sola. Mi padre estaba abajo, aferrando la cuerda, listo para sostenerme si caía. Me sentía segura y confiada y, si aquel ascenso hubiese dependido de mis ganas, habría llegado hasta el final; pero no lo hice.

La primera vez que subí sola una pared fue la primera vez que caí.

No ocurrió nada. Aquello era parte del proceso. Mis manos se resbalaron y me quedé colgada. Apenas caí unos centímetros antes de notar el tirón y quedar suspendida frente a la pared. Miré a mi padre, que me sonreía desde abajo. «Los pies en la pared y vuelta a empezar», me dijo. Obedecí. Bajé. Volví a subir.

No ocurrió nada relevante y, sin embargo, lo recuerdo porque aquella fue la primera vez que me di cuenta de verdad de que algún día moriría.

Hacía mucho de eso; habían pasado muchos años. Había caído, me había levantado, había subido sin cuerdas y me había roto huesos. Todo parte del camino.

Pero aquella noche era incapaz de continuar intentándolo.

Solté un suspiro pesado, me tragué una maldición y apoyé los pies en la pared antes de recuperar el agarre y volver a bajar.

Sofía me sonrió desde abajo. Por su expresión, parecía decidida a molestarme.

—Vaya. —Silbó—. Llevas una racha estupenda.

—Cállate —gruñí, de mal humor, y me dejé caer a su lado.

Sofía no escalaba conmigo. La había arrastrado al rocódromo alguna vez y por eso estaba inscrita allí, porque hacía un par de años había insistido tanto para que probara que había acabado cediendo, pero hacía mucho tiempo que se limitaba a usar el resto del complejo y me había abandonado en la zona de escalada. Cuando subía, lo hacía por las vías de color blanco y quizá alguna vez por las de color azul, que eran los dos niveles más fáciles. Rara vez lo había intentado con las verdes y jamás con las rojas, por no hablar de las moradas o las negras, que se me resistían incluso a mí.

Cuando terminaba de entrenar en el gimnasio, Sofía solía pasarse por allí y me esperaba para volver juntas a casa.

Alcé la mano ante mí. Observé mis dedos rectos, inmóviles, y volví a cerrarla en un puño.

—Eh, ¿todo bien?

—Me siento torpe. No estoy concentrada —respondí, y sacudí la cabeza para quitarle peso—. No importa. ¿Tu entrenamiento qué tal?

—Yo tampoco he rendido como debería —contestó y soltó un suspiro—. Pregúntame por qué, Helena. Pregúntame por qué estoy tan cansada.

Enarqué las cejas, pero sabía que no podría resistirme.

—¿Por qué estás tan cansada, Sofía?

—Esta tarde, antes de venir, he estado jugando al tenis.

—¿Al tenis? ¿Qué dices? Pero si ni siquiera tienes raqueta.

—Me la ha prestado Eva. —Sonrió y se le marcaron los hoyuelos.

Cuando sonreía así, Sofía rejuvenecía varios años y se convertía en una niña encantadora que no aparentaba estar en la veintena: los ojos le brillaban, la comisura de sus labios temblaba un poco.

—Vale. No me digas más.

—Hemos jugado a tenis. ¿Lo entiendes? Eva ha jugado a tenis. —Me eché a reír—. Llevaba falda. Llevaba una falda de tenis.

—Sí. Se suele jugar así.

Sofía apartó las manos de la colchoneta y se dejó caer hacia atrás. Su cuerpo cayó al suelo con un golpe que levantó una nubecilla de polvo blanco.

Parecía estar envuelta en azúcar. Una chica de veinte años, con una sudadera gastada y unas mallas rosas, envuelta en una nube dulce.

Se apoyó sobre los codos para incorporarse un poco.

—¿Le has dicho algo ya? —quise saber.

Deberíamos habernos levantado, pero estábamos a gusto allí, enfrente de una pared vacía por cuyos niveles experimentados había subido sin problemas en muchas ocasiones. Aquel día, no obstante, se me había resistido una vía de color verde.

—Le he dicho muchas cosas. De hecho, durante todo el tiempo que nos conocemos, probablemente, le haya dicho unas doscientas cosas.

—¿Doscientas?

—Así, a bote pronto.

—A bote pronto —repetí.

—Sí.

Nos quedamos en silencio.

—Sofía —insistí—. ¿Sabe Eva ya que te gusta su falda de jugar al tenis?

—No —contestó—. Claro que no. Ni siquiera sé si le interesan mis... atenciones —añadió.

—Ya.

—Podrías venirte mañana. Hemos quedado para tomar algo en el Ryley's. A lo mejor se lo puedes decir tú... —Estaba a punto de echarse a reír.

—Pero yo no le he visto esa falda.

Sofía me dio un puñetazo. No fue amistoso. Casi podría haberse considerado un puñetazo de verdad; pero nos echamos a reír, porque las dos estábamos cansadas y porque, en el fondo, las dos queríamos que Sofía se atreviese a decirle algo a Eva.

Nos callamos cuando alguien pasó frente a nosotras.

Llevaba una botella de agua entre los dedos manchados de magnesio y una chaqueta mal puesta que se resbalaba un poco sobre uno de sus hombros.

Hacía más o menos medio año que había empezado a aparecer por el rocódromo y era constante. Ya escalaba mucho antes de venir aquí. Lo sabía porque le había visto subir vías de nivel intermedio con una rapidez insultante, y también le había visto ascender por vías de un nivel avanzado.

Era alto y fuerte —más ancho y un poco más grande quizá de lo que se esperaría de un escalador—, esbelto, fibroso...

Se pasó una mano por el pelo oscuro y alzó la otra, con la botella de agua, para saludarme con una sonrisa.

Yo le devolví el saludo con la cabeza.

Nunca habíamos hablado, pero hacía semanas que habíamos empezado a darnos cuenta de que coincidíamos por allí a menudo, y la costumbre había hecho que comenzáramos a prestarnos atención.

—Podría presentártelo —sugirió Sofía, despreocupada—. Podrías venir mañana con Eva y conmigo. Seguro que aparece por allí.

—Tú no lo conoces más que yo —repliqué—. Apenas sabes nada de él.

—Sé que le gusta escalar, que no fuma, que lee mucho y que es amigo de Eva, así que no puede ser mala persona. Sé suficiente para acercarme, saludarlo y decirte cómo se llama.

—Sé cómo se llama —contesté, sin inmutarme—. Nico.

—Claro que lo sabes; porque te lo he dicho yo.

Sofía soltó un suspiro pesado, melodramático, antes de incorporarse y ponerse en pie. Luego me tendió la mano.

—Piénsate lo de venir mañana, ¿vale? Nos lo vamos a pasar bien. El Ryley's te gusta, y quizá conozcas a alguien interesante. Te vendría bien ver a más gente, cambiar un poco de ambiente.

—Mi ambiente eres literalmente tú, Sofía. No me veo con ningún otro amigo. ¿Quieres que deje de salir contigo?

—Si sigues así, tal vez sí. No te voy a insistir —dijo, con algo más de suavidad, y me agarró del brazo mientras echábamos a andar hacia los vestuarios—. Pero intenta aflojar un poco.

Apoyé una mano sobre la suya y la oprimí con suavidad.

Asentí y sonreí aunque no tuviera ni idea de cómo aflojar un poco.

Cuando el teléfono sonó una madrugada después, me levanté con el corazón en la boca. Me estiré para recoger el móvil de la estantería sobre mi cama y prácticamente descolgué por instinto, sin saber muy bien lo que hacía.

—¿Sí? —Ni siquiera había tenido tiempo de leer quién llamaba.

—Helena... —Una voz un poco rota me recibió al otro lado.

Me aclaré la garganta mientras mis ojos se acostumbraban a la luz de las farolas que entraba por la ventana.

—¿Sofía?

—He tenido... No te enfades, Helena.

Me puse nerviosa.

—¿Qué ha pasado?

—Helena, te vas a enfadar un montón. —Se echó a llorar.

—¿Has tenido qué, Sofía?

—He tenido... —gimoteó—. No ha sido... no ha sido culpa nuestra. No sé de dónde ha salido. No sé cómo... Hemos tenido un accidente.

Me desperté de golpe.

—¿Estás bien? —me obligué a decir con tranquilidad.

En realidad, solo quería gritar.

Sofía balbuceó algo. No podía ni hablar. Estaba muy borracha.

—Dime dónde estás, ¿vale? Y voy a buscarte. Dime dónde ha sido.

—A la salida del Ryley's. —Se sorbió los mocos y volvió a sollozar.

—Espérame —le pedí y colgué el teléfono.

Me levanté tan rápido y tan alterada que me tropecé; un tropiezo feo, poco elegante y difícil de salvar, que me hizo acabar en el suelo. Un dolor agrio subió por mi pecho cuando me di cuenta de lo que había pasado, pero no tenía tiempo para pensar. Solté una palabrota, me puse en pie y me vestí con la ropa del día anterior, tirada sobre una silla junto al escritorio.

Nunca antes me había preparado tan rápido. Ni siquiera me miré al espejo. Me eché una chaqueta por los hombros, me metí el móvil en el bolsillo y encontré las llaves del coche de Sofía en el recibidor.

Así que no había sido con su coche.

Daba igual. Daba absolutamente igual. Bajé las escaleras a la carrera y me equivoqué dos veces de calle hasta que recordé dónde habíamos dejado su coche la última vez que lo habíamos utilizado. Si esa chatarra se había quedado sin batería, me echaría a llorar allí mismo.

Por suerte, el motor decidió arrancar a la primera y me aferré con manos ligeramente temblorosas al volante. Respiré hondo antes de cerrar los ojos un minuto. Intenté serenarme, pero fue en vano. Acabé saliendo de la carretera con la sensación de que no había despertado aún, atrapada en un mal sueño, a punto de echarme a llorar.

No había mucho tráfico a las cuatro de la mañana un jueves por el centro de Madrid, y apenas tardé en llegar al Ryley's. Dejé el motor encendido y el coche en doble fila con las luces de emergencia, porque no podía permitirme dar vueltas para encontrar un buen sitio, y me bajé casi sin aliento.

No estaban frente al Ryley's, como me había dicho Sofía. Pasé de largo y dejé atrás las canciones que sonaban amortiguadas y al portero que me saludó con la cabeza y las manos cruzadas frente al regazo. Supongo que Sofía no era capaz de hilvanar dos pensamientos seguidos para explicarme que estaban un poco más allá, calle abajo, donde la vía ya no era peatonal.

Antes de volver a llamarla para preguntar, decidí probar suerte y, apenas un minuto después, empecé a escuchar voces. Voces que gritaban.

Apreté el paso preguntándome qué haríamos si Sofía había conducido borracha. Tenía que haber sido ella, porque Eva no conducía. ¿Qué habían hecho? ¿En qué coche iban si yo había venido en el de Sofía y Eva no tenía?

A medida que me acercaba, las voces sonaban más fuertes en medio de la calle desierta y logré distinguir la de Eva, que también gimoteaba algo.

¿Qué le pasaba a alguien que se la daba conduciendo en ese estado? Sentí que me mareaba.

Los vi al doblar la calle, al llegar a la carretera perpendicular a la calle de los bares. No estaban en el carril de ida, ni en el de vuelta; estaban en la isla del centro, en medio de un parque; un punto verde en mitad de la carretera, a los pies de los edificios grises que lo rodeaban.

Apreté el paso.

Distinguí a Eva sentada en el suelo. Daba la sensación de que se había caído y se había quedado ahí tirada, con las piernas en un ángulo extraño y los hombros temblorosos subiendo y bajando a cada sollozo. Sofía estaba sentada a su lado, en un banco. Y el chico del rocódromo, el amigo de Eva, les estaba gritando a las dos. Subía el tono y volvía a intentar bajarlo sin mucho éxito cuando se daba cuenta.

Nico.

Al verme llegar, Sofía sollozó mi nombre.

Miré a mi alrededor y crucé la calle hasta el centro del parque; un par de arbustos demasiado secos, una fuente a lo lejos, bancos y un paseo estrecho para caminar. No vi coches fuera de su sitio en los bordes.

Nico no dejaba de gritar. Eva parecía haberse rendido y no miraba a nada en particular mientras lloraba. Sofía sí. Sofía había dejado de mirarme para prestar atención a Nico, que ahora le gritaba a ella y solo a ella.

Qué narices.

—¡Eh! —protesté bien alto, para que me escuchase—. ¿Qué haces?

Nico se giró hacia mí. Por cómo me miró, parecía no haber reparado en mi presencia hasta ese instante. Tardó un par de segundos en entender quién era, en situarme en escena. Luego empezó a gritar de nuevo.

—Estas dos locas han perdido la cabeza —bufó—. Tu amiga...

—¿Mi amiga qué? —respondí, casi por inercia.

Se irguió un poco en cuanto escuchó mi tono.

Sofía estaba llorando, Eva estaba llorando; pero las dos parecían sanas y salvas. Nico no les estaría gritando si no estuviesen bien, ¿verdad?

—Que no sabe cuándo parar —contestó—. La muy idiota ha...

—¡No ha sido idea de Sofía! —intervino Eva.

Intentó ponerse de pie medio tambaleante, sin mucho éxito.

—¡Eva, tú cállate! —gritó él.

—¡Eh! —protestó Sofía.

Cuando nos giramos para mirarla volvió a echarse a llorar.

Por dios...

De pronto, me vi en aquel parque, con dos borrachas llorando a moco tendido y un chico muy enfadado, y pensé que era parte de un espectáculo lamentable, que se convertiría en el tema de conversación de todos los vecinos la mañana siguiente.

Nico seguía discutiendo, y gritando, y yo había dejado de entender qué decía, pero le interrumpí de todas maneras porque estaba gritando a dos chicas al borde del colapso.

Di un paso adelante y me puse entre Eva y él.

—¡Déjalas en paz! —le di un golpecito en el hombro.

Fue muy suave, pero funcionó; porque Nico me miró en silencio, muy quieto.

—¿Por qué no dejas de gritarles? ¿No ves que están asustadas? —pregunté—. Han tenido un accidente. Es normal que estén así.

Nico enarcó las cejas. Las tenía bonitas: largas, elegantes y oscuras, como su pelo. No tendría que haberme fijado así en sus cejas; fue un poco raro. Él se irguió aún más, puso los brazos en jarras y esbozó un gesto de hostilidad, pero yo me fijé en lo bonitas que eran sus cejas. Todo aquello me sobrepasaba.

—¿Y por qué han tenido ese accidente? —inquirió—. ¿Por qué han sido tan increíblemente imbéciles como para pensar que subirse a un carrito de la compra y arrojarse calle abajo sería una buena idea?

—¿Qué?

No entendía nada.

—Han robado el carrito.

—¿Cómo que...?

—Que lo han robado. No me dicen de dónde lo han sacado. No saben si alguien las ha visto o si han rayado algún coche al bajar.

Miré a Sofía.

Ella se giró en el banco y señaló algo más allá, entre los arbustos mal recortados.

No. No estaban mal recortados.

La cabeza me dio vueltas.

—Me da igual de quién haya sido la idea. Me da absolutamente igual cuál de las dos ha decidido robar un carrito y hacer el imbécil, borrachas, a estas horas de la noche...

Dejé de escuchar a Nico.

Di un par de pasos adelante, hacia los arbustos destrozados. En el suelo, tras ellos, había una estatua caída. No parecía importante. ¿Qué tipo de estatua importante habrían levantado en un sitio como aquel? Ni siquiera distinguí al tipo que representaba. Era un hombre con barba, con un libro bajo el brazo. Era pequeña. Por lo menos, era pequeña.

Junto a la estatua, entre los arbustos, había un carrito de la compra.

Solté un sollozo nervioso. Me entraron ganas de matar a Sofía.

Me giré.

Fui hasta el banco y la tomé de la mano.

—¿A dónde vais? —preguntó Nico, que detuvo su discurso nervioso cuando eché a andar con Sofía hacia el paso de cebra.

—A casa. A dormir —respondí.

—¿Qué pasa con el carrito? ¿Y con la estatua?

A su lado, Eva contuvo un hipido.

—¿Qué quieres hacer? —repliqué—. Si las han visto nos enteraremos mañana. No sirve de nada quedarse aquí dando gritos.

—Pero si alguien las reconoce...

—Ya se preocuparán de eso si llega el momento. —Me encogí de hombros con toda la calma que pude reunir—. Si te quieres quedar a explicarle a la policía lo que ha pasado, allá tú. Yo me llevo a Sofía.

Sofía se giró un momento cuando eché a andar de nuevo. Tuve la sensación de que se despedía de Eva. No me volví para comprobarlo.

Andaba tan rápido que apenas podía seguirme el ritmo. Tropezó un par de veces y pegó algún que otro tirón de mi brazo cuando giró en la dirección que no era, hasta que llegamos al coche y nos subimos.

Nos quedamos en silencio.

Un maldito carro de la compra.

Apreté el volante entre los dedos.

Arranqué el motor.

—Helena... —empezó a murmurar.

—No —la interrumpí, y cerré los ojos un momento para no ponerme a gritar como Nico. Se merecía que gritase como Nico—. No, Sofía. No.

Soltó un sollozo bajito, pero guardó silencio. Salimos a las calles nocturnas de Madrid acompañadas solo por el sonido del motor y la radio que se encendió sola.

A veces pasaba. La radio se encendía y no podíamos apagarla. Ni siquiera lo intenté; solo alcé la mano para cambiar de emisora cuando empezó a sonar una canción de Ava Max que ya habíamos bailado antes en el Ryley's.

Me molestó mucho. Aquella canción que tanto le gustaba a Sofía, que tanto me gustaba a mí, empezó a sonar y me enfadé porque no me pareció apropiado.

Intenté cambiar la emisora.

Se subió el volumen.

Sofía, movida por un impulso, tal vez intentando complacerme, intentó cambiar la emisora también, pero acabó dándole un golpe y murmurando algo acerca de la chatarra que era su coche.

Empezó a sonar el estribillo al tiempo que nos incorporábamos a una rotonda que en hora punta era un infierno.

Intenté cambiar la emisora de nuevo y, cuando no hubo suerte, traté de bajar por completo el volumen de la radio, aunque tampoco fui capaz.

Y me eché a llorar.

Sofía empezó a llorar también.

Aquello era un circo.

—Helena, lo siento mucho. Siento lo del carrito —sollozó.

—¡Me has dicho que habías tenido un accidente! —le grité.

—No sabía a quién llamar...

—¡Un accidente, Sofía! —estallé.

Ella dejó de llorar un segundo. Se dio cuenta entonces.

—Oh.

—¡Oh!

Nos quedamos calladas. Tuve que parar el coche en un stop y estuve a punto de calarlo al salir de nuevo.

—Lo siento, no había imaginado que... —Rompió a llorar otra vez.

Para cuando llegamos a nuestro barrio, las dos debíamos de tener un aspecto terrible. Yo no me miré en el espejo, pero Sofía se había deshecho en lágrimas, estaba despeinada y el maquillaje le emborronaba toda la cara.

Esperamos dos minutos antes de abrir las puertas, en silencio, hasta que yo salí del coche casi con violencia y subí las escaleras hasta el quinto piso con una rapidez que Sofía, en su estado, no fue capaz de seguir.

Dejé la puerta abierta para ella y pasé dentro con rapidez. Tiré el móvil en el sofá y devolví las llaves a su sitio. Después, caminé hasta el fondo del salón, abrí la ventana y me subí al alfeizar.

Escuché la voz de Sofía justo cuando me aferraba a la tubería que bajaba por la fachada para ascender.

—¡Helena! Espera un momento. ¡Helena, por favor! ¡Sé razonable!

La subida era una tontería; apenas algo menos de dos metros hasta el tejado. No era la primera vez, y no sería la última. Ya no recordaba cuándo había descubierto que era tan fácil subir, pero últimamente lo hacía a menudo.

Trepé por la tubería hasta el siguiente saliente, sobre nuestra propia ventana y, después, me agarré con fuerza al borde del tejado y subí por el faldón de tejas.

Sentí que el aire era menos sofocante allí arriba, un poco más limpio y ligero.

Apenas se escuchaba nada: el rumor lejano de algún coche, el sonido de alguna caldera, un perro ladrando calle abajo...

Y unos pasos vacilantes, a mi espalda.

Me giré y dos ojos felinos me devolvieron la mirada un segundo.

—Eh, ¿qué haces tú aquí arriba? —pregunté, con suavidad, pero salió corriendo de todas formas.

Le vi trotar a través del tejado, saltar al siguiente y perderse tras una chimenea.

Volví a mirar al frente. No había luces encendidas en el bloque que tenía delante; tampoco en el de al lado. Sí que había un par de ventanas iluminadas un poco más allá, pero la soledad era casi infinita.

Me gustaba aquella sensación. Había algo imponente en subirse allí arriba, alzar la cabeza y dejar que el viento te besara las mejillas sabiendo que nadie podía verte.

Recogí las piernas y miré abajo.

Nunca había tenido miedo de caer. Allí arriba, el control era mío; experimentaba una seguridad que para mí era muy difícil de sentir en tierra. Tal vez fuera el contraste. Tal vez era tan fácil caer que cualquier atisbo de confianza era todo un logro. No lo sabía. Me daba igual.

Me abracé las rodillas y, al hacerlo, descubrí una molestia en una de ellas. Recordé el golpe que me había dado al salir de casa, aquella misma noche, al caer de la cama.

Me tropezaba; llevaba días tropezándome, dejando caer las cosas, rompiendo vasos de cristal y quedándome bloqueada en vías de escalada que antes tenía dominadas.

Al menos, podía seguir subiendo al tejado.

Cerré los ojos con fuerza y esperé. A mi alrededor, como una masa sin color, sin forma, se retorcían las certezas imposibles de asumir, el horror incompresible, el futuro incierto... el miedo. Esperé hasta que todo volvió a mi interior y regresé a casa enseguida.

Cuando lo hice, Sofía todavía estaba levantada, y era toda una victoria considerando su estado.

Me vio entrar por la ventana desde el sofá, me miró largamente e inspiró con fuerza.

Me senté a su lado.

—Bueno, ¿me cuentas lo del carrito?

2
PRIMERA CARTA

Querido amigo, compañero... ¿querido amor?

Ni siquiera sé cómo debería empezar.

Hacía tiempo que quería escribirte, pero nunca había encontrado el valor. Nunca sabía bien qué decir, ni qué contar. Ha pasado más de un año desde la última vez que te vi y desde entonces me he encontrado hablando contigo muchas veces. En ocasiones lo hago en voz alta, otras veces en susurros. Algunas noches sueño contigo.

Quizá haya decidido escribirte por fin porque algo ha cambiado.

He conocido a alguien. En realidad, llevábamos un tiempo saludándonos al entrar en el rocódromo. Nuestras miradas se habían cruzado, empezábamos a observarnos, a estar pendientes el uno del otro... pero nunca habíamos intercambiado más que un saludo.

Parecía agradable; siempre sonriendo, incluso concentrado en las vías que tiene que subir. Me gustaba ver desde abajo cómo lo intentaba, y creo que él disfrutaba viéndome escalar a mí también; pero ninguno de los dos se había acercado al otro.

Yo me conformaba con eso.

Un haz brillante de posibilidades, una opción lejana, pero real.

Hoy he hablado con él de verdad por primera vez y ha sido un completo desastre.

3
NICO Y HELENA

Cuando Eva salió del baño ya llevaba puesto el pijama y sujetaba un pitillo sin encender entre los labios. Se había recogido el pelo y se había lavado la cara, pero seguía teniendo los ojos rojos e hinchados.

Me vio enseguida, de pie frente a la isla de la cocina, con un vaso de agua en la mano.

Se lo tendí en cuanto se acercó y le quité el pitillo de los labios.

—¿No lo habías dejado?

—Estoy en ello —respondió, con la voz un poco ronca, antes de volver a arrebatármelo—. Pero hoy he hecho una pausa en cuanto a lo de ser responsable.

—Ya. Ya me he dado cuenta.

Eva se volvió hacia mí. Apartó los ojos antes de dar un largo trago al agua y volver a dejar el vaso en la isla a nuestra espalda. Se apoyó junto a mí y echó la cabeza hacia atrás mientras se encendía el cigarrillo.

—Creo que la he cagado, Nico.

Le pasé la mano por el pelo.

—La chica del rocódromo tenía razón. No creo que nadie os haya visto. Si lo han hecho... ya nos enfrentaremos a eso cuando llegue el momento. ¿Habéis visto a alguien en las ventanas?

Eva sacudió la cabeza lentamente.

—Eso no me preocupa.

—No te preocupa haber tirado una estatua en un parque público... —repetí.

—Era muy pequeña. Es evidente que estaba mal. Un carrito no la habría echado abajo si hubiera estado bien.

Hizo un gesto con la mano, como para restarle importancia. Y a mí me entraron ganas de matarla, pero acabé riéndome.

—Estoy deseando saber qué te preocupa más que eso.

Eva se volvió hacia mí con una expresión compungida. Tuve la sensación de que estaba a punto de echarse a llorar otra vez.

—Creo que he condenado lo mío con Sofía.

—¿Por qué dices eso?

Eva soltó un suspiro demasiado pesado, casi exagerado, y caminó hasta uno de los sofás junto a la ventana.

No había luces encendidas en los edificios del barrio. El resplandor que entraba por las ventanas era el de las farolas del patio, ocultas entre la maleza y los árboles que crecían sin control; pero era suficiente como para que pudiéramos estar a oscuras.

Me senté junto a ella y la vi echar la ceniza de su pitillo en una taza sucia que debía de llevar ahí desde el café de la mañana.

—¿Por qué crees que la has cagado con Sofía? —insistí.

—Ni siquiera sé si le gustaba. Desde luego, está claro que, si era así, he perdido cualquier oportunidad.

—Así que lo del carrito ha sido idea tuya.

Eva se encogió de hombros.

—Qué más da de quién haya sido la idea. Iba bien lo mío con ella, ¿sabes? Creía que le gustaba estar conmigo.

—¿Se ha enfadado por lo de esta noche? —creí comprender.

Eva le dio otra calada al cigarro y negó con la cabeza.

—Claro que no. Sofía es... Sofía es... —Suspiró—. No se enfadaría por algo así; pero me ha visto llorar borracha, me ha visto desesperarme y entrar en pánico y estoy segura de que ya no me verá igual.

Parpadeé y me mordí los labios para intentar no reírme.

—Sofía no te va a ver diferente, porque ella estaba igual que tú esta noche. Las dos erais parte de ese circo que habéis improvisado.

Eva dejó escapar una risa ronca. Tosió un poco.

—Sí que ha sido un circo.

Se llevó los dedos a la sien y la masajeó lentamente. Después, dejó caer la cabeza contra mi hombro.

—¿Sabes cómo nos conocimos?

Lo recordaba, claro que lo hacía. Aquella noche, Eva había llegado a casa de madrugada haciendo tantísimo ruido que me había despertado. Entonces, al verme salir de mi cuarto, me había agarrado del brazo para llevarme a su habitación, donde me había tenido despierto hasta el amanecer hablándome de ella.

—En el Ryley's —respondí.

—En la noche del karaoke —añadió—. No sé cómo lo hizo, pero me obligó a subir allí arriba y canté. Canté delante de la gente, Nico. Ni siquiera lo hice del todo bien. Y fue divertidísimo.

—Lo sé.

—Tuvimos un flechazo y la he fastidiado antes de saber siquiera si tenía alguna oportunidad con ella.

Se restregó el dorso de la mano contra el rostro.

Pasé un brazo alrededor de sus hombros.

—Ojalá te vieras tal y como te veo yo, como te ve todo el mundo: maravillosa.

Eva dejó escapar un sollozo poco favorecedor y terminó de recostarse contra mí por completo.

—Tú por fin te has atrevido a hablarle a Helena, ¿eh? —me provocó.

—Cierra la boca.

Eva se echó a reír. Nos quedamos un rato así, en el sofá frente a las ventanas cerradas, hablando en susurros, hasta que Eva abandonó su pitillo a medio consumir, volvió a prometer que ese sería el último y nos obligamos a intentar dormir algo lo que quedaba de noche.

Un par de días después, Eva invitó a medio Madrid a su fiesta de cumpleaños. La hicimos arriba, en el piso de Daniel. Era igual de grande, pero tenía una habitación menos y un salón enorme. Además, a Daniel le gustaba hacer de anfitrión.

Vivíamos en un barrio apartado, en una casa vieja con la fachada de piedra comida por las enredaderas. Nuestro edificio solo contaba con tres pisos. Eva y yo vivíamos en el segundo; Daniel, en el tercero.

La distribución era antigua. Junto con ese edificio, otros tres formaban un patio interior que años atrás debió haber sido una preciosidad.

Algunas casas contaban con una pequeña escalera desde los mismos balcones para bajar a él; nosotros no, nosotros teníamos la puerta del patio al final del portal, pero nunca la usábamos, porque aquel jardín parecía intransitable desde arriba.

Ni siquiera salíamos a los balcones, porque uno de los árboles crecía sin control desde mucho antes de que alquiláramos los pisos. Las ramas quitaban parte de la luz durante el día y, cuando había tormenta, golpeaban los cristales como si nos pidiesen entrar.

Aquella noche era especialmente calurosa; una de las más sofocantes que recuerdo en el mes de septiembre. Daniel había abierto todas las ventanas de su piso y me pregunté cuánto tardaría algún vecino molesto en llamarnos la atención por el ruido.

El salón parecía mucho más modesto con tanta gente en él. En algunos de los sofás bajo el techo de cristal había compañeros que conocía de clase; fumando en la cocina, gente a la que no había visto nunca y, en el centro del salón, algunas personas con las que había coincidido en el Ryley's.

También habían venido *ellas*.

Eva se acercó a mí con una maceta en las manos.

—¿Qué es eso? —quise saber.

—Daniel se ha quedado sin vasos —respondió, y se encogió de hombros antes de darle un trago. Me hizo un gesto en la dirección a la que seguro me había pillado mirando—. ¿Las has saludado ya?

—Antes he estado hablando con Sofía.

—¿Y con Helena? —Eva me cazó al vuelo—. La verdad es que sería una pena que después de meses de miraditas...

—Semanas —la corregí.

—Sería una verdadera lástima que se llevara tan mala impresión de ti por una discusión de nada cuando ambos estabais tan nerviosos.

Helena se encontraba cerca del balcón, de las únicas ventanas que manteníamos cerradas, absorta en las ramas que arañaban los cristales y las hojas que se tragaban la luz de las farolas del patio.

Decidí acercarme antes de que Eva continuara insistiendo, porque en el fondo tenía razón, y eché a andar hacia ella.

Me detuve a su lado, pero estaba tan entretenida que no reparó en mi presencia; o no quiso hacerlo.

Carraspeé un poco.

—Hola.

Helena dio un pequeño respingo y se irguió. Era alta, puede que tanto como Eva, pero menos que yo. Llevaba el pelo castaño prácticamente suelto, en ondas que se rizaban aún más en las puntas, retirado con sutilidad de su rostro con un moño mal hecho a la altura de su nuca.

Tenía los ojos grandes, un poco rasgados, de un tono castaño muy suave, casi dorado. Y había una pequeña cicatriz vertical en su mentón, en el lado izquierdo, y otra en la sien, en el mismo lado del rostro, algo más grande y diagonal, a la altura de los ojos.

En algún intento de acercarme a ella, me había imaginado preguntándole si aquellas marcas eran el recuerdo de alguna caída. Yo mismo tenía unas cuantas por la escalada.

Había tanto con lo que podría haberme acercado... Había mucho entre los dos: una página en blanco, el comienzo de un capítulo infinito, en una historia que podía llevarnos por una aventura trepidante.

—Hola —respondió.

Ahora, sin embargo, lo único que había entre los dos era la discusión de la otra noche; esa imagen que debía haberse llevado de mí.

No supe qué decir, pero ella tomó la palabra.

—Vivís en un sitio muy bonito —murmuró, con suavidad.

Se notaba que también estaba tensa.

—En realidad, Eva y yo vivimos abajo. Esta es la casa de Daniel.

Helena miró a su alrededor.

—No conozco a Daniel.

—Ya. Bueno. Pues esta es su casa. —Me froté la nuca.

Helena asintió.

Volvimos a quedarnos en un silencio incómodo, pero me di cuenta de que tenía las manos vacías.

—¿Quieres... una cerveza?

—No me gusta la cerveza.

Se me escapó un resoplido.

—¿Qué pasa? —Arqueó una ceja. Parecía combativa, pero yo no tenía ganas de un segundo asalto con ella.

—Nada. No he dicho nada.

Helena esbozó una sonrisa forzada y me dio la impresión de que buscaba a alguien con la mirada.

—Creo que Sofía me llama —se excusó, y yo le agradecí profundamente esa mentira que los dos estábamos obligados a defender—. Que pases una buena noche.

—Sí, igualmente —contesté, mientras veía cómo se marchaba.

Había sido tan breve, y humillante, que Eva todavía seguía mirándonos. Sacudió la cabeza y arqueó las cejas, interrogante. Sin embargo, antes de que volviera a intentar enredarme, me escabullí entre los invitados.

Soplamos las velas de su tarta de cumpleaños a medianoche. Después, perdí de vista a Eva y también a Daniel, que reapareció un poco antes de que diéramos por acabada la fiesta y se acercó a mí en cuanto me vio.

—¿Esta noche no trabajas?

—Lo he dejado —respondí, para su sorpresa.

Daniel enarcó las cejas y se pasó la mano por la cabeza rapada; hacía un par de semanas que su pelo, ya de por sí corto, lucía al estilo militar.

—No me lo creo. ¿Nico, el ahorrador, ha dejado un trabajo? ¿Qué pasa con el negocio de tus sueños? ¿Quién va a conseguir dinero para comprar Ophelia?

Sonreí un poco. Daniel me conocía suficientemente bien como para saber que tenía una meta por la que no dejaría de trabajar: ese local en venta en el Barrio de las Letras. Era divertido que los dos fingiésemos que lo que ahorraba con mis trabajos a media jornada era suficiente para plantearme siquiera alquilarlo.

Algún día.

—He conseguido otro mejor pagado —respondí—. En el Ryley's.

Daniel dio una palmada que me desconcertó un poco y después me pasó el brazo por los hombros.

—¡Copas gratis! —sentenció.

Me eché a reír.

—No lo creo, porque no es mi intención que me despidan y tampoco lo es pagarte las copas.

Me ignoró deliberadamente.

—Ya, ya... Ya veremos.

Conocía a Daniel desde primero de carrera. No tenía con él la amistad larga que me unía a Eva, pero habíamos congeniado desde el principio. Después de un tiempo de empezar a trabajar juntos en clase, nos habíamos dado cuenta de que vivíamos en el mismo edificio. Y habíamos tenido suerte, porque nuestro casero seguía renovándonos el contrato año tras año.

—¿Sabes? Si me toca la lotería, compraré Ophelia para ti.

Arqueé una ceja.

—¿Es que juegas?

Daniel chasqueó la lengua y le quitó importancia con un gesto de la mano, como si jugar o no fuera irrelevante.

—Jugaré —aseguró—. Y cuando lo haga, ganaré. Por ti. Por Ophelia.

Le di una palmadita en el hombro.

—Me parece bien. Gracias.

Aguanté en pie prácticamente hasta el final de la fiesta, hasta que vi que incluso Eva se había rendido y se había dejado caer en uno de los sofás.

Desde allí, observamos cómo, uno a uno, los últimos invitados abandonaban el piso. De repente, Eva se puso en pie para despedir a Sofía y a Helena, con la que no había vuelto a hablar en todas las largas horas que había durado aquella noche.

—Fíjate quién había venido. No la había visto.

—¿Sofía?

Daniel sacudió la cabeza.

—Helena.

No me sorprendió que la conociera. Daniel conocía a todo el mundo; a todos los que eran interesantes, al menos. Era una persona de conversación fácil, sabía adaptarse a cualquier tema y tenía opinión sobre cualquier cosa. Caía bien, aunque nunca mantenía los mismos amigos durante mucho tiempo. Eva y yo éramos la excepción. Me gustaba pensar que había algo que nos hacía diferentes, o a lo mejor ser vecinos nos mantenía irremediablemente cerca. Fuera como fuese, Daniel tenía muchos conocidos con los que podía salir de fiesta, cruzar el país de improviso o desaparecer durante días en un retiro, y unos pocos amigos.

Claro que conocía a Helena. ¿Por qué no iba a hacerlo?

Cuando Eva regresó junto a los dos, antes de que se dejara caer de nuevo entre nosotros en uno de los sofás, Daniel alzó el rostro hacia ella.

—No sabía que fueses amiga de la escaladora.

—¿Helena? —preguntó ella—. Es la compañera de piso de Sofía. Son muy amigas.

—¿Y cómo sabes tú que escala? —intervine.

Daniel sonrió, pero frunció un poco el ceño cuando se dio cuenta de que lo preguntaba de verdad.

—¿No lo sabes? —Se giró hacia Eva—. ¿Tú tampoco?

Ella sacudió ligeramente la cabeza. Los ojos marrones de Daniel se iluminaron con una chispa de interés.

—Vaya, y yo que pensaba que por fin os preocupabais por salir con gente interesante. —Sacó el móvil del bolsillo de sus vaqueros y le vi abrir una aplicación. Luego pegó la pantalla del móvil contra el pecho, como si quisiera dilatar la expectación—. ¿De verdad que no sabéis lo que pasó en la uni de periodismo en verano?

Le di un golpecito con la punta del pie, impaciente.

Él se echó a reír y nos tendió el móvil. Eva me lo acercó para que yo también pudiera ver bien, aunque al principio no entendí qué estaba mirando: la pantalla mostraba una figura diminuta sentada en el borde del tejado de la facultad, con las piernas colgando fuera, y a un número considerable de alumnos mirándola desde abajo.

—Mierda. ¿Es Helena? —adivinó Eva.

Daniel asintió.

—Ni siquiera sabía que esa facultad tuviese azotea.

—No creo que la tenga —contestó Daniel—. Vuestra amiga subió por la fachada.

Parpadeé. Mi expresión debía de ser parecida a la de Eva, que había abierto un poco la boca, sin saber qué decir, y se giró en redondo hacia él.

—¿Por qué? —necesité saber.

—Dicen que perdió la cabeza tras hacer su último examen. Salió del aula, bajó al campus y se puso a subir.

—¿Subió en libre? —interrogué.

—Si eso significa sin cuerdas, sí. Subió sin cuerdas, ni arnés, ni nada de nada. —Daniel recuperó su móvil y buscó algo en internet—. Me sorprende que no vierais la noticia. Salió en varios medios.

Eva volvió a agarrar el móvil con avidez, volando sobre los titulares que hablaban del día que una estudiante de segundo de periodismo había tenido una especie de crisis.

—¿Por qué no sabía nada de esto? —murmuró, casi conmocionada.

—Porque nunca os enteráis de nada. Para eso me tenéis aquí.

—¿Se sabe qué pasó después, cuando subió? —pregunté.

—Que la bajaron y la expulsaron, creo. —Se encogió de hombros—. Me parece que no ha vuelto por allí desde entonces.

Yo también me quedé un rato mirando la pantalla del móvil, viendo los titulares y las fotos. Ninguna de aquellas imágenes tenía suficiente ampliación como para verle la cara a Helena, pero ahora que sabía que era ella no podía dejar de imaginarla allí arriba, con la mirada serena, sentada con despreocupación y balanceando las piernas.

¿Por qué lo habría hecho?

4

HELENA Y NICO

Aquel día mi padre trajo a Leo al rocódromo. Desde que me había mudado dos cursos atrás, al empezar la carrera, no veía a mis padres tanto como debería; tampoco a mi hermano.

Curiosamente, esa distancia había mejorado nuestra relación. Las veces que nos encontrábamos estábamos felices por volver a vernos, teníamos ganas de charlar y de contarnos cosas. Éramos la mejor versión de nosotros mismos.

Las despedidas, sin embargo, siempre tenían un regusto agridulce. Aquel sabor al final de la garganta, que arañaba y oprimía, solía ser cosa de mi madre. Fruncía un poco el ceño y la veía dudar durante una eternidad antes de preguntarme cómo me sentía, cómo estaba mi coordinación o mi concentración; si me había caído últimamente, si había sufrido contracturas, si dormía mal o si había vivido una larga lista de miedos terribles que la acechaban desde mis dieciséis años.

Aquel día ella no vino, y el alivio que eso me provocó se mezclaba con la culpabilidad. Quería a mi madre, la quería muchísimo; pero cuando no aguantaba más, cuando la preocupación ganaba la batalla y la obligaba a cernirse sobre mí en un abrazo protector y asfixiante, lo único en lo que podía pensar era en salir corriendo.

Estaba cansada de salir corriendo.

Jugué con Leo en las paredes para principiantes durante una hora larga. Estuve allí hasta que los brazos me dolieron de sujetarlo y tirar de sus cuerdas y mi padre tomó el relevo mientras yo me sentaba a observar.

Al cabo de un rato, Sofía se acercó a saludar. Todos le tenían mucho cariño en mi casa. Antes era su nombre por el que preguntaban cuando les pedía permiso para ir a alguna fiesta o hacer un viaje. Si Sofía iba, me dejaban ir con ella. Si no, tenían que pensárselo. A veces, tenía la sensación de que, después de los dieciséis, habían depositado una carga invisible sobre sus hombros. Me daba la impresión de que habían delegado en ella la responsabilidad de cuidarme cuando ellos no estaban. Me sentía un poco mal por Sofía, pero debía reconocer que yo también lo entendía.

Era la clase de persona en la que quieres confiar desde el primer segundo. Sofía siempre estaba ahí para tenderte una mano cuando lo necesitaras. A pesar de verse envuelta en incidentes como el del carrito más a menudo de lo que sería prudente, sabías que, cuando se trataba de un amigo, haría cualquier cosa por él; así de entregada era.

Leo se quedó abajo con ella mientras mi padre y yo subíamos por un par de vías intermedias; primero de presas verdes, luego rojas. Lo hicimos en la zona de top-rope, con las cuerdas ya listas en las vías.

Di los primeros pasos temerosa de no poder avanzar, de llegar a un punto muerto y quedar colgada de la pared, como me había pasado tanto últimamente; pero me sorprendió comprobar que pude subir y bajar sin que notara nada.

Fui más lenta, lo hice en una marca muy por debajo de la mía. Sin embargo, mi padre no pareció darse cuenta; no creo que estuviese prestando atención. Yo sí que lo hice, pero no dije nada.

De nuevo, me alegré de que mi madre no hubiera aparecido. A ella no le gustaba la escalada. Nos había acompañado a muchas excursiones a la roca, pero nunca subía. Aun así, si hubiese venido, ella sí que lo habría notado; me habría visto lenta y me habría preguntado.

Y yo tendría que haber mentido: «Estoy bien. No siento nada nuevo. Todo sigue igual».

Íbamos a darnos por vencidos y a abandonar el rocódromo cuando Leo insistió en que quería escalar una pared tan grande como la nuestra.

Las negociaciones fueron intensas hasta que accedió a probar suerte con una vía de presas azules (algo más difíciles que las blancas, pero no tanto como las verdes), que consideró apropiada para él.

Mientras tanto, yo me senté con Sofía a esperar, exhausta.

—Míralo, es pequeñísimo en esa pared —murmuró.

—Es diminuto.

—A veces se me olvida que tienes un hermano tan pequeño. Quiero decir... recuerdo la existencia de Leo, pero como concepto. Después veo ese arnés diminuto y esas manitas y me doy cuenta de que es...

—Pequeño.

—Muy pequeño. Tiene tres años, ¿verdad?

Asentí.

—Ya sabes por qué tengo un hermano tan pequeño. Nació justo después de que cumpliera los dieciséis.

En cuanto me escuchó, Sofía me dio un codazo para intentar frenarme, porque sabía lo que venía después.

—Lo tuvieron cuando se dieron cuenta de que su hija era defectuosa.

—Por dios, Helena... —masculló, pero le resultaba divertido.

La primera vez que me había oído decir algo parecido, había abierto tanto los ojos que parecía que fueran a salirse de sus órbitas. Había levantado las cejas, incapaz de farfullar nada con sentido que no fuera que me callara. Luego se había echado a reír, porque Sofía era así.

Aunque yo hacía la misma broma cada vez que tenía la oportunidad de escandalizarla, no lo creía de verdad. Mi madre ya estaba embarazada cuando le diagnosticaron Huntington a mi tía, y cuando después nos hicieron un estudio genético a toda la familia por parte de padre.

Yo fui la única con el gen.

Una suerte, porque nadie más lo tenía; y una mierda, porque yo sí.

Iba a decir algo más, pero mi padre acababa de bajar a Leo de la vía y se acercaban a nosotras, así que me contuve.

Volvimos a reunirnos a la salida del rocódromo. Mi padre y él ya nos esperaban allí cuando Sofía y yo aparecimos. Nos dimos un abrazo.

—¿Vendrás a comer el domingo? Tú también estás invitada, Sofía.

Asentí. Sofía también lo hizo.

—Será un placer.

Hice un amago de separarme, despedirme del todo y alejarme, pero noté que mi padre vacilaba. Mi hermano se alejó un poco porque algo en una de las macetas que adornaban el exterior le había llamado la atención.

—A lo mejor el domingo también podemos hablar de lo que harás este año.

—Ya sé lo que voy a hacer. Trabajo en el Palacete del Té desde hace dos meses.

Mi padre puso el mismo gesto que hacía cuando algo no le encajaba; era el mismo que ponía cuando no entendía los deberes con los que le pedía ayuda, con las películas cuyo argumento no le convencía o con las vías cuya ascensión no veía clara.

Cuando quise darme cuenta, Sofía se había apartado con una discreción admirable.

—A lo mejor podemos hablar de lo que harás después del Palacete del Té. No te ofendas, hija, pero no te veo capaz de dedicarte a vender té toda tu vida.

—Sí que me ofendes —repliqué.

Mi padre suspiró.

—Tu madre y yo queremos saber qué harás a partir de ahora. Tal vez podríamos buscar otra facultad, barajar qué opciones tienes en otras provincias, o...

—No —lo interrumpí—. No quiero nada de eso. Ya lo hablamos. Ya lo discutimos. Tengo derecho a decidir qué voy a hacer con mi vida.

Mi padre se frotó la barba de dos días.

—Tienes derecho —admitió, y en su gesto vi más dolor del que debería, más remordimientos, más miedo.

De alguna manera, yo tenía menos margen de error que otras personas de mi edad; muchas menos oportunidades para equivocarme.

Quizá menos de las que esperábamos todos.

—A pesar de eso, aunque puedas seguir trabajando allí si es lo que quieres, podrías plantearte volver a casa. Ya no necesitas vivir cerca del campus.

Sabía que aquello le costaba. Aceptar que mi vida era mía para equivocarme, para cometer errores y abandonar y tirar la toalla cuando quisiera, era difícil. Lo había aceptado antes que mi madre, pero también le había costado.

Sin embargo, no podía volver.

—No quiero volver. Soy muy feliz con Sofía. Me gusta esta nueva etapa de mi vida.

Le vi tomar aire y volver la cabeza para mirar a Leo. Tal vez se preguntaba si había crecido más rápido de lo normal, si habría vuelta atrás o si Leo también cambiaría así de rápido. Tal vez no, tal vez con él las cosas fueran distintas, menos urgentes.

—Me alegro por ti, cariño —murmuró y apretó los labios antes de acercarme para envolverme en otro abrazo—. De verdad que me alegro, y tu madre también. Pero llámanos más a menudo, ¿vale? Te veo muy bien, estupenda; pero quiero que me cuentes lo bien que estás.

—Está bien —cedí, con un nudo en la garganta—. Nos vemos el domingo, papá.

Él hizo un gesto de asentimiento, llamó a Leo y se despidió de Sofía con la mano. Mi hermano corrió hacia mí una última vez para abrazarme antes de marcharse con nuestro padre.

—Tenemos que ir a la sierra un día de estos, ¿eh? —me dijo este, mientras se alejaba—. Hace demasiado tiempo que no escalamos en la roca, hija.

Le dije que sí, que me apetecía mucho; pero un nudo imposible se formó en mi garganta.

Escalar en la roca era más difícil, más peligroso... mejor en muchos aspectos, claro, pero no sabía si estaba preparada para hacerlo con mi padre. Allí no podría ocultar la vacilación, los pasos en falso, todas esas caídas que seguro que había...

La vuelta a casa fue silenciosa. Pasamos por delante de un quiosco en el que, durante el curso anterior, solía comprar prensa; revistas y publicaciones que me gustaban a diario y cuatro periódicos distintos los domingos, para conocer más perspectivas aunque no me gustasen: algo que me interesara, algo que no comprendiese, algo que me enfadara y algo que me encantase. Se suponía que esa iba a ser una parte importante de mi trabajo.

Sofía se paró para comprar una revista y me preguntó si yo no quería nada. Después de mi negativa, no habló en todo el camino; tampoco yo me atreví a hacerlo. Notaba arena en la garganta, una sensación áspera y desagradable que no se fue hasta mucho después de llegar a nuestro piso. Incluso entonces, a solas en mi cuarto, no me abandonó por completo.

Cuando sentí que Sofía se asomaba por la puerta, no me molesté en ocultar qué estaba buscando en mi portátil. Quizá quería que lo viera; tal vez tenía ganas de charlar. Nadie hablaba ya de él, y a mí me mataba ese silencio intencionado.

Sofía pasó dentro de mi cuarto con una manta azul cielo sobre los hombros y una planta entre las manos. No sabía si era nueva o si llevaba semanas con nosotras. Poco después de mudarnos, había perdido la cuenta de las plantas y las flores que traía a casa. Le gustaba pasearlas por allí. Decía que cada planta debía decidir cuál era su cuarto favorito, igual que habíamos hecho nosotras al llegar. Habían pasado muchas flores por la repisa que tenía sobre la cama, al pie de la ventana; pero ahora solo quedaban cactus. Eran los únicos que resistían.

Esta vez, Sofía traía una flor amarilla del mismo tono que la manta que cubría mis hombros o la luz de las farolas que entraba por la ventana.

—¿Qué haces? —preguntó mientras se arrodillaba sobre el colchón y se estiraba para dejar a la nueva inquilina en su sitio—. Oh, ya veo. Así que esto es lo que toca hoy.

Se hizo hueco a mi lado, cogió uno de los extremos de su manta y me cubrió con ella, volviéndome casi completamente de azul.

—No dejo de pensar en él, Sofía —le confesé.

—¿Cuando escalas?

Sacudí lentamente la cabeza.

En la pantalla de mi ordenador había una foto de Gabriel; una de las que más me gustaban. Recuerdo que la primera vez que la vi me escandalicé. Pensé que era un imprudente, que arriesgaba su vida en balde. Sin embargo, ahora veía algo distinto: veía un tono de verde diferente en sus ojos; uno que inspiraba libertad. En esa foto, Gabriel estaba en lo alto de un edificio rodeado por los tejados y las azoteas de rascacielos cuya altura a su lado empalidecía.

—No. Allí arriba no pienso en nada. Es en tierra, aquí abajo, cuando me acuerdo de él.

Me pregunté si para Gabriel sería así; si él también notaría ese control, esa seguridad, que paradójicamente daba renunciar a la solidez y a las certezas de la tierra bajo tus pies.

Sofía lo entendió sin más explicaciones.

—No te va a gustar escuchar esto, pero no sabes si es verdad que murió en tierra —me dijo, bajito, mientras me tapaba un poco más con la manta—. Ya sabes cómo es la norma no escrita. Si alguno muere en una caída, se tapa. Las noticias sobre chicos que resbalan de rascacielos nunca son agradables para nadie.

—No. No fue así. Sé que murió en tierra. Él no cayó. Estoy convencida. —Me mordí los labios.

Sofía soltó un suspiro y apoyó la cabeza en mi hombro.

—No puedes seguir pensando en él; no así, desde luego. No te hace bien.

—Nadie habla de él.

—Porque ha pasado mucho tiempo. Sus seres queridos quieren olvidar.

—Yo no quiero, Sofía. No puedo. Necesito... necesito saber tantas cosas, tengo tantas preguntas...

—No —me interrumpió—. No puedes hacerte esto otra vez. No puedes caer en ese pozo, Helena. Sabes lo profundo que es y lo difícil que es salir después. No puedes obsesionarte.

Mastiqué sus palabras, las engullí y me obligué a asentir, porque sabía que tenía razón. Pero me hicieron daño al bajar por la garganta, al asentarse en mi pecho.

—Hay tantas coincidencias...

—Coincidencias —repitió.

Dije que sí, apagué la pantalla del ordenador y miré a Sofía.

—Ábrete un poco. Sal por ahí y conoce a gente. Haz amigos. ¿Por qué no vienes al Ryley's conmigo la próxima vez? El compañero de piso de Eva empieza a trabajar allí en un par de noches. Vamos a ir a animarlo.

—¿Nico? —pregunté.

Me imaginé a mí misma frunciendo el ceño y torciendo un poco el gesto. De hecho, puede que lo hiciera, porque Sofía soltó una risa discreta.

—Es buena gente, de verdad; pero si no te cae bien no pasa nada, ni siquiera tienes que interactuar con él. Estaremos Eva y yo. Es imposible que lo pases mal.

Miré el portátil cerrado, la luz amarilla derramándose sobre el colchón.

—Vale.

Mi amiga sonrió, satisfecha. Me envolvió en un abrazo y fue tan efusiva que mi manta se resbaló por completo. Nos quedamos allí un rato charlando, dejándome arrastrar por esa voz que sonaba como una corriente suave de viento; dejé que me cubriera de azul.

5

SEGUNDA CARTA

Querido amigo, querido compañero:

Sigo sin saber cómo empezar estas cartas. No debería ser tan difícil, ¿no? Hemos hablado de tantas cosas, nos hemos confesado tantos secretos... Cualquiera diría que esto debería ser más fácil. Unas líneas más, un par de confesiones que se perderán entre tantas otras.

Querido amigo, querido compañero... Hoy he vuelto a hablar de ti. Sofía no se traga que esté bien. Dice que es hora de pasar página. ¿Con quién?

El chico del rocódromo me gustaba, o al menos eso creía yo. Me parece que estaba empezando a engancharme de su imagen, de lo que representaba: un nuevo comienzo, una nueva oportunidad, un amigo con el que tendría cosas en común. Pero el chico del rocódromo es idiota, y yo no estoy para idiotas. Es comprensible, ¿no? Necesito una opción sensata, y elegirlo a él nunca lo será.

Willow pasa días enteros fuera. A veces lo veo pasear por el tejado. Otras, solamente lo escucho maullar; pero sé que está ahí.

Creo que él también te está buscando. De alguna manera siente tu falta. Sabe que te has ido y que no te has ido; que sigues aquí, en algún lugar, esperando.

Ojalá Willow pudiera entenderlo. Quizá yo así también lo entendería.

Sofía dice que tengo que darme la oportunidad de conocer a personas nuevas; solo conocerlas. Y tú sabes que nunca me he cerrado a una nueva amistad, pero no me resulta fácil hacer amigos. Cuando surge la oportunidad, yo quiero conocer a la gente, quiero que me conozcan a mí, que me acepten, y no que vean a la superviviente de la tragedia...

Supongo que Sofía tiene razón. Supongo que tengo que darme una oportunidad; dársela a los demás. Quizá sea el momento de volver a intentarlo; dejar que otros me vean.

6

NICO Y HELENA

—Vas a pagar eso, espero que seas consciente.

Daniel me dedicó una sonrisa perfectamente ensayada y se giró hacia las chicas.

—Está de broma.

—No. No lo estoy —repliqué—. Me lo descontarán del sueldo.

—¿Cómo sabrán que has sido tú?

—¿Es que acaso te parecería bien que lo descontaran del suelo de otro camarero, idiota? —lo provocó Eva.

Daniel le dio un largo trago a su copa.

—Está bien, está bien... —Volvió a beber.

—¿Qué haces? —preguntó Eva.

—Ya sabéis lo que dicen: sin cadáver no hay delito.

—Sabes que, en este caso, si faltan cosas, es precisamente cuando sí hay delito, ¿verdad?

Daniel me ignoró deliberadamente, pero no tuve tiempo de insistir. De pronto, una mano con un par de billetes apareció frente a mí, al otro lado de la barra.

Me encontré con los ojos de Helena.

—Mi copa y la de Sofía —se apresuró a decir.

No había hostilidad en ese gesto, solo una urgencia que quizá había malinterpretado por mi culpa.

—No quería... —empecé—. Sabía que vosotras... —No encontré la forma de terminar.

Helena continuaba mirándome con esos ojos enormes, expectante, un poco incómoda, hasta que suspiré, cogí el dinero y le cobré.

Cuando volví con los cambios, Daniel ya estaba alejándose.

—Voy a ver si tienen alguna canción de Taylor Swift en el karaoke. Te apuntas, ¿Nico? —me preguntó, intentando hacerse oír por encima del sonido de la música.

—¿Pero tú no sabes que trabajo aquí?

Se encogió de hombros y se perdió entre la gente.

Cuando las demás también se marcharon, Eva se quedó conmigo un rato más. De todos modos, pronto aumentó la afluencia de clientes y dejé de poder acercarme a charlar con ella, así que acabó dirigiéndose también a la pista de baile.

Creo que había sido demasiado optimista al pensar que en algún momento de la noche podría sacar mi libro de Lorca de la mochila —estaba con *El público*— y seguir leyéndolo en la barra.

El Ryley's tenía tres niveles: a pie de calle había una barra y un pasillo estrecho que terminaba en unas escaleras que daban acceso a un piso superior. En él, junto a los servicios, había algunas mesas desde las que había grandes vistas de la pista de baile y de todo el local. Debajo se encontraba una planta semisubterránea que no disponía de mucho espacio, pero sí de mucho encanto, pues era íntima y sin tumultos; lo suficientemente grande como para perderte si lo necesitabas y tan próximo como para reencontrarte con quien fuera si así lo deseabas.

Algunas noches había karaoke. Montaban una mesa con un proyector y una pantalla pequeña y los más borrachos del *pub* subían a destrozar alguna canción. Era divertido.

Poco a poco, todo el local se fue llenando hasta alcanzar ese equilibrio perfecto entre lo familiar y lo desconocido que como cliente me encantaba. Sin embargo, como empleado, pronto descubrí que esa cantidad de personas estaba muy por encima de lo «familiar».

De todos modos, aunque fue duro durante un par de horas, me adapté al ritmo enseguida. Por suerte, no me faltaba experiencia, ya que en el puesto que había dejado tenía que hacer prácticamente lo mismo, cobrando considerablemente menos.

La gente empezó a marcharse hacia las tres. La efervescencia de la medianoche había dado paso a una afluencia tranquila de personas que ya llevaban un par de copas de más. Los que bailaban se acabaron sentando, quienes llevaban sentados un rato acabaron despidiéndose los unos de los otros en la puerta y los que cantaban en el karaoke empezaron a atentar contra su propia dignidad.

Vi a Daniel por ahí, hablando con conocidos de la universidad y nuevos amigos cuyo nombre probablemente no sería capaz de repetir dentro de una semana. A las chicas las vi en todas partes: en la pista, sentadas al pie de las escaleras, riendo asomadas en la esquina de la pasarela...

El ambiente era ya totalmente tranquilo cuando Eva se dejó caer en un taburete frente a mí. Helena y Sofía debían de haber ido al servicio, porque acababa de verlas subiendo por las escaleras.

Estaba despeinada, un poco sudorosa y sonrojada; muy sonrojada.

Me aseguré de que no hubiera nadie sin atender y le di un vaso de agua antes de que me lo pidiera.

—¿Todo bien? —preguntó.

—Ya he tenido que limpiar dos potas, he discutido con un borracho de nuestra facultad y he perdido unas pinzas.

—¿Unas pinzas?

—Para el hielo.

—¿Cómo se pierden unas pinzas?

Me encogí de hombros.

—Quizá aparezcan.

—La noche mejoraría notablemente —se burló.

Me reí un poco.

—Va bien, la verdad —admití—. Un poco ajetreado, pero puedo manejarlo.

—Así te entrenas para cuando abras Ophelia al público y no entre un alfiler. Estarás preparado para atenderlos a todos con diligencia. —Sonrió.

Iba a responder cuando, de pronto, un estruendo nos obligó a volvernos hacia las escaleras.

Apenas se escuchó el grito que Sofía acababa de dar antes de salir corriendo al encuentro de Helena, que había debido de caerse y se encontraba prácticamente abajo del todo.

Me quedé paralizado un segundo, observando una escena que parecía congelada. Helena se había quedado ahí, inmóvil, con una expresión de terror en el rostro, las piernas separadas y las manos aferrándose a una de las barandillas. Solo Sofía fue capaz de romper ese estatismo cuando llegó a su lado para agacharse. Un chico que pasaba por allí se acercó también para ofrecerle su ayuda mientras un par de personas, vacilantes, se acercaron con discreción.

Eva masculló una palabrota y se puso en pie también, obligándome a salir de mi ensimismamiento.

Para cuando crucé la barra y llegué a su lado, Helena ya había vuelto a ponerse en pie.

—Estoy bien, estoy bien —repetía, mientras enseñaba las palmas de las manos.

—¿Seguro? ¿No te has hecho daño?

Helena levantó los ojos hacia mí. Los tenía rojos, un poco vidriosos. Tal vez fuera aquello lo que me hizo dudar de su respuesta.

—No. Solo me he resbalado.

—Es verdad —admitió Sofía, apareciendo a su lado para tomarla del brazo—. Solo se ha deslizado.

Vi a su amiga dedicar sonrisas tranquilizadoras a todos los que nos habíamos reunido a su alrededor, mientras la escoltaba entre bromas hacia la barra.

Yo también regresé y me sorprendí un poco cuando descubrí a Helena mirándome con insistencia.

—Otra copa —me pidió, al tiempo que alargaba un billete para pagarla.

Era la tercera de la noche, pero no dije nada. Las tres se sentaron allí, frente a mí, mientras el ritmo del Ryley's se amansaba cada vez más. Fui y volví un par de veces, atento al otro rincón de la barra cuando una compañera me pidió que la cubriera unos minutos.

No sé en qué momento ocurrió ni cuál fue el desencadenante, pero las cosas empezaron a ponerse feas un rato después. Volví a buscarlas después de atender a un grupo que acababa de entrar, probablemente buscando un poco de tranquilidad y un lugar en el que sentarse, y el ambiente se había enturbiado considerablemente.

Encontré a Sofía un poco inclinada sobre Helena y a esta con una mano a cada lado de la cara, la vista fija en el vaso que tenía delante y una expresión vacía. Eva las observaba con prudencia.

—Pero no te has hecho daño, ¿verdad? —la oí preguntar.

Helena sacudió la cabeza. Sus ojos seguían rojos; tal vez más.

Se había anudado a la cintura su sudadera amarilla y ahora lucía una camiseta de tirantes negra, escotada, que dejaba ver cicatrices que ya conocía de alguna tarde observándola escalar en el rocódromo. Estaban a la vista; tampoco es que la observase mucho...

Tanto Eva como Sofía parecían tensas y yo estuve a punto de darme la vuelta.

Entonces Helena se secó las lágrimas con el dorso de la mano.

—Helena... —susurró Sofía.

—Estoy bien.

La había escuchado repetirlo tantas veces desde que se había levantado que sonaba como una broma. Sus ojos se habían convertido en un borrón negro de maquillaje y tenía las mejillas sonrojadas por contener las lágrimas.

Me acerqué más.

—¿Quieres que te traiga hielo? ¿Dónde te has hecho daño?

—No me he hecho daño —aseguró, con voz un poco pastosa.

—No le pasa nada —corroboró Sofía—. Solo está...

Helena apuró el contenido de su vaso en un par de tragos.

—Oh, vamos, Helena. Todas las noches se cae alguien de las escaleras del Ryley's. Ya lo sabes. Hoy te ha tocado a ti —dijo Sofía.

Helena asintió.

—Claro que sí, cielo. Podría habernos pasado a cualquiera —intervino Eva.

Sofía la miró.

—Lo digo de verdad. Todas las noches se cae alguien. No es solo para consolarla.

Eva parpadeó.

—Ah, ¿no?

—No.

—¿En serio? —quise saber.

Quizá estaba demasiado sobrio para seguir aquella conversación.

Helena volvió a pasarse una mano por la cara con cierta torpeza.

—Siempre hay alguien que se cae —aseguró, con la voz un poco menos descompuesta—. Cada vez que hemos venido alguien se ha caído.

—No puede ser verdad —contesté, preguntándome de dónde salía aquella seriedad tan repentina, aquella confianza ciega en que lo que decían era cierto.

—Sí que lo es —replicó—. La próxima vez que hagas un turno durante toda la noche, me llamas y me lo cuentas —dijo Helena, cada vez más entera.

Eva fue rápida; mucho más rápida de lo que pude proponerme serlo yo. Era fácil cuando no se trataba de ella y de Sofía, imagino.

—Creo que Nico no tiene tu número.

Tanto Helena como Sofía alzaron la cabeza para mirarme a mí, como si fuera el responsable de las palabras de mi amiga. Seguramente estarían pensando que aquella era una situación terrible para intentar ligar.

—Yo tampoco lo tengo —añadió Eva, cuando debió de verles las caras.

—Yo os lo mando —se aseguró Sofía, mientras sacaba su móvil del bolsillo—. A los dos.

Helena y yo nos miramos. Compartimos una mirada breve y significativa mientras ellas consultaban sus pantallas y, a pesar de que sí estaba bastante perjudicada, vi algo real en sus ojos en medio de aquel montaje surrealista. O quizá lo imaginé. Quizá estaba demasiado borracha como para darse cuenta, porque enseguida apartó la mirada, volvió a mirar su copa vacía y agitó el vaso entre los dedos como si se estuviera planteando pedir una cuarta.

Mientras las otras hablaban y Daniel seguía perdido por allí abajo, vi a Helena meterse una mano en el bolsillo de los pitillos rotos, sacar un billete y extendérmelo junto al vaso.

No me dijo nada. Solo me miró.

Tenía los ojos del mismo color dorado que el trigo; un poco oscuros bajo esa luz. Antes de nuestro primer encontronazo con el asunto del carrito de la compra, no había podido verlos así. No había suficientes excusas en un rocódromo como para acercarse a esa distancia.

No lo cogí. Yo tampoco iba a decirle nada; claro que no lo haría. ¿Quién era yo para intervenir? Pero a lo mejor sí que podía esperar a que Sofía o Eva se diesen cuenta de lo que hacía y la frenaran un poco.

No hizo falta. Helena titubeó. Se apartó un rizo de la cara y se humedeció un poco los labios antes de guardarse el billete y volver a levantarse. Sofía dudó un instante y también se puso en pie.

—Está bien —aseguró—. Solo está un poco achispada —concluyó, pero parecía preocupada.

Salió corriendo tras ella y yo me quedé a solas con Eva. Carraspeé para llamar su atención, aprovechando que ya no quedaba casi nadie en la barra.

—Qué fácil es ligar por los demás, ¿eh?

Ella me dedicó una mirada prudente seguida de una sonrisa. Algo se encendió en sus ojos castaños.

—Te lo había puesto en bandeja y sabía que tú no harías nada.

—A lo mejor no quería —repliqué.

—No me digas que te has echado atrás; después de todo este tiempo, todos estos meses hablándome de ella... —replicó, con cierto dramatismo fingido, mientras se pasaba un mechón pelirrojo tras la oreja—. Sé que la situación ahora ha parecido un poco... complicada, pero el resto de la noche Helena ha sido tal y como creías que era.

—No me da miedo que sea complicada —la interrumpí.

Busqué con los ojos a Helena, que estaba hablando con Sofía al otro lado de la sala. Era capaz de identificar lo que me había atraído de ella al principio, desde la primera vez que la había visto o desde que la había oído reír o bromear, o después de verla levantarse una y otra vez al caerse de la Kilter Board para empezar a subir otra vez, con más fuerza...

—Nuestra conversación más larga fue a gritos, no coincidimos en nada y cada vez que intentamos hablar... La verdad es que me saca de quicio —confesé, y sonreí un poco.

—No empezasteis con muy buen pie —coincidió Eva mientras seguía la dirección de mi mirada.

Los dos nos quedamos así un buen rato, observando. Ninguno de los dos, sin embargo, miraba a la misma persona.

7

HELENA Y NICO

Me desperté con el ruido de unas llaves en el pasillo. La luz entraba por la ventana con una fuerza desagradable; la noche anterior debí de haberme olvidado de bajar las persianas.

Gimoteé un poco, porque quería dormir hasta tarde, volver a cerrar los ojos, taparme con el nórdico y soñar hasta que dejase de dolerme todo el cuerpo. Y también la cabeza; sentía unas punzadas terribles.

Los pasos de Sofía acercándose me hicieron protestar aún más, y enterré el rostro en la almohada.

—¿Qué haces? —preguntó, desde la puerta.

—¿Qué haces tú? —repliqué—. ¿Es que ya te vas a clase?

Una carcajada cantarina, casi estridente, me obligó a abrir un ojo.

—¿Qué dices? Vuelvo de clase, Helena. Vuelvo. Son las tres del mediodía.

Me giré un poco para intentar mirar por la ventana.

¿Cuánto había dormido? ¿Cuándo habíamos llegado anoche a casa y por qué sentía que apenas había descansado un par de horas?

—¿No entrabas a trabajar hace media hora?

Casi se me paró el corazón.

—Joder. —Aparté el nórdico de un tirón y me puse en pie—. Joder, joder, joder...

No tenía tiempo para ducharme. Cogí los pitillos con los que había salido la noche anterior, busqué en el armario una camiseta limpia y me vestí bajo la atenta mirada de Sofía, que me observaba con aire crítico mientras me preparaba.

Me pasé las manos por el pelo y ni siquiera me miré en el espejo. Si lo hacía quizá no me atrevería a salir y tenía que correr. Mierda. Tenía que correr mucho.

Cogí las llaves y el móvil y volví a dejar este cuando me di cuenta de que me había quedado sin batería.

—¿Vas a coger el coche? —preguntó Sofía, siguiéndome por detrás a la cocina.

Agua. Necesitaba agua. No era negociable.

—Voy en bici —respondí.

Cogí agua de la nevera y me serví un vaso y después otro. Me habría bebido toda el agua de Madrid si hubiese tenido tiempo.

No recuerdo si me despedí de Sofía o no. Tenía tanta prisa que salí sin bici. Había bajado dos pisos cuando me di cuenta de que iba demasiado ligera para ir con ella por las escaleras. Volví a subir. Cogí la bici. Llamé al ascensor.

La señora de enfrente salió en ese momento. Me miró mal; siempre lo hacía cuando me veía subir la bici por el ascensor y hasta se había quejado a nuestra casera un par de veces. Estaba deseando que me dijera algo para poder preguntarle si quería bajarme ella la bici.

No lo hizo. No dijo nada. Arrugó mucho el ceño y no dejó de mirarme en todo el trayecto hasta abajo. Luego volví a salir disparada. Me monté una vez estuve en la acera y pedaleé tan rápido que a los cinco minutos me quedé sin aire.

Creo que nunca había montado tan rápido. Normalmente, cuando iba paseando y veía que alguien en bici me adelantaba a toda velocidad, alzaba la cabeza y me quedaba mirando con sorpresa. Nadie me miró a mí de la misma forma, así que imagino que tampoco iba tan rápido, aunque para mí lo era. Yo lo di todo. Y aun así llegué al Palacete del Té demasiado tarde.

—Lo siento mucho, Julia. Lo siento tanto... —me disculpé—. Te debo una, ¿de acuerdo? Mañana vengo una hora antes; te cubro.

Julia me miró de arriba abajo y puso una cara muy parecida a la de nuestra vecina de enfrente.

—No. No pasa nada. Me guardo el favor para otra ocasión.

—Claro, lo que quieras —jadeé, mientras llevaba la bici a la trastienda.

Se deshizo del delantal mientras me seguía con la mirada.

—¿Ha pasado algo?

Debía de estar horrible.

—No. Nada.

La vi dudar, pero no teníamos esa clase de relación. Debió de decidir que no le importaba tanto como para perder más el tiempo, así que se encogió de hombros, volvió a dedicarme otra larga mirada y colgó el delantal en su percha antes de recoger sus cosas y marcharse.

La campanilla de la puerta se escuchó poco después de que Julia se marchara, y yo tuve que atender a los primeros clientes antes de poder mirarme en el espejo del baño. En cuanto lo hice, me sorprendí de que se hubieran quedado.

La tarde fue larga; más larga que nunca a pesar de haber llegado con tanto retraso.

Alrededor de las seis, la tienda se llenó de gente y tuve que preparar unas muestras de té. El olor afrutado que desprendía me recordó a algún licor que no identifiqué. Al marcharse el último cliente, recogí los vasitos que quedaban y los eché por el váter con el estómago totalmente revuelto.

Todavía estaba mareada cuando, poco después, llegó Sofía con mi móvil cargado. Me dijo que la próxima vez me llevara el maldito cargador, y me pidió que me reuniera con ella en el piso de Daniel, encima del de Eva y Nico. Me prometió una noche tranquila y no pude decirle que no. Le aseguré que me pasaría después del rocódromo.

Tras hacer caja y echar el cierre, volví a salir de la tienda sin la bici; debieron de escucharse las palabrotas desde la acera de enfrente.

Tras recuperarla, conduje hasta el complejo deportivo agradecida por el aire fresco de la noche e hice los últimos metros de nuevo a la carrera cuando se puso a llover.

Aquel era uno de los pocos gimnasios con rocódromo que mantenía todas sus instalaciones abiertas hasta la medianoche, y esa era una de las razones por las que me había quedado en él después de mudarme con Sofía aunque había alguno que quedaba mucho más cerca de nuestro piso.

Aquel día no me apetecía subir ninguna de las vías, ni siquiera aquellas con autoseguros que prometían un ascenso menos complicado. Así que busqué el magnesio, me calcé los pies de gato y me encaminé hacia la Kilter Board sin ponerme el arnés. Me gustaba enfrentarme a los problemas que planteaba. Las presas se iluminaban de distintos colores, dependiendo de la dificultad elegida, en una pared que podía inclinarse. El objetivo era resolver los movimientos y lograr subir en el menor tiempo posible: un ejercicio excelente para dejar de pensar en el mundo que quedaba ahí fuera.

El flujo de gente no solía ser muy alto a esas horas, por lo que no tuve que esperar mucho hasta que quedó libre.

Busqué un problema de nivel intermedio —más orientado hacia el principiante que hacia el avanzado— porque estaba cansada, y dejé la inclinación de la pared tal y como se encontraba. Cuando las presas se iluminaron, vi el camino con facilidad.

No tardé mucho en acercarme y comenzar a ascender. Pie. Mano. Brazo. Pie. Me noté blanda después de los excesos de la noche anterior, con un cansancio desagradable tirando de mis músculos, pero me gustaba aquello. Me gustaba subir, y no iba a renunciar por la resaca. Pensé que después de un par de problemas me sentiría mejor, más despejada.

Llegó un punto en la pared en el que me encontré sin saber cómo seguir. Entonces deshice un par de pasos, lo volví a intentar y lo intenté una tercera vez hasta que conseguí llegar al final y salté.

Me estaba sacudiendo las manos en las mallas cuando me di cuenta de que había alguien mirándome sentado en las colchonetas de enfrente.

Nico se puso en pie en cuanto se percató de que lo había visto.

—Hola —lo saludé, un poco sorprendida.

—Hola —respondió.

Estaba sonriendo. Nico siempre sonreía. Era una de las cosas en las que me había fijado desde el principio. Caminaba por ahí con las manos en los bolsillos de la sudadera, con aire despreocupado y una sonrisa siempre en los labios. Creo que alguna vez lo había visto con un libro debajo del brazo; un libro... en el rocódromo.

—No esperaba encontrarte hoy —añadió, mientras me acercaba a él.

Me fijé en que tenía el pelo un poco húmedo, pero no parecía ser por el calor. Quizá a él también lo había atrapado la lluvia yendo hacia allí.

—Yo a ti tampoco.

—Pero yo no... —empezó, dubitativo—. Yo no me caí por las escaleras.

Me quedé en silencio. Miré su sonrisa permanente y enarqué una ceja.

—¿Te estás riendo de mí?

—En absoluto. —Se encogió de hombros y señaló la Kilter Board; el problema aún iluminado en la pared—. Creo que yo tampoco sería capaz de un tiempo mejor en ese estado.

Me reí un poco. Cambié el peso de una pierna a otra.

—Sé lo que estás haciendo.

—No sé a qué te refieres. —Estaba divertido.

—Bueno, pues conmigo no funciona. No soy competitiva.

—Yo tampoco.

—Bien.

—Bien. —Nos quedamos en silencio, el uno frente al otro, unos segundos—. ¿Me dejas? —preguntó, mirando hacia la pared.

Le hice un gesto con la mano y me aparté a un lado cuando pasó. Acabé ocupando el lugar desde el que me había estado observando él.

No era la primera vez que lo veía subir. Antes de la noche que nos habíamos gritado, habíamos compartido muchas sesiones de entrenamiento silenciosas, a una prudente distancia, pero conscientes de la presencia del otro.

Aquella vez era diferente; Nico sabía que me había quedado allí y que quizá, a pesar de lo que había asegurado sobre no tener competitividad, me había quedado por su provocación. Subió más rápido de lo que yo lo había hecho.

Nico no era extraordinario; era buen escalador, pero había conocido mejores. Yo misma tenía más habilidad en condiciones normales... Tenía razón: era por mi estado.

Me quedé mirándolo cuando le vi salir de las colchonetas. Había sido tan rápido que ni siquiera me levanté y esperé a que se programara un problema apropiado para él, pero no lo hizo: me miró largamente, con esa sonrisa que me empezaba a provocar, y aguardó.

Aunque ni siquiera me había dado tiempo a recuperar el aliento, me puse en pie.

¿Así lo haríamos? ¿Se molestaría solo en resolver los problemas que yo me planteaba? Puse uno más difícil. La pared se inclinó ligeramente, apenas un poco, y algunas presas se iluminaron en color rojo.

No lo pensé demasiado. Eran muchos años escalando y el cuerpo tenía memoria muscular, se acordaba de las posturas, de la técnica, de la fuerza que hacía falta. Debería acordarse.

Me descolgué. Se me resbaló un pie y después el otro y me quedé colgada de las manos.

Solté una maldición. Me volví a agarrar enseguida, pero alguna parte molesta de mí sabía que ese no era el problema. No me hacía falta mirar por encima del hombro para saber que Nico seguía ahí, mirándome.

No me habría importado otro día; no me importaba confundirme, fallar y caer y que otros lo vieran. Me molestaba haberme tropezado.

Demasiados tropiezos; demasiados despistes.

Intenté olvidarme de Nico y subí lo que me quedaba de un tirón. Apenas vacilé hasta el final. Enlacé algunos movimientos un poco bastos, movimientos que no habría hecho en ningún otro lugar —si la pared no hubiera estado tan cerca del suelo—, y bajé.

Nico volvió a relevarme y resolvió el mismo problema que había hecho yo sin molestarse en plantear uno diferente para él. Lo hizo de una manera muy similar, sin resbalar, y volvió a bajar.

Estaba cansada y mentalmente... mentalmente tampoco me sentía mucho mejor.

Volví a plantear otro problema. Me olvidé de Nico. Me concentré en la Kilter Board y fue incluso peor: me quedé atascada, incapaz de resolver un problema que debería haber sido fácil.

Cuando bajé y miré a Nico no lo vi a él; me fijé en sus manos y en sus piernas, en esa facilidad que siempre me había parecido normal y que yo creía tener dominada.

Volví a la pared otra vez, y otra y otra, y a cada subida, a cada agarre fallido y a cada problema que me costaba una eternidad resolver a pesar de hacerlos a un nivel muy inferior al mío, el mismo terror se aferraba a mí con desesperación.

Sentí sus garras apretando más y más fuerte, una sombra oscura alrededor de mi corazón, en el fondo de mi pecho; o quizá también en mis manos, en mis piernas torpes, en esa cabeza que no podía concentrarse.

Nico me dijo algo acerca de haber perdido su paraguas. Podría haberme quedado con él hasta que la tormenta hubiera amainado. Ni siquiera se me pasó por la cabeza que probablemente después iríamos al mismo sitio.

Me marché.

No sé qué debió de pensar.

Seguro que creyó que estaba muy enfadada por él, por los problemas en los que creía haberme ganado. Lo había hecho, sí; pero yo no estaba jugando contra él.

Cuando salí llovía mucho más que antes. Escuché la lluvia sobre el techo de cristal del recibidor y la vi a través de las puertas, pero no me detuve. Me monté en la bici y salí corriendo.

En otra época, unos meses atrás, habría escrito sobre aquello al volver a casa. Tenía un blog. Antes de abandonar la carrera, antes de todo eso... escribía. Me gustaba hacerlo sobre los temas que me interesaban, los que me parecían importantes y aquellos sobre los que quería aprender más. Habría sido una buena forma de entender lo que sentía, lo que me estaba pasando.

Al llegar a casa encendí el portátil, tecleé la dirección de mi blog y me quedé mirando la fecha de mi última entrada, el último artículo antes de dejarlo todo.

Era curioso, pero no había escrito sobre la presión de los exámenes, el futuro o las expectativas, sino que había elegido un tema repetitivo, una recopilación sin originalidad de los *rooftoppers* más famosos de los últimos años. No había nada mío ahí; solo cifras, fotografías y un trabajo de búsqueda que ya habían hecho otros antes de mí.

Aunque publicaba bastante, los meses antes de marcharme tampoco había escrito de verdad.

Volví a cerrar el portátil.

No merecía la pena.

Me cambié de ropa, me sequé el pelo y me marché a casa de Daniel.

8
NICO Y HELENA

Aquella noche llegué antes al Ryley's.

Había perdido el paraguas, así que lo primero que hice fue buscar donde lo había dejado la noche anterior, pero supongo que volver a encontrarlo allí mismo habría sido demasiado pedir.

Me puse tras la barra enseguida. Había más personas que al día siguiente no tendrían que ir a clase o a trabajar.

Pensé en Eva, que había renunciado a dormir por acompañarme en mi primer día de trabajo. A diferencia de ella, yo había decidido saltarme las primeras clases de ese día, así que no la había visto irse de casa aquella mañana.

El Ryley's no tardó en llenarse. No hubo karaoke aquella noche; lo agradecí.

Me turné con una de mis compañeras para cenar algo antes de continuar, y el resto de la noche fue ajetreada pero sin complicaciones. La rutina era sencilla. No hubo incidentes hasta pasada la medianoche, cuando un estruendo retumbó en el local y me giré con el corazón a mil por hora hacia mi derecha.

Lo hice justo a tiempo de ver cómo un chaval de mi edad rodaba por los últimos peldaños de las escaleras.

Me quedé quieto hasta que vi que alguien le tendía la mano y se levantaba sin problema, y entonces no pude evitar sonreír.

Quizá tenían razón; tal vez alguien se caía de las escaleras del Ryley's todas las noches.

Me acerqué un poco a mi compañera.

—¿Por qué no las arreglan?

Ella entendió enseguida a qué me refería. Se encogió de hombros.

—Nadie se ha hecho daño de verdad nunca.

Así que era verdad. Aquello era habitual.

Me alejé sacudiendo la cabeza, divertido, y continué trabajando sin que nada perturbara el ambiente del Ryley's hasta el cierre.

La ráfaga de viento que me recibió al salir fue refrescante; un alivio tras varias horas moviéndome de un lado al otro de la barra en un calor templado y sofocante a ratos.

No había metro a aquellas horas, así que eché a andar hacia casa.

No quedaba mucha gente en la calle. Me crucé con personas que volvían a casa después de una fiesta y con otras que parecían no haber terminado todavía, camino del siguiente garito que encontrasen abierto. Quizá algunos continuaran la noche en la calle o en algún piso, como solíamos hacer nosotros.

Al sacar el móvil del bolsillo me encontré con siete llamadas perdidas de Eva. La primera era de hacía casi una hora, y había continuado llamándome incansable desde entonces cada pocos minutos.

La última vez que me había llamado de madrugada había acabado estrellándose contra una estatua. ¿Qué habría sido de ella? ¿Seguiría ahí tirada en el suelo? Quizá la habrían levantado ya…

Busqué su número y la llamé. Descolgó al primer tono.

—A ver, Nico, no entres en pánico.

—¿Qué has hecho? —Entré en pánico.

—Yo no he hecho nada —contestó, con una calma forzada que me inquietó aún más.

—¿Qué ha hecho Daniel? —pregunté—. Ibas a su casa, ¿verdad? ¿Qué ha hecho?

—¡Nosotros no hemos hecho nada! —exclamó, ahora ya visiblemente nerviosa.

Se escucharon voces de fondo. Decidí coger aire y apretar el ritmo.

—No sé cómo decirte esto —añadió ella.

—Dímelo y ya está, Eva.

—Vale, te lo digo y ya está. —Se escuchó a alguien gritar por detrás. Creo que era Sofía—. No. No. Se lo cuento yo. Se lo cuento yo. ¿Hola? Nico.

—Eva —respondí, paciente.

—Vale. Bueno. A ver... Helena se ha subido a nuestro tejado. —Me detuve. Tuve que detenerme—. ¿Nico?

—Se ha subido... a nuestro tejado —repetí, despacio.

Eva se quedó en silencio.

—Sí...

—¿Y por qué me llamas?

De nuevo, silencio al otro lado. Incluso las voces que se escuchaban de fondo habían dejado de hablar.

—Porque no quiere bajar.

Estuve a punto de tropezarme con una farola.

—Helena se ha subido a nuestro tejado y no quiere bajar —repetí, por si pronunciarlo en voz alta lo hacía menos surrealista.

Casi pude ver a Eva mordiéndose el labio, mirando a su alrededor en busca de ayuda.

—Ha pasado muy rápido.

Estaba a tiempo de darme la vuelta, colgar el teléfono y buscar algún *pub* que todavía estuviese abierto hasta que hubiesen conseguido bajarla del...

—¡Nico! —Eva gritó al otro lado del teléfono—. ¿Puedes venir? Tienes que hacer algo. No quiere escucharnos.

—Helena no es un gato. —No me creía que estuviera diciendo aquello—. Tendrá que bajar en algún momento.

—Por favor, Nico...

—Voy hacia allí —le aseguré, antes de colgar.

El camino de vuelta a casa fue largo; o corto, según por dónde se mire. Subí las escaleras al tercer piso despacio, preparándome por si los cuatro se habían emborrachado y todo lo que me habían contado no fuese más que una broma que les había parecido estupenda.

Eva, Daniel y Sofía estaban de pie en medio del salón, bajo el techo acristalado. Formaban un corro y miraban hacia arriba.

Mierda. No era una broma.

Cerré la puerta y avancé con cautela mientras escuchaba los retazos de una conversación.

—El otro día la encontré mirando fotos de Gabriel. ¿Y si ha caído ahí de nuevo? ¿Y si quiere seguir sus pasos?

—Es solo un tejado, Sofía —respondió Eva, tranquilizadora—. No es lo mismo.

—Me da miedo que se haya obsesionado de nuevo con él.

Vi a Eva dudar con sus manos, moverlas cerca de ella, sobre sus hombros, sus brazos, sin saber si podía o no tocarla.

Hasta que no estuve a un par de pasos, no se giraron para mirarme. Cuando lo hicieron y les vi las caras, fui capaz también de advertir la angustia.

—¿De verdad está ahí arriba?

Eva se acercó a mí y me guio del brazo hasta el lugar donde esperaban.

Había música puesta; canciones demasiado alegres para esas expresiones descompuestas.

A través del cristal vi la silueta de Helena, un poco alejada, sentada y recogiéndose las rodillas contra el pecho.

—¿Cómo se ha subido ahí?

—Por el balcón —contestó Daniel.

Parpadeé.

—¿Para qué habéis abierto el balcón? —Nunca abríamos aquellos balcones porque la maleza del patio había crecido tanto que parecían intransitables.

—Porque Helena quería ver si podía subir al tejado.

Enarqué las cejas.

—¿Ya sabíais que quería subirse?

—¡Yo no! —respondió Sofía.

—Pensábamos que era broma —añadió Eva.

—Yo no. Sabía que hablaba en serio —contestó Daniel, sincero.

—Idiota.

Se encogió de hombros.

—No imaginé que después no querría bajar.

Los cuatro nos quedamos bajo el cristal, alzando el rostro y buscando a Helena en la oscuridad. Se hizo el silencio durante unos instantes larguísimos y extraños.

—Entonces, ¿vas a bajarla?

Había hablado Sofía, que se pasó los dedos por la melenita corta y oscura y se recogió el cabello tras las orejas.

Tardé unos segundos en procesarlo.

—¿Yo?

—Eres el único que escala —añadió Eva, con una sonrisa de disculpa—. Y a nosotros no quiere escucharnos.

—No voy a subir —repliqué, enseguida—. ¿Estáis locos? Bajará ella sola cuando lo necesite.

—¿Y si no lo hace? —preguntó Sofía. Sus ojos azules estaban húmedos.

—No se va a quedar ahí para siempre —contesté, incrédulo.

—Nico —insistió Eva.

Cogí aire con fuerza.

—Nunca he escalado en libre.

—En la Kilter Board lo haces, ¿no? —tanteó mi amiga.

—En la Kilter Board no me rompo el cuello si me caigo. —Todos me miraban. Tampoco tenía muchas opciones—. ¿Ha salido por este? —pregunté, por fin, señalando el balcón abierto.

Todos asintieron. Eva me cogió de la mano.

—Ten cuidado, ¿vale?

Le dije que sí, me asomé e intenté adivinar por dónde habría subido Helena. El árbol llegaba prácticamente hasta el tejado, pero no podría haber escalado por él hasta el final sin que las ramas se doblaran. Después de usar el árbol tenía que haberse agarrado a algo distinto.

—¿Y decís que lo ha hecho rápido?

—Rapidísimo —contestó Daniel, abrumado, antes de pasarse una mano por la cabeza rapada.

Decidí que no podía pensármelo más, así que aparté como pude la maleza, pasé al otro lado de la barandilla y después me aferré al tronco del árbol. Encontré un agarre en el que apoyar los pies para seguir ascendiendo y me encaramé a una de las ramas.

Tuve que erguirme, ponerme en pie y soltar las manos un instante para aferrarme a la siguiente rama y, después, a un saliente de la fachada.

Me impulsé con fuerza desde el árbol y subí, subí y subí hasta que mis manos llegaron al final. El tejado a dos aguas no tenía una inclinación muy pronunciada, pero mis pies se resbalaron con unas tejas sueltas y pensé que sería estupendo caerme ya una vez arriba por pisar mal.

Me alejé del borde y localicé a Helena, que me miraba desde arriba, junto al cristal. Aún continuaba con las rodillas recogidas contra el pecho, el pelo castaño suelto enroscándose sobre sus hombros y las mismas zapatillas deportivas con las que la había visto siempre que no calzaba los pies de gato del rocódromo. Llevaba una camiseta de tirantes con la que debía de estar pasando frío y un pantalón pirata del que también se estaría arrepintiendo.

Me miró con cierta extrañeza mientras me acercaba despacio, midiendo cada paso que daba, hasta que me senté a su lado.

Desde allí, el patio quedaba bajo nuestros pies. Las luces de las farolas apenas iluminaban las ramas más altas de los árboles que subían hasta los tejados. Entre las hojas, se divisaban retazos de luz de alguna ventana.

Más allá, Madrid.

Calles y calles iluminadas, edificios dorados, un cielo oscuro despejado y sin estrellas, y luces: cientos de luces encendidas.

Me quedé unos segundos sin aire.

Luego un mechón de pelo de Helena se escapó de su control y me acarició el cuello.

Me giré hacia ella y recordé por qué estaba allí arriba, en ese tejado, sin ningún tipo de seguridad.

—Te has subido a mi tejado —solté.

—Ya.

Miré el patio, el resto de los tejados, los edificios para los que había que alzar la cabeza...

No tenía muy claro qué le diría para convencerla de bajar.

—Nunca había estado aquí arriba —murmuré.

—La vista deja sin aliento.

Me giré de nuevo para mirarla: le brillaban los ojos. El viento era muy suave, pero venía en pequeñas corrientes que, de cuando en cuando, le revolvían el pelo; tuvo que apartárselo de la cara con los dedos.

—Es verdad —admití y me quité la chaqueta para dársela.

Helena la miró como si le hubiese tendido una sartén.

—Hace frío —añadí.

—Creía que venías a bajarme de aquí —respondió.

—¿Nos has oído? —pregunté.

No parecía mirarnos en ningún momento, pero puede que a través del balcón abierto...

Ella sacudió la cabeza. Tenía una expresión especial, una mirada llena y vacía al mismo tiempo; completa de todas esas luces que brillaban en la ciudad, repleta de esos huecos oscuros de los que nacían las luces doradas.

—No os he escuchado, pero se los ve nerviosos ahí abajo —contestó, mirando a nuestros amigos al otro lado del cristal.

Los tres seguían con la cabeza echada hacia atrás, expectantes.

—Ponte la chaqueta, Helena. Hace frío —repetí, más suave.

La agarró como si no terminara de fiarse.

—¿Tú no quieres que baje?

—¿Bajarás si te lo pido? —Una media sonrisa muy suave, delicada, apareció en sus labios—. Sacarte de aquí a rastras tampoco creo que sea muy prudente.

Se puso la chaqueta sin decir nada más y se cubrió también con la capucha, llenando su rostro aún más de sombras.

Durante unos segundos, el silencio lo ocupó todo, fue un silencio agradable.

—Ahora que ya hemos competido en la Kilter Board y que hemos escalado juntos en libre, quizá podríamos retarnos en alguna vía de velocidad.

Helena frunció un poco el ceño, confusa. Luego sonrió de forma casi imperceptible.

—Ya te he dicho antes que no soy competitiva.

Me reí.

—Ya, claro.

Movió un poco los pies y se abrazó las rodillas con más fuerza.

—Lo dices por lo que ha pasado en el rocódromo, ¿no?

Asentí.

Helena cogió aire y lo soltó muy despacio.

—No competía contra ti, sino contra mí misma.

No lo entendí. Aguardé, pero no dejé de mirarla para que supiera que la estaba escuchando.

—No importa —sentenció—. Es solo que... no me molesta que alguien me gane, pero detesto hacerlo peor de lo que lo hice ayer. ¿Entiendes?

—No puedes pretender superarte a ti misma constantemente. Es una locura —respondí.

—No hablo de mejorar; sino de «mantener» —explicó—. Normalmente te habría dado una paliza en la Kilter Board. Soy mejor que tú en cualquier área del rocódromo.

Me eché a reír, incapaz de controlarlo; y me reí aún más fuerte cuando Helena se giró hacia mí y adiviné, por el rubor de sus mejillas, que hablaba completamente en serio.

—Menos mal que no eres competitiva. Dios sabe qué podría pasar si lo fueras.

Ella también se rio un poco, con la voz ronca, un poco áspera. Luego carraspeó como si quisiera ocultarlo y a mí me entraron ganas de hacerla reír más, mucho más.

—No quería parecer arrogante —replicó.

—Estoy seguro de que no —contesté, muy consciente de mis palabras. No quería parecerlo, pero le había salido regular—. ¿De verdad te has ido así del rocódromo porque no te salían las cosas como ayer?

Bajó la vista de nuevo a sus pies y se quedó mirándolos mientras liberaba las piernas y las estiraba.

—Supongo que sí soy competitiva; es otra forma de serlo —admitió.

Había culpa en su voz, algo que la estaba torturando, que hacía que hubiese dejado de mirarme a mí, o mirar incluso a su alrededor.

—Hoy debías de tener una resaca terrible —le dije, suave.

Helena alzó el rostro hacia mí, expectante.

—Sí que la tenía —contestó.

—Sofía ha dicho que has estado todo el día fuera de casa; que no te ha visto hasta esta noche —tanteé.

Ella vaciló, porque aún no había adivinado a dónde quería llegar.

—Tenía que trabajar. Después he ido directa al rocódromo.

—Que no seas capaz de subir una pared después de una resaca brutal y una jornada entera de trabajo no me parece algo muy preocupante.

—Quizá tengas razón —contestó, para mi sorpresa.

—Además, está el asunto de la caída de anoche. Dijiste que estabas bien, pero...

—¿Podemos hablar de otra cosa?

Me quedé callado.

Asentí lentamente.

No quería que guardásemos silencio. Quería hablar; que yo le hablara.

—¿Sabes por qué trabajo en el Ryley's?

Sacudió la cabeza.

—Quiero ahorrar para abrir Ophelia.

Le vi girarse levemente hacia mí.

—¿Qué es Ophelia? —murmuró, con curiosidad.

Su voz era un susurro en medio del murmullo del viento.

—La librería más bonita de todo Madrid —respondí. Seguí con los ojos una mariposa despistada que se perdía en la negrura—. Hay un local en la zona del Barrio de las Letras que lleva cerrado desde que tengo memoria. No sé qué era antes; pero sí sé en qué se convertirá: lo llenaré de libros.

—Es un buen plan.

—¿Tú tienes uno?

—La verdad es que no —contestó, sincera, y se encogió de hombros—. Háblame de Ophelia.

No dudé. Le hablé de ese sueño disfrazado de plan, de una de las pocas certezas que guiaban mis pasos, mientras allí abajo nos esperaban y nosotros dejábamos que el tiempo se dilatara.

No tardamos mucho en bajar. Helena fue primero, y agradecí poder fijarme en sus pies, en los lugares a los que se aferraba con sus manos firmes, porque la bajada fue mucho peor que el ascenso.

En cuanto aparecimos, Daniel irrumpió en aplausos y Sofía envolvió a Helena en un abrazo antes de decirle algo sobre partirle la cara la próxima vez. La verdad es que con su tamaño no veía a Sofía partiendo nada...

La fiesta no duró mucho más, lo justo para que se quitaran el susto del cuerpo antes de que Helena y Sofía se marcharan a su piso.

Eva y yo bajamos hasta el portal con ellas y nos quedamos a ver cómo desaparecían calle abajo. Cuando Eva alzó la mano por última vez para despedirse y entramos de nuevo en el portal, le pregunté lo que llevaba rato intrigándome:

—Eva, ¿quién es Gabriel? —Pareció un poco sorprendida por la pregunta—. He escuchado antes a Sofía.

No respondió, pero sacó el móvil del bolsillo de sus pantalones y me enseñó un perfil de Instagram mientras entrábamos en casa. Las fotos de un chico de nuestra edad, alto y un poco delgado, aparecieron en la pantalla. Era rubio y parecía que había periodos que se dejaba crecer el pelo demasiado, hasta que daba la impresión de ir siempre despeinado. Tenía un rostro amable, risueño.

Eva pasó el dedo por encima de la pantalla mientras hablaba, enseñándome fotos, permitiendo que vídeos cortos se reprodujeran.

Aquel tipo era un *rooftopper*: esos escaladores que no solo subían en libre, sino que además lo hacían en edificios de la ciudad.

—Gabriel —anunció— tiene el récord del edificio más alto escalado nunca en libre; un rascacielos de más de seiscientos metros en Tianjin.

Me quedé sin aliento.

—Vaya.

—Como ves, era muy popular. Las marcas le pagaban por llevar sus productos cuando subía. Era tan conocido que conseguía los permisos para subir, pero también lo hacía de forma ilegal —continuó.

Había fotos increíbles; panorámicas estupendas. Nunca me habían dado miedo las alturas (me encantaba escalar), pero algunas de las imágenes me hicieron buscar inconscientemente un lugar al que aferrarme.

Apareció un vídeo corto que se repetía una y otra vez en el que Gabriel reía, guiñaba un ojo y lanzaba un beso a cámara.

—Murió hace unos meses —concluyó, pero continuó enseñándome aquellas fotografías, aquellos retazos de una vida que se había perdido.

Sentí un nudo en el estómago.

Me pareció mal. No quise seguir husmeando y supe que yo no volvería a hacerlo.

Dejé de mirar y me aparté un paso de Eva, que cerró la aplicación y volvió a guardar el móvil.

—No sé mucho más de lo que tú sabes —explicó—. Sofía estaba preocupada porque la muerte de Gabriel debió de afectar mucho a Helena. Le da miedo que haga alguna tontería; que suba demasiado alto.

Me quedé en silencio, asimilando lo que sabía ahora.

No tenía mucho más que decir. No quería especular. No quería hacer preguntas. Me pareció que habría sido una intromisión. Así que asentí. No volvimos a hablar de Gabriel. Hablamos de Eva y de Sofía durante un rato, hasta que ninguno de los dos aguantó más y tuvimos que acabar despidiéndonos.

Tampoco hablamos más de Helena aquella noche, pero yo me acosté pensando en ella.

9

TERCERA CARTA

Querido amigo, querido compañero:

Ese chico y yo apenas nos conocemos, pero siento que ha empeza-do a surgir algo entre los dos; un hilo que brota cuando hablamos, a veces incluso sin voz. Hay algo sutil, delicado y también emocionan-te en descubrir los secretos del otro, los sueños, los anhelos... aquello que hace que se nos erice la piel; igual que me pasa a mí cuando es-calo.

Tú y yo compartimos alturas más de una vez. ¿Te acuerdas? Allí arriba, estrechando con fuerza tu mano, yo me sentía invencible. La sensación era muy diferente a la escalada con seguros.

Allí, sin cuerdas, no había garantía de nada. De alguna forma, el desequilibrio me daba paz. Tenía las riendas, tenía el control.

Un paso adelante. Un paso atrás.

Yo decidía.

Podía resbalar. Podía caer en cualquier momento; pero, de algu-na forma, aquella caída también habría sido decisión mía.

Hace mucho que no hablo de ti con los demás sin medias tintas, sin vendas; tal vez demasiado. Él tampoco ha preguntado, aunque sospecho que ya lo sabe. Al menos, tiene que imaginar algo. Si nadie se lo ha contado, si Sofía o algún otro buen amigo creyendo protegerme no se lo ha dicho, pronto empezará a hacerse preguntas. Casi puedo imaginarlo.

Me da miedo. Te confieso que me gustaría que no lo supiera. A veces me gustaría que no lo supiera nadie.

Sofía me quiere y me ha cuidado muchísimo. No sé qué haría sin ella. Sin embargo, detesto sus miradas llenas de tristeza, detesto la forma en la que se retuerce las manos por la preocupación... Y odio la imagen que algunos tienen de mí desde hace un año; una imagen desdibujada, donde las líneas que me definen son tenues y prácticamente se han borrado, arrastradas por las olas, corroídas por la sal. Sé que esa sombra de mí existe, y es tan densa, tan azul, que a veces engulle la luz; mi luz.

No quiero que solo vea la sombra, esa imagen grotesca, triste, siempre inundada, siempre fría como el fondo del mar.

No quiero que deje de verme.

10
HELENA Y NICO

Octubre llegó sin avisar, y con las noches más frías llegaron también más reuniones en casa de Daniel.

Sofía siguió enganchada de Eva, pero no fue capaz de decirle nada en todo aquel tiempo. Y Daniel nos aceptó enseguida como a dos amigas más de toda la vida. Pronto comprendí que él era así: le gustaba estar rodeado de gente y hacerla sentir bien.

Algunas noches, cuando Nico tenía turno, íbamos al Ryley's. Cuando no trabajaba, sin embargo, preferíamos quedarnos en casa. Muchas veces nos encontrábamos allí para pasar la tarde y acabábamos llevando aquello a un nivel más intenso que el del karaoke; y eso ya era mucho decir.

Aquella noche Nico tampoco trabajaba, y nos llamaron a eso de las diez. Estuvimos a punto de no aparecer. Al menos, yo lo estuve. Sofía tenía claro desde el principio que no iba a dejar escapar ninguna oportunidad de ver a Eva.

Me obligó a cambiarme, cogimos los paraguas y me arrastró hasta allí. Nuestros pisos no quedaban muy lejos y, apenas veinte minutos después —que habrían sido menos si nos lo hubiéramos tomado en serio—, llegamos a su casa.

Eran las once cuando Eva nos abrió la puerta, con una falda en la que Sofía reparó enseguida. No era nada especial, pero Eva era de aquellas personas que parecen arregladas y elegantes con cualquier cosa. En cuanto la saludamos y se hizo a un lado para dejarnos pasar, mi amiga me dedicó una larga mirada con la que tuve que esforzarme para no reír.

El ambiente era uno de los más extraños de todas las noches que había pasado con ellos; más incluso que la de aquella noche en la que Eva y Sofía habían echado abajo una estatua con un carrito de la compra.

Los chicos estaban sentados en el salón, pero habían cambiado los muebles de sitio. Habían desplazado los sofás y ahora estaban sentados en el suelo, bajo el techo de cristal que unos días atrás me había tentado tanto.

Habían movido la mesa hacia un lado, como en la fiesta en la que había conocido aquel lugar, y la mesita redonda que solía estar sobre una alfombra de un deslucido color azul ya no estaba allí. Ahora, además de la tela, solo había cuatro elementos completamente aleatorios; uno en cada esquina. Una figurita de cerámica de un cisne, cuatro libros uno encima del otro, un pedazo de... ¿suelo de la calle?, y un jarrón con una planta seca dentro.

Nos sentamos con ellos en el suelo. Estaban jugando a las cartas y Nico tenía los pantalones mojados hasta las rodillas y el pelo húmedo. Dijo que su paraguas seguía sin aparecer, pero eso no explicaba cómo se había mojado así los pantalones. No insistimos.

—¿Y la nueva decoración?

—Me han ayudado a probar cosas nuevas —respondió Daniel, zanjando la partida que estaban jugando y volviendo a repartir, esta vez también a nosotras—. ¿Qué os parece?

Eché un vistazo a mi alrededor, a los muebles puestos sin sentido, a la mesa apartada...

—Poco práctico.

—¿Según quién? —replicó.

—Según la lógica humana —contesté.

Daniel frunció el ceño, como si estuviera de verdad ofendido. Nico agarró sus cartas y rio por lo bajo, pero no se atrevió a decir nada.

Tenía una risa fácil, una sonrisa bonita.

—¿Y qué es eso de ahí? —preguntó Sofía, señalando la alfombra.

—Te he dicho que si movías la mesa preguntarían por el socavón —contestó Nico.

—No se habla del socavón —replicaron Eva y Daniel al mismo tiempo.

Sofía y yo nos quedamos en silencio un segundo.

—¿Qué socavón? —quise saber.

—Lo siento, chicas, pero en esta casa no hablamos del socavón. —Eva tomó su mano y continuó jugando como si nada—. Tenemos ciertas normas.

—¿Qué normas? —se aventuró Sofía, que estaba tan intrigada como yo.

Ahora no podía dejar de mirar aquella vieja alfombra y sus cuatro esquinas ocupadas. ¿Estarían de verdad sujetando la alfombra porque si no... se caería por el socavón que cubría? ¿De verdad había un agujero allí?

—No más socavones —contestó Nico, con tono monocorde—. No se habla del socavón y Nico no cocina repostería a no ser que alguien se lo pida expresamente.

Lo último lo dijo verdaderamente afectado.

—¿Por qué? —pregunté, a falta de más palabras.

—Tiene problemas de control —respondió Eva, con tranquilidad—. Por eso Nico ha decidido, por su salud y la de los demás, que no puede cocinar repostería a no ser que alguien se lo pida. ¿Verdad, Nico?

Me miró, y yo lo miré a él. Le vi abrir la boca, dudar y después bajar la mirada.

—Verdad.

Fui incapaz de contener la risa.

—Necesito más información sobre el socavón.

—No se habla del socavón —repitieron los tres a la vez.

Hacía rato que Sofía no dejaba de reír, sin dar crédito.

—¿De verdad habéis hecho un agujero ahí? ¿Por qué?

Me puse de pie, sin poder contenerme. Todos habían dejado de jugar ya a las cartas. Daniel tiró un vaso de plástico vacío cuando vio lo que hacía y se revolvió un poco.

—Helena, respeta nuestras normas —intervino Nico. Estaba divertido, estaba a punto de romper a reír.

Yo también quería hacerlo.

—Solo voy a echar un vistazo —me excusé, dando un paso atrás.

Eva se incorporó un poco.

—No puedes.

—Un vistazo y aceptaré vuestras normas. No hablaremos del socavón.

Los tres compartieron una mirada. Eva asintió.

—Un vistazo.

Me puse tan nerviosa que estuve a punto de chocarme con uno de los sillones. Sofía se incorporó un poco también, alzándose sobre sus rodillas desde donde estaba para poder ver mejor.

Solo levanté la estatuilla del cisne. Alcé esa esquina y...

—Oh, dios mío.

Sí que era verdad. Había un maldito socavón allí abajo. Al otro lado había una habitación a oscuras. Solo alcancé a ver un escritorio repleto de libros y cuadernos, pero imaginé que era el piso de Nico y Eva.

Me volví hacia ellos con mil preguntas más, pero las normas eran las normas.

Sofía tenía la misma expresión que yo cuando me senté con ellos, pegué un trago de mi vaso y guardé silencio.

Durante el resto de la noche fingimos que no había un maldito agujero en medio del salón. Más tarde, entre copa y copa, Daniel quiso que volviéramos a mover los muebles.

Probamos tres combinaciones distintas hasta que decidió dejarlo tal y como estaba al principio. Bailamos, jugamos a las cartas, bromeé con volver a subirme al tejado y a Sofía casi le da un ataque, bebimos... Quizá bebimos demasiado.

Aquella noche se lloró en tres ocasiones distintas.

El primero en llorar fue Daniel.

—Esa canción no habla de una chica —repitió Eva.

Nico y él compartían sofá, Eva y yo nos habíamos sentado frente a ellos y Sofía se había quedado en un sillón solitario porque en el último segundo antes de dejarse caer al lado de Eva se había acobardado.

—Claro que sí —replicó Daniel, insistente—. Escúchala. Escúchala bien. *La estrella de los tejados, lo más rock & roll de por aquí* —tarareó, arrastrando la voz—. Habla de una chica que los volvía locos a todos.

Era la tercera vez que *Lady Madrid*, de Leiva, sonaba por los altavoces, porque Daniel se negaba a dejar de escucharla hasta que todos aceptáramos que tenía razón.

—Habla de cocaína, Daniel —sentenció Eva, antes de volver a recostarse en el sofá y cruzar los brazos ante el pecho—. *Lo más rock & roll de por aquí. Los gatos andábamos colgados...* ¿Qué te sugiere eso?

Daniel sacudió la cabeza con efusividad. Todavía tenía el pulgar sobre la pantalla de su móvil, dispuesto a volver a ponerla una cuarta vez si tenía que hacerlo.

—Sí que parece que hable de la droga —comentó Nico.

Daniel le dedicó una mirada heladora.

—Sofía —rogó él.

—A mí me gusta la versión de Daniel —contestó, bajito y conciliadora.

Eva arqueó una ceja, pero no replicó. Sonrió un poco. Estaba divertida. Aquello no iba realmente con ella. Daniel, en cambio...

—¿Helena?

—Ahora que Eva lo ha comentado... no puedo dejar de verlo. Lo siento —me disculpé.

Se quedó callado. Se quedó callado tanto tiempo que los demás nos miramos los unos a los otros, inquietos. Su rostro se quedó congelado, inexpresivo, unos segundos antes de echarse a llorar.

Nico, a su lado, se quedó a cuadros.

Eva se llevó una mano a la boca, sospecho que intentando ocultar un ataque de risa. Sofía parpadeó varias veces y yo... Yo abrí la boca, incrédula.

Daniel se secó las lágrimas con rabia y se levantó de golpe. Nico lo siguió tras la sorpresa y, antes de acompañarlo al baño, me miró y me dijo:

—Ya te vale.

Arqueé aún más las cejas.

—¡Pero si tú también has dicho que... si ha sido Eva quien...!

No pude acabar. Las tres nos quedamos solas y en silencio en el salón, mientras *Lady Madrid* continuaba sonando a todo volumen, porque al parecer Daniel la había puesto en bucle.

—Está superborracho —dijo Eva, para romper el silencio.

Las tres nos miramos, pero no dijimos nada más.

Esa fue la primera vez que alguien lloró aquella noche. La segunda fue peor; más extraña y surrealista.

Si hubiese una categoría de lloreras absurdas, las dos primeras de aquella noche estarían entre los tres primeros puestos, junto con aquella en la que Eva y yo habíamos llorado porque no podíamos cambiar la emisora de la radio, el día que habían reventado una estatua.

Llegó un momento de la noche en el que fue evidente que teníamos que marcharnos. Nunca habíamos tenido problemas para dejar las fiestas; nos lo pasábamos bien, hacíamos alguna tontería y llegaba un instante en el que Sofía y yo compartíamos una mirada y sabíamos sin decir nada que había que volver a casa. Aquella noche, sin embargo, nos miramos varias veces, como preguntando, y en todas y cada una de las ocasiones esbozamos una sonrisa estúpida y brindamos.

En aquel piso, durante aquellas horas, hubo un magnetismo especial.

Ninguna de las dos se planteó volver. Creo que ninguno de nosotros se preguntó realmente cuándo acabaría aquello. En aquel piso con un socavón en medio del salón, el tiempo se detuvo y se volvió eterno. La noche era infinita.

Al terminarse el vodka, Daniel había seguido sacando cervezas, e incluso yo me las bebí, aunque nunca me había entusiasmado su sabor.

De hecho, me lo estaba pasando tan bien que acepté cuando Daniel me aseguró que su misión sería hacer que me gustara.

En aquel momento, él y Nico estaban pasadísimos. En realidad, todos lo estábamos.

Los dos habían alzado las manos y las habían juntado. Llevaban un tiempo comparándolas, y yo me debatía entre mirarlos a ellos o mirar a Eva y Sofía, que habían encontrado una excusa perfecta para que sus dedos se rozaran mientras los imitaban. Era difícil saber cuál de las dos se había puesto más roja.

Cuando Nico y Daniel dejaron de señalar las diferencias y de debatir sobre cuál de los dos tenía un anular más largo o los nudillos más marcados, tuve que mirarlos.

Uno de los dos dijo algo sobre las serpientes. El otro asintió con efusividad.

Entonces Nico se echó hacia delante y apoyó los codos sobre su regazo, hundido. Daniel se llevó las manos a la cara.

Las serpientes no tenían manos.

Los dos lloraron por eso durante un rato mientras yo intentaba asimilar lo que estaba pasando y Eva y Sofía continuaban con las manos entrelazadas ya sin ningún motivo aparente.

Nos relajamos un poco después de eso; quizá fue como un aviso.

Nico estaba un poco ausente cuando me senté a su lado en el sofá. Creo que estaba intentando leer, aunque probablemente no había sido capaz; tenía *Orgullo y prejuicio*, de Jane Austen, cerrado sobre el regazo.

Sus ojos lucían un poco cansados, pero había algo en ellos, algo... vivo, que lo hacía parecer que sonreía incluso cuando sus labios no lo hacían.

Alcé la mano para taparle la boca y comprobarlo.

Sí. Sus ojos sonreían.

Creo que Nico estaba intentando contener el aire, porque tras unos segundos me apartó la mano con cierta expresión de alarma e inspiró con fuerza.

—¿Qué haces? —inquirió.

—Nada —contesté.

Estaba tan cansado que no me pidió otra explicación. Cerró los ojos y estiró los brazos por encima del respaldo. Apenas me rozó, pero yo fui consciente de cada uno de sus movimientos.

Soltó un pesado suspiro.

—Me encantaría hacer unas galletas.

—¿No tenéis galletas... hechas? Ya sabes, de las que se compran en los supermercados.

Nico abrió los ojos.

Los dos tardábamos demasiado en responder, entre frase y frase, mientras procesábamos. Me notaba lenta.

—Pero esa no es la cuestión.

—¿Cuál es la cuestión?

—Que quiero hacer galletas.

Una pausa.

—¿Porque las tuyas son más ricas...? —aventuré.

—Porque me apetece cocinar.

Me quedé en silencio. Asentí, comprendiendo.

—¿Por qué no te dejan hacer galletas de verdad?

—Porque son unos tiranos.

Me froté la sien, recordando sus reglas, las normas.

—Hazme unas galletas —le pedí, entusiasmada.

Sus ojos brillaron.

—¿Cómo dices?

—Galletas.

—Tienes que decirlo todo, Helena —me explicó, muy serio—. Si no, no vale.

—Como los vampiros y las puertas...

—¿Qué?

—Nada. —Carraspeé—. Por favor, Nico, ¿podrías hacerme unas galletas?

Ni siquiera dijo que sí. Nos levantamos y encendimos las luces de la pequeña cocina, aquella encimera alargada que Nico no tardó en llenar de fuentes de cristal, utensilios e ingredientes.

Hubo protestas y amenazas, y creo que, cuando Eva me miró y me dijo que estaba enfadada conmigo, no lo decía del todo de broma.

El piso se llenó de un olor dulzón y empalagoso y subió la temperatura varios grados. Las hizo sin receta, sin medir.

Salieron muchísimas galletas.

Me senté en un taburete y le observé mientras improvisaba y se movía por la cocina sin detenerse un solo segundo. Solo lo ayudé a dar forma a las galletas, y creo que, más que un favor, lo consideró una molestia que estuvo dispuesto a aceptar porque, al fin y al cabo, si estaba cocinando era gracias a mí.

Era curioso pensar que, unas semanas antes, me había descubierto a mí misma pensando en él al despertar, en el chico del rocódromo. Antes del incidente con Sofía, me gustaba mirarlo y encontrarme con él como por casualidad (aunque conocía perfectamente sus horarios). ¿Había sido él también consciente de mí? ¿Habían sido esas sonrisas y esas miradas un puente que los dos habíamos quemado tras las primeras palabras cruzadas, el día del «accidente»?

Me entró la risa.

—¿Qué pasa? —preguntó con la voz menos temblorosa que antes, como si haber tenido que concentrarse para las galletas lo hubiese despejado.

Yo seguía bastante borracha, así que tuve cuidado.

—Que me caías fatal.

Nico se sorprendió un poco. Me miró desde arriba, intrigado.

—Tú a mí no —respondió, resuelto.

—¿No?

—Me sacas un poco de quicio, pero pareces buena gente.

—¿Te saco de quicio?

Se rio con suavidad.

El olor de la primera hornada de galletas inundaba todo el piso. Las risas de los chicos llegaban amortiguadas desde el salón junto con una canción de Taylor Swift que ya había escuchado antes tarareada en los labios de Nico.

Le di un suave empujón y volvió a reír.

Nos quedamos una eternidad cocinando, hasta que apuramos las últimas cucharadas de masa cruda nosotros mismos. Debía de ser tardísimo cuando abrimos el balcón (el mismo que había usado para subir al tejado) y salimos a comer galletas. Daniel se ocupó de despejarlo. Apartó algunas ramas y barrió las hojas que había en el suelo; el resto arrastramos mantas y los cojines de los sofás, y nos sentamos entre la maleza que amenazaba desde el otro lado de la barandilla.

No sabía a qué hora amanecía en aquella época del año en Madrid, pero era tan tarde que se nos hizo pronto y el sol empezó a salir. Lo hizo despacio, iluminando primero el cielo de un tono cobrizo en el que todavía brillaban las estrellas.

Poco después, un gato saltó frente a nosotros desde la barandilla, y Eva se sobresaltó tanto que un grito suyo quebró el silencio del amanecer. Un perro ladró en la distancia.

—Otra vez se ha equivocado de balcón ese maldito gato —bufó.

—No le hables así —la regañó Nico, tenso—. Ven, ven aquí, guapo.

El gato era completamente negro y sus ojos amarillos brillaban en la oscuridad. Se paseó entre nosotros, atento, curioso, sin acercarse demasiado a nadie.

—¿Es tuyo?

—Sí.

—Pero el gato no lo sabe —replicó Eva.

Nico le hizo un gesto para que callara.

—Hace días que no viene por casa —explicó, y alzó la mano ante él—. ¿Qué lleva en la boca?

Todos nos inclinamos un poco para verlo mejor. Sí que llevaba algo. Tal vez una presa. El movimiento, aunque sutil, debió de alterarlo, porque abandonó lo que llevaba entre las fauces y volvió de un salto a la barandilla y después al árbol.

Cogí entre los dedos lo que había dejado caer.

—¿Es... una caracola?

Nico me la arrebató de la mano con suavidad.

—¿De dónde diablos la habrá sacado?

Ninguno supo responder, aunque lo intentamos. Seguimos hablando, teorizando, esperando que el gato volviera; pero no regresó. Al final, se hizo el silencio de nuevo, dulce, amable; fácil.

Otra vez fue Eva la que lo rompió:

—Esta vez no vas a darnos ningún susto, ¿no? —me preguntó de repente.

Sofía y ella estaban muy juntas bajo una manta de cuadros rosas. Al parecer, no había mantas para todos. Ya.

—Os sorprendería lo segura que estaba allí arriba —contesté, sin pensarlo mucho.

—A pesar de tus excelentes dotes como escaladora en libre, estás más segura aquí abajo, ¿no crees? —me regañó Sofía.

A ella también se le estaba pasando el efecto de lo que habíamos bebido; al menos un poco. Yo aún notaba la cabeza pesada, los pensamientos lentos y un poco caóticos, pero me sentía mucho más ligera.

«Allí arriba soy libre. Allí decido yo», me habría gustado decirle; pero no sabía cómo explicárselo. A veces ni siquiera yo lo entendía. Tenía sentido. En algún lugar... lo tenía.

—Nunca ha pasado nada.

—¿Cómo en la universidad? —intervino Daniel. Fui consciente de que todos se giraron para mirarlo; eran miradas prudentes, amonestadoras. Él no se dio por vencido—. ¿Qué? —Se encogió de hombros y se pasó la mano por la cabeza rapada, con aire distraído—. Eras tú la que subió la fachada antes de este verano, ¿verdad?

Abrí la boca con la intención de mentir, igual que había hecho otras veces para evitar preguntas que me hicieran querer salir corriendo, quizá a otra azotea, pero no lo hice.

—Sí que lo era —respondí.

Daniel soltó una carcajada y a mí me gustó ese sonido alegre y despreocupado.

—Estás pirada. —Cogió una de las galletas y se colocó bien la manta que había resbalado un poco por sus hombros.

—¿Por qué?

No fue él quien preguntó, sino Nico.

El brillo de las farolas se apagó, pero no nos quedamos a oscuras. El sol del otoño rasgaba los jirones rojizos del amanecer.

Aquel azul, el azul de los ojos de Nico, era más bonito durante aquel momento, bajo aquella luz. Apenas pestañeó mientras me miraba, paciente, con esa boca amable, esas manos que me habían hecho galletas apoyadas sobre el regazo.

—Le dije a todo el mundo que había sido por los exámenes. —Vi un movimiento muy sutil en Sofía. Ella era parte de ese «todo el mundo»—. Pero fue porque creo que estoy enferma.

Ninguno dijo nada, ni siquiera Sofía, que ya sabía de qué hablaba.

Un gato maulló en algún tejado.

—Cuando cumplí los dieciséis años, a mi tía le diagnosticaron Huntington. Es hereditario, así que toda la familia nos hicimos las pruebas y descubrimos que yo también tengo el gen. No nos habíamos dado cuenta porque... porque no tenía síntomas. Está ahí, dentro de mí. —Me miré las palmas de las manos—. Desde entonces siempre he sabido, casi con total seguridad, que algún día aparecería la primera señal y una vez que eso ocurra... —Aparté la mirada. Busqué alguna de las luces que aún persistían en el firmamento; una estrella entre dos mundos—. Lo normal es que se presente a partir de los treinta. La esperanza de vida desde el diagnóstico hasta el final va desde los diez a los treinta años, pero si se presenta antes de los veinte nunca llega a diez.

Decirlo fue mucho más fácil de lo que esperaba, porque lo había escuchado decenas de veces, en decenas de consultas de especialidades distintas. Lo habían repetido tanto que compartirlo no resultó difícil, salió de mi boca como un suspiro, una exhalación muy suave que no se llevó nada de mí; ni una lágrima, ni un ápice de dolor.

—Helena, ¿has notado algo nuevo? —preguntó Sofía con delicadeza.

Pensé en todo lo que había pasado desde el día que había subido por la fachada de la facultad; pensé en las semanas antes de eso. Decir los síntomas, enumerar las áreas que se veían afectadas, tampoco debería haber sido difícil; pero allí, entre esas palabras, podía ver un hilo negro muy fino, brillante como la obsidiana, que me conectaba a algunas de esas señales y las hacía más reales.

No había dejado de pensar en ello desde los dieciséis; pero aquel día, el día que había subido y lo había cambiado todo, lo había visto de otra forma: más claro y más cerca.

Había sido como aquella vez que, con ocho años, me había quedado colgada de la pared y había tenido la certeza de que algún día moriría. No habría cuerdas. Mi padre no estaría abajo para recogerme.

Aquel día, después de un examen terrible, de haberme tropezado varias veces esa misma mañana y de estar dolorida por los golpes que me había dado escalando, de encontrar decenas de manifestaciones distintas de ese miedo tan atroz, había visto una grieta en el tejido de la realidad. Así que me había descolgado, como cuando era pequeña.

Había sufrido un descuelgue brutal y me había quedado allí suspendida; sin poder bajar, sin saber qué hacer. Y, luego, simplemente había subido.

Había subido por la fachada de la facultad.

Sofía me miraba; todos lo hacían. Yo me miré las puntas de los pies.

—Me noto rara desde hace unos meses. El último semestre del curso anterior fue un circo. No podía estudiar, no conseguía concentrarme y era incapaz de organizarme. Desde entonces me cuesta dormir, me noto cansada a todas horas... —Me ahorré el resto: «aislamiento social, apatía», porque Sofía lo sabía de sobra; también sabía qué significaba lo que le estaba diciendo—. Últimamente me caigo; me tropiezo constantemente. También he tomado algunas decisiones poco meditadas, impulsivas. Todo eso es... —Cogí aire—. Todo eso es una señal. Podrían ser síntomas del Huntington —expliqué a los demás.

Las ramas del árbol que teníamos prácticamente encima se mecieron bajo la brisa. Un pájaro que no nos tenía miedo se posó sobre la barandilla destartalada del balcón.

Miré a Sofía y esperé ver el pánico en sus ojos. Un primer paso. Me recordé que después vendrían muchos más: contárselo a mi madre, a mi padre... Quizá tendría que explicárselo yo a mi hermano; alguien tendría que hacerlo si a la vez que él crecía me veía a mí morir.

Pero en los ojos de Sofía no encontré el miedo que había buscado. Hallé una compasión profunda, un cariño que siempre había sabido que estaba ahí y... alivio. En aquellos ojos almendrados, enmarcados por un maquillaje deslucido, había alivio.

—Helena... Helena... —susurró. Se quitó la manta de encima y se puso de rodillas para acercarse a mí—. Helena...

Su voz se quebró bajo una carcajada y yo me pregunté si seguía borracha.

Sofía tomó mi rostro entre sus manos templadas.

—Tienes diecinueve años y cada día, al despertar, esperas poder acostarte sin haber notado un síntoma. Llevas casi un año entero tensa porque cualquier síntoma antes de esa línea roja que son los veinte años sería una noticia devastadora. —Sacudió la cabeza. Sus pulgares acariciaron mis mejillas—. ¿No te concentras? ¿Quién podría hacerlo en tu situación? Yo no. No creo que nadie pudiese. Te salieron unos exámenes de mierda porque estabas preocupada por cosas más importantes. No duermes porque estás mal y después estás agotada porque te falta sueño. ¿Los tropiezos? Helena, te conozco desde el instituto y siempre has sido torpe.

No me di cuenta de que se me estaban saltando las lágrimas hasta que ella las limpió antes de apartarse para hacer lo mismo con las suyas.

—¿Por qué no me contaste cómo te sentías? —continuó Sofía—. Yo te habría dicho que siempre has sido así: torpe, impulsiva, dispersa... Siempre has sido un desastre, Helena.

Me reí un poco. Fue una risa fea, a caballo entre el llanto y el alivio.

—Sé que lo crees de verdad; yo también quiero hacerlo. Me lo he repetido muchas veces, pero hay demasiadas cosas, Sofía, demasiadas coincidencias.

Ella sacudió la cabeza.

—Un mes, Helena. Te queda un mes para los veinte. Nuestro miedo siempre ha sido que aparezca antes de eso, ¿no? —«Nuestro» miedo. No me pasó inadvertida la elección de palabras; una elección que no era meditada, sino sincera, igual que sus manos buscando las mías y sus lágrimas escapando sin permiso—. Después saldrás de ahí. Ya lo verás. Todo volverá a ser más fácil. —Me quedé en silencio, porque quería aferrarme a esas palabras, a esa esperanza—. Helena, cariño... ¿qué hago para convencerte de que ya eras así de torpe antes?

Volví a reír. Me sequé las lágrimas y asentí.

Noté como si un nudo se hubiese aflojado en mi garganta, en mis pulmones... en todo mi pecho; un nudo que se deshizo y dejó un espacio limpio en el que expandir los pulmones y respirar.

—Deberías haberme contado esto mucho antes; haber hablado más con tus padres, con tu psicóloga o con tus médicos. Ellos te habrían dicho que estás perfectamente.

No sabía qué decir. No me quedaba más remedio que darle la razón. Sabía que la tenía; pero hay cosas que parecen imposibles hasta que las haces. Luego descubres que siempre has sido capaz de hacerlas; pero tienes que pasar por ese proceso, tienes que descubrir ese miedo e intentarlo hasta que desaparece.

Esa fue la tercera vez que alguien lloró.

Lloramos las dos, y me di cuenta de que Daniel también lo hacía. Nico se enjugó una lágrima discreta y Eva se mordió los labios.

Los cinco lloramos en un balcón tomado por las plantas, al amanecer de un día de otoño, cuando las últimas estrellas aún brillaban sobre aquel patio solitario de Madrid.

II
NICO Y HELENA

No volví a salir con los chicos en varios días. No vi a Daniel, ni a Sofía...
Ni a Helena.

Helena.

¿Cuántas oportunidades había tenido de rozar sus dedos mientras
hacíamos una cantidad desorbitada de galletas? Quizá habría sido dulce, como el olor que flotaba entre los dos. A lo mejor habría descubierto
una palma áspera, fuerte y trabajada por la escalada.

Tal vez no habría apartado su mano. Tal vez habría tendido una
cuerda al otro lado del río; un paso seguro, firme... una manera de
cruzar.

Tal vez.

Procuré no pensar mucho en todos aquellos «tal vez». El problema
surgió cuando me di cuenta de que pensar en Helena me llevaba a ello...
y resultó que pensaba más en ella de lo que esperaba.

Esa sonrisa anecdótica, sus dedos apartando un mechón rizado de
su frente, su voz diciendo que en las alturas se sentía segura...

Era complicado.

Volvimos a encontrarnos una semana después, cuando Eva, Sofía
y ella aparecieron en el Ryley's durante uno de mis turnos. Me alegré

tanto de verla entrar por la puerta que me extrañó que Eva no lo notase o que no me pinchara por mi sonrisa bobalicona, pero no lo hizo.

«Queremos un plan tranquilo», dijeron. Se sentaron en la barra y pidieron una copa. No había mucho ajetreo, así que entre cliente y cliente pude estar con ellas un rato.

Más tarde, un poco antes de que cerráramos, Eva y Sofía acabaron marchándose a la pista de baile. Mis compañeros y yo empezamos a recoger y a ordenar para preparar el cierre mientras Helena esperaba sentada en la barra. Miraba a las chicas bailar y aprovechar hasta el último segundo antes de que alguno de los camareros les apagáramos la música. Me pregunté si ella también se daba cuenta, si veía esas flores que crecían entre las dos cada vez que se miraban, respiraban cerca de la otra o se rozaban. Seguramente sí.

Bajaba del piso de arriba con una caja vacía cuando, de pronto, noté que mi pie se resbalaba y, antes de que pudiera reaccionar, me vi en el suelo.

Caí de forma blanda, casi deslizante, sin hacer apenas ruido y sin que la caja que llevaba encima saliera despedida, lo cual fue un éxito inintencionado.

Cuando alcé el rostro y me di cuenta de que nadie lo había visto, me relajé un poco. Al otro lado, sentada en la barra, sin embargo, Helena sí que me observaba.

Nuestras miradas se cruzaron.

Me acerqué a ella.

—Todas las noches alguien se cae de las escaleras del Ryley's —murmuró, aunque estábamos solos.

—De nada —contesté.

—¿Qué?

—Que lo he hecho por ti. Ya sabes, por lo que nos contaste la otra noche... Para que vieses que todos nos tropezamos.

Una sonrisa tiró de las comisuras de sus labios.

—Ya.

—De verdad —repetí.

—Es todo un detalle.

Volvimos a compartir una mirada, una sonrisa.

Fue una buena noche; tranquila.

Nuestro piso no quedaba muy lejos del de Helena y Sofía, así que las acompañamos hasta allí sin ninguna esperanza de que alguna quisiera continuar con la fiesta; era verdad que querían una noche tranquila.

Tras despedirnos de ellas, volvimos a casa con un paseo sin prisas.

Había algo, desde la noche que Helena nos había hablado del motivo de su escalada a aquella fachada, que me rondaba por la cabeza.

—Oye, Eva. ¿Tú sabes cómo murió Gabriel?

Eva se giró hacia mí un poco extrañada. Hundió las manos en los bolsillos de su cazadora y siguió andando adelante.

—No. —Una pausa—. ¿Quieres que me entere?

Sabía que podía. Si no encontraba esa información en internet, lo haría preguntando. Preguntaría a Sofía o se lo preguntaría a Helena directamente sin que ella notase siquiera que estaba tanteándola.

Dudé; pero fue apenas un instante.

—No. Olvídalo.

Eva asintió, pensativa. Puede que imaginase en qué estaba pensando, qué cosas me preocupaban. Y decidió darme espacio.

No me salté una sola clase aquel día.

Por una vez en mucho tiempo, al mirar a mi alrededor, descubrí que Daniel estaba mucho más fresco que Eva o yo; sobre todo que yo.

Quise saber si había planes de reunirse pronto con Helena o Sofía. Eva sacudió la cabeza e hizo un mohín. «Trabajos», pronunció.

Cuando terminaron las clases, yo también me di cuenta de que debía invertir un poco más de tiempo en avanzar en tareas que aún no había empezado y, después de una larga tarde, cuando ya anochecía, salí de casa.

Recordaba que Helena había mencionado que trabajaba cerca del Ryley's, en una pequeña tetería, pero tuve que dar varias vueltas por los alrededores hasta que encontré el Palacete del Té, entre una aséptica tienda de electrodomésticos y una zapatería cuyo escaparate estaba abarrotado. La vi a través del cristal atendiendo a un cliente al otro lado de la barra, caminando entre las estanterías, tomando y volviendo a dejar cajitas mientras hablaba y maldecía cada vez que la torpeza hacía que alguna se le escapara de entre los dedos.

Me quedé ahí fuera hasta que se quedó sola, para no interrumpirla, y entré justo cuando desaparecía al otro lado de una pequeña puerta. Debió de oírme al entrar, pero no vio que era yo, porque gritó que volvía en un segundo.

Apareció al cabo de un instante, secándose las manos en el delantal azul que llevaba, y su rostro se iluminó en una sonrisa de sorpresa cuando descubrió quién era.

—Nico —me saludó, extrañada.

Empecé a preguntarme si no habría sido una locura.

—Hola, Helena.

No pude quedarme quieto, empecé a pasear por la pequeña tiendecita como lo había hecho ella antes con aquel cliente.

Esperé a que me preguntara qué hacía allí, pero parecía tan perdida como yo, y eso ya era mucho decir. Me detuve en el centro de la estancia, al otro lado de una estantería baja repleta de cajas metálicas con etiquetas de tonos pastel.

—¿Has venido a por té? —me ayudó, por fin.

—Sí.

—Bien.

Nos quedamos en silencio de nuevo, mirándonos, a punto de reírnos.

—¿Qué tipo de té quieres?

—Dame alguno que te guste a ti.

Helena soltó una carcajada corta, discreta, y bajó la cabeza mientras volvía a frotarse las manos en el delantal. Me tensé un poco.

—No me gusta el té —contestó, un poco más bajo—. De hecho, lo detesto.

También me reí, nervioso.

—Dime cuáles te gustan. Te diré qué tenemos —me animó, suave.

Dudé.

—Tampoco me gusta.

Tras un segundo silencioso, algo rompió el silencio. Una risa suave, un pestañeo, sus manos apartándose un rizo del rostro.

Debía de estar rojísimo, pero creo que no me importó. En aquel momento solo me importaba que ella también se había ruborizado y que sus manos parecían nerviosas sobre el delantal. Carraspeó un poco.

—¿Y el helado? —preguntó.

—¿Cómo?

—¿Te gusta el helado?

Me sentía torpe y lento, moviéndome a un ritmo muy por debajo de lo que necesitaba el juego, pero no me sentía incómodo.

—Claro.

—Conozco una cafetería cerca de aquí que también sirve helados. Están ricos.

—Eso suena bien —contesté, incapaz de reprimir una sonrisa.

Helena cogió aire. Se metió las manos en los bolsillos del delantal.

—Cierro en quince minutos. Si me esperas, puedo enseñarte dónde está.

Podría haber respondido antes de que terminara de hablar.

—Sí.

—¿Sí? Vale.

—Genial. —Sonreí.

—Genial. —Sonrió.

Nos entró la risa.

Salí de la tienda hecho un flan, a punto de romper a reír a carcajadas que habrían quedado extrañas en aquel momento, alterado e inquieto. Me dejé caer junto a la puerta.

Cuando me giré un poco, solo un poco, vi a Helena de espaldas, volviendo tras el mostrador mientras alzaba el rostro hacia arriba y se pasaba las manos por el pelo y la cara.

Tendría que dejar de reírme antes de que volviera a salir, aunque dudaba que pudiera resistirme si ella también rompía de pronto en una risa nerviosa.

Cuando salió y echó el cierre, llevaba la bici consigo; una bici ligera, de un color naranja vibrante que no pegaba en absoluto con su estética. Vestía unos pitillos rotos a la altura de las rodillas y un jersey gris sobre el que lucía de forma descuidada un abrigo que se resbalaba un poco sobre sus hombros. Calzaba las mismas zapatillas deportivas con las que siempre la veía; en casa, a la salida del rocódromo, en el Ryley's... como si siempre estuviese preparada para echar a correr, o para subirse a un tejado.

—¿Vamos? —preguntó, mientras agarraba la bici del manillar.

Echamos a andar.

Era verdad que la cafetería quedaba cerca. Subimos más allá de las últimas calles tranquilas con pequeños comercios, hasta llegar a un rincón apartado entre el Ryley's y el Barrio de las Letras. El bullicio de los bares empezaba a sentirse en aquel lugar. En la entrada de una calle perpendicular se reunían varias personas que tomaban la última copa antes de cenar o la primera de una noche que empezaba temprano.

Helena dejó su bicicleta junto a un árbol, en un callejón cercano donde no parecía haber mucho ajetreo, y le puso un candado.

El ambiente dentro de la cafetería era muy diferente. Una melodía vibrante se mezcló por un instante con las voces de la calle. Sin embargo, cuando la puerta se cerró a nuestras espaldas con un tintineo de campanilla, solo quedó la suave melodía como de carrusel que sonaba dentro.

No era fácil averiguar cuál era la media de edad de aquel lugar: había personas mayores tomando chocolate con churros, abuelos con sus nietos y parejas jóvenes que se habían sentado en el mismo lado de la mesa para estar más juntos.

Helena tomó una carta del mostrador y se sentó en una mesa al fondo, junto al escaparate. Yo la seguí y me tropecé. Alcé la cabeza y la encontré mordiéndose los labios. Hacía un esfuerzo casi inútil por no reírse.

—¿No tendrás Huntington también?

Me quedé de piedra y se me secó la garganta.

—¿Cómo? —pregunté, por si no había escuchado bien.

Se rio un poco y ladeó la cabeza, con aire de disculpa. Me invitó a sentarme con un gesto.

Fue ella la que se levantó para pedir. Parecía cómoda en aquel lugar, aunque las mesas eran pequeñas e inestables y las sillas estaban cerca unas de las otras. Regresó con dos helados medianos y volvió a sentarse frente a mí.

—Entonces, ¿hoy estabas por la zona cuando has entrado en el Palacete?

Parecía que me provocaba, pero era difícil saberlo con esa sonrisa delicada que tiraba un poco más de su comisura izquierda que de la derecha, las cejas elegantes suavemente arqueadas y los ojos curiosos observando el movimiento de sus propios dedos al tomar una cucharada de helado.

—En realidad, me apetecía verte —decidí jugar, decidí ser sincero.

Observé su reacción.

Si me estaba provocando, cambió el rumbo. Entonces bajó la vista y miró mi helado.

—Perdona, no iba a decir nada porque no quería ser desagradable, pero no puedo evitarlo: ¿cómo te puede gustar esa porquería?

Parpadeé.

—No sabes lo que te pierdes. El helado de menta y chocolate es una delicia.

—Puedes decir lo que quieras —replicó—, pero al final el que se come la pasta de dientes a cucharadas eres tú.

Me entró la risa.

—Pruébalo.

—¿Cuánto vas a pagarme? —bromeó.

—De verdad. Pruébalo.

Helena se retorció en su asiento. Sacudió la cabeza, aunque los dos sabíamos que diría que sí. No creo que hubiese podido resistirse. No creo que fuera capaz de intentarlo. Existía esa curiosidad en ella, esas ganas de *saber*.

Me robó un poco de helado y, por la forma en la que lo saboreaba, supe que estaba intentando descubrir de verdad qué era lo que me gustaba de él. No lo encontró.

Hizo una mueca, me tendió su helado y me dijo que probara algo bueno de verdad.

La tarde transcurrió deprisa. Hablamos. Hablamos tanto que el tiempo pareció destejerse: el rocódromo, las vías que habíamos escalado, su trabajo en la tetería y mi sueño en Ophelia.

—Es bonito tener un sueño —me dijo—. Es aún más bonito cuando haces algo por cumplirlo.

—¿Cuál es el tuyo?

Helena abrió la boca, pero la cerró enseguida. Sacudió la cabeza.

—Ahora mismo... este helado —respondió, después de un rato—. Luego, quizá, que llegue el fin de semana.

—Eso no son sueños —la provoqué.

—¿Por qué no?

—Porque son cosas que sabes que van a pasar independientemente de lo que hagas. Te estás comiendo el helado. Va a llegar el fin de semana.

La vi dudar. Algo se encendió en sus ojos dorados y tomó la tarrina entre los dedos.

—Aprecio demasiado el cacao con avellanas como para demostrarte que te equivocas, pero no tienes razón. Podrían pasar mil cosas distintas que me impidiesen acabar el helado. El fin de semana podría no llegar.

No necesitó ser más concreta. Había mil cosas; mil escenarios y todos malos.

—Eso es ser bastante pesimista, ¿no?

Ella se encogió de hombros.

—Yo no lo veo así. He aprendido a ser feliz con el día a día.

—¿Y antes? Estudiabas periodismo, ¿verdad? ¿No te da pena que te obligaran a renunciar?

Helena miró a través del cristal.

—No me obligaron.

—Creía que después de que subieras...

Sacudió la cabeza.

—Me amonestaron, pero podría haber seguido. Mis padres no lo saben. Piensan que no puedo volver, pero me marché yo.

—¿Por qué?

—No era el momento —contestó, despreocupada, y continuó comiéndose el helado.

Seguimos hablando; apenas volvimos a hacerlo sobre nada importante, pero dio igual, porque cualquier tema era interesante, cualquier comentario, cualquier pensamiento, cualquier anécdota sonaba dorada. Un descubrimiento, un paso más que nos acercaba.

Nos dio un poco de vergüenza cuando un camarero se acercó a avisarnos de que iban a cerrar. Nos levantamos enseguida y volvimos a la calle, al rincón donde había dejado su bici.

Decidimos volver a casa andando.

Nos perdimos un par de veces; tomamos el camino largo y nos detuvimos cada vez que alguno contaba algo sorprendente, algo que nos obligaba a mirar al otro a los ojos, exigir más explicaciones, pedir detalles.

Acompañé a Helena a su portal y me ofrecí a ayudarla con la bici, pero me aseguró que no tendría problemas en el ascensor.

Luego nos quedamos en silencio, frente a frente en un portal demasiado tarde, demasiado a destiempo.

Pensé que quizá tendría que haberla invitado a cenar. Tal vez que se nos hubiera hecho tan tarde era una buena excusa para detenernos en algún sitio y pedir algo; para dilatar el tiempo.

—Ha sido divertido —dijo ella, para romper ese silencio que no era incómodo, sino... distinto.

—Me alegra no caerte tan mal como antes.

Helena se mordió los labios.

—Lo del helado de menta y chocolate ha sido un golpe duro, pero por lo demás...

Reímos los dos y volvimos a quedarnos en silencio.

Me dije que era momento de despedirnos. Ahora sí. Yo me acerqué y ella levantó un poco el brazo; los dos nos movimos tan rápido que yo acabé tomando su mano, casi como un impulso, mientras me preguntaba si esa era su intención o si me había precipitado.

Nuestros dedos se entrelazaron y nos quedamos allí, en medio de la calle, agarrados de la mano.

Nos encontramos en la mirada.

Demasiado obvio, demasiado fácil... tanto que parecía peligroso.

Alguno de los dos se movió de nuevo. Alguno agitó un poco la mano y acabamos compartiendo un saludo formal, como el de dos personas que sellaban un trato, mientras nos echábamos a reír igual que había sucedido en la tetería.

Yo me sentía como un idiota, y no me importaba. Sentirse así nunca había resultado tan agradable.

—Nos vemos pronto —me dijo, mientras todavía nos dábamos la mano.

Deseé que ese fuera el trato.

—Nos vemos pronto —respondí.

Me aparté y me di la vuelta. En medio de la marcha, todavía en esa misma calle, escuché el ruido de la puerta de su portal y me giré.

Helena seguía allí, seguía mirándome.

No volvimos a saludarnos. Ni siquiera sonreímos, ni reímos, ni hicimos nada diferente; solo mirarnos, mientras me alejaba, mientras ella entraba en el portal.

Helena tenía una mirada bonita incluso a una distancia a la que era imposible ver sus ojos.

Eva no tuvo que preguntar cuando me vio volver a casa. Se lo conté todo con la misma cara de tonto que debía de tener cuando miraba a Helena, y ella escuchó y sonrió y me dijo que estaba pilladísimo. Lo estaba.

—¿Por qué no la has besado? —preguntó cuando acabé de hablar—. Si has notado esa conexión, no sé a qué estás esperando.

—¿Por qué no has besado tú a Sofía todavía si es tan fácil? —sugerí.

Eva resopló y cruzó los brazos ante el pecho antes de hundirse un poco más en el colchón.

Continuamos hablando un rato más, de Helena, de Sofía y de lo fácil y lo difícil y lo complicado y lo arriesgado que sería besarlas.

12

CUARTA CARTA

Querido amigo, querido compañero:

Hoy ha ocurrido algo.

Nos hemos mirado. Nos hemos mirado de verdad; con las historias que cargamos a cuestas, con todas nuestras cicatrices y los secretos que siguen enterrados bajo el mar.

Nos hemos mirado y nos hemos visto. Podría decir que el tiempo se ha parado, pero la sensación ha sido un poco distinta; la sensación... ha sido la de dos relojes que se paraban en el instante exacto en el que otro comenzaba a marcar la hora, a partir de las once y media.

Tic tac, tic tac.

13
HELENA Y NICO

Llegó noviembre y, con él, el día más difícil del año, el más temido y el más esperado desde que tenía dieciséis. Llegué sin síntomas, sin huella del Huntington.

Desde aquella noche en el balcón de Daniel, en la que había hablado y hablado hasta vaciarme del todo, había doblado mis sesiones en terapia. Sofía tenía razón: ya había estado en ese lugar en el que la imagen de Gabriel me perturbaba y me quitaba el sueño y no quería volver allí.

No había vuelto a quedarme a solas con Nico desde que había ido a buscarme al Palacete del Té. Ninguno de los dos había tenido mucho tiempo, o a lo mejor es que ninguno había vuelto a encontrar una buena excusa. A lo mejor aquella tarde Nico solo se había comportado como un amigo preocupado que quería pasar tiempo conmigo. A lo mejor solo quería asegurarse de que estaba bien...

Hacía unos días que Sofía había empezado a comprarme el periódico. Al parecer, se había dado cuenta de que ya no me preocupaba por mantenerme al día, y algo en nuestra charla en el balcón le había hecho tomar esa decisión.

Tenía que admitir que me gustaba llegar a casa y encontrar un diario siempre distinto sobre la mesita del salón. A veces, me los dejaba con notas: «La perspectiva es una mierda, pero hay que leer cosas malas para saber qué queremos evitar».

Yo ya no escribía; ya no contaría historias, pero ese plural inclusivo me parecía agradable. Leía todo lo que marcaba para mí.

Renovaron algunas paredes en el rocódromo y yo probé varias vías nuevas. Subí una distinta —un nivel morado que no había subido antes— y paseé bastante por Fuencarral.

Lo vi un lunes que fui hasta la estación a recibir a mis abuelos; volvían de la costa a pasar las fiestas en la ciudad. Aún quedaba mucho hasta la Navidad, pero todos los años volvían semanas antes para estar conmigo en mi cumpleaños. Nunca me lo dirían, pero yo sabía que era por eso. Así que lo mínimo que podía hacer era ir a buscarlos, incluso si era con la chatarra con ruedas de Sofía.

Y mientras ella me ayudaba a cargar con las maletas y les daba conversación, lo vi: una grúa de dimensiones imposibles en la Torre de Cristal.

Creo que mi abuelo dijo algo acerca de que las obras durarían hasta enero.

Desde aquel día, empecé a acercarme hasta allí. Me bajaba en una estación de metro cercana y miraba la grúa roja que escalaba la fachada de cristal. 249 metros, 50 pisos. El rascacielos más alto de España y el tercero más alto de la Unión Europea. Me pregunté cuántos escalones rojos habría entre piso y piso. ¿Serían quince? ¿Veinte? ¿Cuántos escalones habría entre el suelo y la cima? ¿Setecientos? ¿Mil?

¿Cuánto podría tardar una persona en subir mil escalones verticales?

Comí un par de domingos con mis padres, mi hermano y mis abuelos y celebré con ellos los veinte, un par de días antes de cumplirlos.

Fue bonito. Leo estaba en aquella edad en la que todo lo que hacía era adorable; todo merecía un vídeo o una foto, y estar cerca de él era fácil. Tampoco hubo muchas preguntas incómodas, solo algunas preguntas que me resultaba difícil responder: «¿Qué tal estás, Helena?», «¿Va todo bien?», «¿Has notado algo últimamente, cariño?».

«Bien», «Sí», «No».

No hubo más. Y fue un alivio.

Me sentí con ellos igual que me sentía antes de los dieciséis años. Fue agradable.

Teníamos una relación bonita y cercana; un poco tirante a veces —igual que la de todas las familias—, pero sana.

Tras el diagnóstico, había resultado imposible no sentirme evaluada constantemente. Costaba no ver la preocupación en los ojos de mi madre o la crítica cuando hacía algo poco saludable. Con el tiempo había aprendido que aquel nudo que se me hacía en la garganta y el vacío en mi estómago nacían del mismo miedo por el que ella intentaba envolverme con sus brazos protectores.

A mí me abrumaba. Ella no sabía hacerlo de otra forma.

El día de mi cumpleaños, sin embargo, sentí que lo intentaba.

Me pregunté si mis veinte años tendrían algo que ver. Puede que también fueran conscientes de ese número, de esa línea que debía cruzar para respirar un poco más tranquila.

Los médicos habían asegurado que, al haber superado la infancia sin síntomas, lo más probable era que los primeros apareciesen ya mucho más tarde; pero siempre cabía la posibilidad de tenerlos antes de los veinte y aquello era una condena mayor, una piedra más pesada.

Cuando llegamos al portal de los chicos la noche de mi cumpleaños, Sofía se puso detrás de mí y me dijo que no podía subir hasta que me vendara los ojos.

Me tropecé más veces de las que podría haber contado y me estampó contra la barandilla primero y después contra los marcos de la puerta de Daniel.

No tuvimos que llamar, porque el jaleo que se escuchaba en el interior se redujo en cuanto Sofía aporreó la puerta conmigo. Supongo que eso fue anuncio suficiente.

Bajaron un poco el sonido de la música y los escuché debatir al otro lado hasta que la puerta se abrió.

Un olor dulzón, como a canela, me hizo cosquillas en la nariz. Taylor Swift sonaba en los altavoces y me di cuenta de que aquella canción me resultaba extraña cantada por ella y no tarareada por Nico. ¿Cuándo le había escuchado hacerlo tantas veces como para que su voz me resultara más familiar?

Una imagen furtiva, de sus labios, acudió a mi mente y deseé que me quitaran enseguida ese pañuelo de los ojos.

Alguien me agarró de la muñeca.

—Mirad quién está aquí. Felicidades, Helena. —Daniel tiró un poco de mí para abrazarme y darme dos besos en las mejillas.

—Felicidades, querida —dijo Eva, antes de abrazarme también.

—Muchas felicidades, Helena.

Un par de manos me empujaron por la espalda cuando escuché hablar a Nico, y tuve que alzar las mías para no chocar de bruces con él.

Iba a matar a Sofía.

—¿Puedo quitarme esto ya?

Alguien se rio.

—Claro —respondió Daniel—. ¿Por qué no se lo has quitado en la entrada?

—¡No! ¡Que no se lo quite! —protestó Sofía, y sentí que me agarraba por detrás de los hombros—. ¿Qué sentido tendría habérselo quitado en la puerta? ¿Por qué iba a subir las escaleras a ciegas para luego verlo todo al abrir?

—¿Le has hecho subir las escaleras así? —escuché a Eva.

—Bueno, para mantener la intriga...

—¡Chicos! —los amonesté.

—Ven por aquí —intervino Daniel—. Yo te llevo.

Sentí que me ponía las manos sobre su brazo y yo no pude negarme. Me agarré a él y dejé que me llevara hasta algún lugar en medio del salón.

Nos detuvimos enseguida.

Fueron las manos de Nico las que me quitaron la venda. No dijo nada que lo delatara, ni siquiera habló ninguno de ellos para que pudiera identificar dónde estaban; pero lo supe, sin más. Sentí sus manos en mi pelo, desatando despacio el nudo, y supe que la presencia que había detrás de mí era suya.

Aunque estaba dispuesta a darme la vuelta cuando soltase el pañuelo, no pude hacerlo porque, al recuperar la vista, me encontré en medio de un salón con globos, una pequeña guirnalda que habían atado desde una esquina del suelo hasta una de las lámparas y una mesa dispuesta para la cena.

—Feliz cumpleaños —me dijo Sofía, en un susurro, antes de abrazarme.

Les di las gracias, se las di a todos, mientras Daniel subía un poco el volumen de la música.

Cuando lo miré, Nico tenía el pañuelo entre las manos.

Dijo que volvía enseguida. Tenía que bajar a por pizzas.

—Sofía me ha asegurado que no querrías invitar a nadie más —me dijo Eva, de forma discreta—. Estás a tiempo de llamar a más gente. Podemos pedirle a Nico que traiga más pizzas.

—Donde entran cinco entran veinte —apoyó Daniel.

Yo sacudí la cabeza. Había personas que habrían venido: amigos del instituto, antiguos compañeros de la universidad, quizá algún conocido del rocódromo... Pero aquel día me sentía cómoda en ese círculo pequeño, un poquito más grande de lo que era mi círculo diminuto con Sofía, seguro y sólido, de un sereno color azul pastel.

Nico volvió al cabo de un rato, empapado.

Cada vez acababa más y más mojado.

Eva le pidió a gritos que se comprase otro maldito paraguas y Daniel le preguntó si se habían mojado las pizzas.

Comimos pizza y bebimos cerveza. En realidad, ellos bebieron cerveza. Daniel me preparó algo que no recuerdo cómo llamó y antes de servirlo untó el borde de mi vaso, un vaso con un estampado de la princesa Elsa, con azúcar. Estaba rico; tanto que todos acabaron pasándose a aquello también.

Volvimos a discutir sobre *Lady Madrid*, pero aquella noche nadie lloró.

Después... después apagaron las luces.

—¿Ahora? —preguntó Sofía, entusiasmada.

Eva asintió desde los interruptores.

—¿Habéis borrado... aquello? —preguntó Nico, serio de pronto.

Sofía hizo un gesto con la mano para quitarle importancia y Nico se volvió hacia mí.

—Genial —masculló—. Entonces quiero que sepas que no tengo nada que ver y que no lo apruebo.

Busqué los ojos de Sofía.

—¿Qué has hecho?

Ella me ignoró deliberadamente, se apartó de la mesa y desapareció en el cuarto de Daniel un instante. A los pocos segundos, salieron con un resplandor azafranado entre las manos.

Una tarta. Llevaban una tarta.

Empezaron a cantar. Los cuatro me cantaron *Feliz cumpleaños* y desafinaron descaradamente cuando llegó el momento de decir mi nombre.

Pedí un deseo.

Soplé las velas.

Y encendieron las luces.

Entonces lo vi: el mensaje.

Me incliné un poco sobre una tarta que debía de haber hecho Nico. Tenía una pinta estupenda y solo su olor amenazaba con provocar una sobredosis de azúcar. Sobre la cobertura, dibujado en chocolate con una caligrafía un poco torpe, probablemente perteneciente a Daniel, se leía: «¡Felices 20! ¡No te vas a morir (tan pronto)!».

Casi me atraganto.

En cualquier otro contexto, para cualquier otra persona, podría haber sido terrible y de mal gusto; pero para mí fue perfecto. Rompí a reír y no dejé de hacerlo mientras Sofía se colocaba detrás de mí en la silla y me envolvía entre sus brazos. Reí con Eva y reí con Daniel mientras le susurraba a su amigo: «Está pirada. Me encanta, Nico. Está pirada». Incluso reí un poco cuando este parpadeó y sacudió la cabeza sin dar crédito.

—No me puedo creer que te parezca bien.

—Es gracioso. Muy gracioso —contesté.

Lo que quise decir en realidad fue: «Puedo hablar con vosotros de esto; puedo incluso bromear, y eso significa que me entendéis».

Fue una tarta importante. Si hubiese un ranking de tartas, quizá esa habría sido la mejor.

Y supongo que el deseo que había pedido se cumplió exactamente dos segundos después.

Para cuando llegamos al Ryley's, ya habíamos bebido suficiente como para que nos pareciera bien que Daniel nos apuntara a todos al karaoke, por lo que terminamos cantando juntos algún horror de canción que no me sabía y después nos quedamos en esa zona vitoreando a quienes se atrevieron a subir después.

El primero a quien perdimos fue a Daniel. Se perdió igual que hacía siempre, reclamado por unos y por otros, siempre con cumplidos que ofrecer, con planes que aceptar. Lo vimos con varios grupos cerca de nosotros hasta que desapareció definitivamente. Luego las perdimos a ellas, a Eva y a Sofía. Me di cuenta de que cada vez estaban más y más juntas, como dos cuerpos magnéticos; un paso adelante para oírse hablar entre tanta gente, una mano en el hombro para llamar la atención sobre algo, una canción que había que bailar...

En algún momento acabamos perdiéndolas de vista y solo quedamos Nico y yo, de pronto solos en la pista de baile, frente a un karaoke cada vez más lamentable.

—¿Sabes cómo se conocieron Eva y Sofía? —preguntó, mientras se acercaba un poco a mí.

Asentí.

—Aquí, en este karaoke. Sofía siempre habla de lo bonita que tiene Eva la voz.

—Así que, en realidad, si lo piensas, nosotros también nos conocimos a través de este karaoke.

—Pero ninguno de los dos ha cantado solo ahí arriba. Una lástima —lo provoqué.

—¿Quieres cantar? —preguntó.

—¡No!

—¿Quieres que yo cante?

—Con toda mi alma —respondí.

Nico apartó los ojos de mí para mirar la tarima, el micrófono abandonado en el suelo y las luces que se proyectaban sobre la pantalla que había detrás. No creí que fuera tan fácil, pero se lo vi en la cara. Nico no lo sabía aquella mañana al despertar, pero ese día se había levantado con la certeza inconsciente de que, si alguien le pedía que hiciese una payasada como cantar en un lugar en el que muchos lo conocían de la barra, lo haría.

Y lo hizo.

—Por ti —me dijo—. Por tu cumpleaños.

Me dejó su copa y se encaminó hacia allí con una seguridad aplastante. Era alto y fue fácil seguirlo entre la gente y verlo elegir algo en la pantalla. De pronto, cuando la canción que estaba sonando acabó, él empezó a entonar otra diferente.

Se detuvo a mitad de un verso para decir:

—Se lo dedico a mi amiga. ¡Felicidades, Helena!

El sonido se distorsionó con ese grito y la gente rio y me buscó con la mirada en la pista mientras él destrozaba *We Are Young*.

Aquello nos reunió a los cinco. Eva apareció riéndose a mi lado, sacudiendo la cabeza como si no terminara de creerse lo que estaba viendo, y Sofía me cogió de la mano para entrelazar sus dedos con los míos.

La miré con brevedad y luego miré a Eva.

Sofía sacudió la cabeza.

«Todavía no».

Fingí un suspiro pesado; pero la entendía, claro que lo hacía. Disfrutaban aquello. Las miradas, las caricias que se robaban la una a la otra y las excusas que encontraban para justificar que quisieran estar juntas, cada vez más juntas.

A Sofía le daba miedo que saliese mal; yo lo sabía porque la conocía. Pero al final no saldría mal. Era imposible. Solo había que mirarlas.

No volví a distraerme, no volví a perder de vista los movimientos de Nico, que, a pesar de las cervezas, seguía moviéndose bastante bien. De vez en cuando, dejaba un verso a la mitad para dar una vuelta sobre sí mismo y arrancarnos a todos una carcajada.

Él me buscó entre la gente, me sonrió mientras cantaba y reía y patinaba en la letra con un aire tan dulce, tan divertido, que nadie dejó ni un segundo de bailar con él, de gritar, de animarlo.

A mí me gustó pensar que, a pesar de todas esas personas que cantaban con él, la canción era mía; era para mí.

Duró poco, demasiado poco.

Daniel gritó que cantase otra (todos se lo gritamos), pero él no accedió. Bajó de allí y, antes de que llegara a nosotros, una de sus compañeras del bar lo interceptó por el camino para decirle algo que los hizo reír a ambos. ¿Se arrepentiría mañana de haberse hecho famoso en el Ryley's?

—No te creía capaz de destrozar así una canción —le dijo Daniel, en cuanto se reunió con nosotros.

—Y podría destrozar unas cuantas más —bromeó.

—A mí me ha gustado —le dije, incapaz de contener una sonrisa, y le devolví su vaso.

Nico hizo como que lo alzaba a mi salud.

—Un placer.

Le dio un trago.

Antes de que quisiéramos darnos cuenta, Daniel volvió a perderse. Las chicas se quedaron con nosotros, pero se apartaron un poco mientras bailaban y la sensación fue la misma que antes: nos quedamos solos y no nos importó.

Agotamos toda nuestra energía. Explotamos las ganas de bailar y de cantar y de saltar y abandonamos el Ryley's cuando no nos quedó más remedio, porque habían encendido las luces. Creo que todos nos sentimos un poco traicionados cuando la oscuridad desapareció, la música cesó y las luces de colores se diluyeron en la claridad.

Volvimos juntos a casa; a la nuestra, porque los tres decidieron acompañarnos. Sofía se despidió a gritos de Eva mientras yo le pedía que bajara la voz. Daniel se unió a aquello hasta que convencí a Sofía para que entrase al portal y la calle volvió a quedarse en el silencio apacible que antecede al amanecer.

Estaba a punto de seguirla cuando un nuevo grito quebró el silencio.

—¡Helena!

Nico corría hacia mí.

Eché a andar hacia él sin saber muy bien por qué. Nos encontramos a mitad de camino.

Eva y Daniel continuaban andando despacio, a un ritmo lento y perezoso, para no alejarse mucho de él.

—Helena —repitió.

—Nico. —Sonreí.

—¿Quieres salir conmigo? —preguntó, jadeante—. Salir más. Me refiero a... solos. Algo diferente a esto. Ya sabes... Podríamos ir a una cafetería o al rocódromo. Oh, bueno. Al rocódromo ya vamos. ¿Mejor la cafetería? Oh, no. También fuimos a una cafetería. ¿A qué sitios no hemos ido? No hemos ido a la playa, ¿verdad?

—¿Qué playa, Nico? —Me entró la risa, pero no me reí.

—No sé qué estoy diciendo —se excusó, con una sonrisa. Se frotó la frente, nervioso, y continuó hablando con rapidez—. Podemos ir a una cafetería aunque hayamos ido ya. O podríamos ir a cenar si lo prefieres. O podríamos comer. ¿Quieres desayunar? Desayunar es importante. A lo mejor, podríamos...

—Sí.

Se calló. Cogió aire y lo soltó como si hubiera estado a punto de ahogarse.

Me regaló una sonrisa capaz de derretir el ártico.

Aquel año el invierno llegaría más tarde.

—Entonces... ¿hablamos?

—Te escribo.

Nico asintió, confuso, divertido y nervioso; tanto como yo, o quizá más. Dio un paso atrás, se giró un poco y se arrepintió, y cuando fuimos a despedirnos, de alguna forma, acabamos dándonos la mano de nuevo como ya habíamos hecho una vez antes.

Aquella noche me reí mucho; tanto que, al tropezarme con los escalones del portal, no le di la importancia. Por primera vez en mucho tiempo solo vi torpeza, no síntomas. Y continué riendo.

14

QUINTA CARTA

Querido amigo, querido compañero:

Hoy ha cantado para mí, igual que hiciste tú alguna vez, aunque tú lo hiciste mucho peor.

Tiene una voz bonita, especial, y cuando canta y te mira y te dice que todo aquello que ocurre en lo que dura la canción es para ti, y quieres que no acabe nunca. Te sientes suspendida en algún lugar, en medio de toda esa gente. Un puente entre miradas, un hilo de oro entre las manos.

Podría haber alzado los dedos y lo habría rozado aunque hubiésemos estado a metros de distancia; en ese momento, estábamos solos.

Recuerdo una sensación parecida, recuerdo la primera vez que te escuché cantar, aunque a ti nunca te gustara hacerlo. Supiste que era algo bonito, íntimo, que te mostraba vulnerable, y lo hacías aunque te diese vergüenza, porque viste ese hilo entre los dos.

Lo recuerdo mucho, ¿sabes? Cómo nos conocimos; cómo nos empezamos a conocer de verdad. Lo recuerdo todo... y todo sigue doliendo.

15

NICO Y HELENA

Hacía dos días que nos habíamos visto cuando me llegó un mensaje de Helena. Estaba en la última hora de clase.

¿Quedamos esta tarde?

No tuve que pensármelo:

¿Quedamos ahora?

Helena leyó el mensaje y debió de quedarse un rato mirándolo, imaginándome escribiéndolo. Su respuesta llegó un par de minutos después; vibró entre mis manos mientras la profesora explicaba algo acerca de un trabajo que yo todavía no había empezado.

Estoy en Fuencarral.

No me dijo qué hacía allí; solo me dijo que no estaba ocupada, pero que no andaba cerca. Acabé cogiendo un metro para ir a buscarla.

No lo entendí hasta que estuvimos junto a las cuatro torres. Fuimos hasta allí hablando y no dejamos de hablar mientras paseamos por debajo. Estaban de obras en la Torre de Cristal y no nos permitieron acercarnos mucho, pero no hizo falta.

Me habló de que era el edificio más alto de Madrid. Me dijo también que era el edificio más alto de España y uno de los más grandes de la Unión Europea. Seguimos hablando y yo me fijé en su mirada, en sus pasos, en esas manos que señalaban y volvían a meterse en los bolsillos... Se tropezó una vez, pero no dijo nada. No le dio importancia. Tal vez era verdad y haber superado esa barrera, ese cumpleaños, lo cambiaba todo. Quizá la torpeza era solo eso: torpeza. Era verdad que no estaba ocupada. No hacía nada; solo paseaba.

—Solo subiste por la fachada de la universidad, ¿verdad? —le pregunté.

Helena me miró con interés.

Era noviembre y había salido el sol, pero hacía frío. Ella llevaba unos pitillos vaqueros y las mismas zapatillas de siempre, ligeras y cómodas y un poco estropeadas en la punta. Encima de la ropa lucía una cazadora.

—He escalado antes en libre —me aseguró.

—Pero en la roca.

—Bueno, sí, claro.

Nos estábamos alejando, camino del metro.

—Nunca en cristal, ¿verdad?

Helena se humedeció los labios. Una voluta de vaho escapó de ellos cuando dejó escapar una risa muy breve.

—Solo me he subido al edificio de la facultad, a mi tejado y al tuyo —me prometió, y supe que era verdad. ¿Por qué habría de mentir si me había dejado verla aquí, paseando entre las torres, mirando?

—He visto a gente que lo hace —tanteé, sin embargo—. El cristal tiene que ser difícil.

—Algunos lo hacen con ventosas —respondió.

Arqueé las cejas.

—No es broma. Se llaman copas de succión. Dan Goodwin las usó en el 81 para subir la Torre Sears en Chicago. 442 metros de altura.

También las usó en 2010 en la Torre Millennium de San Francisco, y supongo que en unas cuantas más.

—Así que un edificio de cristal puede subirse con ventosas o... con una grúa.

Helena no se detuvo, pero algo en su expresión cambió con sutilidad. En la estación nos abrimos paso entre la gente hasta que llegamos al metro.

—Conocí a alguien que lo hacía... lo de las grúas —explicó.

Guardamos silencio mientras corrimos un poco para subirnos al metro que acababa de llegar.

Nos quedamos junto a la ventana.

—¿Se subía a los edificios a través de las grúas? —continué.

Por la forma en la que me miró, temí que la conversación se hubiese perdido, que hubiese pasado el momento.

Tras unos segundos, se bajó la cremallera de la cazadora y continuó:

—No siempre. También era capaz de subir edificios de cristal sin ninguna ayuda; pero a veces aprovechaba las grúas para hacerlo más rápido y burlar la seguridad. Si algún rascacielos estaba en obras, lo intentaba entonces. Subió a lugares mucho más altos que la Torre de Cristal. —Sonrió—. Aunque con esa nunca pudo.

—¿Por qué?

—¿Por qué subía o por qué no pudo con la Torre de Cristal?

Sonreí.

—Ambas.

—Yo también me lo he preguntado mucho, ¿sabes? ¿Por qué subía? Creo que sentía lo mismo que siento yo cuando subo una pared, cuando subo al tejado o cuando...

—Cuando subiste a la fachada de la facultad.

Asintió despacio.

—Te lo conté allí arriba, en tu tejado, hay algo... hay algo distinto a subir con cuerdas. Es diferente. Supongo que tiene que ver con subir, controlar y decidir. Gabriel no podía tomar otras decisiones en tierra, pero allí arriba sí.

—Si te caes tampoco decides —repliqué.

Helena se giró hacia mí y dejó caer el peso de su cuerpo contra la ventana.

—O sí —contestó.

«O sí».

—Es una contradicción —continuó, y apartó la mirada—. Lo sé, lo sé. Es muy contradictorio. Te lo juegas todo subiendo un edificio de cincuenta pisos; pero hay algo... hay algo que te pertenece ahí arriba. —Me dedicó una larga mirada antes de morderse los labios—. No lo entiendes.

—Pero quiero hacerlo.

Helena me regaló una de esas sonrisas que se quedaban a mitad de camino, de esas que solo tiraban de una de las comisuras de sus labios. Se le formó un hoyuelo en la mejilla. Arqueó un poco las cejas y la cicatriz de su sien se hizo ligeramente más visible.

—Demos la vuelta y te lo enseño —bromeó, y durante un instante no lo supe ver, no supe ver que no hablaba en serio.

—Me gustan las cuerdas, Helena —repliqué.

Ella rio.

—¿Te cuento el resto?

Casi se me había olvidado.

—Cuéntame el resto.

—Gabriel intentó subir la Torre de Cristal hace dos años, pero lo detuvieron antes de que llegara arriba del todo. Fue por estas fechas. Estaban haciendo algo en otra de las fachadas. No lo sé. Pero había una grúa; quizá sea la misma y la aprovechó para subir.

—¿Qué salió mal?

—Lo intentó la madrugada de Nochebuena, cuando los operarios de las obras tenían prohibido trabajar y los empleados de las oficinas se habían marchado hacía horas. Hay muchos *rooftoppers* que escalan edificios en fechas señaladas. Creen que la seguridad es menor.

—¿Y es verdad?

Helena se encogió ligeramente de hombros.

—En teoría no debería, pero muchos lo consiguen.

—¿Qué ocurrió después? —pregunto.

—Se coló en el recinto de las obras sin que los vigilantes lo detectaran y utilizó la grúa para subir los primeros pisos sin ser visto. Nadie prestaba atención a la grúa. A medio camino, sin embargo, encontró la forma de llegar al cristal y todas las alarmas saltaron, porque la Torre tiene sensores. Llegó la policía, llamaron a los bomberos y lo sacaron desde una de las ventanas. No pudo terminar. Quiso volver a intentarlo, usar solo la grúa y no tocar el cristal, pero murió poco después.

No tuvo que decir nada más.

Creía que era capaz de ver lo mismo que veía Helena. Si hubiera alzado los dedos podría haber trazado un mapa con pequeños puntos de un negro brillante y puro que habrían unido algunas partes de sus caminos; coincidencias pequeñas, diminutas, pero importantes.

No sabía, sin embargo, cómo de importante había sido Gabriel para ella; como persona, como parte de su vida.

Sofía tenía miedo de que se estuviera obsesionando de nuevo; eso es lo que había dicho. Y yo podía ver lo que temía, lo que le daba miedo, porque creía que podía entender un poco mejor aquello de subir y decidir.

Estábamos tan distraídos que nos saltamos la parada. Tuvimos que hacer un transbordo innecesario para bajar en Sol y entonces decidimos caminar hasta el Barrio de las Letras, desviándonos un poco hacia el Ryley's quizá por pura inercia.

Fue una mañana extraña: después de pasear bajo unas torres cuya imagen cada vez me resultaba más amenazante y después de caminar sin rumbo por unas calles que hacía muy poco habíamos recorrido escuchando a Daniel cantar a todo pulmón, encontramos un local de *sushi* para llevar y comimos *nigiri* de salmón en la calle, sin detenernos.

Fue como un pacto; seguir hablando, seguir caminando.

La primera vez que nos detuvimos fue en una de esas calles solitarias en las que la vida parecía más tranquila que en el resto, más pausada. Un gato salió de uno de los callejones que se abría entre dos locales y se nos quedó mirando. Helena se agachó y lo llamó.

El gato le hizo caso.

—Vas a tener que venir a mi casa —le dije, sin pensarlo mucho—. Desde la noche del balcón, el gato no ha vuelto a aparecer —añadí.

—Bueno, es normal que vayan y vengan —respondió mientras acariciaba al animal entre las orejas—. Ya sabes cómo son.

Como si quisiera dar fe, el gato restregó su cabecita contra sus piernas una última vez más y se marchó de allí tan rápido como había venido.

Llegó un momento en el que yo empecé a tomar las decisiones: girar en esta calle, subir estas escaleras, atravesar esta pasarela... No sé cómo pasó, pero en algún momento fui consciente de ello.

—¿Quieres que te enseñe algo especial?

Me sentí un poco torpe cuando me detuve; estaba nervioso. Un par de mariposas pasaron revoloteando ante nosotros, arrastrando la atención de Helena un segundo antes de que mirara a su alrededor.

Supe que se había dado cuenta cuando sus ojos se alzaron y leyeron el rótulo del local cerrado que teníamos delante.

—¿Esta es Ophelia? —preguntó.

—Te acuerdas.

—Claro que me acuerdo. ¿Quién podría olvidarse de la librería más bonita de todo Madrid? —respondió—. Vaya. Es verdad... es verdad que no se ve nada de nada dentro.

Acercó un poco el rostro al escaparate empapelado con periódicos descoloridos. Apenas había huecos de cristal sin ellos y una oscuridad densa te devolvía el reflejo si te acercabas.

Yo conocía cada detalle de aquel lugar con precisión.

—¿Qué hay ahí?

Helena se agachó un poco.

—¿Dónde?

—Ahí abajo. Ven.

También me agaché. Ni siquiera me importó si alguien nos veía.

—No veo nada —contesté, impaciente.

Quería verlo; cualquier cosa quería saberla. Se trataba de Ophelia. Tenía que saberlo.

Sentí sus dedos alrededor de mi mentón.

—Ahí —susurró, en mi oído, antes de guiar mi rostro.

Tardé en verlo; tardé unos segundos larguísimos porque mi mente desconectó y se quedó anclada a esos dedos sujetando mi mandíbula, a su aroma dulce a rayos de sol.

Helena olía a rayos de sol, y eso era curioso porque de pronto me di cuenta de que aquella vez era la primera que la veía de día.

Mi mente se convirtió en un caos de pensamientos, sensaciones y gritos que me decían: «¡Estáis cerca, estáis cerca, estáis muy cerca!»; pero lo vi. Ahí, en el suelo, justo bajo una ranura que no había visto nunca, había varias cartas.

—¿Lees algo?

—No —respondió—. No se ve nada.

Sacó el móvil y usó la linterna, pero no había nada legible en esas cartas; no desde donde estábamos, no con tan poca visibilidad.

Helena se puso de pie y creí que de alguna forma se habría roto el momento y con él esa sensación tan extraña, tan vibrante, que retumbaba contra mis costillas.

Sin embargo, no lo hizo.

La vi alzar el rostro hacia el rótulo de Ophelia, hacia las letras que no decían mucho de lo que había dentro y la mariposa congelada en el tiempo.

—Deberías mantener el nombre —dijo—. Ophelia...

En sus labios sonaba aún más bonito. Sonaba a algo alcanzable, posible. Me gustaba.

—Lo haré. También dejaré la mariposa.

—La mariposa es importante —coincidió.

Seguimos hablando de Ophelia, de las grandes cristaleras que tendría al otro lado, las estanterías hasta el techo, los volúmenes de ediciones para coleccionistas... Seguimos hablando hasta que se hizo tarde, anocheció en alguna calle de Madrid y nos dimos cuenta de que ambos debíamos volver a casa. Teníamos casas a las que regresar, aunque, si por mí hubiera sido, habríamos continuado andando toda la noche.

Cuando volvimos a estar el uno frente al otro en el portal de Helena, me quedé en silencio. Dejé que fuera ella quien hablara, porque me conocía suficiente como para saber que yo habría dicho tonterías; pero también se quedó en silencio al principio.

—Me ha gustado el día, Nico —dijo después de un instante larguísimo.

—A mí también.

Tardé demasiado, tardé demasiado en decidirme; tanto que ella decidió por mí.

Me tendió la mano.

Yo la tomé por inercia y volvimos a estrecharnos las manos como si fuéramos dos personas importantes cerrando el trato de nuestras vidas.

Nos reímos.

Supuse que aquello se había convertido ya en algo nuestro, algo que estaba ligado a nosotros tanto como lo estaba Helena a la escalada, yo a los libros o el socavón a mi piso.

Apenas había recorrido dos manzanas cuando mi móvil vibró en el bolsillo.

«Se te ha olvidado una cosa».

Respondí rápido.

«Ah, ¿sí?».

Helena también lo hizo.

«Se te ha olvidado preguntarme si quiero repetirlo».

Tuve que levantar la cabeza cuando estuve a punto de estamparme contra una farola.

«Quieres?».

Su respuesta no tardó.

«Lo estoy deseando».

16
SEXTA CARTA

Querido amigo, compañero:

Cada vez me resulta más fácil dirigirme a ti así. Eso es lo que fuimos, ¿no? Dos amigos, dos compañeros que compartieron un viaje.

Algunos son cortos, fugaces; comienzan con la fuerza del sol del verano y se agotan con la llegada del viento del otoño. En otras ocasiones, uno de los dos abandona; en algún momento alguien salta del barco y la otra persona continúa remando y remando y dando vueltas en círculo hasta que se da cuenta de que está sola. Algunos viajes son largos y duran una eternidad llena de dicha. Otros también tardan mucho en acabar, pero el camino es escarpado, violento y lleno de curvas.

Hay muchos viajes distintos. Algunos se hacen en primavera; otros en invierno. En algunos hay una tercera persona que acompaña.

Quienes tienen suerte encuentran un compañero de viaje con el que el destino no importa. A veces, incluso las curvas son bienvenidas, porque los tramos duros hacen crecer y avanzar y en medio del temporal te conoces a ti mismo. Yo tuve mucha suerte contigo. Pero a veces una de las partes llega antes al final del camino.

Fuiste un gran compañero, el mejor.

Y sé que esperas ahí, tras una tormenta o una curva, al final de alguna etapa dura y unas cuantas dichosas; o eso espero, al menos.

Hay tantas cosas que querré contarte... Hoy, de momento, te escribo, compañero, porque ese chico y yo nos hemos quedado a solas de nuevo, y he descubierto una parte de mí a la que le gusta estar con él.

Es muy sencillo rendirse a esa parte.

La facilidad con la que me dejaría arrastrar por esa corriente de viento es abrumadora.

Hubo un tiempo en el que no quería ser feliz. Es difícil entenderlo, ¿verdad? Todos queremos ser felices, ¿por qué íbamos a desear no serlo? Yo no quería. Te prometo que no.

Hay días difíciles en los que no te planteas ver el vaso medio lleno. Crees que te mereces un poco de autocompasión. Crees que no pasa nada. Te dices que mañana saldrá el sol, que todo parecerá más luminoso...

Cuando llegaba la noche no me planteaba esa recuperación. No pensaba en el sol. Estuve así un tiempo. No fue mucho; pero para mí... para mí fue demasiado.

Creía que merecía sentirme así. Creía que nunca saldría del fondo del mar; frío, a oscuras, completamente solitario.

Pero salí y nunca he vuelto ahí. Nunca he querido volver.

Te lloro, me acuerdo de ti y te echo muchísimo de menos, pero al fondo del mar no llega la luz y sé que tú no estás ahí. Tú estarías en la orilla, donde diera el sol, y es ahí donde te gustaría que yo estuviera.

Por eso, desde entonces, nunca me he negado la felicidad, ni siquiera la dicha pasajera más superficial, incluso si esa dicha se siente como balancearse en un columpio sobre el fin del mundo: intensa, incomprensible y fugaz; unos segundos de ingravidez antes de volver a tierra firme.

Intento ser la que era antes de conocerte, pero un poquito mejor, empapada de ti, de todo lo que aprendí sobre mí misma a tu lado.

Con él me siento bien, querido amigo, compañero. Con él estoy cómoda y dejarse llevar por los instantes brillantes y dorados es cada vez una idea más atractiva.

17
HELENA Y NICO

Me gustaba mi tía Laura. De todos modos, hacía tiempo que ya no la veía tanto como cuando era pequeña, porque un par de años antes de su diagnóstico se había mudado a San Sebastián con su marido y su hija, y desde entonces solo nos veíamos en algunas fiestas y fechas señaladas.

Hacía casi cuatro años de su diagnóstico y los síntomas todavía no eran graves pero sí evidentes.

Me gustaba mi tía, aunque me costaba estar cerca de ella.

Sabía que ese era mi futuro; todos lo sabíamos y creo que todos pensábamos en ello. Mi padre la trataba igual que antes, igual que siempre había tratado a su hermana pequeña: con cariño, respeto y humor. Mi madre, en cambio, era menos sutil.

Sabía que la movía el miedo, que mirar a mi tía era un recordatorio de lo que me aguardaba, con suerte, cuando ellos fueran ya mayores. Pero la edad, aunque para mí significara más años sanos, también implicaba que no podrían cuidar de mí.

Había cierto temor en sus ojos cuando miraba a mi tía, cuando le ofrecía ayuda para levantarse o corría para hacer por ella algo que creía que le costaría.

Aquella vez, Laura había venido sola y comimos los cinco juntos: ella, mis padres, mi hermano y yo.

—¿Qué tal Alberto y Aiora? —preguntó mi madre.

—Bien. Están bien. Aiora crece rápido. Deberíais verla.

Mi tía aún hablaba sin dificultades. Sin embargo, de vez en cuando se intuía algo que no estaba allí antes: cierta vacilación, ciertos tropiezos con los sonidos...

—¿Cómo es que no han venido contigo? —continuó ella.

Sé que lo hacía sin maldad, que era una duda genuina, una preocupación real. Creo que mi tía también lo sabía, pero se daba cuenta de qué había tras aquella pregunta: «¿Cómo es que te dejan venir sola?».

—Es un viaje por trabajo corto y aburrido. —Sonrió—. Demasiado aburrido para una niña de siete años. Alberto y yo acordamos que vendría sola y le prometimos a Aiora que volveríamos en verano, a visitaros y a ver la ciudad.

—Eso es fantástico —intervino mi padre, conciliador—. Estamos deseando verlos.

—¿Y tú, Helena? ¿Cómo van las cosas? Antes seguía tus artículos en el blog, pero hace tiempo que no publicas nada.

Me tensé un poco. Mis padres guardaron silencio, pues también les interesaba mi respuesta.

Carraspeé.

—Me estoy dando un descanso creativo.

Mi madre hizo un gesto. Aquello no le gustaba, no la convencía. A mi padre tampoco, pero lo disimuló mejor.

—Oh, bueno. Descansar un poco de vez en cuando es muy necesario para crear bien.

Por suerte, no hubo más preguntas sobre el blog ni sobre mis artículos.

Llevábamos un tiempo en silencio después de que mi padre y mi tía empezaran a hablar de la nueva ley de eutanasia que el gobierno quería aprobar y mi madre les hubiese dedicado a los dos una mirada reprobadora.

Creía que era incómodo, pero la verdad es que era ella quien lo hacía incómodo.

La comida acabó con un regusto agridulce en las gargantas de todos. Imagino que la peor parte se la llevó Laura. Aunque fingía no darse cuenta, debía saber qué había detrás de las miradas de mi madre y de sus reproches al hablar de ciertos temas.

Al despedirse me dijo que no podríamos vernos de nuevo antes de que volviera al norte, pues tenía algunos compromisos que debía atender, pero me pidió que la visitara, que tomara un tren o un avión y apareciese allí cualquier día, y ella me enseñaría la ciudad.

Me gustó haberla visto, pero sus visitas siempre traían consigo una sensación extraña. A pesar de que sus síntomas visibles no estaban muy avanzados, mi padre se quedaba triste; mi madre se quedaba asustada. Y yo sentía culpa.

Por suerte, aquella vez yo no tendría que soportar el clima enrarecido que quedaba en casa tras su marcha.

Aquel día llegué antes de lo que acostumbraba al rocódromo. Escalar me hizo bien y me ayudó a despejarme un poco.

Vi a Nico en cuanto entró en la sala, al otro lado del pasillo, con un chándal un poco caído, la camiseta de manga corta arrugada bajo el arnés de escalada, la cuerda enroscada al hombro y una botella de agua en la mano. Él también me vio, porque se acercó a mí.

Mientras terminaba la vía, pensé en que la última vez que habíamos hablado había sido después de pasar el día juntos, cuando Nico me había llevado a ver Ophelia.

Habíamos acordado volver a vernos, pero de eso hacía un par de días en los que ambos habíamos estado trabajando. No habíamos quedado en nada en concreto, y tampoco sabía si debíamos hacerlo entonces.

Cuando bajé, Nico estaba ahí de pie, esperando con esa sonrisa fácil que tanto me gustaba, el pelo un poco revuelto y las manos en los bolsillos.

—Hola —murmuró.

—¿Acabas de llegar?

—Sí. ¿Y tú?, ¿llevas mucho?

—Me iba enseguida —respondí.

Nico ladeó ligeramente la cabeza. Apenas tuvo que pensar antes de responder.

—Yo también, en realidad. Podemos marcharnos juntos.

Aparté la mirada. No estaba acostumbrada a eso, a una sinceridad tan cruda y brutal, tan sencilla como decir «Me gusta estar contigo». La única persona con la que tenía una amistad así era con Sofía. Con ella podía ser transparente; podía permitírmelo porque aquella vulnerabilidad era en realidad un gesto de confianza.

—Espero a que termines —le aseguré.

Sujeté su cuerda en la primera subida y después ascendimos juntos por un par de vías contiguas con autoseguros. También volvimos a retarnos en la Kilter Board. Y fue mejor que la primera vez; mucho mejor. Esta vez lo hicimos juntos, a diferencia de la primera, en la que yo competía contra mí misma. No pensé en las veces que metí la pata, ni en las que me equivoqué o me quedé colgada y a punto de caer; solo me concentré en su risa, en la mía y en lo bien que sonaban las dos juntas. Me lo pasé bien. Al final, yo me quedé más tiempo del que esperaba y él salió antes de lo que había previsto.

Nos encontramos a mitad del camino. Supongo que eso hacen los amigos, ¿no? Ceder un poco, volver atrás unos pasos o adelantarse para reunirse con el otro; pequeñas concesiones que no importan si se hacen para estar juntos, para compartir el tiempo.

Acabamos cenando juntos en una pizzería que quedaba cerca de allí. Cuando llegó la hora de volver a casa, nos bajamos un par de paradas antes de lo que deberíamos porque queríamos seguir charlando. Lo hicimos sin hablarlo, sin pactos; simplemente nos bajamos y seguimos caminando juntos.

Estábamos cerca de su barrio cuando empezó a llover. Tuvimos que correr. Corrimos y aun así nos mojamos. Nos resguardamos bajo una cornisa, pero, incluso así, Nico continuó mojándose.

Podría haberlo evitado caminando por delante o por detrás de mí, pero no lo hizo. Se mantuvo a mi lado y yo vi cómo se le mojaba un hombro, parte del pecho, la pierna...

Caminó muy cerca, muy cerca de mí, y a cada paso sentía que estábamos un milímetro más cerca de rozarnos. Hubiese sido tan sencillo tomarlo del brazo, tirar un poco de él y decirle: «Nico, te estás mojando». Podríamos haber hecho el camino agarrados, pero no me atreví.

Seguimos andando y andando hasta que la tormenta se hizo exageradamente fuerte. El agua caía como una cortina de seda plateada sobre Madrid; apenas se veía más allá de dos metros. Las luces de los coches y de los escaparates eran borrones brillantes y difuminados al otro lado de la pantalla acuosa.

Corrimos y reímos y, cuando nos detuvimos en un portal que seguía sin ofrecer suficiente refugio, no me atreví a tomarle del brazo, pero sí a pedirle algo distinto:

—Vamos a tu casa.

Nico arqueó las cejas. ¿Aquello le había sorprendido tanto como a mí? Si era así, lo disimuló en unos segundos.

—Claro. Vale. Está lloviendo mucho.

Asentí. Sí. Era porque estaba lloviendo mucho.

Volvimos a echar a correr; aquella vez sin tanto cuidado, con torpeza, sin que nos importara pisar un charco o dos o quedarnos sin resguardo durante una carrera larguísima.

Llegamos al portal y después a su piso, al segundo.

Me di cuenta de que la llave estaba echada cuando llegamos; Eva no había vuelto y era posible que estuviera con Sofía.

Esperaba que estuvieran a salvo de la tormenta y que la estuvieran aprovechando bien.

En cuanto entramos, Nico se descalzó y me ofreció hacer lo mismo. Yo acepté porque llevaba el Manzanares en las zapatillas, y porque no quería ponerles el piso perdido.

Me descalcé y me deshice de mi sudadera, y él me dio una toalla para el pelo y los hombros. Le vi dudar cuando miró abajo; se dio cuenta de que estaba algo mojada allí también y vaciló unos instantes.

—¿Quieres cambiarte la camiseta?

—Por favor.

Mientras él parecía buscar una camiseta apropiada, aproveché para mirar a mi alrededor: había dos habitaciones a mano izquierda, el salón enfrente y la cocina hacia la derecha. Junto a uno de los cuartos, al pie de la puerta, había varios libros apilados. También había volúmenes olvidados sobre la mesita en la sala de estar y quizá aquello, en la isla de la cocina, también fuesen más libros.

Cuando Nico volvió a estar a mi lado me tendió la camiseta y me hizo un gesto con la cabeza.

—Tienes el baño ahí detrás.

Me miré en el espejo y me di cuenta de que también estaba muy mojada, aunque no tanto como él. Nico siempre acababa más empapado.

Me cambié y me puse una camiseta de manga corta que me quedaba grande y holgada. Era azul, como los ojos de Nico, y mientras contemplaba mi reflejo pensé que nunca se la había visto puesta y que seguramente le sentaría muy bien.

Cuando salí, él estaba en el salón, mirando por la ventana del balcón.

Algunas gotas salpicaban los cristales y un par de regueros, como pequeños riachuelos verticales, se precipitaban desde algún lugar del tejado o de los propios árboles; pero ya no había ni rastro de la tormenta. La lluvia se había reducido a una llovizna ligera, suave y sutil.

Los dos nos miramos, porque ya no había ningún motivo para quedarse allí, ninguna tormenta de la que resguardarse y, de nuevo, hicimos una elección que solo podía hacerse con los mejores amigos, con las personas cuyo tiempo querías compartir: ignoramos el buen tiempo. Nos sentamos frente a frente en los sofás, con la luz que entraba desde el patio como fondo y un caer de gotas lejano repiqueteando contra algún cristal.

Recuerdo que quería hablar, quería saber más de él, quería escucharlo hablar de sus sueños, hablar de Ophelia.

—¿Cómo va el plan Ophelia?

Nico se rio un poco.

—Lento.

—¿Cómo de lento?

—¿Cuánto más crees que me hace falta para poder abrir si he ahorrado cuatro mil trescientos euros?

Intenté no sonreír mucho.

—Creo que bastante.

—Es posible que sí; bastante.

—Pero estás más cerca.

—Ciento cincuenta euros más cerca que el mes pasado.

Nos quedamos en silencio unos segundos.

—Déjame enseñártela —pidió, de pronto.

Ladeé la cabeza, sin comprender.

—Ya lo hiciste. Ya me la enseñaste. Me acuerdo de ella: los rótulos gastados, la mariposa, las cartas en el suelo y los escaparates cubiertos de periódicos.

—No. —Sacudió la cabeza lentamente—. Hablo de la Ophelia de verdad, la Ophelia en la que se convertirá.

Tardé un segundo en decir que sí con la cabeza y en ponerme de pie cuando me tendió la mano desde arriba.

Nos quedamos el uno frente al otro, a un palmo de distancia.

—No te muevas —susurró.

Su voz salió de su garganta y se rompió en algún lugar, como una ola acariciando la costa.

Me rodeó y yo lo seguí con la mirada. Se colocó detrás de mí y levantó las manos. Sus dedos cubrieron mis ojos y me dejaron a oscuras.

Durante unos segundos, no escuché nada además de mi propio corazón.

—Bienvenida a Ophelia —murmuró, muy cerca de mi oído—. Si caminas unos pasos adelante, encontrarás la puerta de entrada.

No me lo pensé. Eché a andar y me dejé guiar por él. Debí de estar a punto de tropezar con algún sofá, porque cambió el rumbo de forma brusca y se echó a reír.

—Por aquí. Sí. Muy bien. Recto. Extiende las manos.

Le hice caso y alargué los brazos hasta que di con una manilla. Debía de ser la puerta del balcón. Antes de que tuviera que decirme nada, yo misma la abrí.

Sentí que Nico volvía a acercarse a mi espalda.

—Ya estás dentro de Ophelia, en el primer piso. Frente a ti encontrarás el mostrador, con una pila de libros en la esquina. A los lados, estanterías bajas con las últimas novedades. ¿Lo ves?

—Lo veo.

—Si giras un poco...—continuó. Pegó su pecho a mi espalda y me movió de forma apenas sutil. El viento me besó en las partes del rostro donde sus dedos no rozaban mi piel—. Sí, aquí... Aquí hay estanterías hasta el techo y después, más allá de un balcón que bordea todo el edificio, sigue habiendo libros... libros por todas las paredes, por todas las estanterías.

—Los veo. ¿Qué hay enfrente?

—¿En frente? Más libros, por supuesto. Una escalera de caracol lleva al piso de arriba y sobre ella cuelga un reloj antiquísimo, como los de las estaciones de tren más antiguas. Y allí, al fondo, hay una gran cristalera; cristales enormes, diáfanos, que son atravesados por la luz.

Su voz era un río, y yo era un barco. Me arrastró desde el principio, desde un puerto seguro a mar abierto, y lo vi. Vi a Ophelia, su logo, el rótulo y todos aquellos libros. Vi las paredes abarrotadas, el viejo reloj y la escalera de caracol. Lo vi todo mientras Nico continuaba tapando mis ojos, guiándome con suavidad, y las hojas de las ramas que invadían el balcón me hacían cosquillas en las mejillas.

Una gota cayó en mi frente, y después otra. Las sentí resbalar a través de sus dedos.

—La veo, Nico. Puedo verla. ¿Qué más? —pregunté—. ¿Qué hay en el piso de arriba?

Una pausa. Una vacilación.

—¿Quieres subir al piso de arriba?

No dudé.

Bajó una de sus manos, pero yo no abrí los ojos; debía respetar el pacto si quería seguir jugando.

Sus dedos se entrelazaron con los míos y dejé que alzara mi propia mano hasta que mi palma rozó una superficie áspera y húmeda y descubrí lo que hacía.

El árbol.

El mismo árbol que subía hasta el tercero, el piso de Daniel, y el mismo que yo había usado para subirme al balcón.

Tuve que abrir los ojos. Me giré en redondo y estaba tan cerca, tanto... que pude sentir su respiración.

—¿Vamos? —preguntó, en un murmullo.

Subimos al tejado.

Trepamos al árbol de uno en uno, deteniéndonos para ayudarnos y tendernos la mano, recomendarnos un sitio donde pisar, una forma de ascender... Paso a paso conquistamos el tronco y, después, el tejado.

Era noviembre y las tejas estaban mojadas.

Nico trajo una manta, pero no la usamos para sentarnos encima, sino que nos cubrimos con ella. Era consciente de cada centímetro de mi cuerpo que estaba en contacto con el suyo; sin embargo, era aún más consciente de aquellos milímetros donde no nos rozábamos: las rodillas a punto de tocarse, nuestros hombros a un suspiro de apoyarse el uno en el otro y las manos, las manos nerviosas y cerca, tan cerca que sería ridículamente fácil fingir un descuido.

Aquella noche no había estrellas en Madrid; pero sí las había en Ophelia.

—Al segundo piso, ¿no? —susurró Nico, mientras se inclinaba hacia mí.

Yo cerré los ojos.

Paseamos entre libros, a través de pasillos iluminados por un sol brillante y dorado; nos paramos a oler las flores.

—Hay flores, porque donde hay flores hay vida.

—¿Cómo son?

—Son de color violeta; todo aquí lo es.

—Igual que la mariposa —dije, bajito, para no quebrar esa atmósfera.

—Sí. Igual. Y habrá más dentro; más mariposas reales, por todas partes, en las flores, sobre los libros... Mariposas violetas dentro de Ophelia.

Paseamos entre libros, flores y mariposas hasta que volvimos a abrir los ojos y regresamos a Madrid, a aquel tejado en el que había llovido hacía solo unos minutos, sobre una ciudad empapada.

Y allí, bajo la suave luz que entraba desde el techo de cristal del tercer piso, sobre todas aquellas luces que brillaban a lo lejos, Nico me miró y sus ojos bajaron hasta mis labios.

Se me secó la garganta.

—¿Cómo te la hiciste? —preguntó, y yo tardé unos segundos en comprender a qué se refería.

Me llevé los dedos a la cicatriz, pequeña y vertical, situada en el lado izquierdo de mi mandíbula.

—Una caída, a los dieciséis.

—¿De una pared?

—De la roca. Me quedé colgando; me resbalé, me enredé y me golpeé contra la pared.

Me eché el pelo hacia atrás para que pudiera ver mi sien, en el mismo lado, y viese esa marca vertical, un poco más larga que la del mentón, a la altura de los ojos.

Hizo un gesto de dolor.

—Debió de ser una mala caída.

Saqué el brazo izquierdo por fuera de la manta y se lo mostré.

—Me rompí el cúbito y el radio.

Vi que alzaba la mano y la suspendía sobre la piel de mi brazo mientras dudaba y sus ojos quemaban. Cuando me atreví a mirarlo, sin embargo, él no bajó la mano hasta mi brazo, sino que la subió y sus dedos trazaron un lento camino a través de la cicatriz en mi sien. Contuve el aliento.

—¿Y tú? —pregunté, casi sin aire—. ¿Qué heridas de guerra tienes?

Nico me mostró su propio antebrazo, el derecho. Tenía una línea horizontal, un poco curva, donde la piel era más oscura que en el resto del brazo.

—*Parkour* —dijo.

—¿Qué? —me sorprendí.

—Tuve una época... —se rio— en la que me gustaba. Aunque no era tan hábil como para que no me quedaran un par de recuerdos.

Entonces se levantó un poco el borde del pantalón y me enseñó una mancha rosácea en el tobillo.

—Me quemé con el asfalto, y de esa caída también conservo un recordatorio en la rodilla.

Estábamos tan cerca que podría haber contado sus pecas. Podría haber alzado los dedos como había hecho él, olvidarme de sus cicatrices y rozarlas con las puntas de los dedos: una, dos, tres... podría haber contado dos millones de pecas en ese rostro hermoso, en esa piel dorada por el sol.

Pude contar sus pecas esa noche en la que no se podían contar las estrellas.

Una ráfaga de aire helado trajo un recuerdo de la lluvia que había azotado la ciudad hacía unos minutos y ambos nos cubrimos más con la manta en un acto reflejo que llevó a nuestros hombros a tocarse.

Nos quedamos así, muy quietos, sin apenas respirar, hasta que me atreví a mover mis dedos y a ponerlos sobre su antebrazo. Mis yemas se deslizaron sobre su piel, sobre esa cicatriz, sin decir nada.

Nico se dejó hacer. Le vi seguir los movimientos de mi mano con sus ojos, atento. Le vi girar un poco el brazo para darme acceso y le vi esperar, expectante, cuando acabé y mis dedos siguieron sobre su piel, prolongando una caricia completamente innecesaria.

El corazón me latía a mil por hora mientras me preguntaba a mí misma qué estaba haciendo sin encontrar explicación alguna.

Sin previo aviso, Nico me colocó un mechón de pelo tras la oreja; y fue un gesto tan sutil, tan despreocupado, que por un momento creí que lo estaba imaginando. Pero sentí sus dedos, sentí el calor que desprendía cuando me miró de cerca y bajó sus ojos a mis labios, de nuevo.

Fue un gesto tan sencillo... como si llevara haciéndolo toda su vida, como si fuera tan natural como respirar.

Nos quedamos así una eternidad, pero ese fue el límite; eso fue todo lo que nos permitimos.

No me importó.

No habría pedido nada más.

Tal vez eso fuera todo para siempre; tal vez todo quedara ahí. Dos amigos que comparten intimidad, que se escuchan y se echan de menos y quieren pasar tiempo juntos.

Me parecía bien. Aunque quería más.

Habría querido más.

18
NICO Y HELENA

Cuando Daniel llamó, ya se había desatado el desastre.

Dijo que lo había encontrado así al llegar y que no tenía ni idea de cuánto tiempo llevaba perdiendo agua la tubería del baño.

El suelo estaba encharcado y el agua llegaba hasta el salón. Había tenido suerte, porque no había alcanzado ninguno de los sofás; tampoco el... socavón.

No pudimos llamar a nuestro casero. Si lo hubiésemos hecho, habríamos corrido el riesgo de que viera que había un agujero que comunicaba ambos pisos. Así que tuvimos que arreglarlo por nuestra cuenta.

Eva buscó al administrador de la comunidad para cortar el agua mientras pensábamos en algo y, tras muchos vídeos y tutoriales en los que usaban herramientas y materiales que no sabíamos que existían, decidimos que llamar a un fontanero era inevitable.

Salió de nuestro bolsillo. Pagamos entre los tres y decidimos que aquello era preferible a arriesgarnos a que descubriera el otro asunto.

En cualquier caso, el baño quedó hecho un desastre; el suelo, cubierto de escayola seca y la pared... la pared daba pena.

Acordamos que aquello sí podíamos arreglarlo nosotros y ese mismo día bajamos a una ferretería a por el bote de pintura más barato que tuvieran.

Compramos cinco litros de pintura azul que no combinaba mucho con los azulejos verde pastel y pensamos que, cuando tuviéramos que enfrentarnos al casero, ya veríamos cómo le explicábamos aquello. De todas formas, en comparación con el socavón, no creímos que la pintura fuera tan grave.

Eva llamó a Sofía mientras estábamos eligiendo los colores o quizá Sofía la hubiese llamado ella; el caso es que, cuando colgó, me miró y me dijo que las chicas venían.

—¿Las chicas?

—Helena también —añadió con una sonrisa malintencionada.

Ya estábamos metidos en faena cuando llegaron y fui yo quien salió a abrirles la puerta.

Lo primero que vi fueron sus ojos.

El frío había llegado de golpe a Madrid y Helena vino abrigada, cubierta de los pies a la cabeza por capas y capas de ropa. Llevaba unos pitillos grises y unas botas altas y forradas por dentro. Creo que era la primera vez que no la veía con sus deportivas. Lucía también un abrigo negro, amplio, holgado y suave que parecía el doble de grande que ella, un gorro azul oscuro y una bufanda gris de lana a la que le había dado varias vueltas alrededor del rostro.

Solo se le veían los ojos, dorados y bonitos, captando toda mi atención, reclamándola.

—Hola —murmuró Sofía, deshaciéndose de la bufanda que también llevaba.

Cuando vio que no las invitaba a pasar se dio por invitada y entró después de sacudir las botas.

—Hola —respondí, mientras me hacía a un lado.

Helena pasó junto a mí con una sonrisa, mientras se desvestía lentamente; primero el gorro, luego la bufanda, el abrigo...

—Ponnos a trabajar, Nico —me pidió Sofía.

Quizá había continuado mirando a Helena demasiado tiempo; tal vez me hubiese quedado traspuesto sin saber qué decir, ni qué hacer, ni cómo hacerlo.

—Estamos todos en el baño —les dije.

El olor a pintura llegaba desde allí. Sofía hizo un gesto cuando se asomó y comprobó cómo íbamos.

—Dios mío. La pintura de esa pared es... azul.

—Sí —respondí.

—Pero los azulejos...

—Ya.

—Y las otras paredes...

—Ya.

Las dos permanecieron en silencio hasta que Sofía cogió aire, entró en el baño y Helena y yo nos quedamos a solas.

El silencio no duró mucho.

—Así que ha explotado una tubería —comentó.

—Algo así.

—¿Y tenéis que encargaros vosotros?

—Bueno... no podemos llamar al casero.

Pareció caer enseguida. Alzó las cejas y asintió.

—Vale. Es ese tema... No hablamos de eso, ¿verdad?

Sonreí.

—Verdad.

Helena extendió la mano ante mí, la palma vuelta esperando a que le diera algo. No lo entendí al principio y me quedé mirándola sin saber qué hacer, pensando que la última vez que habíamos estado a solas había sido aquella noche en el tejado, cuando le había enseñado la Ophelia de verdad, la Ophelia de mis sueños.

Desde entonces, todos nuestros encuentros habían sido acompañados por más personas, rodeados de nuestros amigos.

Hacía un par de noches, en el Ryley's, la había encontrado mirándome. Y había ocurrido algo similar una semana antes, una de esas tardes en que nos reuníamos en aquel mismo piso, cuando Helena se había sentado muy cerca de mí, de forma innecesaria.

O quizá lo estaba imaginando todo.

—Un rodillo —pidió, al cabo de unos instantes—. O una brocha. ¿Con qué estáis pintando?

Salí de mi ensimismamiento para volver dentro del baño y darle un rodillo y, al poco tiempo, ya estábamos los cinco pintando la pared a trocitos.

El trabajo fue un desastre. La pintura era de una calidad tan mala que se descascarillaba cuando pasábamos el rodillo dos veces por el mismo sitio; hubo lugares que quedaron mal pintados, donde el color verdoso de la pared asomaba por debajo, y una parte de los azulejos que rodeaban toda la franja inferior acabó manchada también.

No había ventanas en el baño, y tampoco se nos ocurrió comprar mascarillas, así que estuvimos haciendo turnos para salir a respirar aire limpio.

Al final, tuvimos que ventilar toda la casa y acabamos los cinco en la puerta del baño, con los abrigos, sentados en el suelo y contemplando cómo había quedado todo.

—Ese tono de azul... —dijo Helena— es como mirar al cielo.

Me volví hacia ella.

Ninguno había dicho nada en un buen rato. Hacía frío, el olor a pintura era penetrante y estaba seguro de que Daniel estaba preguntándose cuánto tiempo tendría que compartir la cama conmigo, porque aquel lugar sería inhabitable al menos durante un tiempo.

—O como estar en el fondo del mar —respondí.

Sentí que los demás asentían.

Seguimos hablando del cielo, del mar y del baño de Daniel. Fue una conversación rara.

Acabamos dejando las ventanas abiertas antes de marcharnos y bajamos a nuestro piso mientras esperábamos a que trajeran unas pizzas.

Cuando entró, vi que Helena lo miraba todo como si fuera la primera vez que estaba ahí: los muebles, los libros tirados por las esquinas y los balcones que daban a ese patio indómito.

La entrada a ese segundo piso de Ophelia.

La vi alzar el rostro y mirar hacia arriba. Tenía un perfil bonito; el perfil más bonito que hubiera visto nunca: los labios, la nariz, el mentón y la línea de su mandíbula, todo era perfecto.

Me di cuenta de lo que hacía. Estaba buscando el socavón.

Cuando se percató de que la observaba, apartó la mirada y sonrió un poco, pero no lo mencionó. Respetaba las reglas.

Me pregunté cuáles serían las nuestras; me pregunté dónde estaban los límites.

No estaban en aquellas caricias de la última noche, ni tampoco en ese arrebato en el que me había pasado los dedos manchados de pintura por la cara.

Aquella vez fui yo el que se sentó a su lado en el sofá.

Comimos los cinco juntos y yo lo hice consciente de cada centímetro en el que nuestras piernas se rozaban, conteniendo el aliento cada vez que Helena dejaba caer la cabeza contra mi hombro o se reía tanto que acababa recostada contra mí un segundo.

Tuvimos tiempo incluso para leer. En algún momento, Daniel se perdió y Eva acabó enseñándole algo a Sofía en su móvil. Helena señaló uno de los libros que estaban en la mesita del café y me convenció para que leyera un par de páginas en alto.

—Es muy triste —me dijo.

—No te preocupes. Termina bien.

—¿Es que sabemos cómo acaba? —preguntó, sorprendida.

—He leído casi todos los libros de esta casa al menos un par de veces —me excusé.

—¿Cuál es el libro que más has leído? —quiso saber, con verdadera curiosidad.

—*Nada*, de Carmen Laforet.

Continuamos un rato hablando de libros. Antes de medianoche, decidieron marcharse. Las temperaturas habían bajado mucho para entonces.

Eva se ofreció a acompañarlas sin preguntarme a mí antes; sabía que diría que sí, pero debido al frío que hacía ninguna de las dos quiso que saliéramos de casa.

Después de insistir y discutir durante más de media hora, acabaron marchándose solas. Daniel subió a su piso a por un pijama, Sofía se despidió de Eva y empezó a bajar las escaleras y Helena... Helena se quedó unos instantes más en la entrada.

Nos quedamos a solas.

Volví un poco la puerta para que no escapara el calor del interior; pero también para tener intimidad.

Volvía a parecer toda ojos envuelta en aquella bufanda, cubierta con ese abrigo demasiado grande, frotándose las manos frente al regazo.

Nos quedamos así un tiempo impreciso, sin decir nada. Sabía que Helena sonreía por las arruguitas que se habían formado alrededor de sus ojos, por esa mirada en la que se reflejaba una sonrisa que podría haber trazado con los ojos cerrados.

Pero no decíamos nada.

Tomé aire.

—Gracias por venir.

—Me lo he pasado muy bien —respondió.

—Yo también... Buenas noches, Helena.

Me dio la impresión de que ella también tomaba aire.

—Buenas noches, Nico.

Se dio la vuelta tras una sonrisa y yo no volví a entrar en casa hasta que hubo desaparecido y yo hube escuchado el sonido de la puerta del portal al cerrarse abajo, tras ella.

Cuando volví a entrar, Eva estaba apoyada en el sofá. Tenía los brazos cruzados ante el pecho.

—¿A qué estás jugando con ella, Nico?

—Si es un juego, creo que voy perdiendo —contesté, sincero.

Ella se rio.

—¿Qué quieres decir?

—Creo que me estoy enamorando.

Eva arqueó las cejas. Me hizo un gesto para que me sentara con ella mientras seguía preguntando.

—Entonces, ¿os habéis enrollado?

Me entró la risa.

—No. Para nada.

Ella también se rio, incrédula. Se pasó las manos por el cabello pelirrojo para recogérselo por detrás de las orejas.

—Eso son palabras mayores, ¿no? ¿Enamorado? ¿Hablas en serio?

—Muy en serio.

—Hace siglos que no te escucho decir nada parecido. —Frunció el ceño—. De hecho, creo que tú nunca has dicho algo parecido. Tu última relación un poco seria fue con... ¿Julia? ¿Cuándo fue eso?

—Segundo de carrera.

—Dos años juntos, ¿verdad? Tampoco fue una tontería.

—No fue una tontería —confirmé, un poco perdido.

Había salido con Julia dos años enteros, dos cursos. Fue bonito al principio, pero creo que ninguno de los dos supimos entendernos. Al final discutíamos mucho y había más malos ratos que momentos buenos. No supimos soltarnos a tiempo.

—Exacto. No fue una tontería y nunca te escuché decir que estuvieras enamorado.

Asentí. Era cierto. Tampoco es que supiera si lo estaba o no. Tuve un primer amor de instituto que recordaba con cariño y un par de líos antes y después de Julia, pero hasta aquel momento, hasta Helena, no me había sentido de aquella manera.

—¿Tú estás enamorada de Sofía? —pregunté.

Eva se puso roja, rojísima. Sus mejillas hacían juego con su pelo. Se mordió un poco los labios.

—¿Puedes estar enamorado de alguien a quien ni siquiera has besado?

Parecía una duda genuina. Sonreí un poco.

—Parece que sí.

Los dos nos reímos. Eva suspiró.

—¿Y a qué esperas?

Tomé aire.

—Creo que precisamente por eso, por lo que siento, no puedo dar el paso.

Eva sonrió. Quizá lo entendió. Quizá vio algo más que nos hacía parecidos.

Entonces tomó una de mis manos.

—Saldrá bien —me aseguró, sin más preguntas, sin más comentarios.

Yo también quería que saliera bien.

19

SÉPTIMA CARTA

Querido amigo, compañero:

Hoy he recordado la primera vez que me hablaste de un viaje al norte. Lo hiciste una y otra vez después de eso. Era una constante, una idea.

«Algún día; algún día iré al norte».

Luego yo empecé a formar parte de aquello: «Iremos».

A veces me pregunto qué habría pasado si te hubiese dicho que no aquel verano también. Me imagino pidiéndote más tiempo para organizarme, para poner mis asuntos en orden. Me imagino proponiéndote algo diferente: un viaje al sur o, quizá, más al norte, mucho más, hacia alguna playa congelada. Me pregunto qué habría pasado si hubiésemos ido y, aquella mañana, hubiésemos salido cinco minutos antes del hotel; qué habría pasado de habernos detenido en alguna cafetería o en un mirador.

Cinco minutos más o cinco minutos menos. Tres minutos. Dos. Apenas unos segundos. ¿Qué más da? Cualquier variación podría haberlo cambiado todo o podría no haber cambiado nada. Nunca lo sabremos.

Hoy también le he enseñado las cicatrices de aquel día. No ha hecho preguntas que no pueda responder; nunca lo ha intentado.

Y a mí me ha gustado enseñárselas. Pasar los dedos sobre ellas me recuerda que todo fue real. Es tan complicado, queda todo tan dolorosamente lejano... que acariciarlas, sentirlas, es una prueba de que aquello pasó y el dolor y la pena están ahí por algo; algo real que un día fue bonito y hermoso... y nuestro.

A veces el dolor es el precio que pagamos por amar con todo el corazón.

20

NICO Y HELENA

No sé qué hora era cuando los chicos llegaron al Ryley's, pero sí sé qué hora marcaba el reloj cuando me di cuenta de que Helena intentaba molestarme. En algún momento de la noche, había decidido que estar cerca de mí era más interesante que cualquier opción que pudiera ofrecerle la pista de baile o incluso el karaoke, donde Daniel se estaba dejando las cuerdas vocales.

Muchas noches los chicos venían durante mi turno. Solían pasearse entre la barra y la pista y, cuando no había muchos clientes a los que atender, me daban un poco de charla.

Aquella noche, el Ryley's estaba bastante concurrido y ellos iban y venían constantemente porque yo no tenía mucho tiempo para dedicárselo. Helena, no obstante, se había sentado frente a la barra en un momento determinado de la noche y no había vuelto a levantarse.

Eran las tres menos cuarto de la mañana cuando algo hizo que me girara y me di cuenta de que Helena me seguía con la mirada. Sabía que estaba en la barra por mí, que esperaba allí a que terminase de atender a los demás para volver con ella; pero hasta entonces no había sido consciente de que me estaba mirando.

Llevaba el pelo suelto un poco más rizado que de costumbre, rebelde y sin peinar sobre sus hombros. Apoyaba los codos en la barra y el rostro en las manos y me miraba a mí.

Cuando nuestros ojos se cruzaron, me sonrió, pero no apartó la mirada.

Tuve que seguir atendiendo al siguiente cliente y al siguiente y al siguiente... y todas y cada una de las veces, cuando me giraba hacia ella, me seguía observando.

Me acerqué entre copa y copa.

—¿Qué haces? —le pregunté, inquieto.

Helena llevaba un jersey negro y ajustado de cuello alto. Sabía que tenía calor porque le había visto tirarse de él varias veces en lo que iba de noche. Volvió a hacerlo.

—¿Qué hago? —replicó.

—Me estás mirando —respondí, intrigado.

Tuve que dejarla para atender a un cliente. Cobré mientras me giraba hacia ella, que seguía sonriendo.

—Y me sigues mirando.

—¿Cómo lo sabes? —preguntó.

Se había pintado los labios de rojo; un rojo oscuro y vibrante que quedaba muy bien sobre su sonrisa.

Alguien me llamó. Tuve que volver a alejarme. Le atendí, preparé dos copas, intercambié una mirada incrédula con Helena y volví junto a ella.

—Lo sé porque te he visto; te he vuelto a ver.

—¿Me has visto mirándote? —inquirió.

Me entró la risa. ¿Cuánto había bebido? No recordaba haberle servido una tercera copa y la anterior seguía ahí, sobre la mesa, a medio acabar.

—Sí. Te he visto.

—Entonces tú también me estabas mirando.

—Sí, pero... —me callé.

Me entró la risa de nuevo, porque ella también sonreía, pero no pude quedarme más tiempo. Me marché a atender al siguiente cliente y, mientras lo hacía, mientras continuaba así el resto de la noche, me di cuenta de que seguía haciendo lo mismo.

Me ponía nervioso y me reía, y volvía a mirarla y a sonrojarme, y acababa apartando la vista a pesar de ser consciente de que lo hacía a propósito, porque yo no sabía evitarlo.

Al parecer, no me diría por qué. Al parecer, solo quería molestarme.

Todos aguantaron allí hasta que terminó mi turno y cerramos el Ryley's. Daniel estaba sentado en un taburete cerca de la salida, con la cabeza apoyada en la pared, las piernas estiradas y los brazos flácidos. Era sorprendente que no se cayese, que guardase así el equilibrio. Tuvimos que despertarlo cuando nos marchamos por fin.

Volvimos los cinco juntos a casa. Las temperaturas habían seguido bajando, pero ninguno parecía tener la necesidad de caminar más rápido que de costumbre. Nos alejamos del bar con ese paso perezoso de siempre, las paradas en una u otra esquina para que Daniel dijera alguna tontería, las paradas en uno u otro escaparate para comentar lo útil que sería algo que ninguno se iba a comprar nunca y la parada en Ophelia, la Ophelia física.

Eva empañó el cristal cuando se asomó para mirar dentro.

—Es cierto que ahí hay algo —murmuró, con los ojos húmedos—. Acércate —le dijo a Sofía—. Acércate más. Verás. No. Ahí no. Ahí.

Aquella era una imagen extraña. Daniel estaba apoyado en el escaparate cubierto de periódicos de Ophelia, aparentemente ajeno a todo cuanto hacíamos, con las manos en los bolsillos y la mirada perdida. Eva y Sofía se habían inclinado sobre el cristal, y se reían y lo empañaban con sus alientos. Y Helena... Helena miraba la mariposa de Ophelia.

—¿Por qué será morada? —preguntó.

—¿Por qué será una mariposa? —Sofía se irguió y también alzó la cabeza.

—Quizá era una tienda de mariposas —apuntó Daniel.

—¿A qué te refieres con eso? —contestó Eva.

Le vi meterse la mano en el bolsillo de la cazadora en busca de algo, pero hizo una mueca cuando no encontró ningún paquete de tabaco.

Acordarse de que lo quería dejar recuperándose de un pedo monumental debía de ser un fastidio.

—Me refiero a... una tienda de mariposas —respondió Daniel, sin más señas.

Ni siquiera miraba la mariposa, como hacíamos los demás; tampoco nos miraba a ninguno. Tenía la vista fija en algún punto del suelo, a lo lejos. Estaba muy pasado.

—No existen tiendas de mariposas, Daniel —replicó Eva.

—Porque las han cerrado todas, como Ophelia —contestó Sofía, tristísima.

A Helena le entró la risa, pero no la contradijo. No lo hizo nadie.

—Oye —susurró Daniel—. Todavía no he comprado el boleto de lotería.

Parecía preocupadísimo.

—No pasa nada.

—Lo voy a comprar, eh.

—Lo sé.

—Te daré mi parte. Te lo daré todo para que abras Ophelia.

—Vaya... —intervino Sofía—. Eso es muy generoso.

—¿Cuánto crees que te va a tocar? —preguntó Eva.

—Todo —contestó Daniel, muy seguro.

A Helena le hizo una gracia horrorosa. Le di una palmadita en el hombro a Daniel.

—Gracias. Eso es muy amable por tu parte.

Daniel me devolvió el gesto y lo convirtió después en un abrazo rápido.

—Ya sabes que te quiero.

Antes de que echáramos a andar de nuevo, un timbre hizo que todos se giraran. Antes de que viese la bici que venía hacia nosotros, sentí un tirón en la mano y me dejé llevar suavemente hacia un lado.

—Cuidado —murmuró Helena.

No me habría atropellado... no creo, pero aun así le di las gracias.

—Un placer haberte salvado la vida —contestó, resuelta.

Y, de pronto, junto con su sonrisa, llegó la realidad de que me estaba agarrando de la mano. Helena rodeaba mis dedos con los suyos, cálidos y firmes, y yo estaba despierto; estaba ahí, mirándola.

Echamos a andar. Echaron a andar todos y yo me quedé quieto un instante porque todavía no lo había procesado, pero Helena empezó a caminar también y yo fui con ella, porque volvió a tirar un poco de mi mano.

Di un paso vacilante, di dos, y tres... Y seguía sin creerme que me estuviera agarrando de la mano de una forma tan despreocupada y natural. Íbamos juntos de camino a casa, y las manos que antes eran templadas se enfriaban por la temperatura glacial, pero no nos importaba.

Helena no se dio cuenta. Debió de parecerle lógico, tan lógico como respirar. Eso fue para mí. Cómo había vivido sin hacerlo antes, no lo sabía; pero, en cuanto sus dedos rozaron los míos, me di cuenta de que ya no querría soltarla jamás.

Una manzana después, deshice el agarre para entrelazar mis dedos con los suyos. Probé el espejismo, tensé la cuerda, porque no me creí que no se diera cuenta; pero Helena no hizo nada. Aceptó el cambio, la caricia, y siguió andando junto con los demás, escuchando en silencio la charla de borrachos entre Daniel y Sofía.

En un momento dado se tropezó con sus propios pies. Lo torpe que podía llegar a ser era difícil de creer si sabías la facilidad con la que trepaba por las vías o los tejados.

No nos separamos hasta que llegamos a su portal. Me derretí por el camino; me derretí por cada centímetro de piel pegada a mi mano, por cada roce de su hombro contra el mío... me derretí por cada célula en contacto.

Cuando nos soltamos, estaba flotando.

Helena y Sofía se despidieron de nosotros con la mano, y continuaron despidiéndose en el portal a pesar de que les dijimos que entraran cuanto antes y se protegieran del frío.

—¿Hay algo que yo no sepa? —Eva se metió las manos en los bolsillos y se encogió un poco de hombros.

Supe a qué se refería sin necesidad de preguntar.

—¿Crees que no habría corrido a contártelo?

La vi sonreír a través de la mirada. Su bufanda le tapaba media cara, pero sus ojos castaños sonrieron.

—Ya me imaginaba. Entonces, ¿la situación es la misma?

—La misma —confirmé.

Eva se mantuvo en silencio durante unos segundos, pero supe que no había terminado.

—Hace semanas que Helena y tú salís y no ha pasado nada de nada.

—No salimos —repliqué, rápido—. No así.

—Le pediste salir —soltó—. Habéis quedado juntos y solos y paseáis de la mano.

Le di una patada a un trozo de pavimento que se había desprendido de algún lugar.

—¿Y si estoy equivocado?

—¿En qué? —contestó, con cierta agresividad.

Daniel iba por delante de nosotros. Tarareaba alguna canción que seguramente acababa de destrozar en el karaoke y no parecía interesado en nuestra charla.

—¿Y si no salimos? ¿Y si... y si no fue una cita?

—No lo sé, Nico. No sé lo que piensa Helena. A lo mejor deberías preguntárselo.

Me entró la risa.

—Ya, claro, porque es muy sencillo preguntar cosas así sin arriesgarse a mandarlo todo a la mierda.

Eva se detuvo y me miró. Abrió la boca, dispuesta a replicar, pero tuvo que callarse cuando me vio la expresión.

—Sí, mejor no digas nada.

Eva suspiró.

—Somos dos inútiles en las relaciones interpersonales, ¿eh? —comentó.

Le pasé el brazo por encima de los hombros.

—Los inútiles más grandes.

21

HELENA Y NICO

El día que todos terminaron las clases, nos montamos en el coche de Sofía y fuimos a una especie de parque acuático climatizado que quedaba a algo menos de una hora de casa.

El viaje debería haber sido corto, pero tardamos casi dos horas en llegar.

Antes de salir creíamos que la experiencia sería la piscina en sí; con sus toboganes y sus zonas de descanso. Sin embargo, el viaje fue... el viaje fue intenso.

Yo conducía y Nico quiso sentarse delante conmigo. Dijo que era cuestión de altura; era el más alto y el más alto debía ser el copiloto.

—¿Y quién ha decidido que eres el más alto? —lo provocó Daniel.

—Mido 1,85. ¿Cuánto mides tú?

Daniel dio un paso adelante y levantó el mentón. Era cierto que estaban bastante igualados, pero Nico le sacaba varios centímetros.

Daniel se pasó la mano por la cabeza rapada y después la alzó para despeinar a Nico.

—Tu pelo abulta mucho —observó.

Nico soltó una carcajada.

—Pues deja de raparte, que no estás en la marina.

—Deberías raparte tú para que esto fuera más igualado —señaló, sin dejar de mirarlo.

—¿Cuánto mides? —insistió Nico.

Daniel bajó los ojos hasta sus pies.

—¿Y esas zapatillas? ¿Llevas plataforma?

—No llevo plataforma.

Por el tono, supe que Nico ya había entrado en su juego. Daniel era un experto en conseguir que su realidad inundara la tuya, que sus normas, sus locuras y sus ideas se adueñaran de tu razonamiento. A partir de entonces, daría igual con qué réplica aleatoria lo provocara Daniel, Nico se esforzaría en rebatirlo.

—Habrá que descalzarse —sentenció, y se encogió de hombros.

Los dos lo hicieron. Se quitaron las zapatillas y siguió siendo evidente que Nico era más alto. Aun así, Daniel nos obligó a votarlo.

Nico acabó sentado junto a mí y Daniel se subió de morros a la parte de atrás.

Poco después tuvimos que parar en una gasolinera porque Daniel insistió en que se estaba deshidratando. Tenía resaca. Era el último día de clase antes de las vacaciones de Navidad y él tenía resaca. Le esperaban unas buenas fiestas. Siempre parecía tener planes. Durante la noche siempre estaba por ahí y durante el día siempre parecía estar recuperándose de alguna juerga.

En cuanto detuve el coche, Sofía salió disparada al área verde, al otro lado de la carretera, y Eva la siguió. Al final acabamos todos fuera y volver a ponernos en marcha se convirtió en una aventura.

Antes de subir al coche, Daniel apareció con un boleto de Navidad.

—Para Ophelia —le dijo a Nico, y se lo guardó en la cartera—. Aunque me voy a pensar si darte todas las ganancias, porque últimamente estás un poco borde.

A Nico le entró la risa.

—¿Sigues enfadado porque soy más alto que tú? Supéralo, idiota.

Daniel le hizo un corte de mangas antes de sacarle la lengua.

Luego todo fue más sencillo: ni Sofía ni yo lloramos porque no podíamos cambiar de emisora y el coche se portó de forma decente.

Llegamos a nuestro destino a primera hora de la tarde y poco después ya estábamos en el agua.

Había muchos niños por allí, pero no todos eran pequeños. De hecho, había más grupos como nosotros, gente de nuestra edad, y también mayores. Hasta había abuelos que paseaban por ahí con una sonrisa plácida y parejas enredadas en las esquinas.

Probamos todos los toboganes, incluso aquellos que eran ridículamente pequeños para nosotros. A Eva le dio una bajada de tensión en el jacuzzi y Sofía la acompañó fuera. Daniel se hizo amigo de un par de chicos que habían ido allí con otro grupo y yo reté a Nico en la piscina olímpica. Le gané dos veces en un largo torpe y sin gracia; él, una.

En algún momento, Daniel volvió. No nos dimos cuenta de que lo habíamos perdido. Me preguntó la hora y yo miré mi reloj para dársela.

—Once y media. —Fruncí el ceño.

Me había metido en el agua con reloj. De todos modos, debía de haberse vuelto loco antes, porque habíamos llegado a la piscina mucho después.

En cualquier caso, aquel día el reloj se me paró a las once y media. Debió de ir hacia delante y hacia detrás hasta llegar a esa hora y detenerse para siempre.

Me dio pena durante dos minutos, pero se me pasó enseguida, cuando vi que Sofía y Eva volvían la una apoyada sobre la otra y se unían a nosotros de nuevo.

Pasamos lo que quedaba del día allí metidos y hasta jugamos a contener la respiración bajo el agua. Jugamos todos.

Cuando nos llegó el turno a Nico y a mí, nos pusimos frente a frente, como si fuéramos a enfrentarnos en el reto más importante de toda nuestra vida. Era importante; en aquel momento lo era. Eva y Daniel animaban a Nico. Sofía me animaba a mí. Cogimos aire a la vez, sin dejar de sostenernos la mirada, y nos sumergimos al mismo tiempo.

Las burbujas de aire subieron a mi alrededor; nos envolvieron.

Las mejillas infladas, una sonrisa tirando de nuestros labios, los ojos entrecerrados.

Gané. Jugamos a contener la respiración y gané.

Siempre ganaba yo.

Nico siempre se quedaba antes sin aire. Siempre.

Nos quedamos allí hasta que nos echaron, hasta que nos advirtieron que nos quedaba poco tiempo para cambiarnos de ropa. Apuramos tanto que a mí no me dio tiempo a secarme bien el pelo. Salimos a la calle ya de noche y era diciembre.

Hacía mucho frío, pero me daba igual. Nos daba igual a todos.

Daniel decidió conducir en el camino de vuelta.

Nadie pudo impedirlo.

Hubo un instante de vacilación cuando tuvimos que decidir cómo volveríamos sentados.

Yo no me lo pensé. Me senté atrás; pero el resto vaciló. Se quedaron los tres ahí fuera, mirándose como tontos, hasta que Sofía se adelantó como si no hubiera pasado nada y se sentó conmigo.

Daniel tuvo que gritar a Nico y Eva desde dentro. Tocó el claxon con suavidad y Sofía y yo lo regañamos al mismo tiempo: no podíamos tocar el claxon en aquel coche; quién sabía qué podría ocurrir. Nada nos aseguraba que no tuviéramos que volver después a casa con el sonido constante de la bocina acompañándonos.

De pronto, mi puerta se abrió al mismo tiempo que se abría la del copiloto. Vi a Eva sentarse al lado de Daniel y a Nico dedicándome una sonrisa amable y un poco nerviosa.

Me aparté un poco y le hice hueco.

—¿El más alto no era copiloto? —preguntó Daniel cuando ya estuvimos los cinco dentro.

No arrancó el motor. Había tenido prisa hasta ese momento, hasta ese preciso instante, pero ya no le importaba salir de allí. Miraba a Nico por el espejo retrovisor. También lo miraba Eva; y Sofía... Sofía, por alguna razón, me miraba a mí; como si mi reacción a lo que respondiese Nico fuera más importante que su propia contestación.

—Siempre que no conduzcas tú —replicó Nico, resuelto, y mi corazón se calmó un poco—. El sitio del copiloto es el más peligroso en un coche.

—¿Cómo te atreves? —lo provocó—. ¿Cómo te atreves a calumniarme de esa forma?

—Arranca —le pidió.

—Estoy dolido.

—Arranca ya, Daniel. Tenemos frío —protestó Sofía.

Daniel acabó arrancando y, media hora después, detuvo el coche en la misma área de servicio donde nos había obligado a parar antes, pero esta vez ninguno de nosotros bajó.

A quince minutos de casa, cuando ya habíamos entrado en Madrid y las luces de la ciudad sustituyeron al azul oscuro de la noche en las afueras, me sentí tentada de dejar caer mi cabeza sobre el hombro de Nico.

Él estaba tan cerca y pensé que resultaría tan fácil...

Lo fue. Facilísimo.

Me apoyé lentamente, tanteándolo, y Nico pareció notarlo. Sintió esa vacilación, esa pregunta silenciosa, porque bajó el hombro. Se recostó un poco en el asiento y se acomodó a mí, a mi presencia.

Fueron unos minutos maravillosos, hasta que Daniel aparcó cerca de nuestro piso. Fuimos los últimos en bajar.

El plan era que cada uno se marchaba a su casa, pero algo los empujó a ellos a insistir en estirar el día y a Sofía y a mí a seguirlos hasta su piso. Así que acabamos igual que siempre: cenando en aquella mesa bajo el techo de cristal, con una única luz encendida en una esquina, en una lámpara en el suelo.

La mesita volvía a estar en su sitio, y cada una de sus patas impedía que una de las esquinas de la alfombra que había sobre el socavón cediera. Volvimos a ver el baño, esa obra que parecía a medio hacer, la pintura barata que tanto nos costó que agarrara y los colores que desentonaban.

Pusimos música. Daniel saltó la canción de *Lady Madrid*; Nico bailó con una canción que no se podía bailar y aun así lo hizo bien; Eva cantó para todos (ella sí que lo hacía bien), y Daniel sacó una guitarra, porque por supuesto era esa clase de persona que tenía una guitarra sin saber cómo tocarla, y se la dio a Eva.

Nos lo pasamos bien juntos. Muy bien.

Y eso que podría decirse que nos habíamos encontrado por casualidad...

Todo había sido por un flechazo entre Sofía y Eva; flechazo que, por cierto, todavía no se habían confesado la una a la otra.

Fuera como fuese, desde aquel día habían empezado a quedar de manera pretendidamente casual, hasta que sus coincidencias fueron tan obvias que los dos grupos habíamos terminado en uno. Así eran las cosas.

Una noche Sofía se había colgado de Eva, se había acercado a ella borracha y había descubierto que sufría una crisis porque se había apuntado al karaoke y le había entrado el pánico en el último momento. Sofía la había animado y, para conseguirlo, hasta había subido a cantar con ella. Sofía solo había cantado las primeras dos estrofas. Después se había quedado embobada mirando a Eva; más o menos como todos los demás en el Ryley's. Más o menos como hicimos todos aquella noche en casa de Daniel.

A media noche terminé renunciando a un juego de cartas que empezaba a ser demasiado intenso para mí, y me retiré al balcón. Me gustaba aquel rincón tan lleno de vida, tan caótico e imposible, que daba a un patio que parecía sacado de otro mundo; o de otro rincón del nuestro, al menos.

Volví un poco las puertas al salir para que no se escapara el calor y me asomé fuera, a esa farola que se esforzaba por brillar a pesar de que toda la maleza de alrededor intentaba devorar su luz.

Cuando la puerta del balcón se abrió de nuevo, supe que era él antes de volverme, porque el ambiente se llenó de un aroma conocido. Nico olía a lluvia, a ese olor que queda en el aire después de una tormenta feroz de primavera.

Me sonrió.

Se inclinó a mi lado, sobre la barandilla, y miré atrás, al salón donde nuestros amigos jugaban a las cartas y gritaban y reían y brindaban.

Estábamos cerca de ser tan obvios como lo eran Eva o Sofía; quizá incluso más.

Pero en nuestro caso era más complicado. Lo era en el mío; en lo que a mí respectaba.

—¿Estás maquinando algo?

Lo miré a él y miré arriba, al árbol por el que habría subido al tejado. Sacudí la cabeza.

—No. Sofía se inquieta mucho cuando lo hago. No quiero preocuparla.

—Entonces, ¿qué haces aquí fuera? ¿No tienes frío?

Me encogí un poco sobre mí misma.

—Estoy helada —reconocí—. Pero las vistas son... Este balcón es...

—Ya —coincidió, cuando yo no encontré las palabras—. Es muy especial, ¿no?

Asentí, aunque él no miraba alrededor; no miraba al balcón, ni a las vistas.

Noté que me sonrojaba un poco, irremediablemente.

Nos quedamos así unos minutos, sin movernos y sin decir nada. Esa era una de las cosas que más me gustaban de estar con Nico: no había que llenar los silencios; el vacío entre los dos no asustaba y no tenía que perder el tiempo poniéndome nerviosa, buscando algo que decir.

Fue él quien habló después.

—Ven —soltó.

—¿Qué?

Se apartó de la barandilla.

—Estás helada. Ven aquí. —Me hizo un gesto con la mano para que me acercara a él, pero yo no me moví.

Tuvo que dar un paso él, y después otro. Le obligué a moverse porque yo no sabía si estaba entendiendo bien, si quizá tenía tantas ganas de una situación tan fácil y sencilla que simplemente la estaba imaginando...

Buscó mi mano y tiró suavemente de ella.

Rodeó mis hombros con los brazos y me acercó a él.

Me envolvieron sus brazos, y su olor. Me envolvió todo su cuerpo, su calor. Y durante un instante no supe qué hacer con las manos. Se quedaron entre los dos, sobre su pecho, hasta que esa misma sensación del abrazo, ese ritmo reconfortante latiendo contra mí, me hizo bajarlas y devolvérselo.

Acabé dejando caer la cabeza contra el hueco de su cuello. Mis labios quedaron a un milímetro de su piel. Debía de sentir mi respiración ahí igual que yo sentía la suya sobre mi frente.

Fue nuestro primer abrazo, y lo primero que pensé cuando fui capaz de volver a ordenar mis pensamientos fue que era imposible que no nos hubiéramos abrazado antes. No podía ser la primera vez; no podía ser así de fácil desde el principio.

Lo estreché más fuerte entre mis brazos y él hizo lo mismo. Le escuché inspirar con fuerza y sentí sus manos sobre mi espalda; sus palmas extendidas trazaban círculos agradables.

Qué fácil habría sido separarse un poco, solo lo justo para poder mirarlo a los ojos y decirle antes de hacerlo lo que pretendía. Habría sido muy fácil levantar las manos y recorrer su nuca con la punta de los dedos, enredarlos en su pelo y tirar de él hacia mí.

Habría sido fácil.

Y creo que Nico pensó lo mismo. Cuando se apartó un poco y me miró desde arriba sin decir nada, aguardando, debió de preguntarse si tenía que dar un paso.

Aquella noche, me dejó elegir. Me cedió a mí la decisión; una decisión difícil en la que no tendría que haber pensado, pero en ese momento pensé. Pensé en aquel chico al que no había terminado de conocer bien. Su nombre no importaba, porque nuestra relación romántica había empezado mucho antes que nuestra amistad y había terminado demasiado pronto como para descubrir nada más allá. Pensé también en otro chico cuyo nombre recordaba de vez en cuando. Habíamos salido un tiempo y no había estado mal, pero solo eso. Había roto conmigo porque sentía que lo nuestro no avanzaba. Era cierto. De alguna forma lo quería, pero lo quería igual que a un amigo con el que me sentía cómoda; no había habido nada especial entre los dos, nada que me hubiese hecho sentir el vértigo que yo creía que debía experimentar en el estómago. Había habido alguno más, pero en todas aquellas citas, paseos, retos, besos entre las sábanas... nunca me había sentido tan plena como me sentía con Nico.

Podría besarlo, podría ceder al impulso que me pedía que me olvidase de nuestros amigos, que jugaban dentro a las cartas, que tirase un poco de él y me abandonara a aquello que me pedían el cuerpo y las entrañas; aquella llamada que nacía del vértigo, del centro mismo de la gravedad del mundo. Pero... ¿después qué? ¿Qué pasaría después?

Nico me dejó decidir aquella noche y yo decidí que quería otro abrazo.

22
OCTAVA CARTA

Querido amigo, compañero:

Hoy Willow ha vuelto. Ha aparecido en la ventana, quieto como una estatua de obsidiana. Agitaba la cola cuando me ha visto entrar por la puerta y, durante un instante, he tenido la sensación de que había cierta comprensión en esos ojos.

«Él todavía no ha regresado».

Le he abierto la ventana, lo he dejado pasar y se ha quedado conmigo un tiempo. No sé cuándo volverá a marcharse. Ya sabes cómo es. Willow viene y va, pero siempre vuelve.

Ha pasado algo. Quizá lo haya notado. Quizá esté aquí por eso.

Ese chico... ese chico y yo nos hemos abrazado por primera vez. Ha sido él quien me ha envuelto entre sus brazos, quien me ha arropado para salvarme de un abismo negro que intuía y temía. Sus manos en mi espalda han traído la tranquilidad blanca del mar. Han crecido flores rojas en las grietas.

Querido amigo, compañero, todavía recuerdo nuestro primer abrazo; el calor, la seguridad y la dulzura de tus manos.

Compartimos mil de ellos después, dos mil. Habrían sido infinitos; quizá aún lo sean, tal vez en algún lugar podamos recuperar todos los que perdimos.

23

NICO Y HELENA

La última vez que nos habíamos quedado a solas había estado a punto de besarla. No dejaba de pensar en eso; en esa verdad absoluta que me torturaba día y noche.

Después del día de la excursión, volvimos a vernos con todos los demás. Ninguna de las veces lo planeamos: una noche, Daniel nos invitó a todos a cenar pizza; otra tarde, Helena nos invitó al rocódromo; fue un día divertido.

Nunca había visto a Daniel subiendo; es más, creo que nunca lo había hecho antes. Fue interesante verlo caer, reír y maldecir. Le vi pasarse la mano por la cabeza rapada unas cuarenta veces, inseguro por primera vez en mucho tiempo. Su expresión al quedar colgado de la vía era parecida a la que ponía cada vez que hablábamos de *Lady Madrid*. No le gustaba.

Helena y yo acompañamos al resto en las vías blancas y en alguna azul. No entrenamos; no de verdad. No, al menos, hasta que Helena y yo competimos en la Kilter Board. Pero nos reímos tanto... tantísimo...

Al salir del rocódromo, y a pesar del frío, evitamos coger el metro. Nos gustaba pasear los cinco juntos. A menudo tomábamos los caminos largos para llegar a los sitios. Nos gustaba andar despacio, detenernos, hablar y dar rodeos innecesarios.

Unos días después, por la mañana, Sofía vino sola a casa y me extrañó no ver a Helena al otro lado de la puerta cuando la recibí.

Sofía pasó dentro con una sonrisa tímida, un poco avergonzada, y la dejé entrar para que se reuniera con Eva. Justo entonces mi compañera salió de su cuarto con un vestido que no le había visto nunca en invierno —largo, ajustado y sugerente, tan obvio como sus intenciones—, y me di cuenta de cómo la mandíbula de Sofía estuvo a punto de caer hasta el suelo.

Habían quedado para ver una película. Al parecer, Helena no había querido sumarse al plan. Por cortesía, me preguntaron si yo quería acompañarlas, y disfruté con sus expresiones suplicantes hasta que les dije que ya la había visto. Decidieron verla en su cuarto, para no molestarme, y yo volví a quedarme solo.

Le escribí un mensaje a Helena.

> ¿Tú también habías visto la película?

Su respuesta llegó enseguida.

> ¿La de las amigas que se dan cuenta de que están enamoradas?
> Me sonaba de algo.

Sonreí. Escribí el principio de una frase, y volví a borrarla enseguida. Helena seguía en línea.

> ¿Dudas con algo, Nico?

Me mordí los labios.

> ¿Qué haces esta noche?

Aquella vez, fue ella la que tardó unos instantes.

Cena con mis padres. ¿Por qué?

Volví a detenerme a pensar cómo preguntárselo.

Estaba pensando que a mí sí me apetecía ver una película de verdad. ¿Después de la cena?

Contuve el aliento.
Helena escribió y después borró. Volvió a escribir.

¿Qué tal mañana por la tarde? Esta noche ya he quedado con Sofía. Es como una tradición de Nochebuena.

Respiré tranquilo.

Genial. Mañana entonces. Esta vez elijo yo; la próxima tú.

Su mensaje de vuelta llegó enseguida.

¿Aún no hemos quedado y ya estás pensando en una segunda vez?

Le mandé un *sticker* con un gato y volví a guardar el móvil en el bolsillo.

Estuve leyendo un rato en el salón sin concentrarme demasiado en la lectura hasta que Eva salió del cuarto y fue hasta la cocina para empezar a revolverlo todo.

—¿No hay palomitas?

—No.

—¿Cómo es que no tenemos palomitas?

—No comemos palomitas, Eva. Pero si quieres puedo haceros algo. Unas galletas, unos *brownies*, unas magdalenas...

Eva se giró hacia mí con un dedo levantado.

—No. Ni se te ocurra.

Alcé las manos, inocente.

—Tal vez Daniel tenga. Si no, en el Mercadona de abajo...

Asintió fervientemente y se asomó un segundo dentro de la habitación para decirle a Sofía que volvía enseguida.

Intuía que a ella lo último que le importaban eran las palomitas. Unos minutos después, cuando Eva aún no había regresado, paseé hasta la habitación de Eva y me apoyé en el marco de la puerta.

—¿Qué tal la peli? —pregunté.

—Ah. Eh... Bien. Entretenida.

Estaba metida bajo el nórdico y parecía nerviosa, a punto de saltar por cualquier cosa. No quise molestarla, así que me despedí enseguida.

—Saluda a Helena de mi parte esta noche.

—No sé si llegaré antes de que se marche, pero mañana le daré recuerdos de tu parte.

Me quedé a un paso de la puerta. Volví a acercarme.

—¿No la vas a ver esta noche?

—No. —Sacudió la cabeza—. Cena con sus padres.

Dudé, pero no pude resistirme. No pude no preguntar.

—Creía que habíais quedado después. ¿No era como... como una tradición?

Sofía sacudió la cabeza despacio, confundida.

Una excusa. Me había dado una excusa. Tal vez no quería quedarse a solas conmigo, no después de aquel abrazo. Pero, si era así, ¿por qué había propuesto quedar en Navidad? ¿No habría sido más fácil darme largas?

—¿Pasa algo, Nico? —preguntó Sofía, con suavidad.

—Creo que la he cagado.

Se extrañó.

—¿Cómo?

—Helena. Creo que la he cagado con Helena.

A lo mejor el problema era el momento. Debía de ser eso. A lo mejor quedar a medianoche era demasiado. A lo mejor... a lo mejor durante el día había más excusas para no quedarnos del todo solos. Eva andaría por casa si quedábamos aquí, y Sofía estaría por allí si quedábamos en la suya. A medianoche el día de Nochebuena quién sabe dónde estarían. Sería demasiado íntimo, demasiado personal.

—¿Por qué dices eso? —me interrogó.

La miré. La miré y me di cuenta de que acababa de confesarle a su mejor amiga que había algo entre los dos, al menos por mi parte. Sofía no parecía sorprendida; sí intrigada pero no sorprendida.

—Creo que me he precipitado.

Sofía esbozó una sonrisa muy sutil que intentó disimular.

—Desde fuera, desde luego, no parece nada precipitado.

Estaba tan nervioso que ni siquiera me sonrojé. No había tiempo para preocuparse por ello.

—A mí tampoco me daba esa impresión, pero a lo mejor, tal vez... ¿Y si no está preparada? ¿Y si...? —Pensé en Gabriel y volví a levantar la vista hasta Sofía. Ahora que lo sabía, ahora que se lo había confirmado, quizá fuera el momento de aclarar dudas. No lo haría por inmiscuirme. Lo haría por mí, por nosotros; para frenarme si tenía que hacerlo—. Sé lo de Gabriel.

Sofía me miró de hito en hito.

—¿Cómo?

—Sé que murió. También sé que escalaba.

Sofía vaciló. La vi llevarse la mano a la nuca. La estaba poniendo en un aprieto. No obstante, respondió:

—Es un tema complicado.

—No quiero que me cuentes nada, Sofía —aseguré—. Solo te pido... solo te pido que me digas si tengo que esperar. No quiero hacerle daño, no quiero meter la pata.

Ella frunció el ceño y sacudió ligeramente la cabeza.

—No. No vas a hacerle daño por... ¿Por qué? —se extrañó.

Parecía perdida.

—Por pedirle algo para lo que no esté preparada. No quiero empezar nada así. No quiero intentarlo y que sea peor y luego sea imposible...

—Es verdad que la muerte de Gabriel la afectó mucho, quizá demasiado; pero no creo que eso importe ahora, no en este contexto. Todavía la perturba a veces. La he visto mirando fotos suyas. Tiene... tiene esa especie de sensación que la hace sentirse atada a él de alguna forma. Pero no tiene por qué afectar a lo vuestro. No, Nico. No tiene por qué.

Me quedé en silencio.

No entendía nada.

—Es normal que se sienta atada a él —repliqué, confuso.

Sofía siempre me había parecido muy empática, dulce y comprensiva. Me alegraba que no creyera que lo nuestro la heriría de alguna forma, pero esa despreocupación, esa frialdad...

—No. No lo es —contestó—. A ver, bueno, puedo entenderlo, pero nadie sabe seguro si murió en tierra.

—¿A qué te refieres?

Sofía se encogió de hombros.

—Ya sabes, la norma no escrita de los *rooftoppers*. Si alguien muere por una caída, se calla. Helena cree que tenía alguna enfermedad como ella porque le escuchó decir algo en un vídeo que el propio Gabriel borró minutos después de subir y que la hizo sospechar; pero aparte de eso...

Sacudí la cabeza y di otro paso adelante, cada vez más perdido.

—¿Qué quieres decir? ¿No sabéis seguro de qué murió? ¿Helena no lo sabe?

—No —contestó, con el ceño fruncido—. Nadie lo sabe en realidad. Su familia quiso mantenerlo en secreto. Me parece comprensible.

—¿Ni siquiera se lo contaron a ella?

—No... —respondió, con las cejas un poco arqueadas.

—No me extraña que todo eso la perturbe. Tiene que ser duro. ¿No crees? Dios. Me parece terrible. Me parece... ¿Cómo es que nadie se lo contó a su novia?

—¿A su novia?

Nos quedamos en silencio. Los dos nos mirábamos con la misma expresión.

—Helena y él salían, ¿no?

Sofía sacudió la cabeza enérgicamente.

—No. Claro que no. Ni siquiera se conocían.

—¿Qué?

Volvimos a guardar silencio.

—Ven —me llamó—. Ven aquí.

Sofía sacó su móvil del bolsillo y yo me acerqué hasta sentarme en el borde de la cama. Me dejé caer ahí, sin saber muy bien qué hacía ni cómo tomaba las decisiones.

Me enseñó un perfil de Instagram que ya me había enseñado antes Eva, aquella noche hacía unos meses. Lo primero que vi fue la imagen de un chico de nuestra edad sonriente. Rubio, ojos claros, piel pálida. Gabriel.

—Era un *rooftopper* ruso famoso —me explicó—. Nació en Rusia, pero los últimos años de su vida los pasó en Chicago, con toda su familia.

—Creía que Helena y él...

Negó con la cabeza.

—No tenían contacto. Es algo complejo. Ella está convencida de que tenía alguna enfermedad crónica, y como ambos subían para evadirse del mundo... —Hizo un gesto con las manos, uniendo y desuniendo sus dedos—. De alguna manera, Helena se siente atada a él.

—No tenía ni idea. Por como hablabais de él pensaba que... —No terminé—. No importa. Gracias, Sofía.

Volvió a guardar el móvil.

—Entonces, ¿estás más tranquilo?

Estaba confundido, pero asentí de todas formas.

—Supongo que sí.

Aquello no explicaba por qué me había dado largas aquella noche, por qué había mentido. Habría algún motivo; pero estaba demasiado ocupado intentando asimilar la nueva información como para preguntarme nada más allá.

—¿De verdad?

—Sí. Gracias, Sofía. —Escuché cómo se abría la puerta de la entrada. Eva había vuelto—. Os dejo disfrutar del resto de la peli.

Eva se asomó por la puerta mientras yo salía. Me miró con cierta curiosidad al pasar por su lado, como si pudiera leer en mí lo desconcertado que estaba, lo mucho que tenía que reorganizar lo poco que tenía.

Decidí no pensar demasiado. Al fin y al cabo, solo había sacado conclusiones precipitadas. Si hubiese prestado más atención al asunto de Gabriel, quizá me habría dado cuenta antes de que Helena y él ni siquiera se conocían; pero ver aquellas fotos, hacer preguntas, lo había sentido como una intromisión.

Pasé el resto del día leyendo y por la tarde tomé el metro con tiempo para llegar pronto a casa de mis padres. Desde allí, fuimos en coche hasta la casa de mis abuelos, situada en las afueras.

Las reuniones familiares siempre eran ruidosas, pues éramos muchos. Vi a primos a los que no veía desde el año anterior, escuché las mismas bromas que mi tío hacía todos los años y me encogí de hombros cuando me preguntaron por las notas. Los apreciaba a todos y, aunque en algunos momentos el caos resultaba excesivo, fue agradable. Me gustaba volver a ver a la familia.

Regresamos relativamente pronto a casa. El viaje a la capital no era muy largo y a esas horas no había mucho tráfico, pero teníamos por lo menos una hora larga de camino y mi madre no quiso alargarse más.

No pensé seriamente en Helena hasta que pasamos por Fuencarral. Cuando vi la Torre de Cristal y la grúa monumental que se erguía junto a ella, saqué el móvil para mirar la pantalla con su conversación.

Seguía sin saber por qué me había mentido. A lo mejor no había nada detrás de aquello; nada más allá de que necesitaba una excusa que no me ofendiera porque, simplemente, no quería quedar esa noche. ¿Qué importaba si quería que nos viéramos mañana?

Debería darme igual; debería...

Me quedé helado.

—Mamá, para el coche.

Mi madre giró un poco la cabeza, como por inercia, y luego miró a través del espejo retrovisor.

—¿Qué dices?

—Déjame aquí.

—Tu apartamento todavía está lejísimos —replicó mi padre.

Pensé rápido.

—Acabo de recordar que unos amigos dan una fiesta por esta zona. Se me ha olvidado comentároslo.

—Oh, vale. —Mi madre se sorprendió, pero no puso ninguna pega. Tampoco mi padre—. ¿Cómo vas a volver?

—En metro, no te preocupes.

—De acuerdo. ¿Paro aquí mismo, entonces?

—Sí, por favor —contesté, deseando que no me notara lo nervioso que estaba.

Aparcó el coche a un lado, junto a un paso de cebra cercano a la estación, y yo bajé sin pensármelo mucho.

Deshice el camino que habíamos recorrido en coche desde que habíamos pasado por delante de la Torre de Cristal y llegué allí tras unos minutos eternos. No había mucho movimiento en la zona; sí me crucé con algunas personas que probablemente se dirigían a alguna fiesta o que volvían de ella, pero todas estaban demasiado ocupadas para prestarme atención y a nadie pareció extrañarle lo rápido que caminaba hacia el recinto de las obras.

Era una locura. Tenía que serlo, ¿verdad? No podía pensar en esas cosas; no podía pensar que fuera cierto. Pero ahí estaba.

Alcé la cabeza y miré arriba, a la grúa que ascendía junto a la fachada de cristal.

Recordé la conversación que había tenido allí con Helena aquella primera vez que le había escrito y nos habíamos encontrado en ese mismo lugar. Todavía no sabía qué hacía allí aquel día, además de pasear bajo las torres.

Recordé que una de las formas de subir hasta arriba eran las ventosas; la otra, la grúa.

Recordé que aquel era el asunto pendiente de Gabriel, que nunca llegó a escalar aquella torre porque había muerto antes de poder hacerlo.

Recordé cuándo me había dicho que lo había intentado: en Nochebuena.

Joder. No podía ser. No podía ser cierto.

Saqué el móvil y busqué el contacto de Helena. La llamé por teléfono.

Mientras sonaba pensé que no la había llamado nunca antes; que nunca la había escuchado al otro lado de la línea. ¿Sería muy raro que la primera vez fuera para preguntarle si se había subido a la maldita Torre de Cristal?

No respondió, pero eso no hizo que me sintiera mejor.

Volví a intentarlo mientras paseaba en círculos alrededor de la valla metálica que protegía la obra, y la ansiedad crecía y mi instinto le decía a la razón que tenía que entrar en pánico.

Lo razonable habría sido dar media vuelta, pero no pude hacerlo.

No supe lo que hacía hasta que me aseguré de que no había nadie cerca, me encaramé al metal, me impulsé y salté al otro lado tras comprobar que no había ni rastro de los guardias de seguridad. Incluso entonces, dentro de la obra, no sabía muy bien qué pretendía.

Con el corazón en la garganta, corrí hasta llegar al pie de la grúa y me quedé muy quieto, pegado a ella, mientras una sombra cruzaba el recinto al otro lado. Debía ser uno de los vigilantes haciendo su ronda.

Contuve el aliento e imaginé lo divertido que sería llamar a mis padres desde comisaría si ese tipo me pillaba, y no volví a respirar hasta que lo vi desaparecer.

No tenía muy claro qué esperaba encontrar, pero, en cuanto me puse a buscar, lo vi allí, en una esquina: una mochila de tela pequeña junto con un abrigo que creía conocer.

Me agaché, abrí la mochila y saqué el móvil. La pantalla de bloqueo me devolvió la notificación de una llamada perdida con mi nombre.

El corazón se me paró unos segundos.

En el fondo, había sabido que Helena estaba ahí arriba, en la cima de Madrid, desde que había visto la Torre al pasar. Quizá lo había sabido desde mucho antes.

—Mierda.

Me llevé una mano a la boca. Me las pasé por el pelo. Me aferré con ellas al metal de color rojo de la grúa.

Me quedé congelado. Durante unos minutos, me quedé allí de pie, mirando arriba, preguntándome si ya estaría demasiado lejos como para poder alcanzarla con la vista, sin saber qué narices hacer.

Después... después me quité el abrigo. Me quité la bufanda y lo dejé todo en el suelo.

Empecé a subir.

Las escaleras interiores podrían ser más seguras que escalar una fachada en libre, pero aquellas finas tiras de metal en forma de medio arco que las rodeaban cada par de metros no ofrecían mucha más seguridad.

No miré abajo hasta un rato después, cuando el suelo ya parecía distante y podía ver a la perfección por encima de la valla que bordeaba la obra. Vi la estación y la carretera, y antes de dejarme arrastrar por el vértigo seguí ascendiendo. El vigilante seguía haciendo su ronda del perímetro, ajeno a lo que ocurría allí arriba.

El primer problema serio llegó cuando aquellas escaleras se acabaron para dar comienzo a otro tramo.

Fue entonces cuando la vi. En realidad, no la vi a ella, sino una mancha en movimiento, ascendiendo en la oscuridad, iluminada de costado por las luces de la torre.

Ella ya había superado ese tramo.

Ascendí hasta el último agarre, hasta la última escalera, y me aferré con fuerza a las barras metálicas que cruzaban aquel trecho en diagonal.

Allí no había seguros. Todo mi sentido común gritaba que no mirase abajo, pero no pude evitarlo. Un vistazo a mis pies y descubrí aquella caída imposible, la negrura tragándoselo todo como unas fauces abiertas, expectantes y listas.

El viento silbó junto a mi oído.

La mente se me quedó en blanco mientras me impulsaba, apoyaba el pie donde antes había estado mi mano y alargaba el brazo hasta el siguiente tramo de escaleras.

No era difícil; no demasiado. Hacía cosas mucho más complicadas en las vías del rocódromo; pero si caía allí, si resbalaba entonces... prefería no pensarlo. Me concentré en que lo que hacía no habría pasado de un nivel blanco o uno azul. Subía muchas vías rojas y alguna que otra morada. Podía con una azul, podía hacerlo sin fallar.

Un pie. Una mano. Un pie. Una mano.

No volví a permitirme mirar abajo, ni alrededor, aunque las vistas allí arriba ya eran tentadoras. Mil luces en la distancia, la ciudad de Madrid por debajo de nosotros.

No podía creerme que hubiera subido tan arriba.

Fui más rápido, porque ya veía a Helena, y tenía que alcanzarla antes de que llegara al siguiente cambio de tramo, antes de que volviera a arriesgarse de aquella manera.

Yo también lo haría. Si llegaba el momento, subiría también, me impulsaría y me las ingeniaría para seguir subiendo, hasta dar con ella.

Una mano me resbaló.

No pasó nada; absolutamente nada. Simplemente, perdí el agarre de aquella mano, pero mis pies siguieron en su sitio, también el otro brazo. Sin embargo, yo fui consciente de que allí arriba los escalones empezaban a estar mojados, más resbaladizos. Quizá se hubieran congelado por el frío.

Volví a reducir el ritmo, pero no me detuve. El viento helador me arañaba la cara y los labios, pero yo no sentí el frío. No sentí nada más que la estructura bajo mis manos y la visión de Helena subiendo por delante de mí.

Me vio. En aquel cambio de tramo, al ir a ascender, me vio y vaciló. Se quedó suspendida unos instantes, antes de llegar a subir a la siguiente zona. Puede que solo quedase ese tramo antes del final.

Se detuvo. No podía verle el rostro, tampoco podía imaginar su expresión. Ni siquiera podía imaginar la mía. ¿Qué hacía allí arriba? ¿Qué hacíamos los dos?

Comprendí que me estaba esperando; que verme a mí allí la descolocaba tanto como a mí verla a ella, y subí rápido, mucho más rápido, hasta que se acabaron las escaleras.

No dijo nada mientras llegaba a su lado y me sentaba en la esquina junto a ella, entre aquellas barras metálicas. No dijo nada hasta que la miré a los ojos.

—¿Qué haces aquí? —Parecía asustada.

¿Parecería yo asustado? Desde luego, lo estaba.

Miré abajo, a mis pies colgando sobre el abismo; una caída brutal, vertical y eterna, hacia la oscuridad.

El viento me acarició las mejillas.

—¿Y tú? ¿Qué haces aquí arriba, Helena? ¿Es que has perdido la cabeza?

Abrió la boca y tragó saliva, como si se le hubiera secado la garganta. Se había recogido el pelo en una coleta y un par de mechones rizados habían escapado de ella para moverse alrededor de su rostro.

—¿Cómo me has encontrado? —preguntó, tras ignorarme.

—He visto tus cosas ahí abajo.

Sacudió la cabeza. El simple movimiento me dio vértigo. Se inclinó un poco adelante, aferrada a la estructura con ambas manos.

—¿Pero cómo... cómo has sabido que estaría aquí?

—Una corazonada —respondí—. Un miedo.

Nos quedamos en silencio, pero no duró mucho. Supongo que la situación, la caída bajo las suelas de nuestras zapatillas, nos apresuraba suficiente.

—¿Por qué te has subido aquí arriba? —quise saber.

—¿Por qué te has subido tú?

—Porque alguien tenía que bajarte.

Miré arriba por instinto. Aún quedaba un buen trecho, pero dejábamos más escalones detrás de los que había por delante. Mierda. Mierda. Mierda.

—No quiero bajar. Esto es algo que necesito hacer.

—¿Por qué? —pregunté, y no me importó levantar el tono de voz. ¿Quién nos escucharía allí arriba?—. ¿Por qué es tan importante seguir los pasos de Gabriel?

Pareció sorprendida de que pronunciara su nombre, pero se recompuso enseguida.

—Porque comprendo por qué lo hacía él. ¿Sabes que también estaba enfermo?

—Sofía me lo ha contado —contesté.

—Creo que él también se sentía libre aquí arriba. —Cerró los ojos un instante y de verdad me pareció en paz, de verdad la vi segura suspendida sobre el suelo—. Sé que es complicado, pero, de alguna manera, yo tengo el control cuando estoy en las alturas.

Se inclinó hacia atrás, hasta que su pecho se separó por completo de la estructura de metal y soltó las manos, quedando simplemente sentada. En aquel momento, no había nada que la asegurara; ni manos, ni pies. Una ráfaga más fuerte de aire, un sobresalto o movimiento brusco...

—Si me agarro o me suelto. Si sigo subiendo o incluso si salto. Yo decido. ¿Lo entiendes, Nico? Aquí arriba decido yo. El Huntington pierde cuando estoy arriba.

Me costaba respirar.

—Si resbalas, todos perdemos, Helena.

Aquello pareció impactarla. Abrió mucho sus ojos dorados y parpadeó con fuerza. Volvió a echarse adelante, hacia la estructura, y se aferró con las dos manos de nuevo.

—Nico... —murmuró.

—Lo entiendo. Lo entiendo, ¿vale? Aquí arriba decides seguir subiendo y tomas la decisión de no saltar. —Cerré los ojos unos segundos, intentando ordenar unas palabras que costaba más de lo que creía pronunciar—. Tú decides no morir, pero la mala suerte podría tomar esa decisión por ti sin que tú pudieras hacer nada. Podrías resbalarte y caer. Helena... tiene que haber otra forma de enfrentarse a esto.

Llevaba un jersey de cuello alto, unas mallas negras y las zapatillas a las que ya estaba acostumbrado; siempre preparada para subir, siempre lista.

—Es una mierda —murmuró.

Vi un haz de esperanza.

—Sé que esta contradicción es la manera que has encontrado de aferrarte al control, pero hay resquicios. Hay fisuras. Y esas fisuras podrían costarte demasiado.

Helena soltó una mano para recoger un mechón de pelo tras su oreja. Tenía los ojos brillantes, un poco húmedos.

—Soy consciente de que puedo caer, pero...

—¿Pero no vas a hacerlo? Tampoco depende de ti. Puede que el Huntington pierda aquí arriba, pero estás ofreciendo mucha participación a otro tipo de fuerzas.

—Lo sé —susurró, con un hilo de voz. Hizo una pausa—. Sigo sin saber qué haces tú aquí arriba. No deberías estar aquí.

—Ya te he dicho que he venido a bajarte.

—Estás completamente loco.

Me entró la risa y fue tan incontrolable que tuve que agarrarme más fuerte.

—Vuelve a llamarme loco desde ahí, con los pies colgando de una grúa a doscientos metros del suelo. Vuelve a hacerlo —le dije, incapaz de asimilar de verdad la situación.

Helena dejó escapar una risa también, corta, seca y un poco áspera. Nos miramos a los ojos.

—Esto es una locura, Helena —le dije.

—Solo quedan quince pisos —susurró—. Solo quince.

Yo también miré arriba. Parecía un camino hacia el cielo, en línea recta. Era curioso: primero habría que caer a toda velocidad hasta el suelo para subir; pero era un camino, lo era. La oscuridad se lo tragaba todo.

—Vámonos a casa —contesté, suave—. Baja conmigo, Helena. Volveremos al centro, subiremos a mi piso y de ahí al tejado. Veremos amanecer desde ahí.

Se mordió el labio inferior.

—No necesitas hacerlo —insistí—. Nada de lo que te dé esto merece la pena.

—Sigo sin creerme que hayas subido hasta aquí por mí.

Tomé aire.

—Yo no tengo las respuestas que estás buscando. No tengo ni idea de cómo ayudarte con el asunto de Gabriel, ni con el Huntington, pero te daré la mano mientras lo descubres. Sofía también lo hará, y Eva. Incluso Daniel.

Sobrevino un silencio eterno.

Durante aquel instante, sentí con más fuerza que nunca el vacío bajo mis pies.

No dijo nada, pero se estiró un poco y me tendió la mano. Un trato. Una promesa.

Fue la primera en bajar. Se descolgó hasta entrar en aquel túnel que no daba mucha seguridad, agarrar las escaleras y comenzar a descender.

La bajada fue mucho peor, porque fue más consciente. Sin embargo, también fue más rápida. Volví a contener el aliento cuando llegamos al siguiente tramo de la grúa y lo atravesé sin pensármelo demasiado. Bajamos y bajamos hasta que estuvimos más cerca del suelo que de la cima y, después, comenzamos a ver más cerca la valla que bordeaba la obra.

Helena me esperaba abajo cuando llegué. Me miraba con las manos a ambos lados del cuerpo, recta, inmóvil y en silencio. Jadeaba un poco y el vaho escapaba de sus labios enrojecidos. También tenía las mejillas rojas, y la nariz.

—No me creo que lo hayamos hecho —murmuró.

¿Hacer el qué? ¿Haber subido? ¿Haber bajado?

No importaba.

Me reí, porque no supe hacer otra cosa.

—Yo tampoco.

Un temblor en las manos de Helena me recordó mi propio frío; me hizo ser más consciente de él. Ella debió de pensar lo mismo, porque ambos fuimos disparados hacia el lugar en el que habíamos abandonado nuestras cosas.

Helena se puso el abrigo, una bufanda y un gorro de lana, y yo me vestí también entre saltitos para entrar en calor, carcajadas nerviosas que brotaban de la incredulidad y susurros para apresurarnos el uno al otro.

Aguardamos hasta estar seguros de que el vigilante no andaba cerca y salimos de allí corriendo.

Cruzamos la valla y echamos a correr, aunque no había nadie cerca; aunque nadie nos perseguía. Echamos a correr hacia el metro.

Cuando nos detuvimos y nos quedamos frente a frente, sonrientes, nerviosos y un poco descolgados de la realidad, le froté los hombros para hacerla entrar en calor. Nos miramos y un sonido a caballo entre un jadeo y una risa brotó de sus labios.

De pronto, se abalanzó sobre mí, rodeó mi cuello con los brazos y noté su mejilla helada contra la mía. Cuando quise darme cuenta, Helena me estaba abrazando, y mi corazón se desbocó. Quizá lo sintió contra su pecho, tal vez lo escuchó, y se apartó como si hubiera sido consciente de que estábamos demasiado cerca, demasiado juntos.

El tren llegó. Varias personas que aún estaban de fiesta bajaron del último vagón y otras entraron junto a nosotros.

Fue extraño sentarse entre rostros desconocidos, entre personas que reían y charlaban animadamente ajenas a lo que acaba de ocurrir. Ninguna lo imaginaba.

Al día siguiente nadie hablaría en las noticias de que una chica había intentado subir a la Torre de Cristal. Nadie contaría que, de hecho, había escalado 35 pisos antes de dar la vuelta.

Creo que ella sentía lo mismo; ese cosquilleo en la punta de los dedos, esa extraña sensación de ser los únicos que teníamos una información importante, que conocíamos un secreto crucial.

Y de alguna forma lo éramos. De alguna forma compartíamos muchos secretos que el resto desconocían.

No tuvimos que volver a hablar; a lo mejor tampoco habría sabido qué decir.

Había hecho una promesa, le había ofrecido algo. No tuve que volver a preguntar; ella no tuvo que confirmarlo.

Fuimos hasta mi piso. Subimos las escaleras, abrimos la puerta y salimos al balcón.

Lo hicimos todo con prisa, como si aún escapáramos, como si alguien estuviera buscándonos. No hablamos, no nos detuvimos. No pensamos nada de lo que hicimos porque teníamos una misión.

Nos subimos al tejado.

24
HELENA Y NICO

Era 24 de diciembre y estábamos subidos a un tejado en mitad de la noche.

No había nada que probase que era Nochebuena. Desde allí arriba se veían las mismas luces encendidas, las mismas ventanas iluminadas. Se escuchaba el lejano rumor de algún motor de fondo, como siempre. Sin embargo, algo era distinto. Esa magia flotaba de alguna forma en el ambiente. La podía sentir en las puntas de los dedos o en mis labios.

—Las vistas son un poco distintas —murmuró Nico.

Fue lo primero que dijo desde que habíamos echado a correr después de bajar de la Torre de Cristal. Acababa de ocurrir y, sin embargo, parecía que había pasado una eternidad. ¿Habíamos permanecido en silencio todo aquel tiempo? Parecía imposible.

—Me gustan más estas —reconocí.

Los dos llevábamos los abrigos. Me subí un poco la bufanda y me cubrí hasta los labios con ella.

—¿Con quién has pasado hoy la Nochebuena? —preguntó, de pronto.

Me giré para mirarlo. Ya no tenía sentido mentir.

—Con nadie. No quería dar explicaciones. Así que le dije a Sofía que estaría con mis padres y a mis padres...

—Que estarías con Sofía —terminó por mí—. ¿Por qué?

—Porque esta era la noche que lo intentó Gabriel.

Nico asintió. Me dio la impresión de que ya lo sabía o, al menos, ya lo imaginaba.

—¿Te arrepientes?

Podría haber querido decir muchas cosas, pero yo supe enseguida a qué se refería.

Sacudí la cabeza.

—Aunque a una parte de mí le habría gustado subir, me alegra haber bajado —contesté—. Creo que al final renunciar ha sido más difícil; una vez allí arriba lo fácil habría sido seguir.

—Yo también lo pienso.

Un resplandor nos hizo girarnos a ambos. Daniel acababa de encender la luz del salón; lo vimos pasar por debajo del techo de cristal mientras se deshacía del abrigo.

—¿Le decimos que estamos aquí arriba? —preguntó, vacilante.

Sacudí la cabeza enseguida.

—¡No! Se lo contará a Eva y Eva a Sofía, y Sofía entra en pánico cuando se entera de que me he subido a algún sitio.

Me moví; me eché un poco hacia un lado para salir del campo de visión de Daniel, pero Nico ignoró mis advertencias deliberadamente.

—¿No vas a contarle lo que has hecho esta noche?

Lo mandé callar, mientras me llevaba un dedo a los labios y tiraba de su brazo con la otra mano.

—Muévete. No puede verte ahí.

—¿De verdad que no se lo vas a contar?

—¡Nico! —exclamé, tirando un poco más fuerte.

Acabó cediendo y ambos nos apartamos del cristal; subimos más arriba por el tejado a dos aguas y, entre risas y tirones y movimientos torpes y cansados, acabamos tumbados sobre las tejas.

No se veían estrellas.

—¿Cómo puedes subirte a un rascacielos y vivir con ello sin que nadie lo sepa?

Esta vez, no había diversión en su tono de voz. Giré el rostro lentamente hacia él y lo encontré mirándome. Tenía los ojos azules más especiales que había visto nunca. Siempre se adaptaban a la luz, siempre adquirían una tonalidad diferente dependiendo del tiempo; yo creía que dependían de él, de las tormentas de su interior. Me pregunté qué pensaría al mirarme.

—Tú lo sabes.

—¿Y si no te hubiese encontrado? —preguntó—. ¿Habrías continuado con tu vida como si nada? El Palacete del Té, el rocódromo, las fiestas en el Ryley's... ¿habrías vuelto a todo eso como si nada?

Quise decirle que no. Abrí la boca para explicarle que algo sí que habría cambiado, pero no pude hacerlo. Se suponía que subía para aquello, para que algo fuera distinto, pero Nico tenía razón. Todo lo demás habría continuado igual; yo habría continuado igual.

—Helena —me llamó, bajando un poco el tono voz—. ¿Cuántas veces lo has hecho antes?

Me entró la risa.

—Ninguna —le aseguré—. Ninguna, Nico. Esta es la primera.

Nos miramos unos instantes, y esa mirada, esa expresión seria y un poco preocupada... Me entró la risa.

—¿Cuántas? —insistió.

—No me río por eso.

—¿Y por qué te ríes? Cuéntamelo.

Volví a reír, pero no dejé de mirarle. Estaba tan solemne, con los ojos abiertos de par en par y el gorro de su abrigo sumergiendo su rostro en sombras...

—Subí por la fachada de la universidad y ahora he subido casi toda la Torre de Cristal. Te prometo que eso es todo.

Él tampoco apartó los ojos.

—También te doy unas palizas brutales en el rocódromo, pero ese es otro asunto.

—Me parece que sí es otro asunto. Sobre todo porque es mentira.

Le di un empujón con suavidad.

—Es un hecho —repliqué—. Te guste o no, soy mejor que tú.

—Claro que sí. Eres mucho mejor mentirosa que yo.

Volví a intentar darle un empujón, pero aquella vez me agarró por la muñeca y no me dejó tocarlo. En su lugar, se inclinó hacia mí e intentó hacerme cosquillas. Incluso cuando conseguía alcanzarme, el abrigo era tan grueso que no sentía nada; pero me revolví, reí y protesté, y también intenté devolvérselas.

Acabó mandándome callar. Se llevó un dedo a los labios, incapaz de contenerse, y me hizo un gesto para que bajara la voz. A él le daba igual que Daniel nos viera, pero a mí me obligó a detenerme.

Nos dejamos caer de nuevo contra las tejas. Un par un poco sueltas se desplazaron ligeramente bajo nuestros pies, pero no nos importó.

—Volviendo a lo de antes, creo que deberías contarle esto a tus padres.

Enarqué las cejas.

—¿Quieres que les cuente que he subido más de doscientos metros por una grúa?

—Sí. No sé. Tal vez. Deberías hablarlo con alguien.

Suspiré.

—¿Y privarte a ti del placer de darme un sermón?

—No te estoy dando un sermón.

Tenía aquella expresión con la que lo había encontrado el día que hablamos por primera vez: el ceño un poco fruncido, una arruguita en la frente y los labios formando una línea recta.

—Estás a punto, al menos.

Se volvió un poco hacia mí y se puso de medio lado.

—¿Te recuerdo quién ha subido ahí arriba a por ti?

—Has subido, hemos bajado y ahora estás a punto de darme un sermón, igual que se lo diste a Eva y a Sofía.

Nico bufó.

—¿Cuándo?

Podría haber respondido algo concreto.

—¿Cuándo no?

Nico ladeó la cabeza con brusquedad, como si no se lo esperase. Se mordió el labio inferior.

—Eres insoportable.

Esta vez, fui yo la sorprendida.

—Y tú das pena en la Kilter Board —solté, porque supe que eso le escocería.

Lo vi en su mirada; lo vi allí, en medio de ese azul, antes que en sus labios. Una sonrisa, un ápice de diversión. Lo disfrutaba, igual que yo.

—Mañana vamos y te demuestro quién... —No le dejé terminar.

Lo agarré del cuello del jersey con una mano y lo acerqué a mí con ímpetu. Fue un impulso incontrolable, como una chispa que surgió en mis dedos y corrió por mi piel, mis huesos, cada fibra de mi ser, hasta morir en los labios.

Cerré los ojos; le vi abrir mucho los suyos justo antes. Eliminé cualquier distancia que hubiera entre los dos, sentí la punta de su nariz contra la mía, respiré su aroma a lluvia y en lo que dura un parpadeo recordé sus ojos y su sorpresa... y me aparté.

Me quedé mirándolo, tumbada a su lado, sin saber qué decir o qué hacer; perpleja, perdida y sin asimilar del todo lo que acababa de ocurrir.

Nico se quedó con la boca abierta. El calor encendió mis mejillas.

—¿Qué ha sido eso?

—He estado a punto de partirte la cara. Ha sido una amenaza.

—Has estado a punto de besarme —contestó, descarado.

Me puse aún más nerviosa porque no sabía lo que había hecho, no sabía lo que había estado a punto de hacer. No entendía nada. No podía entenderme a mí misma, ni mucho menos podía entender mis decisiones.

—No es verdad.

—Claro que sí —replicó.

Él tampoco daba crédito; también parecía un poco desorientado, sorprendido, pero no tanto como yo.

—Te digo que no —insistí, consciente de lo ridículo que sonaba ya.

—Vale. Está bien —contestó, rápido.

—No vuelvas a decirlo —farfullé.

Se acercó un poco.

—Claro. Vale.

—Vale —repetí.

Nico me besó.

Cerró los ojos, se inclinó hacia mí y me dio un beso suave, lento y rápido.

Nos miramos en silencio subidos a un tejado de Madrid.

Fui yo la que se acercó entonces, y apoyé la mano en su pecho como habría hecho antes si me hubiese atrevido. Besé sus labios y me derretí cuando sus dedos recorrieron mi mejilla y fueron a enredarse después en mi pelo.

Sentí la invitación de su boca, la pregunta silenciosa en la punta de la lengua, y el beso se hizo más íntimo y más profundo, hasta que todo pensamiento racional me abandonó, hasta que solo pude pensar en Nico y en mí, en aquel tejado, y en nuestra respiración acompasada.

Una caricia furtiva bajo el jersey me hizo estremecer, pero no me aparté; me acerqué más a él, tiré de sus hombros y lo atraje a mí porque no quería que parase. Nos enredamos en un abrazo ávido, quizá demasiado atrevido, que hacía que me preguntara cómo era posible que nos hubiera costado tanto dar el paso si los dos nos teníamos tantas ganas.

Nos teníamos muchas ganas.

Sin embargo, no fuimos más allá de los besos largos y unas cuantas caricias tentadoras que nos encendieron las mejillas a los dos.

Durante alguno de los besos, se hizo de día y el sol salió por detrás de nosotros.

Aquel fue el amanecer más rápido del año; puede que el más rápido que presenciaría en toda mi vida. Al cerrar los ojos, el mundo era oscuro; al abrirlos, una luz dorada lo cubría todo.

Nico deslizó sus ojos desde mis labios hasta mis ojos y después un poco más arriba. Alzó un dedo y me apartó un mechón de pelo rizado de la frente.

—Quizá habría que... —se detuvo.

No llegó a terminar la frase, porque algo a mi espalda le hizo abrir mucho los ojos mientras se incorporaba un poco.

Me volví con el corazón en la garganta y, aunque lo vi enseguida, tardé unos segundos en recobrar la serenidad.

Era un gato; su gato. Negro, grande y elegante, con la cola erguida, completamente recta mientras miraba en nuestra dirección, inmóvil.

—¡Eh! Ps, ps, ps —lo llamó—. Eh, bonito, ven aquí. Lleva sin aparecer por casa desde aquella vez que lo visteis por la noche —añadió, girándose hacia mí—. Ven, vamos. Ven aquí.

—Eso fue hace una eternidad. —Sonreí, encantada con la imagen.

Nico acabó sentándose con movimientos lentos y delicados, pausados, para no asustar al animal, que continuaba mirándonos sin mover un músculo. Yo también lo imité y me incorporé junto a él sin alertarlo.

Cuando Nico extendió una mano, echó a andar hacia él con gracilidad y a mí se me escapó una exclamación muy suave, de sorpresa.

El gato ralentizó el ritmo al llegar a mí y me observó con desconfianza, pero no se detuvo y siguió caminando con elegancia hasta llegar a las rodillas de Nico. Se frotó contra ellas con un maullido y él lo cogió en brazos.

—No puedes desaparecer tanto tiempo —lo regañó, bajito, y después volvió a mirarme—. Lo tengo desde que nos mudamos aquí. Apareció un día en el balcón, siendo una cría, pero imagino que el instinto pesa más, y le gusta perderse por ahí a menudo.

Intenté alargar la mano para acariciarlo, pero él alzó el hocico para olfatearme antes y no me lo permitió.

Me reí un poco.

—Creo que no le gusto mucho.

—¿Y él a ti? ¿Te gustan los gatos?

—Sí. Mis padres tuvieron uno cuando yo era pequeña, pero era muy viejo y apenas me acuerdo de él. Quizá algún día adopte uno.

Nico lo acarició bajo la barbilla y el gato cerró los ojos entre sus brazos para disfrutar. Si no lo estaba haciendo aún, debía de faltarle poco para ronronear.

—Quizá deberíamos bajar. —Aquello era lo que estaba diciendo antes de que apareciera el felino.

Yo asentí, nerviosa repentinamente. Aquella interrupción había apartado de mi mente lo ocurrido durante unos instantes; pero lo sucedido entre nosotros seguía ahí, trazando un camino entre sus labios y los míos.

Nico se metió al animal dentro del abrigo. No las tenía todas consigo, pero no hubo ningún accidente. Ambos descendimos despacio, procurando no hacer ruido al entrar en casa, porque Eva debería haber vuelto ya.

En cuanto estuvimos dentro, puso un cuenco con agua al gato y los dos nos agachamos junto a él mientras bebía.

Pensé que debía decir algo; creí que tendría que hablar de lo ocurrido. En su lugar, pregunté algo más sencillo.

—¿Cómo se llama? Todavía no lo has mencionado ni una sola vez.

—¿De verdad? Bueno, supongo que estaba esperando el momento adecuado para hacer una presentación en condiciones.

El gato terminó de beber y se volvió hacia nosotros mientras se relamía, como si nos hubiera escuchado.

—Helena, te presento oficialmente a Willow.

—Es un placer —respondí, con una sonrisa.

Alcé la mano y él levantó la cabeza hacia mí.

Aquella fue la primera vez que acaricié a Willow. No imaginaba que un día, cuando Nico ya no estuviera, pasaría a ser mío; aunque solo un poco, de la misma manera que solo le pertenecía un poco a él. Porque Willow no era de nadie más que de la noche, del viento o quizá del mar.

25

NOVENA CARTA

Querido amigo, compañero:

A veces me pregunto si debería contarte estas cosas, pero el caso es que no creo que pueda contárselas a nadie más; no así, de esta forma tan mía, tan nuestra. Es contigo con quien me habría gustado compartirlas, porque también eras mi amigo, el mejor. Y sé que, de alguna forma, te habría gustado oírlas, te habría gustado saber que soy feliz.

Lo he sido, Nico.

Hoy nos hemos besado por primera vez. Ha sido sorprendente y esperado al mismo tiempo. Llevaba mucho deseando algo que no se acercaba siquiera a la realidad... una realidad mejor.

He sido yo quien lo ha besado primero. No ha sido un impulso, no ha sido producto de la música o el alcohol. Creo que no había sido consciente hasta este momento, pero era algo que los dos llevábamos esperando mucho tiempo y, aun así, lo he sentido con vértigo.

La forma en la que me ha mirado después; la forma en la que ha tomado lo que le ofrecía y me lo ha devuelto así, tan crudo, tan real...

Nuestro beso fue muy diferente, Nico. No me atrevería a compararlos; pero sí quiero hablarte de él, porque hoy lo he recordado. ¿Cómo no iba a hacerlo?

Entonces, todavía, tus besos no sabían a sal.

Recuerdo el día, el momento de la mañana y la sensación en mi piel. Lo recuerdo bien porque todo eso desapareció cuando me besaste y sentí tus manos rodeando mis mejillas.

Se perdió el frío, y el aire helador. Se perdió todo salvo nosotros mismos o, quizá... quizá nosotros también nos perdimos un poco. En aquel momento solo quedó el beso; solo importó aquello. Tu respiración, tus pestañas haciéndome cosquillas y tus manos.

En algún lugar, ese beso no ha terminado; quizá todavía no haya sucedido, o suceda eternamente. En algún lugar, vivimos una y otra vez ese instante. Tal vez, por eso, hoy el mar ha vuelto a arrollarlo todo justo después.

Siempre son las once y media donde tú estás.

26
ISAAC. PRIMERA CANCIÓN

Imaginad sus labios pidiendo permiso, imaginadme a mí perdiendo la cabeza.

Mi historia de amor con Helena comienza con un beso; pero la historia de verdad, la que importa, empieza antes, mucho antes, un diciembre especialmente frío.

27
HELENA E ISAAC

Estaba jodida.

Miré la pantalla de mi móvil por tercera vez consecutiva y volví a llegar a la misma conclusión. Tenía tres opciones: podía llamar a Sofía, pero entonces gritaría, perdería la cabeza y no volvería a dejarme sola nunca más. También podía llamar a Álex, pero se preocuparía en exceso, haría preguntas que no quería responder y la situación se volvería innecesaria y torpemente incómoda. La última opción consistía en aparecer yo solita en urgencias; pero, conociendo mi suerte, alguien acabaría enterándose —mis padres, Sofía, Álex...— y entonces todos ellos se volverían locos y yo perdería una independencia que me había costado mucho ganar desde... No era momento de pensar en ello.

Volví a deslizar el pulgar por la pantalla del móvil, leyendo los nombres de la agenda.

Había una última opción. Aún cabía la posibilidad de pedir ayuda a alguien tan increíblemente irresponsable, egocéntrico y absolutamente despreocupado como para que no hiciera preguntas ni entrara en pánico.

Mientras guardaba el móvil y echaba a andar, ya sabía que aquella decisión podría resultar desastrosa, pero estaba desesperada.

Cuando llamé a su puerta con tres golpes rápidos, pensé que tal vez no estaría en casa. Quizá estuviera trabajando o, a lo mejor, había salido por ahí. No es que tuviera fama de quedarse en casa con una mantita a ver Netflix, precisamente. Sabía que Marco estaría con Daniel y eso me convenía, pero él... Él era un misterio.

Estaba a punto de volver a llamar a la puerta cuando se abrió de golpe y la sonrisa ensayada y un poco canalla de Isaac me recibió al otro lado. Cuando me miró de arriba abajo y sus cejas se arquearon por la sorpresa, comprendí enseguida que estaba esperando a otra persona. Bueno, pues lo sentía por él.

—Hola, Isaac. —Entré sin esperar a que me invitara y no tuvo más remedio que hacerse a un lado cuando pasé dentro.

—Eh... Daniel no está —explicó. Todavía junto a la puerta abierta—. Marco y él se han ido hace un rato.

—Estupendo, porque vengo a verte a ti —respondí.

Isaac soltó la puerta (no me pasó desapercibido el hecho de que aún no la cerrase), y cruzó los brazos ante el pecho.

—¿Y en qué puedo ayudarte esta maravillosa noche de viernes a las... —se miró el reloj—, doce menos cuarto?

—¿Te he fastidiado algún plan? —lo provoqué.

—No lo sé... —respondió, prudente—. ¿Lo has hecho? ¿A qué has...?

No llegó a terminar, porque a mí se me acababa la paciencia. Me llevé las manos al borde de las mallas y empecé a deslizarlas.

—Oh, vale. Vale. —Cerró la puerta de golpe—. ¿Sin invitarme a cenar antes? No seré yo quien proteste, pero...

Se calló cuando me las bajé del todo y vio lo que quería enseñarle: una herida de una profundidad considerable atravesando mi muslo izquierdo de lado a lado.

—Mierda —masculló.

—He tenido un pequeño accidente y...

—Mierda —repitió, y se pasó una mano por el pelo castaño, ya revuelto—. ¿Qué te ha pasado?

—Un pequeño accidente —repetí—. Estaba aquí cerca —mentí—. Pensé que podrías echarme una mano.

Isaac parpadeó. Se quedó mirando mis piernas desnudas un tiempo, para después volver a mirarme a los ojos y sacudió la cabeza.

—Claro. Déjame que busque unas gasas y te llevo al hospital. Creo que Marco no se ha llevado el coche, así que puedo...

—¡No! —lo interrumpí.

Isaac ladeó la cabeza.

—¿No?

—No quiero ir al hospital —le expliqué, lo más calmada posible—. Un remiendo rápido para que deje de sangrar y me marcharé para que puedas disfrutar de tu viernes.

—Es que eso —señaló mi herida— no va a tener suficiente con un remiendo rápido. Necesitas puntos.

—Y precisamente para eso estoy aquí.

—¿Cómo dices?

—Necesito que me cosas.

Isaac soltó una carcajada grave y sonora.

—¿Lo dices en serio? —casi exclamó—. ¿Te has presentado aquí con una brecha en el muslo para que te la cosa? ¿Yo? —Salvó la distancia que nos separaba con dos largas zancadas y acercó un dedo al borde de la herida—. ¿Es sangre falsa? ¿Ha sido idea de Marco? ¡Marco! ¡Idiota! ¡Sal de donde quiera que...!

—¡Eh! —protesté, y di un paso atrás para apartarme de él—. Que duele.

—No me extraña. —Volvió a hacer otra mueca y después sacudió la cabeza—. No pienso cosértela.

—¿Es que no lo has hecho nunca? ¿Qué clase de enfermero eres?

—Lo hago constantemente, pero en un hospital —puntualizó—. Estas no son las formas, ni este es el lugar.

Me ardían un poco las mejillas cuando volví a insistir.

—Límpiame la herida, por favor.

—Eso sí puedo hacerlo.

—Y después cósemela.

Soltó otra carcajada; estridente, explosiva.

—¡Has perdido la cabeza! —Dio media vuelta, se metió en el baño y escuché varios ruidos hasta que volvió a aparecer con gasas en la mano—. Ponte esto en la herida. Busco las llaves y nos vamos.

Creo que ese fue el momento en el que me di cuenta de que había perdido esa batalla. Solté un resoplido de resignación y volví a vestirme.

—Está bien. Si no quieres cosérmela puedo ir sola al hospital. Gracias.

Un latigazo de dolor bajó por mi espalda cuando volví a subir la tela por la carne abierta, pero me contuve y no hice ningún comentario. Aunque yo ya no lo miraba a él, me di cuenta de que Isaac no me quitaba el ojo de encima.

—Espera, espera. —Resopló. Él también debía de estar cansado. Cansado y alucinando por la intromisión—. Deja que avise a Sofía, al menos.

—¡No! —Lo fulminé con la mirada—. No avises a Sofía.

Isaac volvió a arquear las cejas, mirándome, y me dio la impresión de que me evaluaba de alguna forma. No me gustó.

—No tienes intención de ir al hospital, ¿verdad?

Tardé un segundo en responder.

—No es asunto tuyo.

Isaac volvió a reír.

—Oh, claro que lo es. Vuelve a bajarte las mallas, por favor —pidió, más serio.

—¿Sin invitarme a cenar antes? —repetí lo que acababa de decirme, de una forma que esperaba que sonase mucho más hostil, y lo ignoré deliberadamente.

—No voy a dejar que te vayas con esa herida abierta a saber a dónde.

—Yo creo que sí —contesté, sin concederle un solo segundo, y eché a andar hacia la puerta. Antes de que agarrara el pomo, Isaac bloqueó la salida con su cuerpo. Suspiré profundamente—. Venir ha sido un error. ¿De acuerdo? Siento mucho haberte mezclado en todo esto. Olvida que he estado aquí.

No cedió ni un palmo y me contempló desde arriba sin que su expresión cambiara tampoco lo más mínimo. Tuve que echar la cabeza hacia atrás para sostenerle la mirada; era irritantemente alto.

—Isaac —siseé.

Él decidió hacer caso de mi tono de advertencia; o quizá es que una chica a la que sacaba casi un par de cabezas no le imponía el más mínimo respeto.

—A mi parecer, tienes dos opciones: puedes largarte de aquí y dejar que llame a Sofía o puedes dejar que te acompañe al hospital.

Las mejillas volvían a arderme.

Solté un par de palabrotas. Quizá fueran tres.

Isaac silbó, casi como si estuviera impresionado, y se alejó de la puerta sabiendo que se había salido con la suya. Volvió al baño y, esta vez, además de gasas traía también un frasco de alcohol.

—Venga, esas mallas.

Obedecí a regañadientes y esta vez no contuve un estremecimiento cuando la tela bajó por mi piel y reveló una herida abierta, un poco desgarrada, que aún no había dejado de sangrar del todo.

Isaac echó alcohol con rapidez y me puso encima las gasas.

Volvió a dejarme sola para lavarse las manos.

—¿Cómo te lo has hecho? No es un corte limpio —comentó—. Te has tenido que dar un buen golpe.

Podía obligarme a acompañarlo, pero no podía obligarme a responder, así que me limite a guardar silencio y, por suerte, no insistió.

Al salir del baño, agarró unas llaves de coche del pequeño aparador de la entrada. Cuando hizo el amago de venir a ayudarme, yo di un paso adelante. Todos mis intentos de autonomía se vieron frustrados, sin embargo, en cuanto una corriente de dolor me atravesó toda la pierna y la espalda.

—Mira a quién se le está pasando el efecto de la adrenalina —canturreó.

—Idiota...

—Me parecía feo decírtelo, pero, ahora que lo comentas, sí. Estás siendo un poco idiota.

Cuando se acercó para pasar un brazo por debajo de mis hombros me dolía suficiente como para no apartarme. Dejé que me acompañara hasta el coche, ignorando las miradas de aquellos con los que nos cruzamos en un paseo lento y torpe en el que estábamos excesivamente pegados.

Después, en urgencias, Isaac desapareció un momento y ya no tuve que esperar mucho a que me atendieran.

Una de sus compañeras me condujo a una sala de curas y me pidió que me quitara las mallas y esperara.

La puerta se abrió solo minutos más tarde y la voz grave de Isaac me hizo levantar la cabeza hacia él.

—Bueno, Helena. Un pinchazo de lidocaína y sutura.

—No me lo puedo creer —murmuré mientras veía cómo empujaba un carrito hasta situarlo frente a mí, con el material listo.

Isaac se remangó y empezó a ponerse los guantes sin dejar de mirarme.

—Ha habido varios eventos increíbles esta noche. Deberías especificar.

—¿Te he sacado de tu casa a las tantas, has conducido hasta aquí y hemos esperado una eternidad para acabar haciendo exactamente lo que te he pedido que hicieras en tu piso?

—Con la aprobación de una médica, en un lugar seguro y, por cierto, con una espera muy reducida gracias a mí. De nada. —Bufé—. Un pinchacito —me advirtió, con sorna, antes de hundir la aguja en mi piel.

Me aferré al borde de la camilla, pero no me quejé.

Limpió la herida y empezó a preparar la sutura.

—¿Te gustan los *aliens*?

—¿Qué?

Seguí la dirección de su mirada mientras la aguja gravitaba sobre mi piel. Le vi concentrado en un lugar que, definitivamente, Isaac no debería mirar.

—Unas bragas... interesantes.

Moví un poco la rodilla para darle un empujón que lejos de molestarlo debió de divertirlo más, porque soltó una carcajada.

—¿Son naves espaciales?

—Son platillos volantes —lo corregí, y dejé escapar una exhalación cuando sentí la primera sutura—. Y tú eres un idiota.

—Ya, bueno... —Estaba concentrado en mi muslo. Sus dedeos ejercían una suave presión a su alrededor mientras cosía—. Es un corte feo. Bastante feo. ¿Qué hacías?

—Me di con una esquina —mentí, sin esforzarme ni un poquito.

—¿Una esquina de qué?

—De un edificio. No lo sé. Estaba oscuro.

Isaac sonrió de nuevo, de tal manera que solo una de sus comisuras tiró hacia arriba. Tenía una sonrisa bonita.

—¿No estarías, por casualidad, lejos del suelo?

Bajé los ojos para mirarlo y dejé escapar una carcajada sin humor. De todas las decisiones que había tomado esa noche (y había tomado muy malas decisiones), presentarme en casa de Isaac había sido la peor de todas, con diferencia.

—Te busqué porque se suponía que tú, precisamente tú, no harías preguntas ni me obligarías a pasar por esto.

—¿Por qué has supuesto que una persona que trabaja en el hospital no te aconsejaría encarecidamente que acudieras a él?

Touché.

—Quizá, tal vez, tal vez... por tu irresponsabilidad, por tu falta de consideración hacia otras personas o por tu absoluta despreocupación.

Isaac levantó los ojos de las suturas para dedicarme una larga mirada.

—Vaya, qué bonito. ¿Lo tenías preparado? ¿Por qué dices que yo...?

—Me tiraste de una pared —escupí.

Parpadeó.

Y después... después se echó a reír.

—¿Te refieres a aquel empujoncito de broma?

—Me diste una patada, Isaac —contesté.

Ya habíamos coincidido en el rocódromo antes de que Marco y Daniel nos lo presentaran a las demás oficialmente. Había empezado siendo «el amigo del novio de Daniel», y yo ya lo saludaba por costumbre cuando me lo encontraba. Un chico grande, guapo, con una sonrisa bonita... Parecía amable. Después de que Marco y Daniel pensaran que sería buena idea que pasáramos tiempo los seis juntos, habíamos quedado en el rocódromo. En una competición amistosa, Isaac me había dado una jodida patada que, tras dejarme colgando de las cuerdas, había deshecho la primera impresión que había tenido de él.

—Una patadita —puntualizó—. ¿Te enfadaste de verdad por eso? No creía que tuvieras tan mal perder.

Yo no creía que no lo supiera: al bajar había estado a punto de cruzarle la cara. Suerte que Daniel me había sujetado y Marco se había llevado a Isaac aparte para preguntarle si se había vuelto loco.

—El que me dio una patada para no perder fuiste tú —masculle.

—Bueno, es agua pasada. Ya te pedí perdón. Sería hora de olvidarlo, ¿verdad?

—Nunca me has pedido perdón —repliqué.

—Ah, ¿no? —Isaac continuaba sonriendo.

Me incliné hacia delante, con un insulto entre los labios y dispuesta a darle un empujón, cuando sus dedos se cerraron con fuerza en torno a mi pierna.

—Chis. No te muevas.

Tuve que obedecer.

Parecía que había terminado con la sutura. Le vi limpiar un poco más la herida y colocar encima un apósito.

—Entonces, dime si lo he entendido bien: has mirado en tu agenda, has buscado a la persona más horrible que conoces y has aparecido en mi puerta.

Algo así.

—Pensé que serías razonable. Me equivocaba.

—Así que un día te doy una patadita de nada y meses después pierdo un polvo estupendo por ello. —Se puso en pie y empezó a quitarse los guantes—. Debería haberte dejado una grapadora cuando has llamado a mi puerta.

Así que era cierto que esperaba a otra persona. Sonreí un poco, sin poder evitarlo. ¿Le había estropeado un plan? Bueno, al menos la noche tenía algo positivo.

—¿Te estás riendo? —Casi sonó escandalizado.

—No. Claro que no. Me apena mucho haberte molestado tanto.

Soltó una carcajada.

—Te encanta, ¿verdad? ¡Estás encantada! Me recuerdas a una canción, ¿sabes?

—Vaya —murmuré. Sin duda, no es lo que esperaba.

—Sí. Con esa cara de buena, y esos ojos dulces... Pero, en el fondo... Arqueé las cejas.

—Ojos dulces... —repetí, todavía divertida, un poco pillada por sorpresa.

—Estoy deseando saber qué opina Sofía de esto.

—¡No!

Mi voz sonó, quizá, demasiado alarmada. Isaac, que ya se había dado la vuelta hacia la puerta, se detuvo.

—¿Por qué te importa tanto que lo sepa?

—No estaba en el suelo —le dije.

—Ya. Lo imaginaba. Tienes ciertos... antecedentes.

Me obligué a no preguntar. Daniel hablaba; hablaba mucho. Y puede que Marco le hubiera contado algo. También circulaba una foto por ahí, del año anterior, de una mujer subida a la Torre de Cristal. Todos estaban convencidos de que era yo.

Yo no hablaba del tema.

—Se preocuparía mucho, ¿sabes? Y no es necesario preocuparla. —Esbocé una sonrisa forzada—. Por favor.

Isaac me contempló unos instantes, serio.

—No iba a decirle nada —respondió, al fin, y sentí que un peso invisible abandonaba mis hombros—. Puedes ponerte las mallas. O no. Llevas unas bragas dignas de ser enseñadas.

—Cierra la boca.

Isaac sonrió otra vez y me dejó a solas.

Al salir, me esperaba en el coche con el móvil en la mano.

—No vuelvas a buscarme para algo así, por favor —me dijo cuando me entregó el informe de urgencias, sin despegar los ojos de la pantalla.

—No lo haré. Gracias.

—De nada.

Aún tardó un par de minutos más antes de guardar el móvil y arrancar. Debía de estar dándole excusas a ese polvo que acababa de perder. O quizá se las había arreglado para recuperar la oportunidad.

Cuando llegué a casa, lo primero que hice fue quitarme las mallas, que estaban ejerciendo una molesta presión sobre la herida adormecida. Luego me dejé caer en el sofá, agotada, y ojeé por encima el informe de urgencias.

Estaba a punto de levantarme para tirarlo a la basura y destruir cualquier prueba que Sofía pudiera encontrar cuando, al darle la vuelta, vi varias líneas escritas a mano.

Fruncí el ceño.

You look like an angel,
You walk like an angel,
Talk like an ángel...

Debía ser la canción que había mencionado antes.

Me entró curiosidad, así que saqué el móvil y tecleé las primeras palabras.

Elvis. No me sorprendió.

Sabía que Isaac lo escuchaba a todas horas porque Marco se había quejado más de una vez y porque yo misma lo había descubierto en el rocódromo con la música de los auriculares demasiado alta. La abrí en Spotify y dejé que las notas y la voz profunda de Elvis inundaran la habitación. Dejé el móvil en la mesita del salón y me encaminé al baño para darme una ducha. Estaba empezando a relajarme, a dejar que la tensión de las últimas horas me abandonara, cuando la canción llamó mi atención; más bien, lo que dijo la canción.

Me quedé quieta, escuchando, boquiabierta.

You look like an angel,
You walk like an angel,
Talk like an ángel...
But I got wise.
You're the devil in disguise
Oh, yes, you are, devil in disguise

Solté una carcajada estrangulada. «El diablo disfrazado».

—Serás idiota —murmuré.

28

NICO Y HELENA

Cuando llegué a su casa, Helena estaba sola.

Parecía que hacía una eternidad desde que nos habíamos subido al tejado para perdernos el amanecer, pero solo habían pasado unas horas. Sabía que había dormido poco —al menos tan poco como yo— porque ella también había tenido que celebrar la Navidad con sus padres.

Eran las seis de la tarde y, desde que nos habíamos despedido unas horas antes, durante la mañana no había encontrado mucho margen para descansar. Sin embargo, estaba preciosa.

La encontré más guapa que nunca con unos vaqueros, las zapatillas de siempre y una sudadera ligeramente más grande de la que debería llevar. Tenía el pelo suelto, que caía en ondas sobre sus hombros, las mejillas sonrojadas y los labios pintados de rojo. Pero había algo más, una chispa, una luz, que nacía en sus ojos dorados.

—Nico. —Se sorprendió—. Estás empapado.

Se hizo a un lado y me dejó pasar, todavía un poco confusa. Fuera, al otro lado de las ventanas del salón, llovía a mares.

—Sigo sin encontrar el paraguas.

—Quizá deberías comprarte uno nuevo —repuso.

—¿Y renunciar al viejo? Me niego. Tengo principios que defender.

—Al menos quítate el abrigo —me pidió.

Mientras la veía alejarse con él, me quedé en la entrada, entre el recibidor y el salón, mirando a mi alrededor. Me pasé una mano por el pelo para quitarme la humedad, pero también estaba bastante mojado y Helena volvió con una toalla antes de que pudiera hacer nada.

—No pensaba que fueras a venir —dijo, mientras yo me secaba el pelo.

Me erguí y la observé, buscando en su mirada una expresión que me confirmara que la sorpresa era positiva.

Decidí ser sincero.

—Quería... Tenía ganas de verte.

Helena sonrió tras un segundo interminable.

—Yo también.

No habíamos hablado esa mañana antes de que se marchara, después de bajar del tejado con Willow y antes de que saliera pitando para no perderse la comida navideña con su familia. Aunque tampoco creía que fuera necesario hablar.

Di un paso para acortar la distancia que nos separaba, tomé su rostro entre las manos con cuidado, concediéndonos tiempo para beber de la expectación, de la emoción, de la electricidad entre los dos... y la besé.

Sus manos me correspondieron rodeando mi cuello y tirando de él. Sentí sus dedos en la piel sensible de mi nuca, su nariz contra la mía, sus pestañas acariciando mis mejillas y su corazón latiendo dentro de su pecho frente al mío.

—Nico —me llamó, apartándose de pronto—. ¿Esto va a ser... va a ser público? —Miró por encima de mi hombro—. Sofía está a punto de llegar. No quiero que te vea aquí sin una buena excusa si no vamos a contárselo a los demás.

—Es encantador que creas que no he corrido a contárselo a Eva en cuanto te has marchado.

Se echó a reír. La duda brilló en sus ojos.

—¿De verdad?

Asentí.

—¿No estaba dormida? —Aquella vez, lo que había en sus ojos era diversión.

—Tenemos ciertas normas. Hay asuntos más importantes que dormir y no estaría siendo un buen compañero si no la hubiese despertado. —Helena se mordió los labios. Yo me preocupé un poco—. ¿Te molesta?

Sacudió la cabeza.

—No. No. En absoluto. Me parece bien. No me gustaría empezar con secretos. —Se quedó callada y pude observar cómo el rubor ascendía por sus mejillas—. Si es que estamos empezando algo...

Me froté el cuello, inquieto, nervioso, completamente torpe. Me reí, porque sabía que ella debía de sentirse igual de torpe que yo.

—Sí. Yo sí quiero empezar algo.

—Vale. —Sonrió.

—Vale.

Nos echamos a reír como dos idiotas. Compartir un beso había sido más fácil. Supe que ella opinaba lo mismo cuando dio un paso adelante y me besó con cierta pasión contenida. Había algo bajo los labios, bajo la piel, bajo sus dedos; una chispa, una corriente de energía que nacía del alma y que manteníamos a raya de alguna forma que ni yo mismo entendía.

Acabamos enredados en el sofá, y de allí fuimos al dormitorio de Helena. Entré con el corazón en la boca y agradecí los minutos que me ofrecía conocer aquella nueva parte de ella para recobrar la cordura.

Había plantas sobre la repisa de su cama, frente a un gran ventanal que daba a la ciudad. A pesar de las vistas y de los edificios, era un rincón íntimo, incluso con las cortinas retiradas, porque aquel piso estaba tan alto, y los edificios que quedaban enfrente lo suficientemente lejos, como para conceder cierta discreción.

Había un escritorio sin novelas. Bajo este, en una esquina, vi abandonados varios cuadernos y libros de texto; imaginaba que de la carrera. Sobre él solo quedaban un cactus, una taza manchada de café y algunas chocolatinas metidas en un bote que debía de ser un portalápices.

Había fotos pegadas en las paredes. En casi todas salía ella con Sofía, pero también había algunas en las que aparecía sola. En estas estaba escalando; unas veces en el rocódromo, otras en roca, con un arnés mucho más técnico que el que usaba en interiores. En una salía de pequeña con el que debía de ser su padre, sonriente. Tenía el rostro aniñado, los ojos brillantes y una sonrisa sin un par de dientes.

Vi una que me llamó la atención.

—Vaya —murmuré—. Esto es un golpe bajo.

Helena se acercó, pero ya sabía la que estaba mirando.

Desconocía que hubiera fotos de aquella noche. La había sacado Eva, que salía en primer plano, con los labios un poco mal pintados y los ojos cansados, pero sonriente. De fondo, Sofía y Helena posaban abrazadas y, un poco apartados, se nos veía a Daniel y a mí sentados frente a frente en el sofá, con las manos entrelazadas y un gesto de absoluta solemnidad; estábamos comparándonos las manos. Era de aquella noche; la noche del balcón y de las galletas.

—Me gusta. —Se encogió de hombros—. Es real.

No dijo nada más, yo tampoco lo hice. Se sentó en el borde de la cama y me siguió mirando desde allí mientras yo observaba a mi alrededor. Aunque nunca la hubiese visto, habría descrito así la habitación de Helena, tal cual estaba: el desorden controlado, las chocolatinas y las plantas que seguramente Sofía tenía que regar por ella.

En una de las fotos, Helena estaba junto al mar, acompañada por quienes debían de ser sus padres.

—¿Sabes? Llevo años intentando hacer un viaje al norte.

—¿Qué te lo impide?

—La universidad, los exámenes que suspendo, las recuperaciones después del verano...

—Oh, ya.

—Y el dinero.

—El dinero es un factor. Todo lo ahorras para Ophelia, ¿verdad?

Me dejé caer a su lado. Me pareció que estábamos demasiado lejos y, al mismo tiempo, una parte de mí gritaba que estábamos cerca, demasiado cerca para seguir manteniendo un hilo de pensamiento racional.

—Sé que parece una tontería. Hace falta mucho dinero para abrir un negocio, y yo trabajo en un bar y el dinero se va a en el alquiler y...

—No —me interrumpió—. Es increíble. Es... estupendo. Sé que algún día lo conseguirás. Me das envidia.

Un movimiento en la ventana me hizo girarme un instante. Dos mariposas pasaron junto al cristal.

—¿Por tener un sueño ligeramente inalcanzable? —Me reí.

—Por hacer planes. Ophelia, el viaje al norte... Yo no hago planes.

—¿Por qué? —Me sorprendí.

Bajó los ojos. Duró apenas un parpadeo; fue una vacilación, la duda mientras se preguntaba si debía responder o darme largas y cambiar de tema. Si lo hubiera hecho, la habría seguido, habría fingido que aceptaba esa mentira y ese cambio brusco hasta que estuviera lista para contármelo; pero no lo hizo.

—Me angustiaba mucho hacer planes y pensar que tal vez no podría estar allí para vivirlo.

Lo entendí enseguida. Sin embargo, no supe qué decir.

—No me mires así. —Sonrió, quitándole importancia—. Eso era antes, cuando pensaba que habría síntomas antes de los veinte, pero... bueno, noviembre fue un gran mes.

—Sí que lo fue.

—Supongo que ya no tengo una excusa para no hacer planes de aquí a dentro de unos años. Voy a vivir menos que otras personas, eso es un hecho, pero voy a vivir más de lo que esperaba.

Era un tema gordo, un tema grande que asustaba y sobre el que yo habría pasado de puntillas y en silencio. Me sentía como si acabara de entrar en una habitación estrecha, llena de cosas frágiles y minúsculas colocadas en un equilibrio precario, todas amenazando con caerse tras la más mínima y ligera corriente de viento. Pero Helena estaba tan tranquila, tan natural, que empecé a caminar con más seguridad. Recordé su tarta de cumpleaños, el mensaje que casi me hace renunciar a esa fiesta.

—Entonces, ¿qué planes tienes?

Helena me miró. Le gustó la pregunta.

—Un viaje al norte suena bien.

—Podría ser un plan para los dos.

—Podría. —Sonrió.

Escuchamos que la puerta de la entrada se abría y se cerraba enseguida.

—¡Helena! Te traigo la prensa. Una revista que te gustará y otra que te molestará. Yo creo que...

Los dos nos giramos y esperamos hasta que Sofía pasó dentro con ímpetu. Se detuvo al pie de la cama al darse cuenta de que Helena no estaba sola.

—Oh.

—Hola, Sofía. Feliz Navidad —le dijo ella.

—Feliz Navidad —dije también.

Sofía nos miró un total de tres largos segundos en silencio.

—Vale. —Se echó a reír—. Muy bien, muy bien.

Se fue hacia la salida y agarró la puerta mientras seguía murmurando.

—Vale. Sí. Muy bien, muy bien...

Antes de cerrar volvió a entrar, apenas sin mirarnos, y dejó las revistas que había traído sobre el escritorio.

Helena se cubrió la boca intentando, sin éxito, contener la risa.

—Es encantadora, ¿no?

—Y sutil.

—Muy sutil.

—¿Le has contado lo de la Torre de Cristal?

Sacudió la cabeza.

—¿Quieres presenciar la catástrofe?

Pensé en decir que no para darles intimidad, pero creo que aquella vez me estaba pidiendo que estuviera ahí.

—Claro, por qué no. Será divertido.

—¡Sofía! —la llamó ella.

Se presentó allí de nuevo a los pocos segundos, todavía sin deshacerse del abrigo y con la bufanda a medio quitar.

—Ven. Tengo que contarte algo —le pidió

Sofía nos miró a los dos. Paseó sus ojos claros de uno a otro alternativamente.

—¿Algo bueno? —preguntó, con una sonrisa.

Yo casi me atraganto.

—Buenísimo. Te va a encantar —contestó Helena, con humor.

Luego empezaron los gritos.

29

ISAAC. SEGUNDA CANCIÓN

Volved al beso. La música amortiguada, el aire frío de la noche, el calor de su piel. Una serie de decisiones nos llevaron allí, me llevaron a mí a mirarla cuando no se daba cuenta, a buscarla y luego a rehuirla porque mi piel quería sentirse cerca de la suya.

Una parte importante de nuestra historia comenzó un diciembre; pero nuestra amistad no comenzó entonces, aquella noche tan rara que nunca olvidaré.

Necesitamos mucho más tiempo para eso. Puede que nos hiciéramos amigos semanas después, o tal vez fueran meses; entre pequeños fragmentos que eran casi como secretos, retos silenciosos, pedazos del otro que íbamos descubriendo en silencio.

30
ISAAC Y HELENA

—Conozco esa sonrisa.

Marco miraba por encima de mi hombro mientras se acercaba a mí. Envié rápidamente mi respuesta y volví a guardar el móvil en los pantalones de entrenar.

—¿A qué sonrisa te refieres? ¿A la sonrisa más encantadora de esta sala? ¿De todo Madrid? ¿De todo el mundo?

Marco bufó y agitó una mano en el aire.

—Has vuelto a verla, ¿verdad?

Me senté en la máquina de los abductores y ajusté el peso esperando que se cansara de que lo ignorara y diera media vuelta, aunque no tenía muchas esperanzas.

—Isaac.

—No sé de qué me hablas.

—Verónica —dijo. Casi escupió el nombre—. Últimamente te he visto mucho mirando el móvil con esa cara de tomar malas decisiones y hace varias noches volviste a casa a las cinco.

—Ah, ¿esa noche? —Ajusté también la distancia de las palancas de la máquina—. Estuve con Helena. Charlamos un rato. Hablamos de canciones y me enseñó las bragas. ¿Sabías que le gustan los aliens?

Marco estuvo a punto de darme una hostia. Se lo vi en la cara. En lugar de eso, se conformó con resoplar sonoramente, cruzar los brazos ante el pecho y sacudir la cabeza.

Sonreí un poco. Si Helena descubría que había dicho algo así en voz alta, aunque no me fueran a creer en mil años, se pondría violenta. Estaba seguro.

—La última vez estuviste jodido —me soltó, más serio.

—La última vez no sabía lo que estaba haciendo.

—Muy jodido —repitió.

—Marco, por favor. ¿Me dejas seguir entrenando?

Él no descruzó los brazos, ni hizo amago alguno de apartarse.

—Es Verónica —repitió, en un tono lastimero que en otra situación me habría hecho reír—. Esa chica está loca. Es mala. Malísima, Isaac.

—Ya lo sé. —Sonreí—. Si te contara cómo de mala es... La otra noche, por ejemplo...

—No. Basta. No quiero saberlo.

—Entonces, apártate —le pedí con una sonrisa que pretendía ser encantadora.

Marco echó un vistazo a los lados. Para entonces teníamos a medio gimnasio mirando. Acabó suspirando y dando un paso atrás, pero no se alejó del todo. Lo vi observando con esa cara larga y preocupada durante toda la serie, y también durante la siguiente, hasta que terminamos y lo acompañé a los vestuarios.

—¿Es que no te vas a cambiar?

—Voy a ir al rocódromo.

—No se va al rocódromo después de entrenar —dijo, frunciendo el ceño.

—Exacto. No he entrenado, porque me has jodido las series.

Marco decidió ignorarme.

—Como quieras. Tenemos algo de lo que hablar.

—Si vuelves a decir...

—Mateo.

Arqueé las cejas.

—Eso no me lo esperaba.

—Mateo es guitarrista —aclaró—. Está dispuesto a ensayar con nosotros un par de días a la semana.

—Vaya, qué honor. Mateo el guitarrista «está dispuesto» a ensayar con nosotros...

—Isaac... Deberías alegrarte.

—Estoy a punto de mearme del gusto.

Marco fingió una arcada y me dio un empujón que me desestabilizó durante un segundo.

—Tú y yo solos no sonamos bien, y si dejamos de ir a los ensayos los otros tipos del local se quejarán y acabarán echándonos.

Suspiré, porque en eso tenía razón. Compartíamos un local subvencionado por el ayuntamiento con varios grupos más de la zona. Teníamos un horario estricto para usarlo y conseguirlo había sido... bueno, había sido casi imposible. Además de la subvención había que pagar algo, coordinarse con los otros grupos no era sencillo y, si los demás contaban que llevábamos días sin ensayar, tal vez nos quitaran el derecho a hacerlo. Ya había sido difícil conseguir aquello siendo solo nosotros dos y no podíamos tensar más la cuerda. Un guitarrista, después de tanto tiempo ensayando solos, nos obligaría a ser más constantes.

—Está bien. Queda con Mateo, el guitarrista dispuesto, cuando quieras. Conoces mis horarios.

Marco me dio una palmadita en la espalda mientras se pasaba la mochila por el hombro y esperaba a que yo también me levantase. Echamos a andar hacia la salida y nos despedimos antes de que él se marchara y yo me desviara para entrar al rocódromo.

Vi a Helena enseguida, acaparando la mirada de varios novatos que no le quitaban el ojo de encima. Era rápida y terca, y un poco temeraria, y la combinación hacía que a menudo ofreciera buenos espectáculos escalando algunas de las vías más difíciles: casi nunca verdes o azules, siempre rojas, moradas o incluso negras.

Me acerqué a ella, a la vía en la que escalaba, y me dediqué a prepararme con pereza mientras continuaba observando.

Cuando bajó y me vio, yo aún no me había puesto los pies de gato. Echó a andar hacia mí y quienes la miraban desde abajo se dispersaron como si de pronto tuvieran cosas interesantísimas que hacer.

Lo peor es que ni siquiera parecía darse cuenta.

¿Sería consciente de los rumores que circulaban sobre ella? Marco me había contado una vez que Daniel, Sofía, Eva... que todos estaban convencidos de que la mujer de aquella foto del diciembre pasado era ella. En la imagen que se había viralizado, una figura desafiaba las leyes de la gravedad en la cima de la Torre de Cristal. Aunque estaba claro que se trataba de una mujer, aquella chica se había tapado la cara, vestía de negro y se había recogido el pelo. Decían que había escalado por una grúa y que no había hecho saltar los sensores de la Torre hasta que, al llegar al tramo final, había abandonado la grúa para seguir por el cristal. Habían detenido a aquella chica al llegar a la azotea, pero las subidas a edificios no se consideraban un delito penado con cárcel y la prensa no había podido difundir su nombre. Helena siempre había negado que se tratara de ella.

Esperé a que me soltara su habitual: «aléjate de mi *vía*» o «te quiero lejos de esa pared mientras subo», pero se limitó a dedicarme un sucinto y casi amable:

—Hola.

—Hola —respondí, un poco sorprendido.

No debería extrañarme tanto por un simple saludo, pero mis interacciones con Helena, desde el incidente de la patada, no habían sido precisamente reconfortantes.

En mi defensa, diré que apenas le había dado un empujoncito, que estaba seguro de que quedaría colgando de las cuerdas y que... bueno, qué más daba, solo había sido una patadita.

—¿Vienes del gimnasio?

Tardé un rato en responder, porque no encontraba segundas intenciones en esa pregunta, ni una forma de ser borde después.

—Sí... —respondí, prudente.

—No has venido al rocódromo en los últimos días, ¿no?

Sacudí la cabeza. Era verdad. Hacía unos cuantos días que no escalaba, y era probable que aquella tarde tampoco lo hiciera en condiciones porque, aunque Marco me había jodido las últimas series, estaba cansado.

No era la primera vez que nos veíamos después de la noche en que la había llevado a rastras a urgencias, pues habíamos vuelto a coincidir en una de esas cenas que tan a menudo organizaba Daniel; de todos modos, en aquella ocasión, Helena se había dedicado a ignorarme durante toda la velada.

No había habido agradecimientos, ni un poquitín de reconocimiento por el gran sacrificio que había hecho, ni siquiera trato cordial. Así que esta nueva Helena me resultaba... desconcertante.

Vi que se quitaba el arnés y empezaba a recoger sus cosas.

—¿Te marchas?

—Estoy cansada.

—Ah. —No supe qué decir. Seguía intentando asimilar su amabilidad.

—Nos vemos pronto —me dijo, casi risueña—. Creo que Daniel y Marco tienen planeado enredarnos en alguna fiesta absurda pronto.

—No me sorprende.

Me dedicó una sonrisa, se echó la mochila al hombro y, en el último momento antes de marcharse, me dedicó una mirada que no supe cómo interpretar.

—Isaac, ¿lees poesía?

—No.

Otra sonrisa.

—Pues deberías.

Se marchó sin más y yo tardé unos segundos en volver a la realidad, sentarme en el suelo, todavía desorientado, y ponerme los pies de gato.

Iba por el segundo cuando me di cuenta.

—Qué narices...

Giré la suela y vi una frase en mayúsculas, escrita con permanente negro, llenando todo el espacio. Me quité el otro escarpín torpemente, como pude, para descubrir que le ocurría lo mismo.

—Pero qué...

Me detuve a leer las frases... No. Las frases, no. Los versos.

He estado al borde de la tuberculosis,
al borde de la cárcel,
al borde de la amistad,
al borde del arte...

Entonces mi móvil sonó. La pantalla se iluminó y vi en ella el nombre de Verónica. Probablemente querría quedar. Probablemente contestaba a mi última provocación con otra provocación. Fui a leerlo para descubrirlo, pero no pude hacerlo; mi curiosidad estaba en otro lugar. Puse los pies de gato delante de mí y volví a repasar los versos otra vez. Y otra.

Helena tenía razón. Marco y Daniel nos enredaron pronto para acompañarlos a una sesión de monólogos que se habría hecho eterna de no ser por el alcohol. Al salir de allí, acabamos todos en el piso de Daniel, porque era el que más cerca quedaba. Por lo que tenía entendido, Helena vivía justo debajo. Antes había compartido piso con Sofía, pero desde que Eva se había mudado con esta a su antiguo piso, Helena había pasado a ser la vecina de Daniel.

Cuando nos sentamos a tomarnos la última copa, daba la impresión de que a algunos ya les sobraran dos. Y con algunos me refiero a Daniel y a Marco, que les estaban contando a las chicas y a Álex que teníamos nuevo guitarrista.

Álex fingía prestar atención mientras entrelazaba sus dedos con los de Helena. Hacía un tiempo que salían, y hacía algunas semanas que había empezado a traérselo cuando salíamos todos juntos. Era un chico guay, simpático, pero... bueno, no le pegaba. A ella no.

—Sí, sí... Es bueno —decía Marco—. Y es...

—¿Aburrido? ¿Conformista? ¿Completamente aséptico? —repuse yo.

Marco puso los ojos en blanco.

—Sabe tocar la guitarra y está dispuesto a adaptarse a nuestros horarios de mierda —dijo, y levantó el vaso de plástico—. Yo brindo por eso.

Daniel no fue menos. Brindó también. Por la sonrisilla, diría que habría brindado por cualquier cosa. Me resigné y también hice chocar mi vaso con el suyo cuando me lo ofreció.

Eva hizo alguna pregunta más, también Sofía, y Álex. Helena, en cambio, permaneció en silencio, disfrutando con disimulado deleite las interacciones de esos patanes achispados que teníamos por amigos.

Era la primera vez que la veía desde el rocódromo y no habíamos hablado en toda la noche porque... bueno, porque éramos Helena y yo. Nosotros no hablábamos. Como mucho nos provocábamos, nos metíamos con el otro o insinuábamos algo grosero sobre nuestros gustos musicales, o nuestros gustos por la comida... o nuestros gustos en general.

Pensé que era una buena oportunidad para resolver algo a lo que llevaba dándole vueltas todos esos días.

—Daniel, tú lees, ¿no?

Daniel parpadeó.

—Eh... Sí. Con el equipo de investigación y eso no puedo leer todo lo que me gustaría, pero... sí.

—¿Poesía?

Vi que Helena se giraba levemente hacia nosotros, atenta. Evité mirarla. Aún no sabía cuándo había pintado mis pies de gato. No se me habría ocurrido preguntar. De alguna forma, no hablar, no mencionarlo, era parte del trato. No iba a decir nada, de la misma manera que tampoco iba a preguntarle por los versos; no directamente.

—Sí, a veces.

—¿Sabes de algún poeta que tuviese tuberculosis?

Daniel sacudió la cabeza, como si intentara quitarse las telarañas del alcohol.

—Ey... —me amonestó Marco—. ¿Qué pregunta es esa?

—Que la tuviese o que se encontrase «al borde».

Me pareció ver un asomo de sonrisa, de reojo, en los labios pintados de rojo de Helena.

—Al borde —repitió Daniel. Se frotó la sien—. Eso es... muy concreto.

—Y muy raro —puntualizó Marco.

—Bueno, es que tengo curiosidad.

—¿Por qué no lo has consultado en internet? —interrumpió Helena.

Todos la miraron, en silencio.

—Porque eso sería hacer trampa.

Marco puso una expresión extraña cuando observó las reacciones de los demás, como si quisiera asegurarse de que no estaba sufriendo una embolia.

—Hacer... —empezó a repetir Daniel, que intentaba, sin éxito, seguir el hilo de la conversación.

—Oh, vale. Perdón. —Helena levantó las manos.

Creo que los demás, aunque nos miraban, no estaban lo suficientemente sobrios como para darse cuenta de lo raras que resultaban esas interacciones. Solo Álex fruncía ligeramente el ceño.

—Entonces, ¿conoces a alguien? —le pregunté a Daniel.

—Eh...

—Si te interesa la poesía, quizá podrías empezar leyendo a alguna poeta —intervino Helena.

—Vale. ¿A quién?

Helena se encogió de un hombro.

—No sé. Alejandra Pizarnik, Gabriela Mistral... O... Gloria Fuertes.

Quizá fue un brillo en su mirada. Quizá fue un asomo de sonrisa.

—¿Gloria Fuertes? —Me giré hacia Daniel—. ¿Tienes algo suyo en casa, Daniel?

Daniel se levantó antes de responder, echando la silla hacia atrás con muy poca elegancia.

—Es posible que sí.

Entonces oí que Eva le susurraba a Sofía un «¿*Qué está pasando?*» al oído. Al parecer, sí se daban cuenta de que todo aquello era bastante raro. Pero al día siguiente se habrían olvidado.

—Te acompaño a buscarlo —se ofreció Marco, servicial. Y, antes de que nos diéramos cuenta, los dos se habían encerrado en el cuarto de Daniel sin ningún tipo de disimulo.

—Vaya, qué bonito —comentó Sofía.

—Espectacular —añadió Eva.

—Creo que yo también me voy a mi cuarto, a mi piso, ahora —intervino Helena.

Sofía la agarró de la muñeca y protestó. También Eva. Intentaron convencerla de que se quedara un poco más. Sin embargo, cuando Álex se levantó para acompañarla, vieron que era una batalla perdida y dejaron que se fueran juntos. Pronto ellas se marcharon también. Yo esperé hasta que Daniel y Marco salieron y me dejaron un par de volúmenes recopilatorios.

Esa noche no me acosté en cuanto llegué a casa, a pesar de haber salido de fiesta después de un turno larguísimo y de llevar casi un día entero sin dormir; quizá por eso no entendí del todo el poema cuando lo encontré.

Los versos que me había escrito en los pies de gato sí que eran suyos, de Gloria Fuertes. Los leí una y otra vez entre la bruma del sueño y del alcohol y, aunque no supe si los había entendido bien, sí supe que me gustaron. No tenía claro si el poema al que pertenecían era melancólico o conmovedor, y estoy seguro de que se me escaparon muchas cosas que alguien con más letras habría entendido, pero provocó algo en mí. Me transmitió fuerza, y eso era algo que encajaba con Helena.

Así que me puse a buscar algo que encajara conmigo.

31
HELENA Y NICO

Enero llegó en un suspiro, con una Nochevieja en casa de Daniel, magdalenas a las cinco de la mañana en su cocina y un Año Nuevo con resaca.

A Sofía le encantó descubrir que Nico y yo éramos algo más que amigos, pero seguía preocupada por mi intento en la Torre de Cristal.

No me había gustado contárselo ni la cara con la que me había mirado. No estaba dispuesta a contarle aquello a nadie más, porque no quería que nadie más me mirara de aquella forma. Sin embargo, le había prometido que estaba viendo a la psicóloga y que la vería más a menudo... Yo misma sabía que no me vendría mal.

Aquella Nochevieja decidimos no salir de fiesta. Ninguno de nosotros había comprado entradas para ningún cotillón, las discotecas estarían atestadas durante esa noche y Nico se negó a pasar una jornada que libraba en el mismo lugar en el que trabajaba. Así que acordamos quedarnos en casa de Daniel, que se había encargado de desperdigar adornos navideños por todo el piso: algunas figuritas del Belén en la mesa de la cocina, espumillón sobre el sofá, un par de pegatinas de estrellas en el cristal de las ventanas y hasta una pequeña planta de Pascua sobre la mesita que sostenía la alfombra que tapaba... aquello de lo que no se podía hablar.

Fue el primer día que Nico y yo nos veíamos después de Navidad. El ajetreo familiar de las fiestas y los turnos en el trabajo no nos habían dejado coincidir.

Llegamos a su casa a las nueve y Eva nos abrió la puerta. Aunque por motivos distintos, Sofía y yo la miramos de arriba abajo en cuanto nos recibió.

—Creía que habías dicho «informal».

Eva se había puesto un vestido rojo larguísimo, con un escote en corazón y ceñido en la cintura, que caía sobre sus caderas con delicadeza en una cascada de pliegues plisados. Hasta llevaba una tiara dorada sobre la melena pelirroja.

—Llevo zapatillas de andar por casa —contestó, levantando el borde del vestido ligeramente.

Bufé, pero le quité importancia con un gesto de la mano.

—Estás espectacular —le dije—. Bueno, Sofía, al final has elegido buen día para deslumbrarnos a todos.

Sofía, a mi lado, se sonrojó un poco y tuve la sensación de que se envolvía más con el abrigo. Eva la observó con curiosidad al pasar.

Durante las últimas dos horas había visto cómo Sofía pasaba de la más absoluta seguridad en sí misma a la desesperación más abrumadora. Tampoco es que entendiera muy bien su proceso, pero incluso la había visto probarse un bañador. Al final había elegido una falda. «A Eva le gustan las faldas», había dicho. Luego había entrado en un bucle infinito: «¿Le gustará llevar falda o le gustará ver faldas en los demás?, ¿y si solo le agrada ponerse falda pero aborrece que otros la usen?, ¿faldas largas o faldas cortas?».

—Es preciosa —comentó Eva, en cuanto Sofía se deshizo del abrigo—. ¿De dónde es?

—¿Eh? Bueno... Del armario de Helena.

Sofía se mordió los labios y Eva se echó a reír. Ni siquiera me transmitió la pregunta a mí; le daba igual de dónde era, por supuesto que sí. Pero las dos eran idiotas.

—¿Y los chicos? —pregunté.

—En la cocina. Hemos dejado que Nico cocine.

—Estará contentísimo —bromeé, y eché a andar hacia allí, hacia donde los dos estaban discutiendo sobre algo relacionado con una fuente.

Encontré las chaquetas de sus trajes sobre las sillas de la mesa de la cocina. Ambos llevaban camisa y pitillos oscuros. Así que yo, que no me había puesto nada elegante, era la única que se había vestido como un día cualquiera en el Ryley's.

—Dijisteis informal —repetí, a modo de saludo.

Los dos se giraron al tiempo que Eva llegaba a mi lado.

—Qué más da —murmuró, y me tendió la mano—. Dame tu abrigo.

Me lo quité a regañadientes, sabiendo que todos me miraban entonces, y me encogí de hombros cuando vieron los vaqueros y la camisa anudada sobre el top.

—Es muy feo lo que habéis hecho, que lo sepáis —les dije.

Todos empezaron a hablar a la vez. Al parecer, nadie lo había planeado. Eva siguió repitiendo que ella llevaba zapatillas de casa.

Cuando Sofía y ella se marcharon a dejar los abrigos en el cuarto de Daniel, yo me quedé a solas con los chicos y me acerqué un par de pasos.

Nico, que llevaba una fuente con nachos en las manos, me miró al pasar a mi lado. Vaciló un segundo, pero siguió andando hasta dejarla en la mesa y, después, volver a la cocina en la que Daniel seguía concentrado en algo con hojaldre que no tenía mala pinta.

Nos quedamos frente a frente, sin nada en las manos; sin nada que decir.

—Hola —me saludó.

Fue raro.

—Hola —respondí, a punto de echarme a reír.

—Estás guapa —murmuró.

—Tú también —contesté, y no mentía.

Esa camisa, la corbata un poco aflojada alrededor de su cuello... le sentaban muy bien. Se había peinado el cabello oscuro hacia atrás, pero no parecía haber usado nada para fijarlo y un par de mechones rebeldes caían sobre su frente.

Me di cuenta de que Daniel había abandonado lo que estaba haciendo para mirarnos. Tardó apenas dos segundos en arquear mucho las cejas, alzar las manos y salir de allí como si no quisiera tener nada que ver con nosotros. ¿Tan raro había sido?

Nico y yo nos quedamos a solas unos segundos; al menos, todo lo solos que podíamos quedarnos en esa parte de la casa, un poco apartada pero abierta al salón.

Nos sostuvimos la mirada un instante más y Nico acabó girándose para seguir atendiendo la cocina. Me quedé un poco fría, pero ya era tarde para saludarlo de otra forma. ¿Cómo se suponía además que debía hacerlo?

Llenamos la mesa de manjares poco apropiados para esas fechas (todo recetas fáciles de las que Nico y Daniel se habían encargado) y a las diez ya estábamos cenando.

Eva había comprado champán. La segunda botella nos supo mucho mejor que la primera y hubo un momento de crisis cuando nos dimos cuenta de que lo habíamos gastado todo y no nos quedaba nada para el primer brindis de Año Nuevo. Mientras Eva juraba que tenía que haber más por algún lado y buscaba en todos los cajones, Daniel nos llenó las copas de cerveza; incluso a mí, que seguía sin gustarme, aunque él se empeñara en cambiar eso.

Fue un desastre, pero fue bonito.

Sofía no comió uvas porque las detestaba y, en su lugar, acabó atragantándose con mini galletas. Daniel ni siquiera intentó hacerlo bien. Le vi meterse cinco uvas seguidas, masticar con los carrillos llenos y tragar con un sorbo de cerveza.

Yo seguía masticando cuando todos brindamos después de la última campanada. Abracé a Sofía mientras una canción poco festiva empezaba a sonar por los altavoces y, después de darle dos besos a Eva, vi cómo ellas tanteaban el terreno antes de decidir si se besaban o se abrazaban.

Al otro lado de la mesa, de pie, brindando con Daniel, Nico me dedicó una mirada de reojo y me planteé el mismo problema, pero entonces Daniel se acercó, me levantó del suelo, me plantó un beso en la frente y después estalló el caos. Nos asomamos al balcón cuando escuchamos el sonido de los fuegos artificiales. Vimos luces estrellándose contra el lienzo azul oscuro del firmamento y escuchamos la música amortiguada de una fiesta lejana.

—Chicos, chicos. Atentos a esto —nos llamó Daniel, con la vista fija en la pantalla de su móvil. Se aclaró la garganta—. «Una caída casi segura: por qué escalar en libre», escrito por... ¡Nuestra Helena!

Todos aullaron; creo que lo hicieron incluso antes de comprender a qué se refería. Luego Daniel empezó a leer el artículo que había escrito; un artículo del que todavía no le había hablado a nadie.

—Quería enseñártelo —le aseguré a Sofía.

Ella se encogió de hombros, despreocupada.

—¿Quién crees que se lo enseñó a Daniel? Tengo las notificaciones activadas. Sé cuándo publicas.

Sonreí. Ella también lo hizo. No me dijo nada más al respecto, porque no hacía falta. Me tendió la mano desde donde estaba sentada y la oprimió con suavidad.

—Estoy deseando leer más como este —susurró.

Eso fue suficiente.

En algún momento entre las dos y las tres de la madrugada, dejé de pensar en lo que sería o no sería apropiado. Me había dejado caer en el sofá mientras Eva tocaba la guitarra en el suelo al tiempo que murmuraba la letra de una canción en un tono casi inaudible pero muy dulce, y Nico se sentó a mi lado en el sofá; lo hizo tan cerca que nuestras piernas se rozaron. Se giró para hablar; aquella sería la segunda vez que hablaríamos relativamente a solas en toda la noche. No obstante, no le dejé empezar.

Besé a Nico de madrugada.

Primero pensé que había sido una estupidez no haberlo hecho hasta entonces; luego me alegré porque me di cuenta de que no habría querido hacer absolutamente ninguna otra cosa a partir de ese momento. El tiempo se habría paralizado para mí; ahí fuera la realidad se habría quedado suspendida en una Nochevieja eterna mientras yo besaba a Nico, igual que me estaba sucediendo entonces.

Puede que estuviera un poco borracha; puede que él también. Pero disfruté cada segundo de ese beso, sentí cada terminación nerviosa estallar en una sinfonía de colores cuando sus manos ascendieron por mi cintura, por mis hombros, por mi cuello... hasta llegar a mis mejillas, hasta tomar mi rostro entre las manos para profundizar el beso y acariciar mis pómulos con los pulgares.

Me perdí allí, y creo que Nico también se perdió.

Alguien nos gritó que nos marcháramos al tejado. A mí me pareció buena idea, pero a él no. Nico me agarró de la mano, tiró de mí y acabamos en el cuarto de Daniel.

No creo que nadie se atreviese a decir nada; tampoco creo que hubiesen tenido tiempo. De pronto, me encontré tumbada en una cama revuelta que no era mía ni tampoco de él, enredada con sus piernas, bebiendo de un beso eterno y hambriento, mientras mis manos tiraban de su ropa y las suyas se hundían bajo mi camisa.

Alguno se detuvo; los dos nos miramos y fui consciente de lo que acabábamos de hacer.

—Igual marcharse así ha sido un poco feo —jadeé.

—A lo mejor sí —respondió.

Tenía las mejillas encendidas; llenas de pecas y teñidas de rubor. Estaba inclinado sobre mí, con los codos a ambos lados de mi cabeza, agitado, nervioso y sediento, y esa imagen resultó muy tentadora. Podría haber estirado las manos, haber rodeado su cuello, haber enredado los dedos en su cabello oscuro y haberme hundido en ese mar insondable que tenía en la mirada.

Creo que subí mis manos; creo que llegué a acariciar la piel sensible de su nuca con la punta de los dedos.

—¿Volvemos fuera? —preguntó.

—Sería lo más decente —respondí.

Una respuesta, pero no del todo; porque yo no había decidido todavía si quería o no ser decente aquella noche.

Nico decidió por los dos; decidió bien.

Se apartó con un pesado suspiro, como si le hubiese costado un esfuerzo inconmensurable apartarse de mí y erguirse. Le vi hacerlo con los ojos cerrados antes de estirarse, subir el brazo y revolverse el pelo con una mano.

—Vamos —dijo; puede que lo dijera más para sí mismo que para mí.

Fue lo mejor.

Habría sido un impulso. Nuestros amigos habrían estado ahí fuera todo el tiempo y al acabar nos habríamos dado cuenta de que apenas habíamos compartido antes un par de besos.

Cuando abrí la puerta y salimos juntos, Eva y Sofía seguían en el suelo del salón. Eva improvisaba alguna canción que sonaba solo a medias a lo que se suponía que debía sonar mientras cantaba tan suave como antes. Daniel también se había unido a ellas, con los brazos apoyados en el sofá que tenía detrás y una copa en la mano.

Los tres nos miraron al salir, pero no hicieron ningún comentario; al menos, no al principio. Siguieron a lo suyo, a la canción, mientras yo me sentaba junto a Sofía, y Nico se acomodaba entre Eva y Daniel.

Eva había dejado de cantar cuando Daniel habló.

—Tenéis un piso vacío justo abajo —murmuró.

—Cállate, Daniel —le espetó Nico.

—Solo digo que no teníais por qué haber usado mi habitación.

—No hemos usado... —Nico suspiró pesadamente—. Da igual. Déjalo.

Daniel rio, levantó las manos y lo dejó estar.

Después llegaron más canciones, las magdalenas a las cinco de la mañana, el dolor de tripa a las seis, y el amanecer tirados en los sofás del salón. Nos despertamos juntos en Año Nuevo, los cinco; con una resaca de mil demonios, un dolor de cabeza terrible y el estómago revuelto para los siguientes siete meses.

Me despedí de Nico al mediodía, con un beso que esta vez no costó dar.

De vuelta a casa compré la prensa. Sofía no dijo nada, pero sonrió. Volví a la norma de siempre: una publicación que me interesara, una que hablase de temas que aún no entendía, una que me molestara y otra que me encantara.

Nico y yo no lo sabíamos, pero aquella noche sería la última que pasaríamos juntos de verdad en unas semanas. A partir de entonces, todo se precipitó.

El tiempo pasó demasiado deprisa desde aquel día.

Dejó de nevar en Madrid, pero siguió lloviendo. Tuvimos una ola de calor y después volvimos a congelarnos de frío. Sofía le regaló un rosal en una maceta a Eva y murió en una helada a los pocos días. Nos enteramos mucho después, en el Ryley's, cuando Eva se armó de valor para contárselo.

Luego llegó febrero.

Siguieron siendo amigas; Nico y yo empezamos a ser algo más. No pudimos vernos mucho al principio. Primero, llegaron los exámenes y después Nico tuvo que recuperar muchos turnos que había cambiado con sus compañeros. Después del día de Año Nuevo, en los dos meses siguientes, apenas nos vimos a solas unas cuantas veces.

Nos vimos en el Ryley's, porque seguimos manteniendo la tradición de acompañarlo mientras trabajaba, y pudimos robarle un par de besos al tiempo, entre descanso y descanso; pero no fue suficiente. También me acompañó al rocódromo algunas veces, pero eso era todo: caminábamos hasta el gimnasio y, al llegar, él daba media vuelta y se marchaba a estudiar.

Después de los exámenes quedamos allí un día. El plan era escalar, ponerse al día, liberarse de la tensión de los estudios... Al final, no pasamos de los pasillos. Nos encontramos al salir del vestuario y, antes de llegar a las vías, nos comimos a besos entre las taquillas.

Fue una época extraña. Teníamos poco tiempo y decidimos que aprovecharíamos cada minuto que pudiéramos compartir.

No era suficiente, en absoluto, pero tenía la sensación de que, incluso contando con todo el tiempo del mundo, nunca sería suficiente tratándose de Nico.

32
HELENA E ISAAC

Aquella noche volvimos a reunirnos en el Ryley's.

Parecía que Marco e Isaac habían empezado a tocar en serio con el nuevo guitarrista, por fin, y después del ensayo lo habían llevado a tomar unas cervezas mientras decidían cuándo volverían a ensayar, cuánto lo harían y cuáles serían los siguientes pasos.

Hacía rato que Mateo se había marchado. Nosotros nos habíamos acercado cuando Daniel nos había avisado, y ya no nos habíamos levantado de nuestros taburetes.

Daniel estaba decidiendo ahora qué canción destrozar en el karaoke. Nadie iba a atreverse a decirle nada, porque aquella noche fue él quien se había caído de las escaleras del Ryley's.

—Me voy a casa. ¿Te vienes?

La voz de Álex me sobresaltó cuando dejó su cerveza en el mostrador y me dedicó una mirada afable. Miré el reloj. Era tarde, pero...

—No. Aún voy a quedarme un rato más.

—Está bien. Avísame cuando llegues a casa. —Álex me dio un beso en la mejilla y se acercó a despedirse de los chicos antes de abandonar el Ryley's.

—Deberías irte con él —sugirió Sofía.

—Vaya, gracias.

Me dio un empujón muy suave.

—Lo digo porque nosotras también vamos a irnos pronto.

Buscó a Eva con la mirada, pero ella estaba demasiado distraída tarareando la canción que Daniel estaba destrozando como para darse cuenta.

Isaac se acercó a nosotras en ese momento y se dejó caer en un taburete con pesadez. Creo que estaba a punto de bostezar.

—Lo que decía. Nos vamos pronto. Tengo un par de artículos que entregar y no he terminado ninguno.

Después de graduarse en el mismo Máster de Periodismo digital que ahora cursaba yo, Sofía había empezado a escribir para algunas revistas. El trabajo no era constante, iba y venía; pero últimamente le llegaban más peticiones y su nombre aparecía en varias publicaciones cada semana. Eva también había empezado a trabajar como profesora y yo continuaba en el Palacete del Té. Incluso Daniel tenía ahora más responsabilidades, pues trabajaba en investigación y tenía una beca ridícula que le ayudaba a mantenerse a flote.

Sofía me hizo un gesto con la cabeza en dirección a Álex, que ahora charlaba con uno de los camareros.

—Si tienes ganas de marcha ve con él. Aprovecha. Te lo vas a pasar mejor que aquí.

Miré a Álex, y los miré a ellos. Era cierto que nos quedaban, como mucho, veinte minutos buenos antes de que la noche traspasara la barrera de la decadencia, pero no quería, no podía...

Eva se puso en pie en ese momento.

—Dios mío, ¿va a cantar? —preguntó Sofía. Parpadeó muy fuerte—. ¿Va a cantar Eva?

La vimos forcejear un poco con Daniel, compartir micrófono unos instantes y romper a reír entre estrofa y estrofa. A pesar de todo, cantaba bien. Nunca lo hacía en público; no, al menos, sobria. Y escucharla, aunque fuera en esas condiciones, era bastante inusual.

—¿Qué sientes por Eva, Sofía?

Sofía me miró. Se apartó un mechón oscuro del rostro y dejó escapar una risa muy suave.

—Creo que es un poco tarde para preguntar eso, ¿no?

A su lado, Isaac, que parecía concentrado en el espectáculo que ofrecían nuestros amigos, dejó escapar también una risa.

—Dime qué sientes —insistí.

—¿Ahora mismo? —Se le escapó una risa—. Debería decir que un poco de vergüenza ajena, pero es que no puedo. No puedo decirlo, Helena. Mírala. Es maravillosa. Podría subirse a una mesa, cantar cualquier canción lamentable y seguiría orgullosísima de ella.

Isaac no dijo nada, pero le vi sonreír por el rabillo del ojo. Creo que seguía mirando al frente, a nuestros amigos, para no entrometerse. Pero escuchaba.

Y me daba igual que lo hiciera. Quizá fuera por las dos cervezas de más que me había tomado (sí, ahora me gustaban y Daniel se atribuía el mérito).

—Eso es muy bonito —respondí—. ¿Desde cuándo?

Sofía volvió a parpadear. Fue a dar un sorbo a su cerveza, pero hacía rato que se la había terminado y, en lugar de beber, jugueteó con el envase entre los dedos.

—¿Te sirve si te digo que me siento así desde el principio?

Sonreí un poco también.

—Me sirve —contesté. Porque me cuadraba, claro que sí.

Había química entre las dos y la forma en la que se miraban, la forma en la que se desnudaban con la mirada cuando creían que nadie más las observaba, o la manera en la que se dedicaban un gesto amable desde el otro lado de una habitación abarrotada...

—Última oportunidad para largarte con Álex —canturreó.

Lo miré de nuevo, ya despidiéndose, y seguí las formas de su espalda mientras atravesaba la puerta. Álex era... bueno. Una opción lógica, correcta. Una opción acertada.

Después de Nico había sido difícil pensar en nadie de esa forma. Después de Nico había sido difícil casi todo. Pero hacía unos meses,

Álex, un cliente habitual en el Palacete del Té, me había pedido una cita y en el momento no había sabido cómo negarme. La noche anterior a la cita no había dormido y hasta había vomitado en el baño de la cafetería a la que fuimos... pero al final no había sido tan terrible y habíamos empezado a salir.

Álex era dulce. Era paciente y atento y, durante las últimas semanas, había conseguido que un montón de primeras veces que deberían haber sido horribles no fueran tan espantosas. Quizá por eso me sentía tan mezquina cuando prefería quedarme los últimos veinte minutos buenos de la noche con mis amigos antes que marcharme con él.

—Creo que me pasa algo.

—Claro que te pasa algo —respondió Sofía, completamente ajena a todo lo que ocurría dentro de mi mente—. Mírate. Eres... tú. —Hizo una pausa—. ¿De qué ámbito estamos hablando?

—Del ámbito romántico.

—Ah. —Ladeó un poco la cabeza—. Vaya. ¿De Álex?

Suspiré. Tal vez fuera la falta de horas de sueño, pero necesitaba contárselo, contarle lo que me pasaba por la cabeza desde hacía ya un par de semanas.

—Creo que estoy mal, que me pasa algo malo. Tú conoces a Álex, sabes lo bueno que es, lo amable y lo dulce y lo paciente que puede ser... pero no creo que sienta lo que sientes tú por Eva.

Sofía me miró con intensidad. Parpadeó varias veces, como si intentara despejarse. Tal vez acababa de comprender que el tema era más serio de lo que sugería la situación.

Se giró hacia mí en su taburete y apoyó las manos en mis rodillas.

—Es que yo siento cosas muy intensas por Eva —dijo, y me eché a reír—. Ahora lo digo en serio. Cada relación es un mundo. No tienes por qué sentir lo que...

Se detuvo. Quizá sus pensamientos fueron a un lugar peligroso, oscuro y húmedo, donde nunca salía el sol. Quizá habían ido a parar al mismo lugar al que habían ido tan a menudo los míos últimamente.

Con Nico no era así.

No era en absoluto así.

—Lo sé —me apresuré a decir. No quería enturbiar el ambiente. No quería empezar conversaciones demasiado complicadas para terminarlas en nuestro estado y no quería hacerlo con Isaac al lado. ¿Lo sabría él? Imaginaba que sí, pero a una parte de mí le habría gustado que no fuera así—. Lo sé. Pero creo que, aun así, lo que siento por Álex no es suficiente. Hace poco tuvimos una conversación, ¿sabes? Me preguntó cómo de serio era lo nuestro. Y eso trajo otras preguntas. ¿Qué somos? ¿Qué estamos haciendo? ¿Hacia dónde vamos...? No supe qué responder.

—No tienes por qué hacerlo. A no ser que él... que él necesite respuestas. En ese caso tendréis que llegar a un acuerdo, a un punto medio —dijo ella, demasiado sensata para esas horas, para tratarse del Ryley's.

—No quiero hacerle daño. —Suspiré—. Pero quizá no tenga una respuesta que le guste.

Un ruido me hizo levantar la mirada de mis botas. Isaac acababa de levarse de su taburete y caminaba con paso pesado hacia los demás. Quizá el pudor o el deseo de darnos más intimidad en un tema tan delicado pudieron más que el cansancio que sin duda sentía.

—¿A ti qué te apetece ahora? —preguntó Sofía, con gesto afable, un gesto que siempre me traía de vuelta a casa.

—¿Ahora?

—Ahora.

—Quiero seguir escuchando cantar a tu novia. —Sonreí—. Lo hace sorprendentemente bien para estar tan...

—Guapa —terminó ella por mí—. Increíble, espectacular...

Me eché a reír. Las dos nos giramos por completo hacia ellos y apoyamos los codos en la barra que quedaba detrás. Estaba tan agotada como para ignorar la sensación pegajosa en los brazos.

—¿Eres feliz con Álex? —preguntó, más bajito.

—Estoy cómoda —respondí.

Me di cuenta, en ese instante, de que esa era justamente la palabra, esa era la sensación. Estar con él era fácil, porque él hacía que lo fuera.

Las cosas que parecían complicadas eran más sencillas a su lado... aunque eso no me parecía suficiente.

—A veces, debemos permitirnos un poco de comodidad; pero no te olvides del resto, Helena. El resto es tan importante como la comodidad —añadió, y dedicó una mirada a Eva; tan profunda, tan cargada de significado, sentida y dulce y... anhelante.

Recordaba todo aquello y lo añoraba con todo mi corazón, pero los posos de aquellos sentimientos traían consigo otras emociones que me deshojaban el alma, tirón a tirón, y no estaba preparada para ello. Todavía no.

No volvimos a hablar del tema. De todas formas, los minutos hasta la delgada línea de no retorno hacia la decadencia se agotaron más rápido de lo que pensábamos y, después, tuvimos que marcharnos a casa.

Daniel se ofreció a acogernos a todos en su piso; pero, por alguna razón, acabamos en el mío. Solo debía ser una parada técnica para asegurarme de que Willow tuviera comida si decidía aparecer. Sin embargo, Sofía, que me conocía lo suficiente, se ofreció a acompañarme para que no decidiera escaquearme en el último momento, y como todos los demás entraron tras ella... nos quedamos allí.

Cruzar la línea de la decadencia era menos decadente dentro de casa, aunque también más rápido.

No me di cuenta de que algo había cambiado tras esa visita hasta dos días después, cuando me desperté temprano para ir al rocódromo antes de entrar a trabajar, metí una muda en la mochila a toda prisa, me recogí el pelo y aproveché todo el tiempo que tenía hasta que tuve que volver a las duchas.

Lo vi antes de ponérmelas, en un vestuario lleno de mujeres que me escucharon insultar a mi ropa interior.

El muy idiota había escrito en ellas, en la parte de atrás, con letras grandes e insultantemente bonitas: «Lo más interesante se encuentra oculto en el interior».

Solté una risa estrangulada mientras me daba la vuelta y me las ponía porque... porque no podía no ponérmelas. De allí tenía que ir directa al Palacete del Té si no quería llegar tarde, así que fui todo el día con una frase de dudosa procedencia escrita en el culo, preguntándome de dónde narices la habría sacado, y pensando en él.

Dos días después, salí del Palacete a la hora de la comida, por la tarde tuve un par de seminarios eternos del máster y, al llegar a casa, me puse a trabajar en un artículo que quería subir a mi perfil; iba a necesitar tener publicados algunos escritos que gustaran al público cuando quisiera que las revistas me contrataran. Estaba algo cansada, así que solo acepté reunirme con ellos cuando Daniel me juró y me perjuró que iba a ser un plan de peli y manta.

Cuando me presenté en casa de Marco, fue Isaac quien me abrió.

—Hola —me saludó—. Venís pronto.

—Vengo —repliqué—. Las demás aún tardarán un rato. Eva tenía reunión de padres.

Isaac casi se atragantó con su propia risa. Era la primera vez que Eva cumplía una sustitución larga como profesora de Lengua y a mí también me resultaba complicado imaginarla dando malas noticias a los padres de los chavales.

Se hizo a un lado y me dejó entrar. Cuando pasé y me quité el abrigo, miré a los lados y me di cuenta de que estábamos solos.

—¿Y Daniel y Marco?

—Acaban de escribir. Marco ha tenido una urgencia en la clínica.

Me quedé con el abrigo entre las manos, exactamente en el mismo sitio en el que me había bajado los pantalones hacía un par de semanas.

—Ah.

No supe qué decir. Creo que él tampoco lo sabía. Se frotó la nuca con la mano.

—Creo que querían ver...

—*Crepúsculo*.

Sonreí.

—Sí. La echan en un par de horas. Estos idiotas han elegido verla justo cuando la han quitado de Netflix. —Se mordió los labios—. ¿Preparamos... preparamos la mesa? ¿Elegimos las pizzas?

Asentí. Ya había estado allí antes, así que no tuve que preguntar dónde se encontraban las cosas. Movimos un poco el sofá, hicimos sitio y preparamos la mesa para cuando llegaran. No elegimos las pizzas porque Daniel habría decidido que ninguna de las opciones nos convenía y habríamos tenido que elegir por segunda vez.

Así que... así que nos quedamos sin nada que hacer.

—¿La urgencia en la clínica...?

—Un gato enfermo, según me ha dicho. Nada grave. Solo unos dueños nerviosos.

—Ah, vale. Me alegro.

—¿Y Álex? ¿No le apetecía el plan de *Crepúsculo*? No imagino por qué.

—No creo que le vaya demasiado —respondí sencillamente, con una sonrisa, porque no quería explicarle a Isaac por qué Álex no estaba enterado del plan.

—Estás a tiempo de largarte con él. Seguro que sus planes son mejores.

Lo cierto es que solo lo había visto una vez desde la noche en que había dicho en voz alta lo que sentía por él... o lo que no sentía, y había sido como una espantosa prueba confirmatoria. Estaba claro que algo no funcionaba bien conmigo.

—Si sigues hablando así voy a tener que contárselo a Daniel, y es probable que te eche de tu propia casa.

Isaac sonrió un poco, apenas un gesto sutil. Después, se pasó la mano por el pelo castaño.

Estábamos de pie, tras el sofá, mientras Netflix se dedicaba a mostrar carteles silenciosos de series que le recomendaban. Entonces pensé en preguntarle por qué, un par de días atrás, me había paseado por medio Madrid con una frase que parecía bastante grosera escrita en el culo. Desde aquel momento, había escuchado más canciones de Elvis de las que estaba dispuesta a reconocer y había descubierto que me gustaban más de lo que pensaba. También había hecho memoria y hasta le había preguntado a Marco qué versiones tenían en el grupo, por si encontraba alguna que me diera una pista; pero la verdad era que no conocía a Isaac en absoluto y, cuando me quedé sin opciones, no supe por dónde seguir buscando. Por eso me planteé preguntárselo, pero no me atreví a hacerlo.

Él tampoco había preguntado con Gloria Fuertes y estaba casi convencida de que había encontrado el poema. Por eso debía de haberme escrito aquella frase de vuelta.

—¿Estabas viendo Netflix?

Me hizo un gesto con el brazo, una invitación vaga, que aun así tomé, porque esperar a los demás de pie y en silencio parecía mucho más insoportable.

Cuando pulsé el mando y la pantalla me descubrió qué serie había estado viendo, arqueé las cejas.

—¿Te has confundido? —lo provoqué.

—No —respondió, y frunció el ceño mientras tomaba asiento al otro lado del sofá.

—Es el episodio... Dios. ¡¿Es la cuarta temporada?! ¿Por qué tendrías puesto el vigesimoprimer episodio de la cuarta temporada de *Las chicas Gilmore*?

Isaac soltó un profundo resoplido y estiró las piernas cuan largo era, y era muy largo.

—A lo mejor porque estaba viéndola cuando has llegado.

—¿Por qué?

—¿Por qué? —repitió—. ¿Es que estás sufriendo una embolia?

—¿La estás sufriendo tú?

Quizá fue mi gesto. A Isaac se le escapó la risa.

—Me gustan *Las chicas Gilmore* —dijo, más suave—. Es la segunda vez que las veo.

Vaya. Eso sí que era una sorpresa.

—Yo la he visto tres veces —contesté, y le di al *play*.

—Para eso, que quiero disfrutarlo. Este episodio es bueno.

Se inclinó adelante para intentar arrebatarme el mando, pero se lo impedí y le mandé callar.

—Lo sé. ¿En esta boda no...?

—Sí. Luke le pide salir a Lorelai por fin.

Me volví a llevar un dedo a los labios.

—Chis.

Isaac parecía tan confuso como yo, también un poco divertido y... curioso. Quizá por eso aceptó ver el episodio conmigo. Volví a dejar el mando en el hueco libre que quedaba entre los dos y, aunque al principio ambos guardamos un silencio reverencial, pronto uno de los dos empezó a hablar.

No sé cuál de los dos comentó algo primero, pero después ya no pudimos parar. Hablamos bajito, en los momentos de transición, para no estropearnos nada. No pude reprocharle una sola interrupción hasta que sonó su móvil con un mensaje, una vez, y otra, y otra...

—¿Es Marco?

—No. —No dijo nada más, así que no insistí.

Cuando terminó el capítulo y salió el aviso de que se reproduciría el siguiente, ambos compartimos una breve mirada y dejamos que pasara.

Nos dio tiempo a ver otro más. Creo que compartí más oraciones complejas con él de las que habíamos compartido nunca. Cuando sonó el timbre de abajo y se levantó para abrir a las chicas, aún seguía discutiendo sobre algo que decidí ignorar.

—Si te gustan *Las chicas Gilmore* tienes que ver *Anne with an E*.

Isaac resopló desde la puerta, apoyado en la pared con su habitual pose de impasibilidad tranquila.

—No tiene absolutamente nada que ver.

—¿La has visto? —lo interrogué.

—No, pero sé de qué va y no...

Dejé de mirarlo, y de escucharlo. Agarré el mando y me aseguré de que la añadía a su lista.

—La gente de *Las chicas Gilmore* es gente de *Anne with an E* también —le aseguré—. Cuanto antes lo asumas, antes serás más feliz.

—Conozco la historia de Ana de las Tejas Verdes y no creo que nadie pueda ser feliz con ella.

—Cuánto te equivocas —respondí, con una sonrisa—. Aunque no es ninguna sorpresa; supongo que algunos nacen sin buen gusto. De todos modos, si te gustan *Las chicas Gilmore*, no todo está perdido.

Isaac no tuvo oportunidad de responder, porque en ese momento Eva y Sofía entraron por la puerta que había dejado entreabierta. Solo me dedicó una mirada, a punto de replicar algo, pero al final decidió callar.

No volvimos a hablar en toda la noche; no, al menos, directamente.

Marco y Daniel llegaron justo a tiempo de no perderse el magnífico inicio de *Crepúsculo*. Pedimos las pizzas que quiso Daniel y nos apelotonamos alrededor de la televisión para comentarla.

Fue en un intermedio, mientras Sofía contaba algo sobre una de las revistas para las que trabajaba, cuando lo escuché.

Me giré hacia la pantalla inmediatamente.

Era un anuncio y uno de los personajes de dibujos animados había dicho...

Cogí el mando y subí el volumen. ¿Era posible? ¿Lo había dicho?

El perro de los Chocapics estaba diciéndole a otro dibujo animado algo sobre la misión que acababan de cumplir y, al final...

«Chocapics, ahora rellenos de delicioso chocolate con leche. Lo más interesante se encuentra oculto en el interior».

Me giré hacia los demás, pero todos parecían ajenos al gran descubrimiento salvo... él. Isaac me observaba divertido. Tuve la sensación de que había estado mirándome todo ese tiempo, con la comisura de la boca curvada hacia arriba, en silencio y atento, muy atento.

Un jodido anuncio de los Chocapics. ¿Y cómo se suponía que iba a descubrirlo?

No iba a decir nada. Tampoco yo lo haría.

Ahora tenía que encontrar algo equivalente a lo que él había hecho; y lo que había hecho estaba mal en todos los sentidos porque: 1) Había mirado en el cajón de mi ropa interior y 2) Me había jodido unas bragas estupendas.

Nadie se dio cuenta de que Isaac se reía. Se reía de mí, o conmigo... porque yo también me reí un poco, sin poder evitarlo.

Seguimos viendo *Crepúsculo*, aunque mi mente estaba en otra parte.

Antes de que llegáramos al final de la película, Isaac, que había vuelto a recibir un mensaje, se puso en pie y se despidió para marcharse. Daniel protestó por que nos abandonara con la película a medias, pero fueron las protestas de Marco, mucho más comedidas, las que nos sorprendieron.

—¿Vas a dejar un plan a medias? —preguntó, con tono inquisidor.

Daniel se giró para mirarlo, un poco sorprendido.

—Bueno, yo lo decía en broma. No queda mucho de la película y...

—El plan está terminado, Marco —respondió Isaac, sin dejar que Daniel acabara—. No me esperes despierto. Pásalo bien y sé responsable —añadió, con más humor, mientras se inclinaba para darle un beso en la frente.

Marco se revolvió, molesto.

—Te vas con ella, ¿a que sí?

—Verónica. Sí, me voy con ella. —Suspiró.

Isaac no parecía molesto, pero sí cansado. Los demás guardamos silencio. Tuve la impresión de que no era la primera vez que hablaban de ello.

—No digas su nombre —respondió Marco—. No vaya a ser que la invoques.

Isaac puso los ojos en blanco, se dio media vuelta, cogió las llaves del coche y se despidió de todos antes de marcharse.

La película seguía reproduciéndose de fondo, pero todos estábamos pendientes de Marco. Fue Daniel quien se atrevió a preguntar.

—¿Verónica es...?

—La exnovia de Isaac —contestó Marco.

—Ah, vaya.

Daniel se acomodó a su lado, de nuevo mirando la pantalla. Yo no iba a preguntar, pero una parte de mí deseó que él sí lo hiciera.

—¿No acabaron terriblemente mal? —dijo, al cabo de un rato.

Eva bajó el volumen de la película. Nadie se quejó.

Menuda panda de cotillas.

—Eso sería una forma amable de decirlo. Verónica se enrolló con otros mientras estaba con Isaac. Cuando él se enteró, rompieron. Isaac intentó alejarse y después volvieron a salir juntos... muchas veces. Estaba desintoxicado, pero parece que ha recaído.

Sofía carraspeó un poco.

—¿No le importará que nos lo cuentes, Marco?

Para cuando empezamos a salir todos juntos ya de forma habitual, Isaac no estaba con nadie. Sabíamos que había tenido alguna relación complicada, pero todavía no nos conocíamos suficiente como para entrometernos. Así que su relación con Verónica había sido un dato de fondo que estaba sin desarrollar demasiado.

Marco hizo un gesto con la mano.

—¿Tú lo veías preocupado cuando se ha marchado?

Sofía se rio un poco.

—Igual no lo estaba porque no imaginaba que fueras a contárnoslo todo en cuanto se largara —comentó.

Eva le dio un golpecito en la mano, como para callarla. A mí también me dio la risa.

—No os he dicho nada que sea un secreto —sentenció Marco, sentándose más erguido—. Isaac tuvo una relación desastrosa con esa chica, y ahora ella ha vuelto a enredarlo para que pierda el culo cada vez que lo llama. Isaac sabe perfectamente que no le hace ningún bien, así que no sé a qué está jugando.

Marco ya no nos miraba. Miraba al televisor, a la pantalla donde Edward Cullen estaba diciendo algo sobre una oveja. Se había cruzado de brazos y tenía una expresión que era tiernamente legible. Daniel le pasó un brazo por los hombros y, durante un segundo, nadie se atrevió a decir nada más... hasta que volvieron a preguntar.

Aproveché que estaban entretenidos para excusarme e ir al baño. En el trayecto, sin embargo, me encontré mirando el interior de un cuarto a través de la puerta entreabierta: con la cama desecha, un escritorio desordenado y un bajo descansando en una esquina. Era el cuarto de Isaac.

Miré a mis amigos, que estaban tan distraídos como para no saber si iba al baño o me colaba en otra habitación, y tomé una decisión.

33

HELENA Y NICO

Volvíamos a estar todos juntos, los cinco.

Aquella tarde, cuando pasamos por delante de Ophelia, le pedimos a Nico que se pusiera frente a su escaparate para sacarle una foto.

Llevaba una edición ilustrada de *El principito* bajo el brazo, y parecía feliz, confiando ciegamente en ese sueño que era mucho más que eso. Era una certeza, una meta inamovible.

Revelamos la foto de camino a casa de Daniel y, aunque no era ese nuestro objetivo, allí la transformamos; la convertimos en la Ophelia de verdad.

Nico volvió a hablarnos de ella y volvió a reír cuando alguien le preguntó cómo de cerca estaba de conseguirlo. Yo sentí un impulso, una necesidad imperiosa de hacerle ver que aquello era real, era suyo, y era también un poquito nuestro.

Agarré un rotulador morado, el único que Daniel tenía a la vista, y dibujé las estanterías de libros. Daniel dibujó después las escaleras de caracol. Sofía dibujó las plantas. Eva, el mostrador.

Nico quedó en medio. En parte un poquito sueño, en parte un poquito realidad.

Acabamos viendo una película los cinco juntos; creo que fue la primera vez que lo hicimos.

Me senté junto a Nico, disfrutando de la forma en la que nuestros hombros se rozaban, de la facilidad con la que mi cabeza encajaba en el hueco de su cuello. En algún momento, Nico deslizó su mano sobre la mía, pero no se detuvo allí. Continuó ascendiendo, trazando círculos con el pulgar, en una caricia prolongada y distraída.

A partir de entonces no dejé de sentir sus dedos sobre mi piel, el cosquilleo electrizante al anticipar una caricia, bajando por mi brazo, por mi nuca, al enredar los dedos en mi pelo cuando pasó el brazo tras mi espalda...

Me derretí bajo esas manos que se movían sin pensar, ante ese contacto dulce, como de mariposa. En un momento dado, cuando su mano había bajado hasta mi muslo casi con pereza y lo observé con la respiración agitada y profunda, Nico me devolvió la mirada y me di cuenta, en un parpadeo, de que no estaba siendo tan inocente como creía.

Una sonrisa de medio lado me encendió aún más las mejillas.

—¿Sabéis qué sería divertido? Una fiesta de pijamas.

Los presentes me miraron con perplejidad, pero la mirada que habría pagado por atesorar fue la suya, la de Nico. La ceja arqueada, la media sonrisa provocadora.

—Suena bien —dijo Eva, que debía de estar preguntándose qué tendría que ver aquello con la película de alienígenas que estábamos viendo—. A lo mejor algún día podemos organizar...

—A lo mejor la podéis hacer hoy —la interrumpí—. En nuestra casa.

—¿Podéis? —preguntó, con prudencia.

En la pantalla alguien acababa de encontrar una forma de comunicarse con los alienígenas.

—Sofía y tú —aclaré.

Se escuchó una exclamación ahogada. Mi amiga respondió, casi sin aire en los pulmones y de forma atropellada:

—Pero, Helena, ¿qué dices...?

Nico se tapó la boca con la mano, divertido.

—Os lo pasaríais bien, ¿no? Mañana no tenéis que madrugar. Eva también cree que sería divertido.

Sus ojos azules, pálidos, me fulminaron desde el otro lado del sofá. Me di cuenta de que se estaba aferrando al borde quizá con demasiada fuerza.

Se empezaron a escuchar tiros en la televisión.

—¿Y qué pasa con Daniel? ¿Y con vosotros? —siseó—. ¿Vamos a hacer una fiesta de pijamas solas? ¿Es que estás tonta?

Se había puesto roja. Si Eva no hubiera estado delante, probablemente, ya me habría arrojado algo desde el otro lado de la habitación, quizá uno de los libros que Nico había subido alguna vez y había olvidado sobre la mesita que teníamos delante.

—Creo que la cuestión no es la fiesta de pijamas que se va a celebrar en vuestro piso —aclaró Daniel, sin mirar a nadie en particular.

Sofía se irguió en su asiento.

—Oh.

Eva arqueó las cejas, pero no me miró a mí, ni miró a Nico. La miró a ella y aguardó.

Sofía se sonrojó. Creo que se puso tan nerviosa ante la idea de tener a Eva en casa que la posibilidad de meterse conmigo desapareció de su mente.

—Me encantaría que Eva viniera —murmuró, bajito, mirándola a ella.

—Sería estupendo —se apresuró a añadir esta.

Sonó una explosión en la pantalla. Ninguno de nosotros prestaba ya atención.

—Es que solo tengo ideas buenas —me atreví a decir.

Nico seguía tapándose la cara con la mano, a punto de romper a reír. Daniel estaba encantado con la situación.

Nos marchamos antes de lo que esperábamos. Ni Sofía ni Eva comentaron nada de mi petición en toda la noche. Al salir del portal, seguramente ya se habrían olvidado del motivo de la fiesta de pijamas. Las escuchamos salir sin dejar de hablar y sus voces se perdieron cuando la puerta se cerró del todo.

—Sutil —susurró Nico, al llegar a su piso.

Por toda respuesta, me puse de puntillas para darle un beso.

Se le cayó el juego de llaves antes de abrir la puerta, y después dentro, y cuando se le cayeron en el salón ya no se molestó en recogerlas.

Le quité la bufanda en la entrada y él se deshizo de mi abrigo al llegar a uno de los sofás. Nos apoyamos en él durante un segundo, mientras tiraba de su cazadora, del jersey, de toda la ropa que sobraba entre los dos.

Sus manos exploraron mi espalda y las mías se afanaron en la tarea de desnudarlo. De pronto, nos encontramos con que yo seguía prácticamente vestida mientras que él se inclinaba sobre mí sin camiseta, con el cinturón desabrochado y los pantalones a punto de resbalar sobre sus caderas.

Debió de darse cuenta, porque no perdió el tiempo. Voló mi jersey y no se detuvo allí. Sus manos ascendieron por mi cintura, bajo mi camiseta, y, antes de que pudiera decir nada, yo misma me deshice de ella.

Entre beso y beso, nos movimos un poco, tiró de mí y me arrastró hacia su cuarto, donde terminamos de desnudarnos antes de acabar sobre su cama.

Sus labios recorrieron la línea de mis clavículas y mi menté ascendió a otro lugar, más allá de sus labios, de sus hombros desnudos, más allá del techo, del...

Apoyé las manos sobre su pecho y Nico se detuvo.

Me miró de hito en hito, sorprendido.

—¿No hay nada que quieras contarme?

Frunció el ceño.

Yo alcé el mentón y señalé un punto en el techo de la habitación.

Él se volvió, pero me dio la sensación de que fue más por inercia que porque necesitara ver qué señalaba. Sus hombros temblaron un poco bajo una risa grave.

Allí, en una esquina que debía de dar al salón de Daniel en el piso superior, se avistaba el reverso de una alfombra que yo ya había conocido. La alfombra estaba allí para cubrir un agujero que, aquí, era plenamente visible. Si no veíamos el salón de Daniel era solo gracias a la alfombra.

—Conoces las normas. No se habla del socavón —declaró.

Los bordes irregulares, la pintura descascarillada y el yeso deformado se divisaban a la perfección.

—Conozco las normas —admití—. Pero no voy a poder concentrarme.

Nico volvió a soltar una risa, más corta, más nerviosa. Se mordió el labio inferior antes de girarse un poco, todavía sobre mí, y luego me dedicó una mirada dubitativa.

—Vas a tener que ignorarlo.

—Nico, tenéis un agujero en el techo. ¿Cómo puedo ignorarlo? Dime al menos quién fue. Fue Daniel, ¿verdad? Tuvo que ser Daniel.

No respondió.

—¿Fue Eva? Claro que fue Eva. Alguien tuvo que ayudar a Daniel.

Una sonrisa tiró de la comisura izquierda de sus labios.

—Madre mía, ¿fuiste tú?

—Daniel y yo —susurró—. Y no puedes hacer más preguntas.

Abrí la boca, pero Nico se llevó las palabras con un beso. Cuando acabó, se separó de mí y antes de abrir los ojos noté cómo la cama se movía bajo el peso de su cuerpo, al levantarse.

Lo seguí con la mirada mientras se ponía de pie y me preparaba para una disculpa por la interrupción cuando me di cuenta de que volvía a entrar en la habitación con un pañuelo entre las manos.

—Es de Eva —explicó—. No se lo vamos a contar.

—¿Qué es lo que no le vamos a contar? —Arqueé una ceja.

Volvió a la cama, me agarró de la muñeca y tiró de mí hasta que me incorporé un poco.

Me pasó el pelo por detrás de las orejas. Luego estiró el pañuelo ante mis ojos. Sentí cómo lo anudaba en mi nuca mientras sus labios se acercaban a mi oído.

—Ahora no lo ves. ¿Mejor así? —murmuró, con una cadencia oscura.

—Mucho mejor —respondí.

Me agarró por los hombros, me empujó con suavidad y volví a caer sobre la almohada antes de que yo misma alzara las manos para buscar su rostro, tomarlo entre mis palmas y fundirnos en un beso.

Caminamos sobre la línea de no retorno una eternidad, mientras yo permanecía todavía con los ojos vendados y las caricias se volvían más hambrientas, los besos más agresivos y la urgencia que había entre los dos se sentía en la piel del otro.

En algún momento, me deshice de la venda y la tiré al suelo. Ya no importó el socavón, no importó la ropa que habíamos dejado desperdigada por todo el salón. No importó que la puerta estuviera abierta o que nos hubiera entrado la risa durante algún instante.

Todo dejó de importar salvo la respiración de Nico contra mis labios, salvo mis labios sobre su piel, salvo su piel bajo las yemas de mis dedos.

Fue íntimo, y fácil. Fue terriblemente sencillo zambullirse en ese mar de aguas turbulentas; unas aguas que se calmaron al rato, al final de la travesía, al mismo tiempo que los besos se hacían más lentos y las caricias dejaron de ser ávidas para volverse tiernas.

Nico acabó derrumbado sobre mi pecho y yo acabé exhausta sobre las sábanas.

Cuando hube recuperado el aliento y sentí que su respiración se acompasaba a la mía, se incorporó un poco y me dio un beso en la punta de la nariz antes de que pudiera atraparlo y volviésemos a caer enredados en una risa que se deslizaba con la más absoluta facilidad.

34

ISAAC. TERCERA CANCIÓN

El beso. El beso fue importante; pero antes hubo más. Antes del beso y después de la amistad, se abrió un camino brillante, lleno de posibilidades, en el que cada parada me mantenía despierto día y noche, con el corazón eufórico y la piel vibrante.

Ahora me parece que no lo entendía del todo; no de verdad. Antes del beso hubo un reto, un juego que empezó sin que nos diéramos cuenta. Creo que ninguno de los dos sabía lo que se estaba jugando de verdad.

Aún era diciembre.

35

ISAAC Y HELENA

Me di cuenta esa madrugada, después de llegar a casa tras una discusión fea, feísima, que me tenía cansado, molesto y repitiéndome a mí mismo una y otra vez lo imbécil que era. Debería haber estado tan irritable como para enfadarme mucho. Sin embargo, cuando destapé el nórdico para entrar dentro y vi cómo estaban mis sábanas, solté una carcajada.

Debí de reírme muy alto, durante mucho tiempo, porque la luz del salón se encendió e, inmediatamente después, tenía a Marco en mi habitación.

Arrojé el nórdico casi como si me quemara las manos, y me giré lo justo para comprobar que tapaba la sábana.

—Eh, ¿estás bien?

—Muy bien —respondí—. ¿Y tú?

Escuché pasos en el salón y después más allá, seguramente en la cocina.

—¿Daniel?

—Espero que sí. —Sonrió—. Si no es él, deberíamos estar muy asustados. —Echó un rápido vistazo hacia atrás—. ¿Ha ido todo bien con *ella*?

—Con Verónica —lo corregí y suspiré profundamente, porque la diversión de lo que había encontrado tras el nórdico se estaba disipando con rapidez—. Sí. Todos hemos cumplido con creces nuestro papel esta noche.

Le dediqué una sonrisa que esperaba que lo sacara de quicio y así lo hizo. Farfulló algo que no entendí y levantó la mano para despedirse antes de salir de mi cuarto y volver a cerrar la puerta.

Cuando destapé el nórdico volví a sonreír.

Esta vez, había una sola frase, escrita en mayúsculas y con letras tan grandes que ocupaban todas las sábanas: «La palabra de la poesía temblará».

No tenía ni idea de qué significaba. Podía volver a ser el verso de un poema, podría ser parte de una canción o parte de una novela. Estaba completamente perdido.

La repetí una y otra vez mientras quitaba las sábanas y las cambiaba por otras que no fueran a dejarme marcado; y, mientras lo hacía, no pude evitar pensar en que Helena debía de haberla escrito mientras estaba fuera, con Verónica.

Ella era... Era complicada.

No era tan mala persona como pensaba Marco; también tenía su lado bueno, sus partes brillantes.

Me tumbé en la cama recién hecha.

Lo malo era que lo bueno había dejado de compensar todo lo demás hacía tiempo; y yo mismo lo sabía. Sabía que no era buena para mí, que acercarme me arrastraba a un juego peligroso del que no salí bien parado la última vez y, aun así...

Suspiré.

—Date prisa, por favor. Estoy agotado.

Marco me había traído a rastras a su clínica a primera hora de la tarde. Me estaba esperando a la salida del polideportivo, después de una sesión en la piscina que me había dejado fundido, y me pidió que, antes de ir a casa, pasáramos a recoger algo que se le había olvidado allí. Estaba tan cansado que no le pregunté por qué no lo había hecho ya él en lugar de esperarme a que saliera.

—Ven. Pasa. Entra —insistió, sosteniendo la puerta.

—Qué va. Te espero aquí —le aseguré.

—Insisto.

Supe en un solo vistazo que no me dejaría fuera, así que me metí las manos en los bolsillos, me resigné y pasamos.

Vi a Verónica al otro lado del mostrador en cuanto entramos y me cagué en todos los antepasados de Marco por obligarme a verla tan pronto, solo cuatro días después del último desaire; pero no protesté, porque eso habría significado reconocer que tenía razón respecto a ella.

Me limité a saludarla con una leve inclinación de cabeza y, para mi sorpresa, me devolvió el saludo. Tratándose de ella, era un avance.

Así nos habíamos conocido: a través de Marco (que muchas veces me repetía que nunca se lo perdonaría). Nos habíamos encontrado una de las veces que iba a recogerlo y, de una forma u otra, había acabado pasando lo que tenía que pasar.

—Por aquí —me dijo mi amigo, entrando en una de las salas contiguas. Obedecí y fui tras él. En cuanto abrió una puerta, la estancia se llenó de maullidos—. Aquí tenemos a los gatos —me explicó.

Me acerqué a una de las jaulas, donde un gatito maullaba tan fuerte en nuestra dirección que era imposible no mirarlo. Otros dormitaban; algunos parecían sedados. Ese pequeñajo se apoyó sobre sus dos patas traseras para estirarse cuan largo era y seguir maullando.

—¿Puedo? —pregunté.

—Adelante. —Marco sonrió.

Acerqué los dedos a la jaula y le hice carantoñas.

—Hola, hola, ¿cómo estás? ¿Cómo estás?

El gatito se frotó contra los barrotes y casi me derrito allí mismo.

Marco debió de ver mi expresión, porque se acercó medio riendo y abrió la puerta de la jaula mientras el gato no dejaba de reclamar nuestra atención.

—Está estupendamente y esta tarde se va a casa —me explicó—. Agárralo, si quieres.

Lo hice. Claro que lo hice.

Era pequeño, travieso y cariñoso, y dejó que lo tomara en brazos para que siguiera mimándolo durante dos minutos enteros, antes de saltar al suelo e intentar atrapar mis cordones.

Me agaché para seguir jugando con él.

—Nunca me dejas jugar con los gatos —le dije, encantado.

—Bueno, es que no se puede jugar con los gatos. Pero este está bien. Tiene el alta.

—Pues qué suerte —dije, tonto perdido, sin dejar de mirar al pequeñajo—. ¿Verdad que sí? ¿Verdad que tenemos suerte?

Pude ver por el rabillo del ojo que Marco se quedaba ahí de pie, apoyado en la pared, con los brazos cruzados ante el pecho.

—¿No tenías que recoger algo?

—Sí, descuida. Tú disfruta.

Disfruté. Jugué un rato con el gatito y me despedí de él cuando Marco volvió a encerrarlo a pesar de las protestas. Seguimos avanzando. Atravesamos otra sala y después otra y después llegamos al lugar en el que tenían a los perros.

Todo estaba mucho más tranquilo. Solo un par de ellos se pusieron en pie cuando nos vieron entrar, sin ladridos.

Me acerqué a un American Standford que parecía tristísimo, con las orejas caídas, la cabeza apoyada en las patas estiradas, sin mover ni un solo músculo.

—¿No se te parte el alma trabajando aquí todos los días?

Marco me miró.

—Sí —respondió, sin peros—. Hay muchas historias tristes, ¿verdad? Mira, a este pobre de aquí lo atropelló un coche. No puede mover una de sus patas.

—Oh, mierda.

—Sí. —Me pasó el brazo por detrás de la espalda y seguimos avanzando hasta la siguiente jaula, con un Cocker Spaniel de pelaje brillante—. Se tragó varias piedras. Tuvimos que operarlo porque había riesgo de desgarro.

—¿Pero se pondrá bien?

—Sí. Lo más probable es que sí. Mira, ese pequeñajo tiene un parásito. Ha estado muy grave por su culpa. —Seguimos andando—. Este de aquí no va a volver a andar.

—Mierda, Marco. Ya veo suficientes desgracias en urgencias para que me cuentes...

—Y esta se llama Ivy —me interrumpió, con una sonrisa. Siguió manteniendo una mano tras mi espalda, como para guiarme—. Es una luchadora.

—Más historias tristes no, por favor. Recoge tus cosas y vámonos.

Marco me ignoró deliberadamente.

—Una de las protectoras en las que trabajo de voluntario la recogió de la calle en muy mal estado, desnutrida y débil. Después de que se recuperara conseguí traerla aquí porque aún necesita que la operen.

Era una Border Collie preciosa, blanca y negra. No podía ver de qué color tenía los ojos porque estaba completamente tumbada en el suelo de la jaula, sobre varios periódicos, con las orejas alicaídas.

—Parece estar mal —murmuré.

—Es que está deprimida —respondió—. La recuperación va a ser muy lenta y muy larga y no puedo devolverla a la protectora porque necesita un ambiente tranquilo, sin estresantes. Pero aquí no tiene espacio ni para ponerse de pie, y no podemos sacarla fuera tan a menudo como nos gustaría. Es una pena que después de todo lo que ha luchado vaya a morir de pena.

—Oh, joder, Marco...

—Ivy va a morirse de pena.

Me giré para mirarlo. Marco me regaló una sonrisa cándida, un poco triste, antes de volver a pasar un brazo por mis hombros para que me pusiera de nuevo frente a la jaula.

—Es tan buena y tan callada. Encontrará una familia que cuide de ella enseguida, cuando esté recuperada.

—Me alegro por ella, seguro que...

—Seguro que no llega a esa adopción, porque va a morir antes. De pena —añadió, de nuevo.

Me quedé en silencio. Cerré los ojos y suspiré con fuerza.

—Tú nunca me dejas jugar con los gatitos...

—Isaac...

—Tú *nunca* me dejas jugar con los gatitos —repetí, más serio—. ¿Qué clase de manipulación barata has orquestado?

—Necesito meterla en nuestro piso. —Arqueé una ceja—. Ivy necesita un hogar provisional hasta que le encuentre una familia.

Me pasé una mano por el rostro. Los gatitos y las historias tristes... Ya. Debí haberlo imaginado.

—Vivimos de alquiler. Necesitaríamos la aprobación de la casera. Oh. —Me interrumpí—. ¿Por qué no la traes y repites el espectáculo? Conmigo te ha funcionado bien.

—¿Sí? ¿Ha funcionado?

—Los dos tenemos una rutina de mierda —le dije—. No podemos hacernos cargo de ella. ¿Quién la va a atender?

Se metió la mano en el bolsillo trasero de los pantalones y me ofreció un pedazo de papel arrugado.

—Horarios de este mes para darle de comer y para sacarla a pasear. Cuando nos den los turnos del mes que viene a los dos volveré a hacer otro.

Le arrebaté el papel.

Me miró con esa cara que solo él sabía poner. E Ivy parecía tan triste... Dudé.

—No creo que nos dejen.

Me dio un abrazo brusco, quizá demasiado violento, que me movió del sitio y alertó a un par de perros que se movieron en sus cubículos.

—Entonces, si nos dejan, ¿aceptas?

—Sí. —Me froté la nuca, apesadumbrado—. Mierda. Sí. Mírala.

—Estupendo. Entonces puedo programar ya su operación. En cuanto pueda la llevamos a casa. —Abrió la jaula—. ¿Has oído, preciosa? Vas a dormir en una cama calentita.

Me di cuenta enseguida.

—¿Lo sabías ya? ¿Has hablado con la casera?

—¡Claro! —exclamó, como si no fuera importante—. Ven, acércate, salúdala.

—Marco, te voy a dar una patada en el culo.

—Sí, sí. Lo que quieras, pero salúdala.

No pude enfadarme; no mucho. Cuando hubo conseguido lo que quería salimos de allí, pero tampoco nos marchamos a nuestro piso. Me convenció para reunirnos con Daniel en algún lugar cercano al Barrio de las Letras. Mientras Daniel preguntaba con malicia si ya había conocido a Ivy y Marco confesaba, a regañadientes, que todo había sido parte de una estrategia largamente planeada, me di cuenta de algo importante.

Las vi allí. Letras doradas en el suelo, llamándome para que me girara hacia ellas, para que me desviara un poco del paseo y caminara en esa dirección.

«La palabra de la poesía temblará»... Tal y como había escrito Helena en mis sábanas, y después: «Siempre sobre el silencio y solo la órbita de un ritmo podrá sostenerla».

Una frase de María Zambrano, de una obra de la que jamás había escuchado hablar.

No lo habría adivinado en años. No lo habría adivinado en toda una vida y, sin embargo, allí estaba solo unos días después, de pie frente a la frase dorada, que me llamaba.

—¿Isaac? —La voz de Marco me rescató del trance, y abandoné la frase con una sensación extraña; una mezcla de hormigueo y emoción contenida que me hacía querer reír, reír muy fuerte.

Un rato después, recibí un mensaje de Verónica:

¿Lo hablamos?

Respondí enseguida:

¿Qué quieres hablar?

Su respuesta llegó varios minutos más tarde, cuando los tres nos habíamos sentado en un bar y habíamos pedido ya unas cañas.

> Las cosas se nos fueron de las manos.

Escribí y borré el mismo mensaje varias veces. Quise decirle que dejar a alguien tirado para marcharse con otro rollo era algo más que algo que se nos había ido de las manos, pero no encontré la forma de responder. En su siguiente mensaje escribió solamente:

> Perdona.

Y entonces yo me ablandé un poco, y me sentí tonto por ablandarme por tan poco... y respondí que ya hablaríamos.

Aquella tarde, al acabar, me despedí de Marco y acompañé a Daniel a casa. Cuando les dije que tenía asuntos por la zona, Marco puso mala cara (tal vez pensando que se trataba de Verónica) pero no hizo más preguntas. Esperé a que Daniel entrara y subiera las escaleras, y apoyé discretamente la mano en la puerta del portal para que no se cerrara del todo. Cuando escuché el ruido de la puerta de su casa al cerrarse, subí las escaleras hasta el piso de Helena.

En algún momento, entre el primer escalón y el último, pensé que era una locura. De todas formas, iba a verla en una semana, en la noche de cine que organizaban cerca del rocódromo, pues Daniel se había asegurado de que todos asistiríamos. Además, Helena podría no estar en casa o podría estar acompañada, o podría encontrarse allí sola y podría recibir todo aquello como algo absurdo y ridículo; pero no lo pensé mucho. No quise hacerlo.

Solo hice caso de ese cosquilleo que sentía desde que había descubierto de dónde venían aquellas líneas, aquellas letras, y llamé a la puerta tres veces, con aplomo.

Helena me recibió en chándal. Estaba descalza y, a pesar del frío de diciembre, llevaba una camiseta de tirantes que dejaba al descubierto sus hombros morenos... y dos lunares cerca de la base del cuello. Se había recogido parte del pelo y algunos mechones castaños escapan y caían a ambos lados de su rostro.

La expresión con la que me recibió, la forma en la que arqueó ligeramente las cejas... me gustó. Me gustó mucho.

—Isaac —me saludó.

Yo no respondí, pero tuvo que echarse a un lado cuando pasé, como un vendaval, sin pedir permiso ni darle explicaciones.

—¿Qué haces? —inquirió.

Sabía dónde estaba su cuarto de la última vez, así que no perdí el tiempo.

Escuché cómo Helena me seguía por detrás, completamente pasmada.

—¡Isaac! ¿Es que has perdido la cabeza?

En ese tono de alarma, creí percibir una nota de diversión, pero estaba demasiado concentrado como para asegurarlo. Me planté frente a su escritorio y, justo cuando sentí su mano en mi bíceps, encontré lo que necesitaba.

Me giré hacia ella con un rotulador en la mano que no vio al principio, porque me miraba a mí. Le había hecho dar un paso hacia atrás, hasta que su espalda había chocado con la pared. Me miraba perpleja, con unos ojos que acariciaban los tonos más cálidos del trigo, la mano todavía sobre mi brazo y los labios entreabiertos.

Me pasé la lengua por los míos sin pensar mucho en lo que hacía y me concentré.

Helena se quedó en silencio mientras tomaba su antebrazo. Me miró con curiosidad, casi como si contuviera el aliento, mientras lo levantaba entre el escaso espacio que quedaba entre los dos y me llevaba el rotulador a la boca para quitarle el tapón.

Lo mordí mientras empezaba a escribir sobre la piel de su brazo, cálida bajo mis dedos y me sorprendí a mí mismo dándome cuenta de que nunca había advertido algo que estaba ahí, en el fondo, como un aroma a algo dulce. ¿Lilas? Helena olía a verano y no me había dado cuenta tal vez porque nunca antes había estado tan cerca.

Cuando subí mis ojos hacia los suyos me di cuenta de que no miraba lo que estaba escribiendo en su piel; me miraba a mí. Me sonrojé un poco, tal vez porque dentro de casa hacía más calor, o tal vez porque acababa de invadir su espacio, o tal vez...

Carraspeé. Le devolví su brazo y di un paso atrás mientras volvía a ponerle el tapón al rotulador y lo dejaba en su escritorio.

Sin decir nada, sin que ella tampoco dijera nada, salí de su cuarto y volví a la puerta.

Helena me siguió; todavía sorprendida, un poco confusa y descolocada.

Y entonces el timbre de abajo sonó.

—Es Sofía —dijo.

Su voz sonó mucho más calmada que cuando me gritaba si había perdido la cabeza.

—Ah. —No supe qué decir—. Puedo...

Estuve a punto de ofrecerme a esconderme, pero me detuve a tiempo de decir algo que, a todas luces, habría sonado extraño y ridículo.

—Puedes quedarte, si quieres.

Durante un segundo, dos, tres... ninguno de los dos dijo nada y el silencio fue intenso y absoluto, y estuvo cargado de algo electrizante que no supe definir.

—Vale —respondí.

Era, probablemente, la interacción más rara que había tenido jamás con alguien. Y, sin embargo, funcionaba. Estaba cargada de sentido, de una complicidad rara y perfecta que encajaba.

Helena se acercó al interfono, abrió la puerta de abajo y se quedó conmigo en la puerta de la entrada, frente a mí.

Bajé la vista hacia su brazo, hasta su piel marcada, y levanté las cejas.

Ella entendió. No tuve que decir nada. Se marchó y volvió mientras se ponía una sudadera que tapara la frase que acababa de escribir en su piel.

Puede que Sofía se sorprendiera más al verme allí de lo que se había sorprendido Helena, pero las mentiras salieron de nuestras bocas con tanta suavidad, con tal convicción, que no vio nada extraño en que me hubiera pasado a saludar mientras estaba por la zona.

—Sabía que acabaríais llevándoos bien —dijo Sofía, mientras tomaba asiento en el sofá y nos esperaba allí, frente al televisor.

—Que nos llevemos bien es mucho decir —añadió Helena, divertida, y me dedicó una mirada significativa mientras tomaba asiento al lado de su amiga.

Me llevé una mano al pecho, fingiéndome ofendido, y me senté junto a ellas.

—Me hieres en lo más profundo.

Lo cierto es que nada así había pasado, no habíamos empezado a llevarnos mejor en ningún momento. Solo... solo nos provocábamos. Yo me metía con ella y ella se metía conmigo, y cada frase traía consigo un reto y un secreto emocionante. En algún momento, esa ira fría que sentía Helena por mí se había transformado en algo más cálido que era... interesante y divertido.

En algún momento, el gato de Helena, Willow, se presentó. Saltó de algún lugar desde la ventana y se acomodó con nosotros en el sofá. Me dejó hacerle alguna carantoña antes de volver a desaparecer.

Cuando mi móvil sonó en los bolsillos de mis vaqueros y leí las primeras líneas de un mensaje larguísimo, interminable, Sofía preguntó al instante:

—¿Verónica?

—¿Es que solo puede mandarme mensajes ella? —repliqué yo—. Hay más gente que se acuerda de mí, ¿sabéis?

Pero no se equivocaba. Ignorando, al parecer, mi propuesta de hablar más adelante, Verónica había escrito un mensaje larguísimo, lleno de excusas y explicaciones... y exigencias. Que terminaba con un «me gustaría verte ahora. Estaré en mi piso si quieres venir». Y sí que quería. Claro que sí. Cuando se trataba de Verónica siempre había dicho que sí.

Pero Sofía comentaba algo sobre la protagonista de la película, que estaba a punto de hacer algo terriblemente estúpido como encerrarse en casa con el asesino en serie; y Helena había perdido la vista en algún lugar lejos de la pantalla mientras se daba golpecitos en el antebrazo, pensando seguramente dónde había escuchado antes esa frase que le había escrito, y volví a guardar el móvil en el bolsillo.

—¿No tienes calor con esa sudadera? Aquí dentro no hace tanto frío como en la calle.

Helena arqueó las cejas y me dedicó una mirada que podría haberme atravesado.

—Estoy muy bien, gracias.

Me quedé con ellas hasta que terminó la película. Entonces me levanté con Sofía y ambos nos despedimos. Me di cuenta de que tardaba más de la cuenta en decir adiós y, cuando habló, comprendí por qué.

—¿Hoy tampoco has quedado con Álex? —preguntó, vacilante.

—No.

—¿No podía o...?

Helena apretó los labios.

—Es complicado —respondió solamente, y yo capté el tono, la mirada discreta, la mirada de complicidad entre las dos.

Ya las había oído aquella noche en el Ryley's, cuando todos habíamos bebido suficiente como para que probablemente no importara. Ahora, sin embargo, no había cerveza de por medio. Así que di un paso atrás, y después otro, y me aparté sin decir nada, camino de las escaleras, para darles intimidad.

Helena me dedicó una mirada curiosa, pero no dijo nada, y creo que aceptó lo que ofrecía, porque aún compartieron un par de frases, más bajito, mientras esperaba a que Sofía se reuniera conmigo.

Cuando llegué a casa aquella noche, busqué el número de Helena y abrí una conversación. Lo tenía del grupo que compartíamos los seis, pero nunca lo había usado.

Tuve ganas de decirle algo. Había mucho que decir: la frase del Barrio de las Letras, las sábanas manchadas y mis pies de gato... Me habría encantado preguntarle cuándo y cómo descubrió lo de las bragas. Pero, por otro lado...

Escribí y borré un saludo cutre unas tres veces y, al final, decidí volver a guardar el móvil.

36
HELENA E ISAAC

Aquel domingo comí con mis padres y mi hermano. Nuestra relación se había estrechado un poco durante los últimos meses. Después de lo de Nico, me habían pedido que volviera a casa, pero respetaron que no lo hiciera. Quizá no me pasaba por allí tanto como les habría gustado a ellos, pero todos nos estábamos esforzando; sobre todo mi madre, que últimamente intentaba limitar sus interrogatorios y sus miradas llenas de preocupación, aunque a veces no le saliera bien.

También había empezado a hablar más con mi tía.

Desde fuera, mi relación con Laura podría parecer la misma que los últimos años: nos veíamos poco y apenas coincidíamos en fechas señaladas. Sin embargo, tras lo ocurrido con Nico, habíamos empezado a hablar más y había descubierto que me gustaba sentirla cerca y poder hacer preguntas que sabía que otra persona no me respondería, no con la misma sinceridad.

No volví a ver a Isaac hasta una semana después; una semana en la que no conseguí descubrir a dónde pertenecía esa frase: «¿Si puede robar una idea de la mente de alguien, por qué no puede plantar una?».

Incluso después de habérmela borrado con largas duchas de agua caliente y jabón, seguía mirando todavía mi antebrazo, imaginando el trazo regular de su bonita caligrafía, preguntándome de dónde habría salido aquella vez.

La última era de un puñetero anuncio de los Chocapics, así que cualquier cosa era posible.

Ese fin de semana quedamos para la noche de cine que celebraban todos los viernes y todos los sábados en un garito que quedaba cerca del rocódromo. Todos los meses cambiaban las películas que, por otra parte, nunca eran estrenos.

Eran pequeñas salas sin butacas; solo con sofás y sillones que no combinaban ni entre sí ni con el mobiliario. Las pantallas blancas a menudo estaban un poco torcidas y los proyectores no eran de buena calidad, pero hacían las mejores palomitas de todo Madrid, y puede que del mundo entero. Además, me vendría bien para escribir una recopilación sobre planes baratos y diferentes que subir a mi perfil.

Aquella noche la elección estaba clara. Echaban *Orgullo y Prejuicio*, la versión con Kiera Knightley, y todos queríamos verla salvo Marco e Isaac, que votarían inútilmente por ver cualquiera de las otras opciones.

Cuando llegamos, sin embargo, no ocurrió lo que pensaba.

Marco votó por *Origen*, Eva y Sofía votaron por *Orgullo y Prejuicio*, también Daniel y, mientras Marco increpaba a Daniel por la traición y yo me preparaba para dar el voto que nos concedería la aplastante victoria, noté un golpecito en el hombro.

—Deberías ver *Origen*.

Isaac no me miraba. Tenía los ojos clavados en nuestros amigos, ajenos a su intervención. No obstante, sonreía. Había un atisbo de sonrisa canalla en esos labios un poco curvados, un poco divertidos.

—¿Qué?

—Ya habrás visto antes *Origen*, ¿no? La segunda vez es mejor. Captas más *matices*.

Sus ojos verdes me atravesaron; una ceja ligeramente arqueada.

—Helena —insistió Sofía, que al parecer me esperaba, como los demás.

Me mordí los labios.

Iban a matarme. Lentamente. Me matarían lentamente.

—*Origen.*

—¡¿Qué?! —exclamó Sofía.

—Yo también voto por ella. —Sonrió Isaac, mientras Daniel suspiraba por el empate y Eva protestaba.

—¿Por qué? —me interrogó Sofía—. ¿Por qué votas tú por *Origen* teniendo *Orgullo y prejuicio*?

Me encogí levemente de hombros, porque era más fácil que decir: «es que estoy jugando a algo extraño y emocionante con Isaac, sobre lo que ni siquiera hablamos entre nosotros».

—Creo que tenemos un empate —dijo Marco—. Piedra, papel o tijera.

Si queríamos llegar a tiempo, no podíamos detenernos a discutir, así que jugué contra Daniel y gané.

Entramos a ver *Origen*. La sala no era muy grande y, aun así, como no había demasiados espectadores, pudimos coger los mejores asientos: sofás, sillones y butacas moderadamente cómodas que compartimos entre todos y que movimos hasta las primeras filas cuando ningún acomodador miraba. No había muchas personas dispuestas a gastar dinero en un cine cutre porque no sabían lo que se perdían.

Cuando empezó la película, me di cuenta de que Sofía, que de vez en cuando se inclinaba para comentar algo, no daba crédito por lo atenta que parecía yo, que lo estaba de verdad, porque quería descubrir dónde se encontraba la cita.

Fue entonces, cuando las luces apagadas, el equipo de sonido barato y la mala acústica me tenían completamente absorta, cuando escuché la frase, mi frase; pues de alguna manera ahora la sentía mía, quizá un poco de Isaac también.

«¿Si puede robar una idea de la mente de alguien por qué no puede plantar una?».

Ahí estaba. No la habría adivinado en años, pero Isaac sabía qué películas echarían ese fin de semana, y sabía que me convencería con facilidad.

Cuando lo busqué, al otro lado de los asientos, me di cuenta de que él ya me estaba mirando. Probablemente me habría estado observando todo ese tiempo. Me pregunté qué pensaría, qué vería al mirarme así, en la oscuridad, mientras descubría un secreto entre los dos.

Bajo la luz de una lámpara olvidada en la esquina, el verde de sus ojos tenía un tono oscuro especial, lleno de sombras y recovecos.

Le dediqué una mirada y, sin decir nada, me puse en pie. Saqué algo del bolso discretamente y me excusé para ir al baño. Por el camino me tropecé un par de veces con las butacas y odié con toda mi alma que Isaac estuviera mirando.

Lo del brazo había sido una tregua. Él se había pasado con las bragas y yo me había pasado con las sábanas. Después de aquello, mientras Isaac averiguaba que mi frase se encontraba en el Barrio de las Letras, yo me preparaba para una venganza peor. Pintarme en el brazo fue como tender un puente, tenderme la mano: una ofrenda de paz que iba a tomar.

De lo contrario, quién sabía a dónde podría llevarnos aquello.

Así que entré en el único baño que había allí, en un pasillo oscuro entre dos salas. Saqué la barra de labios que había cogido del bolsillo y empecé a escribir.

«Julieta, la noche no es un momento, pero un momento puede durar toda la noche».

Cuando me di la vuelta y me encontré con una figura en la puerta del pequeño cuartucho, casi se me sale el corazón del pecho, pero reconocí enseguida la silueta alta, los hombros fuertes y esa mirada donde brillaba la curiosidad.

Durante unos instantes ninguno de los dos se movió.

No dijo nada; yo tampoco. Así era el juego. Así eran las normas.

Di un paso hacia la salida, y después otro. Isaac se echó a un lado cuando fui a pasar, pero estaba cerca, muy cerca. Aunque se pegó a la pared, yo tuve que pegarme a él. Di un par de pasos con la vista en nuestros pies, pero antes de llegar a la puerta se me ocurrió alzar los ojos, me topé con los suyos y ya no fui capaz de moverme.

Una respiración. Dos.

De pronto, sentí sus dedos en la oscuridad. Sus dedos largos, hábiles, que alzaron mi mano entre los dos.

Tardé un rato en comprender lo que me ofrecía: era una guía, una ayuda. Para pasar por su lado, llegar al final.

Tragué saliva y en cuanto salí del cuarto solté su mano como si quemara.

Eché a andar de vuelta a la sala de cine mientras sentía cómo el calor subía a mis mejillas, tal vez porque alguien del cine podría haberme pillado y explicarlo me habría costado mucho.

No entré enseguida. Me quedé allí unos segundos, lo justo para acostumbrarme a la emoción que latía en los mismos dedos que habían trazado la frase con la barra de labios.

No era ingenua: Isaac era atractivo. Me lo había parecido desde el principio, pero tenía suficiente sentido común para que eso no importase lo más mínimo. Y ahora que empezábamos a conocernos a través de pequeños secretos, que empezaba a ver otras facetas de él que también resultaban atractivas más allá de lo obvio, estaba Álex. Y yo jamás le habría hecho eso.

A pesar de que aún no sabía si estaba dispuesta a darle algo más de mí misma, nunca le habría hecho algo así. Sin embargo, la atracción era diferente. Muchos hombres me resultaban atractivos, y a él le resultarían atractivas muchas mujeres. Podía mantener la sinceridad intacta entre los dos mientras aquello no fuera más lejos. El único escenario en el que no me sentiría cómoda sería uno en el que esa atracción fuese acompañada de algo más.

Y eso no iba a pasar.

Si no me había enamorado de Álex en todo aquel tiempo (Álex, que era la opción correcta, la mejor elección), no sentiría nada parecido por nadie. Así que podía reconocerme a mí misma, sin culpa, la atracción que sentía por otros hombres; incluso si uno de ellos era Isaac.

Regresé a mi asiento y esperé con el corazón agitado hasta que Isaac volvió, se sentó al otro lado y ninguno habló de nuevo con el otro en toda la noche.

Debía admitirlo: estar con Álex era sencillo, y tenía la sensación de que con el tiempo podría ser casi tan fácil como lo era estar con Eva o con Daniel o con Sofía. Por eso me sentí un poquito mal por haberle dado excusas durante tantos días. No estaba bien y no tenía sentido. ¿Por qué no querer pasar una tarde agradable con alguien que te hacía sentir en paz, que te hacía sentir bien?

Salimos a pasear y volvimos a mi piso antes de lo previsto a causa de la lluvia. En el portal nos cruzamos con Marco y, cuando nos propuso subir al piso de Daniel, yo supe que debería haberle dado largas; sin embargo, no pude evitarlo.

Me gustaba estar con Álex, pero me gustaba más cuando estábamos todos juntos. ¿Era eso malo?

A Álex le caían bien los demás, así que no le pareció mal subir un rato y no puso pegas; aunque era amable y complaciente y dudaba que fuera capaz de decirme que no incluso si le hubiese molestado.

En cuanto Daniel nos abrió la puerta, el sol me cegó.

Sí, el sol.

En lo que tardamos en subir las escaleras, el sol había vuelto a salir y entraba por las ventanas. La luz se colaba incluso por los resquicios que quedaban en la cristalera del balcón. Lo habíamos despejado muchas veces, pero algunas ramas se empeñaban en seguir creciendo, como si quisieran entrar en casa. Allí, recortado a contraluz, reconocí enseguida a Isaac, que llevaba algo entre las manos.

Saludamos a Daniel y yo avancé. No me di cuenta de que lo que Isaac llevaba era un libro hasta que el propio Daniel lo señaló.

—No preguntéis. Ha aparecido hace dos horas y desde hace un rato está leyendo a Shakespeare.

Cuando lo entendí, tuve que ahogar una carcajada que, aun así, escucharon.

Le vi levantar los ojos hacia nosotros, como si no nos hubiera escuchado llegar, y me pareció que sus ojos se iluminaban un poco cuando me miraban a mí.

Estaba leyendo *Romeo y Julieta*. No podía ser. No podía ser verdad.

Cuando Daniel me ofreció algo de beber, le pedí una Coca-Cola, porque al día siguiente trabajaba por la mañana, tenía un seminario al que asistir y un artículo que subir a mi perfil; él me miró como si lo hubiera ultrajado.

Álex y yo nos sentamos en un sofá mientras Isaac continuaba leyendo.

—¿Sabes que Lorca también tenía un personaje al que llamó Julieta? —pregunté, en voz alta.

—¿Lorca? —se sorprendió Álex.

Asentí. No lo miré a él, miré a Isaac, pendiente de cada una de mis palabras.

—No era un personaje como tal; era, más bien, un disfraz.

Daniel se sentó a mi lado.

—¿En qué poema?

—Obra de teatro —lo corregí.

—Ah, ya. Entonces, ya... —Se frotó los ojos con los dedos—. A Nico le gustaba *El público.* Yo nunca la entendí del todo.

La mención de su nombre ya no hacía que me faltara el aire ni que me ardieran los pulmones, pero aún se me secaba la garganta; me sabía a sal y a arena, como si la hubiera tragado a puñados.

—Creo que él tuvo que leerla varias veces para entenderla. —Sonreí un poco, porque de pronto era consciente de la tensión sobre los hombros de Daniel, de esa mirada un poco triste y preocupada. Me giré hacia Isaac—. Lorca también habla de una Julieta.

Isaac asintió levemente. Con lentitud, cerró el libro que tenía entre las manos y lo devolvió al cuarto de Daniel.

37

NICO Y HELENA

Esa semana llovió mucho, llovió muchísimo... Las noticias retransmitieron que, en algunas zonas de la comunidad, los ríos se habían desbordado y los locales se habían inundado.

Yo me enteré después. Lo supe por un comentario que hizo Eva sobre lo harta que estaba de la lluvia; respondí que no me parecía para tanto. Resultó que a Helena tampoco le había molestado.

Así fue esa semana: fuera llovía y dentro... Dentro hacía sol a todas horas, por todas las esquinas.

Había mandado imprimir una fotografía tamaño póster de la Torre de Cristal y me había subido al escritorio de mi cuarto para pegarlo en el techo y tapar con él el socavón.

Le había dicho a Helena que ahora había dos cosas ahí arriba sobre las que ninguno podíamos hablar, y desde entonces el póster estaba ahí. También había habido cambios en mi escritorio, que se había llenado de algunas revistas y periódicos que yo había empezado a ojear. Y me gustaba; me gustaba mucho que su presencia se notara en mi habitación.

Los primeros días después de aquella primera vez habían sido difíciles; no porque estar juntos no fuera fácil, sino por lo complicado que resultaba quitarse las manos de encima.

Buscábamos cualquier excusa para vernos a solas, cualquier instante era un buen momento para robarle un beso al otro, o tal vez más. Helena venía a buscarme entre clase y clase y yo la acompañaba a la salida del Palacete del Té camino del rocódromo.

Aquellos días yo perdí muchas clases y Helena se saltó unos cuantos entrenamientos.

Éramos un desastre; impredecibles, insensatos, irresponsables... Y nos encantaba.

Dejamos de pensar en las consecuencias y nos abandonamos a una sensación electrizante que nos consumía por completo. A mí, al menos, me anulaba. Era una fuerza incontrolable, unas ganas terribles de estar con ella, de hablar, de saber lo que pensaba, de escuchar su voz, de entrelazar mis dedos con los suyos.

Hicimos muchas tonterías, como aquella tarde.

Fuimos al rocódromo aunque fuera diluviase. Eva me obligó a llevarme su paraguas antes de salir de casa y, aun así, llegué empapado.

Después de secarnos un poco, de ponernos los pies de gato y prepararnos para las vías, nos encontramos con que el rocódromo estaba cerrado.

Se había inundado.

Nos quedamos allí de pie, al otro lado de las vallas que habían colocado para impedir el paso. El agua había tomado la parte de atrás y, aunque apenas había dos palmos, era suficiente como para que supusiera un problema si no conseguían sacarla rápido. Dependiendo de los daños, quizá tuvieran que cerrar el rocódromo durante un tiempo. De momento, el resto de salas permanecían abiertas, pero tal vez acabarían cerrándolas también.

—¿Quieres quedarte un rato? —pregunté.

Helena echó una larga mirada al exterior, donde la tormenta era tan intensa y había oscurecido tanto el cielo que prácticamente parecía haber anochecido.

—Tampoco parece que podamos hacer mucho más, ¿no te parece?

—Puede que sí, que lo mejor sea esperar a que pase la tempestad —coincidí—. Entonces, ¿musculación, cardio...?

Helena se recogió parte del pelo en una coleta mal hecha.

—Tengo otra idea, pero no te va a gustar.

Me eché a reír.

—Entonces diré que no.

—Dirás que sí, porque merecerá la pena.

Los labios de Helena tiraron un poco hacia arriba, de forma sutil y delicada, mientras un brillo que ya había visto antes surgía en sus ojos dorados. Supe que no se equivocaba. Podría haberme pedido que subiéramos al tejado, y le habría dicho que sí sin hacer preguntas.

Me tomó de la mano y me derretí ante el contacto, tan natural y sencillo, como si lleváramos toda la vida haciéndolo.

Esa sensación de tranquilidad se vio sustituida enseguida por otra muy diferente, que nacía en la punta de los dedos y ascendía hasta el estómago mientras Helena tiraba de mí. Nos acercamos a la valla y supe enseguida lo que hacía.

—Nos verán, Helena —le dije, mirando a ambos lados—. Las vías están justo enfrente. Cualquiera que se asome...

—No vamos a subir a las vías —replicó.

En cuanto se aseguró de que nadie miraba volvió a pegar un tirón más fuerte de mí y el corazón se me subió a la garganta cuando pasamos tras la valla y echamos a correr.

Era realmente silenciosa corriendo con esa elegancia innata que la caracterizaba, tan ligera y libre tanto en tierra como en las alturas.

Corrimos por el pasillo precintado hasta llegar a la siguiente puerta y, ahí, Helena volvió a mirar a los lados antes de salir corriendo otra vez.

Llegué casi sin aliento a la zona de gradas del segundo piso. No daban al rocódromo, sino a la cancha contigua, que también había sido precintada; pero sí que estaban conectadas con él. Si subías hasta la última hilera de las gradas y te asomabas al otro lado podías ver las vías inundadas, y a los operarios trabajando para achicar el agua cuanto antes.

—¿Y ahora qué? —pregunté, en un murmullo.

Helena alzó los ojos hacia los míos y después más arriba.

Estuve a punto de decir que no podíamos hacerlo, pero estaría mintiendo. Ambos sabíamos que sí.

Dejamos las bolsas con la cuerda de escalada y el resto del equipo en el suelo. La tomé de la mano y nos acercamos hasta el borde de las gradas, hasta la pared. No fue complicado llegar al primer saliente, y después al siguiente. Subirse a un alfeizar que servía para colgar pancartas y carteles publicitarios y seguir ascendiendo sin mirar abajo, sin un solo ruido.

Durante unos metros permanecimos suspendidos sobre las vías, completamente al descubierto. Si alguno de los que estaba abajo sentía el impulso de mirar arriba nos descubriría en la pared. No quería ni pensar en lo que ocurriría.

Llegamos a la primera viga y, después, en la cima, todo fue mucho más fácil. Nos movimos entre los focos y los cables en silencio, sin decir nada, hasta que llegamos al centro.

A nuestros pies quedaban las vías inundadas, el suelo cubierto de una capa amarillenta de agua, los operarios con botas altas cavilando y debatiendo y los encargados haciendo llamadas telefónicas.

Desde aquí estábamos a la par de los grandes ventanales por los que aún se veía la tormenta que horas atrás nos había parecido tan poca cosa.

—Ophelia tiene esos ventanales.

Helena me miró con curiosidad.

—¿Has conseguido verla por dentro?

—No. Pero tiene que tenerlos; los tendrá.

Se echó a reír.

—Me gustaría tener tanta fe como tienes tú.

—No es fe, es esperanza.

Ella sacudió la cabeza.

—Es fe. Sabes que ocurrirá, que en algún lugar, en algún momento, Ophelia será una realidad. Me gustaría tener esa clase de fe, un sueño... casi un plan.

Me quedé pensativo. Habíamos hablado mucho, pero había cosas de ella que aún no comprendía, que aún desconocía, y quería saberlas todas.

—¿Sigues sin un plan?

—¿Además del viaje al norte que te robé? —Sonrió—. Sí.

—Algo tienes que tener en mente.

—Tenía en mente la Torre de Cristal, pero me parece que es algo de lo que ya no podemos hablar.

Ambos sonreímos.

—¿Qué había después?

Se encogió de hombros.

—Estaba la carrera, el periodismo, las historias que quería escribir... Pero dejó de tener sentido. —Se miró los pies, gravitando sobre una caída vertical que a muchos no les permitiría abrir los ojos.

No estaba seguro de si era algo de lo que podíamos hablar. Helena había acabado contándonos lo que había ocurrido en realidad el día de la escalada en libre de la fachada de su universidad, pero la situación no había cambiado demasiado desde entonces. Seguía trabajando en el Palacete del Té y, hasta donde yo sabía, no tenía intención de volver a la universidad...

—¿Por qué?

—Porque pensaba que no tendría tiempo para terminar nada de lo que empezara.

—Ahora sabes que sí lo tendrás —repliqué.

—O puede que no.

Me quedé en silencio un segundo.

—O puede que no —repetí, reconociéndoselo. Creo que no esperaba que dijera aquello, porque me miró y ladeó la cabeza—. Pero es un poco deprimente no hacer nada mientras esperas a averiguarlo, ¿no?

Lo dije con suavidad, prudente. Helena levantó una mano de la viga para apartarse un rizo de la cara. Volvió a mirar abajo, a sus pies, al vacío.

—No pretendo esperar siempre.

Alcé las cejas, sorprendido. Deslicé mi mano hasta posarla sobre la suya.

—Me alegra escuchar eso.

Ella me devolvió la sonrisa, pero no volvimos a sacar el tema. Esa confesión, que sonaba a promesa, era más que suficiente.

Así que nos quedamos allí arriba y vimos cómo la tormenta seguía fuera. Pasado un rato, bajamos entre risas que apenas podíamos acallar, y conseguimos volver sin que nadie se diera cuenta.

Volvimos a besarnos a la salida del rocódromo, cobijados junto a la puerta mientras nos decidíamos a salir a pesar de cómo llovía.

Llegamos a casa empapados y no nos importó. De nuevo, en ese instante, dejó de importar que Madrid fuera el centro de un diluvio. Dejaron de importar los planes que teníamos o los que nos faltaban. No importaron tampoco las clases de la universidad o el trabajo, y el futuro se redujo al instante siguiente a aquel. Sus manos sobre mi pecho, mis labios sobre su clavícula, la ropa en el suelo...

El 19 de marzo por la mañana, Eva, Sofía, Helena y yo fuimos al cine a ver un maratón del universo de *Expediente Warren*. Daniel se había apuntado al principio, pero renunció a la idea al descubrir cuánto tiempo tendría que estar sentado. Dijo que aprovecharía para ordenar el piso y todos fingimos que nos lo creíamos.

Creo que Sofía llegó a pensar de *verdad* que era cierto, pues se ofreció a ayudarlo cuando regresáramos. Sabíamos que no aguantaríamos todos los pases, de todas formas.

Íbamos por la segunda película cuando me llegó un mensaje al móvil. No hice caso de la primera vibración en mis vaqueros. Podría mirarlo en el siguiente descanso. Sin embargo, cuando se convirtió en algo tan constante y tan continuo que pareció una llamada, tuve que sacarlo del bolsillo para comprobar que no fuera nada importante.

Solté un bufido.

—Daniel —susurré, para que me escucharan las demás.

Ninguna hizo más preguntas.

Silencié el móvil con rapidez y volví a guardarlo.

Estábamos a punto de llegar al final de aquella película y al segundo descanso, cuando escuchamos cómo se abrían las puertas del cine, quebrando un silencio que estropeó un poco la tensión del momento.

Una figura que debía de volver del baño se dirigió a la primera fila, pero no se sentó. Continuó a la segunda. La recorrió de arriba abajo.

—¿Un acomodador? —preguntó Eva, a mi lado.

—No lleva linterna —oí que respondía Sofía.

Vimos cómo la figura desaparecía momentáneamente. Se había caído. Helena se tapó la boca con las manos para no reírse en alto, pero había bastantes personas pendientes de aquel individuo.

Siguió subiendo y lo vimos entrar también en la tercera fila.

—¿Qué narices hace?

No importó que habláramos porque, para entonces, un murmullo apagado se extendía por la sala. Todos estábamos atentos.

Le vimos repetir lo mismo en la cuarta, y en la quinta. Entraba por un lado y salía por el otro, y recorría todo el pasillo de arriba abajo tropezándose. Para la sexta yo desistí e intenté disfrutar del final de la película. Vi que Helena seguía mirándolo de reojo, aunque quisiera obviarlo, porque la curiosidad podía con ella.

Cuando le quedaban un par de filas para llegar a la nuestra, Sofía dejó escapar una exclamación ahogada. No había pasado nada en la película; tampoco miraba en dirección a la pantalla. La vi agarrar muy fuerte el brazo de Eva.

—Que es Daniel.

Seguí la dirección de sus ojos.

Helena se rio por lo bajo, incrédula. No creo que estuviese acostumbrada a las salidas de Daniel, porque acostumbrarse a sus arrebatos era una tarea imposible.

—¿Pero a dónde vas, imbécil? —pregunté, tal vez demasiado alto, para que me escuchara.

Un par de filas por debajo, Daniel levantó la cabeza, muy estirado, y empezó a pedir disculpas para volver a salir por donde había entrado.

Daniel entró como un elefante en nuestra fila, molestando a quienes teníamos al lado, mientras se abría paso hasta nosotros, completamente ajeno a las miradas. Helena tuvo que levantar las palomitas para que él no las tirara cuando se arrojó al suelo, frente a mí, y me agarró de las manos.

Un fogonazo en la pantalla iluminó su rostro, y entonces vi su expresión, sus ojos, el sudor en la frente... y me agobié.

—¿Qué pasa? ¿Estás bien?

Mierda. Si había ocurrido algo grave me iba a sentir fatal por haber ignorado sus mensajes.

—Ophelia... —farfulló, con la voz prácticamente ahogada, como si no le quedara aliento.

Sonó como un juguete con pilas tóxicas.

—Joder, Daniel. No me asustes.

—¡Es bueno! ¡Es bueno! —murmuró, zarandeando mis manos.

Estaba temblando.

Vi que Helena hacía un intento de apoyar la mano en su hombro, pero el imbécil se movía tanto, se movía tantísimo...

—Oh, dios mío. ¡Nico! —soltó, sin ser capaz de decir nada más, y me abrazó el regazo.

Luego sacó un papel del bolsillo y me lo puso en las manos, mirando por primera vez a los lados, como si de pronto le importara la gente que teníamos alrededor, gente pendiente del espectáculo que estábamos dando.

—¿Pero qué crees que estás haciendo?

—Cállate, idiota —replicó, y me agarró la cara con las manos. Me miró intensamente antes de acercarse a mi oído—. Que nos ha tocado la lotería de Navidad.

Luego pasaron dos cosas. Primero, Helena gritó y Eva susurró:

—Estamos en marzo.

Después nos echaron de la sala. Aunque, técnicamente, no llegaron a hacerlo: vimos entrar al acomodador con la linterna, acompañado de algún espectador que debía de estar hasta las narices, y los cinco nos pusimos en pie.

No dejó de hablar. Mientras bajamos las escaleras, prácticamente a la carrera, se colgó de mi brazo para seguir farfullando ideas que solo entendí a trozos.

Escuché solo vagamente cómo Sofía se disculpaba y me pareció escuchar que Eva mencionaba algo de un problema médico. Imaginé que planeaba partirle las piernas a Daniel; ese debía de ser el problema médico.

Para cuando llegamos fuera, Daniel empezó a gritar.

Todo ocurrió deprisa.

Volvió a enseñarme el boleto de Navidad, aquel que había comprado el día que habíamos ido a nadar, y se sacó el móvil del bolsillo mientras explicaba algo muy nervioso.

—Entonces, ¿es verdad? —preguntó Helena, cuando conseguimos salir a la calle.

Daniel la miró y, por primera vez desde que habíamos bajado de nuestro sitio, se quedó callado dos segundos, tres, cuatro.

—Sí —respondió. Me miró a mí, con los ojos muy abiertos—. Se me olvidó que lo había comprado.

Empecé a ser consciente de lo que estaba diciendo entonces.

Me quedé blanco.

—¿Se te olvidó comprobar el boleto de Navidad?

—Sí.

—¿Y es un boleto premiado? —pregunté.

Eva se acercó para agarrarme del brazo mientras miraba la pantalla de su móvil. Sofía se llevó la mano a la boca.

—Muy premiado —respondió Eva.

Me enseñó la pantalla.

Casi me da un ataque. Un cortocircuito. De pronto, mis neuronas dejaron de hacer conexión y me convertí en una masa de nervios sin sentido como Daniel. Nos pusimos a saltar como dos locos.

Después, Sofía nos detuvo. Preguntó, casi entre lágrimas:

—¿Qué día es? Oh, mierda. ¡¿Qué día es?!

Había gente paseando a nuestro alrededor. Todos se apartaban un poco cuando llegaban a nuestra altura.

—Solo hay tres meses para cobrar los premios —explicó. Parecía de verdad a punto de llorar.

Daniel se agarró el pecho con la mano. No creo que estuviera siendo dramático.

—Diecinueve. Es diecinueve —aseguró Eva, al cabo de unos segundos en los que subí a la Torre de Cristal y bajé, y volví a subir hasta quedarme sin aire—. Quedan tres días.

Perdimos el culo para cobrar el boleto. Fuimos a un quiosco de lotería y nos dijeron que no podríamos cobrarlo allí, que debíamos ir al banco. El hombre que nos atendió no se sorprendió mucho. No creo que nos tomase en serio. No dejaba de mirarnos como si llevásemos una cámara oculta.

No sé qué debieron de pensar cuándo nos vieron como cinco imbéciles, contentísimos tres meses después del sorteo, aparecer por el banco incapaces de articular dos frases con sentido para cobrar un premio que casi perdemos.

—¿Qué dices? El boleto era tuyo —repuse, cuando él insistió para que diese mi número de cuenta.

—Ya te dije que era para Ophelia. Todo para Ophelia —aseguró, y volvió a gesticular, como desentendiéndose, para que me diera prisa.

El tipo que nos atendía nos miraba de hito en hito. Dos trabajadores más se habían acercado a mirar también desde la puerta de la sala en la que nos habían dejado entrar a los cinco.

—Es muy generoso por tu parte, pero...

—Ya te dije para qué era. Te lo dije desde el principio —afirmó, muy seguro.

Sacudí la cabeza.

—Tenemos que hablar eso. Cóbralo tú y lo hablamos. Lo hablaremos.

Al final lo convencí para que hicieran el ingreso a su nombre.

Nos marchamos a casa sin creérnoslo mucho.

38

ISAAC. CUARTA CANCIÓN

Aún no sabíamos lo que hacíamos.

Puede que en el fondo, muy en el fondo, una parte más sincera de mí lo intuyese; pero tampoco habría llegado a comprenderlo del todo, era imposible.

Algo entre los dos, unas raíces doradas e inexplicables, crecían y se estiraban mientras aprendimos a confesarnos secretos sin voz.

Lo único de lo que era consciente entonces era de las posibilidades, de los caminos infinitos. Buscaba formas de sorprenderla; formas que también me sorprenderían a mí. Todo empezaba siempre con un «¿y si...?».

Entre el «y si» y el beso, nos enseñamos las cicatrices en enero.

39

HELENA E ISAAC

A Isaac no le gustaba la escalada, ni la natación. Quizá ni siquiera le gustara su propio grupo de música. A Isaac lo que le gustaba era ganar.

Lo vi aquella tarde en la que acabamos nadando en la piscina del polideportivo. Desde que puso un pie dentro, no dejó de retar a los demás: a ver quién llegaba antes al otro lado, a ver quién saltaba más lejos, a ver quién era el más rápido a espalda...

Lo peor era cuando los demás lo retaban a él, e Isaac... Isaac, por supuesto, aceptaba todos y cada uno de los retos, como cuando subió al trampolín, con todos sus músculos tatuados flexionados mientras se preparaba y saltaba con gracia al agua. Un salto limpio, impecable, que atrajo varias miradas además de las nuestras.

Unos segundos más tarde, intentaba cruzar la piscina de lado a lado sin salir a respirar.

—¿Cuál sería el equivalente a tirarlo de la pared? —pregunté, en voz alta—. ¿Estaría muy mal si lo ahogo un poquito?

Eva dejó escapar una risa.

—Si lo retas quizá ni siquiera tengas que esforzarte; lo hará solito para ganar.

Marco, que también observaba cómo Isaac atravesaba la piscina de lado a lado, se giró hacia nosotras, divertido.

—¿Desde cuándo nada? —pregunté.

Se encogió de hombros.

—Creo que empezó en el instituto.

—¿Y con el bajo?

—También —respondió—. Lo único con lo que empezó más tarde fue con la escalada. El primer año de universidad.

Isaac salió por el otro lado de la piscina en ese momento. Tomó una gran bocanada de aire que espantó a dos señoras que descansaban cerca y se quitó las gafas mientras miraba hacia nosotros y lanzaba un puño al aire en señal de victoria.

Arqueé las cejas, algo desconcertada. No se lo diría a él, pero, por su nivel, pensaba que llevaba más tiempo escalando. Había quien, con disciplina y compromiso, aprendía en poco tiempo. Sin embargo, no creía que Isaac tuviera mucho de eso. Tal vez me equivocaba.

Salté al agua blandamente y eché a nadar hacia él, atravesando las dos calles que nos separaban.

—¿A dónde vas? —preguntó Sofía.

—A bajarle los humos. —Les eché un vistazo mientras me alejaba—. Si no nadáis pronto, nos echarán.

Daniel hizo un gesto con la mano, como restándole importancia. Los demás tampoco parecían estar muy preocupados por llevar más tiempo sentados en el borde que haciendo largos.

Me acerqué hasta Isaac, que ocupaba una de las calles él solo. Quizá la intensidad de lo que hacía, de todo lo que hacía, había mantenido a los demás alejados.

De cerca vi que tenía las mejillas un poco sonrojadas por el esfuerzo, los labios enrojecidos y algo hinchados, y su pecho subía y bajaba por la fatiga.

No iba a darle tregua.

—Vamos —le dije—. Me juego lo que quieras a que no consigues ganarme.

Soltó una carcajada un poco ronca.

—¿Lo que quiera? —Jadeó.

—Lo que quieras.

Sus ojos bajaron un instante. Fue breve, apenas un vistazo que hizo que me tensara un poco.

—Está bien —decidió, sin pensárselo mucho—. Si ganas tú, puedes pedirme que haga lo que quieras por ti. Carta blanca: te haré la colada o iré a hacerte la cena un día que estés cansada. Si gano yo, será al revés.

Me mordí el labio inferior. Una carta blanca en manos de Isaac podía ser peligrosa, pero él estaba muy cansado y yo estaba muy dispuesta a hacer trampas, así que me encogí de hombros con indolencia, acepté y... me impulsé para salir disparada al otro lado, sin avisar.

Durante unos segundos no escuché nada salvo las burbujas a mi alrededor, la explosiva sensación de atravesar el agua, el propio ruido ensordecedor de mis pies rompiendo la calma de la superficie cuando empecé a nadar con fuerza.

Me di cuenta de que intentaba adelantarme poco después. Yo no nadaba, así que no tenía la técnica que tenía él, ni tenía la envergadura de su espalda y sus brazos, pero le llevaba un poquito de ventaja que no pensaba perder.

Y le di una patada; premeditada e intencionadamente.

Una parte de mí no podía creerse lo que acababa de hacer, a la otra le hizo una gracia terrible.

Apenas quedaban unos metros. Con esa fuerza volvería a alcanzarme en cualquier momento, pero, si volvía a darle otra patada, tal vez lograra tocar el borde antes que él.

No tuve tiempo para comprobarlo.

De pronto, sentí un tirón en el tobillo y la forma abrupta en la que me detuve me dejó sin aire en los pulmones.

Vi a Isaac adelantarme sin contemplaciones. Eché a nadar de nuevo, intentando recuperar el ritmo, pero fue tarde.

Isaac llegó al otro lado, apoyó un brazo poderoso en el borde y me esperó allí con una sonrisa exultante.

—¡¿Me has dado una patada?! —casi gritó.

El escándalo no ocultaba su diversión.

Me acerqué nadando los últimos metros que me separaban de él.

—Una patadita —maticé, mientras me deslizaba hacia el borde.

Isaac dejó escapar una carcajada grave, profunda.

—Espera, espera. —Se quitó las gafas de bucear y se pasó la mano por los ojos, y después por la mandíbula—. Quiero verte la cara cuando empieces a dar excusas sobre por qué, incluso así, has perdido.

—Quizá porque me has agarrado del tobillo.

—¿Eso he hecho? —Se llevó una mano al pecho.

—Si yo te hubiera agarrado del tobillo también te habría ganado en el rocódromo.

—Pero no lo hiciste, ¿verdad? Y ahora nunca lo sabremos. —Me dedicó una sonrisa canalla gigantesca, radiante.

Sentí el impulso de empujarlo, pero imaginé que iniciar una guerra que no podía ganar podría tener consecuencias catastróficas para mí. Así que me alejé un poco y después un poco más, hasta que acabé impulsándome para sentarme en borde, junto al trampolín del que lo habíamos visto lanzarse antes.

Isaac, a pesar de todo, estaba fatigado. Jadeaba un poco por el esfuerzo, como yo, y volvía a tener las mejillas acaloradas.

De pronto, sentí sus dedos aferrándose a mi tobillo. Otra vez.

—Tienes unos tobillos preciosos, por cierto —me dijo, un poco sin aliento.

Aparté el pie inmediatamente y él rio.

—Puedes intentar tirarme al agua, y puedes esperar a que te mate después —le respondí.

Isaac se pasó la lengua por el labio inferior. Volvió a quitarse el agua de la cara con una mano y me dedicó una mirada que, esta vez, no se detuvo en mi rostro. Le vi bajar un poco por el hombro, y después por las clavículas. Descendió después por mi pecho y bajó ligeramente. Se detuvo ahí unos segundos, en mis costillas.

Y yo cogí aire.

No me importaban las cicatrices, pero sí que me importaban las preguntas que provocaban. Preguntas que, a veces, no se formulaban en voz alta. Eso era peor.

Mientras bajaba aún más los ojos, hasta mi cadera y después hasta el muslo derecho, donde había una cicatriz vertical larga, larguísima, prácticamente hasta la rodilla, me pregunté si debería haberme puesto un bañador que al menos tapase la de las costillas.

Pero aquel bikini me gustaba mucho, muchísimo.

Le devolví a Isaac la mirada, esperando que volviera a mis ojos, que se diera cuenta de que no los había apartado. Cuando lo hizo, no vi vergüenza en ellos, tampoco una compasión contra la que ya había luchado mucho. Ni siquiera vi preguntas que quedarían sin formular.

—En cicatrices sí que me ganas —comentó de pronto, haciéndome enarcar las cejas. Se dio la vuelta un poco—. Yo tengo una aquí, en el hombro izquierdo.

Sorprendida, seguí sus movimientos mientras se giraba frente a mí y, además de la marca que señalaba, vi la tinta de un tatuaje que ya había intuido en alguna ocasión antes, alguna vez que se había cambiado la camiseta delante de todos.

Se agarró al borde, junto a mí, y tuve que hacerle hueco cuando se sentó justo al lado, rodilla contra rodilla, pues el trampolín no dejaba mucho espacio.

—Aquí también —señaló, mostrándome una cicatriz irregular en el lado izquierdo de la cintura—. Y aquí. —Me enseñó otra por encima de la rodilla, justo por debajo de un tatuaje que no había visto hasta hoy: un diseño floral en el que, de vez en cuando, asomaba la silueta de una serpiente.

De pronto, sentí sus dedos sobre mi barbilla. Fue un toque ligerísimo que, sin embargo, consiguió tensarme un poco. Solo quería que mirara su propio cuello, pues inmediatamente después levantó el mentón y giró un poco la cabeza.

—Esta la comparto contigo, o casi. La mía está más abajo.

Observé sus ojos clavados en los míos, la curva de sus pómulos y la línea dura de su mandíbula. Luego vi la cicatriz.

—Es horrible —le dije, con humor—. ¿Cuándo te desfiguraste así?

Isaac dejó escapar una carcajada y saltó de nuevo al agua, sin importarle que me salpicara al hacerlo. Se colocó frente a mis piernas.

—Casi todas son de la roca.

—¿Escalas en la roca? —Me sorprendí.

—Cuando puedo. —No permitió que siguiera preguntando—. Esta me es ligeramente familiar —dijo, dedicando un rápido vistazo a mi muslo izquierdo, donde aún persistía la marca de los puntos recientes—. ¿Qué les dijiste a tus amigos?

Eché un rápido vistazo a donde estaban. Me habían hecho caso. Al menos, ahora estaban dentro del agua.

—La verdad, claro: que me lo hice escalando en el rocódromo.

Isaac arqueó una ceja elegante.

—¿No había sido contra la esquina de un edificio?

—Del edificio del rocódromo —respondí, rápida.

Isaac volvió a reír y, a pesar del tema, a pesar de aquello sobre lo que estábamos hablando, me entraron ganas de reír también; pero me contuve.

Isaac se acercó un poco más. Sus ojos se posaron sobre la cicatriz más grande, la que atravesaba mi muslo derecho de arriba abajo. Sus dedos volaron sobre ella y la rozó con aire distraído, provocando que me estremeciera.

—Esta otra también la conocía.

«Del día de urgencias», pensé. Me pregunté si lo sabría, si Marco o Daniel le habrían contado cómo había ocurrido.

—La que tienes en las costillas es nueva para mí —añadió—. ¿Hay más?

Parpadeé.

—Creo que hay pocos lugares donde esconder más —contesté.

Isaac deslizó una rápida mirada por mi cuerpo que no me pasó desapercibida. No creo que se esforzara mucho por ocultarlo ni que estuviera acostumbrado a hacerlo.

—¿Son de caídas?

—Algunas sí. Las peores no.

Abrió ligeramente la boca.

—Oh, ya.

Así que lo sabía. Sí que se lo habían contado.

Esperé la mirada, las preguntas que no se formularían, y entonces hizo algo que no esperaba.

—¿Cómo fueron las heridas?

Me quedé observándolo, asimilando lo que me estaba preguntando. Carraspeé un poco. Moví la pierna derecha.

—Me sacaron un trozo de metal y perdí mucha sangre. —Luego señalé mi costado—. Se me rompieron dos costillas y me perforaron el pulmón.

Isaac hizo un gesto. Torció los labios y ladeó la cabeza y a mí me pilló por sorpresa porque... bueno, porque todo el mundo evitaba hacer gestos.

—Qué putada. ¿Tienes secuelas físicas?

«Físicas».

—No. Los médicos dijeron que tuve mucha suerte.

Isaac bufó.

—Qué imbécil. —Solté una risa corta, rápida, sorprendida—. A mí me parece una mala suerte de la hostia. No te voy a preguntar por las secuelas psicológicas.

—Vale...

—Porque sé que probablemente por eso vayas por ahí abriéndote el otro muslo contra esquinas. —Hizo un gesto con la mano y lo señaló con una floritura que le quedó muy cómica.

—Tampoco es como si lo hubiera planeado —me defendí, todavía perpleja por el hilo de la conversación.

—Tampoco es como si lo fueras evitando —replicó, y se echó un poco hacia atrás cuando me moví.

Pensó que iba a darle una patada. Sonreí un poco. Él también lo hizo. Volvió a acercarse.

—Esta no es mi peor cicatriz, pero es la más tonta —me dijo, de pronto, y me mostró su bíceps derecho—. Me caí en el laboratorio el primer año de enfermería. Reventé una probeta y tuvieron que sacarme los pedazos de cristal uno a uno. Me estropeó el tatuaje.

Era verdad. En un diseño de dos calaveras besándose había pequeñas marcas, pequeñas rugosidades, que interrumpían un poco la tinta en el interior del bíceps.

—Te quedan bien las cicatrices —lo provoqué—. Van con esa pinta de irresponsable que tienes.

Lejos de parecer molesto, soltó una carcajada y se acercó a mis piernas para darme un golpecito con el puño.

—A ti también te quedan bien. ¿La revancha? —preguntó, y miró en dirección al otro lado.

La verdad es que no me veía capaz de ganarlo y, si una carta blanca para pedirme lo que quisiera ya me parecía peligroso, dos me parecía un exceso de estupidez.

—Acepto mi derrota con trampas.

—Trampas que tú has hecho, sí. Exactamente.

Nadó un poco hacia atrás, alejándose. Yo me reí.

Tal vez no se acordara. Tal vez lo dejara pasar.

—Me reservo tu castigo por perder para otra ocasión.

Sonrió ampliamente, torciendo un poco las comisuras de su boca. No me pasó desapercibida la elección de palabras. El «castigo», y no el premio.

Dejé que se marchara. Me dije a mí misma que, conociéndolo, sabiendo el desastre que era, podría olvidarse antes de cobrárselo.

Pronto descubriría que me equivocaba.

40

ISAAC Y HELENA

Nos salió un bolo; un bolo pequeñito, insignificante, en el que casi pagamos nosotros por actuar. Íbamos a ocupar el lugar de un grupo que se había caído; sin tiempo, ni preparación, con las protestas de Mateo, que opinaba que no habíamos ensayado lo suficiente: tenía razón.

Marco nos obligó a los dos a decir que sí. Porque era una oportunidad, porque nos lo pasaríamos bien... bla bla. Nunca antes había tocado en un local. Marco y yo ensayábamos juntos y escribíamos canciones desde el instituto, pero siempre habíamos sido solo los dos. A mí no me parecía mal actuar, en realidad; Mateo, en cambio, se presentó a la prueba de sonido a regañadientes.

Se trataba de un garito que quedaba lejos de todo, de cualquier parte de Madrid. El sitio no era feo, pero estaba mal iluminado y la entrada de atrás quedaba lejos del escenario, así que habían sido largos y tediosos viajes hasta montar todo el equipo.

Marco y Mateo ultimaban algún detalle que a nuestro guitarrista debía de encantarle, a juzgar por su expresión de hastío, y yo aproveché para alejarme un poco, sentarme en la barra y beber una cerveza que, al menos, era gratis.

Me giré cuando escuché una risa que ya era conocida, cantarina, bonita, con un deje de cierto descontrol al final. Y divisé enseguida la melenita castaña de Helena, atravesando la puerta mientras miraba a su alrededor con curiosidad. Sus ojos me encontraron rápido, demasiado pronto, porque me descubrieron mirándola.

Se había pintado los labios de rojo y todavía tenía las puntas del pelo un poco húmedas.

En otro escenario diferente, yo ya habría estado levantándome dispuesto a cometer un montón de estupideces con ella; me había dado cuenta de ello el mismo día que nos habían presentado. No solo era algo físico (algo *obviamente* físico), pues Helena tenía ese aspecto por el que unos años atrás, más joven y con las hormonas más disparadas, habría estado dispuesto a saltar de algún sitio peligroso y potencialmente mortal solo para impresionarla y robarle un par de besos. Había algo más: un brillo perdido en el fondo de esos ojos castaños que a veces, bajo el sol, parecían dorados; una valentía a veces disfrazada de imprudencia en sus subidas en el rocódromo; una sonrisa que florecía cuando creía que nadie la observaba...

Había algo por lo que habría cometido un montón de insensateces y lo sabía. Pero, poco después de conocerla, ella había empezado a ver a Álex: ese satélite periférico que gravitaba a su alrededor y cuya existencia trazaba a ratos una línea que, por mi bien, procuraba no fantasear con traspasar.

Casi nunca.

Y también estaba el asunto de la patada. Esa patada la había enfadado muchísimo. Me pasé los dedos por los labios, intentando ocultar una sonrisa al recordarlo.

Si Álex no hubiera existido, esa ira pasional me habría frenado. O no.

Tras Helena, entraban el resto de nuestros amigos, que me dedicaron un saludo antes de ir hacia el escenario.

Sus ojos se cruzaron con los míos y, tras compartir un par de frases con Álex, que caminaba a su lado, me sonrió ligeramente y echó a andar hacia mí. Él decidió acompañar al resto.

—Hola —me saludó. Y se volvió enseguida en la barra para pedir lo que supuse que eran las bebidas de todos.

—¿Un día duro? —bromeé.

Helena me dedicó una sonrisa que no le llegó a los ojos.

—En realidad, sí. —Me sorprendió—. Pero todo esto no lo solucionaría.

—¿Seguro que no? A mí me suele funcionar.

—¿Tú tienes días duros? —Arqueó las cejas, divertida—. ¿Cuando alguien te gana a algo, por ejemplo?

—Por ejemplo —respondí—. O cuando me encuentro ante un desastre inminente.

No me hizo falta señalar a los demás, en el escenario, para que siguiera la dirección de mi mirada y lo entendiera.

—Me muero de ganas por escucharte cantar —confesó, sin ocultar su diversión—. No te pega mucho. ¿Estás seguro de que sabes cómo hacerlo?

Me llevé una mano al pecho, fingiéndome herido.

—Vaya, gracias, y justo antes de subir ahí arriba. Muy bonito, Helena.

Se mordió los labios. Unos labios preciosos resaltados con ese rojo intenso.

—Es que no te imagino, ¿sabes?

—Y yo no imaginaba que fueras tan mala —respondí—. Bueno, sí. Sí que lo imaginaba. Te lo dije la primera noche que me enseñaste las bragas.

—No puedes referirte a esa noche así —me amonestó, bajando un poco el tono de voz.

—¿Y cómo me refiero a ella? —Le di un trago a mi cerveza, hasta acabármela, y un vistazo a un grupo considerable de gente que entraba me hizo desear pedir otra, pero una parte irritante y responsable de mí sabía que no debía.

—No te refieras a ella. —Sonrió—. Será mejor para todos.

En ese momento se acercaba Álex. No se quedó mucho, pues tras un saludo se llevó algunas de las bebidas para dárselas a los demás, pero eso evitó que siguiéramos hablando.

Terminamos de prepararnos y, para cuando llegó la hora, ya había allí un número alarmante de personas que nos escucharían tocar; decidí no pensar mucho en ello.

Nos subimos al escenario, preparados para empezar, y los minutos que pasaron entre que apagaron la música y el tipo que nos presentaba empezó a hablar se hicieron eternos. Tras bajar la intensidad de las luces sobre el escenario nos dieron paso: ¡Star Zone 7! Teníamos suerte de que no le importáramos una mierda a nadie y de que no nos preguntaran por el nombre del grupo. Daniel fue el que nos había conseguido ese bolo y, cuando le habían preguntado por teléfono cómo debían apuntarnos, Marco había soltado lo primero que se le había pasado por la cabeza: Star Zone. Al transmitirlo, Daniel había recibido un largo silencio al otro lado de la línea y, presa de los nervios, había añadido el 7. Quién hubiera pensado que para poder actuar necesitaríamos un nombre...

Mateo comenzó con un solo de guitarra y entonces, en nuestra cabeza, en aquel escenario y sin proponérnoslo, dejamos de ser teloneros de última hora. De pronto, la canción rompió y Marco y yo entramos con todas nuestras fuerzas, con toda nuestra energía. El público se emocionó (o tal vez fuera parte de la ilusión, pero no nos importó). Lo dimos todo y, cuando empecé a cantar, cuando por fin me escucharon, hubo algo ahí abajo que estalló. Algo explotó y brilló y saltó, con nosotros.

No pude evitarlo; lo hice casi sin pensar. Antes de que me diera cuenta, estaba buscando a Helena entre el público. La vi un poco apartada, sentada en la barra con Álex. Él sí que bailaba un poco, igual que Daniel, igual que Sofía y Eva.

Helena no. Helena me miraba. Vi algo en esos ojos, algo parecido a la admiración, a la emoción. Me gustó verlo ahí, en esos ojos dorados que eran difícilmente impresionables; pues ella solita ya era en sí misma una sorpresa imposible de prever.

Nos extenuamos en la primera canción, pero no nos detuvimos. Antes de poder parar, antes de que quienes estaban ahí abajo tuvieran tiempo de recuperar el aliento, empezamos a tocar de nuevo; una canción más instrumental, sin mucha letra, con un estribillo en el que nos entregamos al máximo.

Canción tras canción, hicimos nuestra la música, y la pista. En algún momento, me di cuenta de que todos se acercaban al escenario; también Helena. Los vi allí abajo, bailando con pasión, como si fueran nuestros fans más acérrimos. Quizá lo fueran.

Y cuando terminamos, cuando agotamos las canciones y Daniel inició una campaña con un «¡otra, otra, otra...!» que el público, que debía de llevar unas cuantas copas de más, aceptó, me volví hacia Marco y hacía Mateo y tapé el micrófono.

A Mateo no le hizo gracia la idea. A mí me dio igual.

Me giré hacia el público.

—La última canción es para una chica —dije. Quienes estaban ahí abajo aullaron, completamente metidos en su papel. Yo también abracé el mío. Bajé la voz, oscurecí el tono—. Una chica muy especial que se encuentra hoy entre el público. —Alguien gritó. Varias voces más se le unieron. Me pasé la lengua por los labios e hice mi mejor interpretación, todavía sin empezar a cantar, con mi voz más grave—. Una chica que parece un ángel... —Marco empezó a hacer sonar la batería muy suave. Mateo tocó un par de acordes—. Una chica que anda como un ángel, que habla como un ángel...

Busqué a Helena, y la encontré mirándome a los ojos. Si albergaba alguna duda sobre si lo entendería o no, sobre si se acordaría de aquella canción con la que había empezado nuestro juego, desapareció en cuanto la vi sonreír.

Empecé a cantar. Los demás empezaron a tocar.

But I got wise.

You're the devil in disguise. Oh yes you are!

Se volvieron locos.

Nosotros también. Tocamos y nos movimos y dejamos en aquel escenario hasta la última gota de energía, hasta que me quedé sin aliento y acabé la canción exhausto, jadeante y contento.

Cuando sonó la última nota, se hizo un silencio un poco tenso y después el público estalló en aplausos y ovaciones. El mismo tipo de antes subió para anunciar que ahora subiría el grupo principal, nosotros saludamos y dimos las gracias antes de ponernos a desmontar a toda prisa.

Mientras recogía, escuchaba, de manera entrecortada y por encima de la música del local, las voces que Daniel le daba a Marco. Entusiasmado, estaba entusiasmado. Entre un par de halagos y apreciaciones entusiastas oí también la promesa de unas cuantas obscenidades para cuando volvieran al piso que debieron de escandalizar a Marco.

Le pasé un brazo por los hombros cuando bajamos del escenario para reunirnos con los demás.

—Alguien se lo va a pasar fenomenal esta noche —le dije.

—Cierra la boca —respondió, un poco avergonzado—. Hemos estado genial, ¿o no?

Él también estaba cansado, y sudoroso, y había una chispa de sonrojo en sus mejillas oscuras.

—No ha estado mal —dijo Mateo, sin muchas ganas.

—Ha estado espectacular —repliqué yo, ignorándolo por completo.

Mateo se marchó enseguida; recogió sus cosas y nos dejó con nuestros amigos después de una cerveza que prácticamente se tragó. A Marco le dio un poco de pena.

El siguiente grupo no nos pudo importar menos. Celebramos nuestra propia actuación a nuestra manera. Creo que a todos nos sorprendía un poco que hubiera salido tan bien.

Cuando vi a Helena sentada en un taburete, observando a nuestros amigos bailar y saltar y perder la cabeza, me acerqué a ella para recuperar un poco el aliento.

—Cantas bien. —Fue su saludo. Lo dijo como si le sorprendiera.

—Ya lo sé —respondí. Busqué otro taburete a nuestro alrededor, y al no encontrarlo, me dejé caer contra la pared—. Se me da bien... prácticamente todo.

Helena se rio.

—Me ha gustado sobre todo la última canción.

—Ah, ¿sí?

Dio un trago a su botellín de cerveza y luego se llevó los dedos a la comisura de la boca, para recoger una gota invisible.

—He bailado, e incluso la he cantado un poquito.

—Te he visto.

—¿Me mirabas? No entiendo por qué.

Sonreí un poco. Ella también.

—¿Por eso pareces tan cansada? ¿Por haberlo dado todo en la pista? ¿O tiene que ver con el día duro que has tenido?

Helena movió la cabeza hacia un lado, y después hacia otro, como si intentara quitarse un peso de los hombros.

—Es que no me gustan los viernes.

Levanté un poco las cejas.

Bajo las luces del local, su pelo castaño parecía un poco más oscuro, pero sus ojos dorados continuaban brillando desde la última canción, aunque era verdad que parecían cansados.

—Creía que eso pasaba solo con los lunes.

—Los lunes son fáciles —respondió—. Te levantas sabiendo que va a ser un día largo, aburrido y un poco duro. Ya lo sabes. No hay sorpresas. —Se encogió de hombros—. Los viernes pueden ser igual de largos y nunca sabes qué esperar. Durante toda la semana te mantienes a flote pensando que el viernes está cerca, pero el viernes llega y tú te sientes igual, o incluso un poquito peor, porque nada ha cambiado.

La miré. Me quedé mirándola porque no parecía una confesión a la que pudiera responder con cualquier gilipollez. No lo parecía y, aun así...

—Menuda mierda.

Helena se giró también para mirarme y se rio un poco.

—Pareces escandalizado porque piense así.

—No porque pienses así, sino porque... porque tiene que ser una basura. ¿Qué es lo que no ha cambiado desde el lunes?

Pareció sorprenderse. Lo vi en la forma en la que ladeaba la cabeza, en la forma en la que me miraba. Abrió la boca, pero no llegué a escuchar su respuesta. Se detuvo, miró al frente y descubrí que se callaba porque una chica se acercaba a nosotros. No había otra posibilidad, ya que en esa esquina apartada no quedaba nadie más.

Me incorporé un poco cuando vi de quién se trataba.

El pelo largo, liso y oscuro. Los ojos marrones y bonitos.

—Isaac —me saludó con una sonrisa.

—Hola, Verónica —dije su nombre a propósito. Prefería que Helena supiera quién era.

Carraspeó un poco. Le dedicó un rápido repaso a Helena y después volvió a mirarme, interrogante. Yo no las presenté.

—Quería acercarme a saludar antes de que empezaras, pero no quería desconcentrarte. Habéis estado bien.

—Gracias.

—No sabía que me habías visto. —Parpadeé—. Y la canción... Bueno. —Se rio—. Al menos el comienzo era bonito. La dedicatoria lo era.

«Oh, vaya».

Vi que Helena se llevaba los dedos a la boca después de dar un trago con el que casi se atraganta.

Asentí, sin palabras.

Creía que era para ella. Sí que lo creía. Y además... ¿le había encantado? Bueno. No quería pararme a interpretar eso.

—¿Quieres salir a tomar el aire? —preguntó Verónica, con una sonrisa tímida.

No me lo esperaba, así que tardé unos instantes en ubicarme. Me giré hacia Helena, y ella debió de ver alguna clase de pregunta en mi mirada, porque me sonrió y dijo:

—Ve. Yo le diré a Marco que te has marchado. Nosotros ayudaremos con el equipo.

Porque daba por hecho que no volvería.

Era lo lógico; era lo que se esperaría.

Me giré hacia Verónica, que de pronto parecía encantada con Helena.

Articulé un «vale, gracias», y me aparté de la pared, del taburete y de Helena y dejé que Verónica me agarrara de la mano y volviera a introducirme en el gentío. Me guio a través de la multitud, atravesamos la pista, pasamos junto a la barra y continuó dándome la mano hasta que llegamos a la puerta de atrás.

Antes de salir, sin embargo, algo hizo que me detuviera. Fue como un rumor, un susurro; como la sensación de estar a punto de caerte de una silla, constantemente.

Solté su mano. Una ráfaga de aire helado me acarició las mejillas cuando Verónica se giró para mirarme, confusa, ya sujetando la puerta.

—Creo que debería volver —le dije, a falta de una excusa que no fuera «me lo he pensado mejor y creo que no me apetece enrollarme contigo».

—¿Estás bien? —Frunció el ceño. Le extrañaba, claro que sí, porque yo nunca le había dicho que no a nada, y menos a un polvo.

—Sí —contesté.

Estuve a punto de añadir que estaba cansado y, de pronto, me di cuenta de que no le debía explicaciones ni excusas y de que, si pensaba que la estaba rechazando, de hecho, quizá... quizá fuera mejor.

—Que disfrutes del resto del concierto.

Me di la vuelta.

Estaría enfadada. Mierda. Se iba a enfadar muchísimo. Pero me daba igual.

Volví a atravesar la multitud. Pasé junto a la barra y llegué al otro lado, a aquella esquina en sombras que, sin embargo, parecía iluminada.

Y de nuevo sentí esa sensación como de estar a punto de caerme de la silla.

Helena se extrañó un poco al verme.

—Hay quien diría que esa rapidez es un problema. Sabes que en algunos ámbitos más rápido no es mejor, ¿no?

Me reí un poco, pero no repliqué, no continué con la provocación.

Me dejé caer a su lado de nuevo. Me aparté el pelo de la cara.

—¿Qué es lo que no ha cambiado?

—¿Cómo?

—Lo que no ha cambiado desde el lunes. ¿Qué es lo que sigue igual?

Helena abrió la boca, pero no fue capaz de responder enseguida. Le vi barajar la respuesta, seguramente maquillarla, quitarle importancia y, al final, respondió con una sinceridad que no podía ocultarse:

—Yo. Yo soy la que no ha cambiado desde el lunes.

41

DECIMOPRIMERA CARTA

Tú y yo hablábamos mucho, ¿verdad?

Empezamos a hacerlo aquella vez que subiste por mí a un tejado, aun sin conocerme demasiado; cuando me hablaste de tus sueños, tu mayor sueño: Ophelia.

Me contagiaste un poco, Nico. ¿Lo sabes? Me senté, te escuché y durante un tiempo sentí mío aquel sueño. Algún día lo conseguirías. Podía verlo con la misma nitidez; así de poderosa era tu pasión. Pagarías un alquiler al principio. Los primeros años serían complicados, pero lo sacaríamos adelante. Yo estaría a tu lado.

Si cierro los ojos veo las estanterías infinitas, esa escalera de caracol que tanto te habría gustado, la gran cristalera al fondo y los libros, cientos de libros igual que en tu cuarto, en tu salón, en toda tu casa.

No he tenido valor para hacer nada con ellos.

Quizá cuando haya terminado de leerlos todos y te haya conocido un poquito más a través de sus historias, reúna valor para donarlos y darles la segunda vida que se merecen.

Todos necesitamos una segunda oportunidad, ¿no crees?

Me pregunto si la tendrás, si la encontrarás en algún lugar.

Quizá también sea entre las páginas de un libro.

Quizá alguien escriba sobre ti y sobre los sueños azules que aquel verano se perdieron en el fondo del mar.

42
HELENA Y NICO

Las cosas no habían cambiado mucho desde el 19 de marzo. De hecho, no habían cambiado nada. Daniel insistió en que el premio de aquel boleto que casi se pierde era íntegramente para Ophelia, y se había negado a negociar con Nico.

«Si cuando llegue el momento de verdad quieres prestarme una parte...».

«No».

«Si quieres prestarme ahora una parte que...».

«No».

«Si quieres participar en...».

«No».

Aquel dinero sería para Ophelia, sin condiciones. Daniel no podía darle el dinero sin pasar por un sinfín de trámites legales y perder parte de él, así que decidieron que por el momento sería él quien lo guardaría.

Ese mismo día los cinco nos habíamos reunido en el piso de Daniel para intentar averiguar cuánto costaría poner en marcha Ophelia. Sin embargo, no habíamos sido capaces de descubrir si aquel local estaba a la venta o si se alquilaba; no había información en ninguna página. No obstante, habíamos visto los precios que tenían otros locales de la zona y había quedado claro que Nico necesitaba más. Tenía suficiente como para haberse lanzado, haber pagado las reparaciones, los primeros meses de alquiler, las facturas... y los libros. Pero habría tenido muy poco margen si Ophelia no funcionaba desde el principio, un margen ridículo, y había decidido esperar.

Meses después de habernos quedado tan cerca del sueño, aquel día Nico se había despedido por la mañana. Un beso, un «puedes quedarte hasta que regrese», y el sonido de la puerta de la calle al cerrarse.

Me desperté después, cuando el sol ya había salido por la ventana y anunciaba un inicio de mayo caluroso.

Olía a café. Quizá Nico lo había hecho antes de irse o tal vez era cosa de Eva. Cuando me estiré para desperezarme, mi mano chocó con algo y, de pronto, me vi sepultada por una avalancha que me hizo gritar.

No me di cuenta de que eran sus libros hasta que logré incorporarme y vi que había quebrado el precario equilibrio en el que se mantenían al lado de la cama.

Eva entró después, con una maceta entre las manos.

—Eh, eres tú.

Bajó la maceta. Me di cuenta de que tal vez la traía por algo; tal vez la traía para defenderse.

—¿Ibas a arrojarme la maceta?

—A ti no.

Me reí.

—¿A quién?

Se encogió de hombros. Llevaba una sudadera y unos pantalones cortos que a Sofía le habrían gustado mucho.

—Tampoco se la iba a arrojar. —La movió sobre las manos—. Era más bien para dar un golpe con ella.

—¿Ibas a pegar a Nico con la maceta?

—Sabía que se había marchado —se excusó—, pero no que tú te hubieras quedado.

—Ya, bueno... Dijo que no importaba. Creo. Estaba un poco dormida.

Nos quedamos en silencio, que Eva rompió dando un paso adelante y dejando la maceta sobre una pila de libros en el escritorio.

Se sentó en el borde de la cama.

—¿Tú no trabajas?

—Hoy libro. ¿Y tú? ¿No estudias?

—Debería. —Sonrió un poco—. Hace varios días que no veo a Sofía. ¿Ella también...?

—Finales, sí. Son muchos exámenes de golpe.

Volvimos a quedarnos en silencio.

—¿Qué estás estudiando ahora?

Eva se extrañó un poco. Lo vi en sus cejas, en sus ojos. Al principio habló como si pensara que era una pregunta cordial.

—Tengo los exámenes finales a la vuelta de la esquina. Hay un par de asignaturas que controlo. Otras, en cambio...

—¿Por ejemplo?

—Me encanta Lenguaje Humano, pero detesto Lingüística Aplicada.

—Hay una optativa de Lenguaje Humano en mi carrera —contesté—. La había —me corregí—. Bueno, la hay; aún la hay. Pero yo ya no...

—Ya.

Cogí aire, un poco incómoda; no con ella, ni siquiera con la situación: conmigo. De pronto, me sentía incómoda conmigo misma.

—Entonces, ¿qué tal es Lenguaje Humano?

Eva me lo contó, y seguimos hablando un rato; tanto que incluso se me olvidó que estaba sepultada bajo una pila de libros.

Seguimos hablando después, cuando salí de debajo de aquel desastre y la acompañé a la cocina.

Cuando se marchó a la universidad y me quedé a solas, me sentí triste y un poco perdida. Me sentí mal.

No era la primera vez.

Sin embargo, decidí dejar de pensar en ello y escogí uno de los libros de Nico. Me tumbé con él en el sofá e intenté ahuyentar el malestar, la sensación de vacío, la inquietud en la garganta, el hormigueo en las puntas de los dedos... Decidí no pensar. Decidí concentrarme en otra cosa.

Nico volvió al mediodía, un poco antes de que Willow se pasara por allí para volver a dejarnos un extraño obsequio.

—Tu gato sigue encontrando caracolas —le dije, a modo de saludo, mientras tomaba el pedacito que había traído entre sus fauces.

Nico se acercó, se agachó frente al sofá y la cogió.

—¿De dónde las sacará?

El aludido se incorporó desde la esquina del sofá y se quedó un rato así, contemplándonos.

—¿Qué nos querrá decir? —pregunté.

43

HELENA E ISAAC

—Yo. Yo soy la que no ha cambiado desde el lunes.

Tragué saliva, de pronto con la garganta seca.

Isaac me miraba y esperaba una explicación; una que quizá no podría darle, no si no entendía aquello.

Tal vez debería haber reculado. Tal vez debería haber inventado alguna patraña estúpida sobre los seminarios largos de los viernes o el cansancio de la semana o cualquier otra mentira que no fuese una gran mierda existencialista.

Y, sin embargo, hubo algo ahí, en esos ojos verdes, que pareció conectar con lo que dije. De alguna forma, como cuando nos retábamos en silencio, hubo comprensión, una especie de pacto, de reconocimiento.

Volvió a apartarse el pelo castaño de la frente.

—¿Qué vas a hacer este fin de semana?

—¿Qué?

—Obligaciones. ¿Tienes obligaciones? —preguntó.

Fruncí el ceño, confusa; pero sacudí la cabeza.

—Tengo que adelantar un par de trabajos y quería aprovechar que no tengo turno para entrenar, así que...

—¿Hay algo que te retenga en Madrid? —insistió.

Parpadeé, confusa y, por alguna razón... por alguna razón contesté:

—No.

—Bien. Diles a todos lo que ibas a contarles sobre Verónica, que la he visto y que me he marchado con ella. Marco se va a enfadar más por eso que por dejarlos tirados con el equipo. Ignóralo. Antes de que se enfade, diles que tú estás cansada y que te marchas también.

Sus dedos se aferraron a mi muñeca y tiraron ligeramente para obligarme a bajar del taburete.

—¿A dónde? ¿A dónde me marcho?

Sentí su mano como ascuas ardiendo contra mi espalda cuando la apoyó ahí, firme, y me empujó un poco hacia delante.

—Me acompañas o no. —Me miró a los ojos desde arriba, justo a mi lado—. No hay más información. Solo una excusa que inventarás y tu fuga por la puerta de atrás.

Nos quedamos así un segundo. Su cuerpo irradiaba calor. La música, a nuestro alrededor, no podía competir contra el silencio que se instaló entre los dos.

No respondí, pero una sonrisa suya me confirmó que averiguaba qué decidía. Eché a andar hacia nuestros amigos.

Y les solté todo aquel rollo de Verónica un poco descolgada de la realidad. Me quedé lo justo para escuchar un par de tacos de Marco, que maldijo a todos los antepasados de Isaac y, después, me volví hacia Álex.

Álex.

Mierda.

—Voy a marcharme ya. Estoy cansada.

—Vale. Te acompaño a tu piso.

—No —contesté. No tenía ni idea de qué estábamos haciendo, pero algo me decía que el plan de Isaac no contemplaba pasar por allí—. Voy a pedir un taxi. Hoy duermo en casa de mis padres y mi hermano.

—¿Con tus padres?

Asentí. Por dios... Dónde me estaba metiendo...

—Voy a pasar el fin de semana con ellos, tengo ganas de ver a Leo. Siento no habértelo dicho antes. Yo no...

—No importa. Te acompaño igual —decidió, con una sonrisa.

—De verdad que no, Álex. Te lo agradezco, pero viven lejos y luego tendrás que volver. No merece la pena pagar dos taxis para eso. Quédate y vuelve con los demás, ¿vale?

—Vale... ¿Seguro que...?

—¡Seguro!

Di dos pasos atrás.

Le pedí a Daniel que le echara un ojo a Willow mientras yo no estaba y aproveché que Sofía no andaba cerca para marcharme sin que lo notara; haría más preguntas y con ella no sería tan fácil mentir.

Así que di media vuelta, me puse la sudadera y salí a la calle por la puerta de atrás.

Cuando vi a Isaac doblar la esquina con su mochila echada al hombro, mi corazón se saltó un latido, tal vez porque no tenía ni idea de qué narices hacíamos.

—¿Lista? —preguntó.

—No. —Me reí—. Claro que no.

Él rio también.

—Estupendo.

Echamos a andar juntos, y llegamos al metro. Varias paradas, un trasbordo y varias paradas más después, llegamos a las afueras de Madrid.

Mientras caminábamos, me di cuenta de algo.

—¿Y si ven a Verónica? Habrá vuelto a entrar al bar.

Isaac se encogió de hombros. No parecía muy preocupado.

—Pensarán que me ha dejado tirado y que me he largado a lamerme las heridas otra vez.

Me pareció una buena explicación y estaba suficientemente preocupada por otras cosas como para seguir inquieta por ello.

No había un alma en la calle a aquellas horas y hacía demasiado frío para una única sudadera, pero no me quejé. Isaac, que llevaba solo una cazadora, tampoco. Cruzamos una carretera sin tráfico y echamos a andar por un camino sin asfaltar que ascendía rodeando un edificio en el que puertas y ventanas estaban tapiadas.

—Dios mío... —murmuré—. ¿He dicho que sí a mi propia muerte?

—Chisss.

—¿A dónde me llevas?

—Sin preguntas, ¿recuerdas? —respondió, tranquilo.

Apreté el paso cuando pareció olvidar que sus zancadas eran mucho más largas que las mías.

—Empiezo a arrepentirme.

De pronto, llegamos al único lugar con luces encendidas a la vista. Se trataba de un descampado vallado, con una pequeña garita de la que salía luz. Isaac saludó al tipo de dentro con una simple inclinación de cabeza y yo lo seguí sin la más mínima idea de lo que hacíamos allí.

Cuando se detuvo, la luz lejana de una farola me permitió ver la furgoneta frente a la que nos plantamos. No. Una furgoneta no...

—¿Es una ambulancia? —pregunté.

—Lo era. Es muy vieja.

Isaac le dio un par de golpecitos en la parte de atrás.

La observé bien. Empecé a rodearla, a mirar a su alrededor. Por sus formas rectangulares, anticuadas, sí que debía de ser vieja. Los rótulos que deberían haber anunciado lo que era, sin embargo, habían sido borrados.

Isaac sacó unas llaves de la mochila, las introdujo en la puerta y, cuando tiró...

Parpadeé.

—Vaya.

Abrió del todo las puertas de atrás para que pudiera pasar dentro.

En uno de los laterales había una pequeña encimera de madera sobre una cajonera de varias puertas. Más allá, justo tras los asientos del piloto y el copiloto, había un banco de madera de lado a lado. A mano izquierda, otro módulo de cajones sobre el que había varios cojines y mantas dobladas. En la pared, atado con varias correas, un colchón.

—¿Qué es esto?

—La estoy camperizando —me dijo—. O lo haría, si no estuviera tieso. —Se frotó el cuello con la mano—. La he estado acondicionando para poder viajar.

—¿A dónde?

Isaac entró conmigo y cerró las puertas. Nos quedamos a oscuras, pero mis ojos se acostumbraron enseguida a la tenue luz que entraba del exterior.

Pasó a mi lado; cerca, muy cerca. La ambulancia tenía suficiente altura como para que no tuviera que agacharse.

—No lo sé. No quiero un rumbo. Quiero arrancar el motor y perderme por el mundo durante al menos un año, a donde me lleve el viento.

Pasó por encima del banco de madera, dejó allí la mochila y lo vi acomodarse en el asiento del conductor.

No sabía qué me impresionaba más, que quisiera recorrer el mundo en una ambulancia o que se las hubiera apañado para guardar el secreto todo este tiempo. Esas cosas se contaban... Se contaban, ¿no?

Pasé a su lado y me senté también.

—¿Lo sabe alguien más?

—Marco. —Sonrió—. Pero no tiene muy claro qué estoy haciendo. Si te soy sincero, yo tampoco.

Se rio. Metió la llave y puso las manos en el volante.

—Voy a arrancar. Última oportunidad para echarte atrás.

Aquello era una locura; una absoluta locura.

No sabía a dónde íbamos, ni cuánto tiempo estaríamos allí. No se lo habíamos dicho a nadie y yo no llevaba más que el móvil y la cartera encima. Dudaba que Isaac llevara mucho más en esa mochila.

Pero él me miraba. Con las manos en el volante, dispuesto y listo, y yo no pude decir que no.

—¿Quieres dejarme en este barrio sola? Arranca ya.

Isaac sonrió, satisfecho. Arrancó el motor (no a la primera, ni a la segunda, sino a la tercera) y llevó la ambulancia hasta el final del recinto y, después, a través de las carreteras desiertas. Atravesamos más y más calles hasta que el tráfico volvió a aparecer y abandonamos Madrid.

Ya no hice más preguntas. No hizo falta.

Eran las tres de la mañana cuando puso una cinta, una puñetera cinta, y Elvis empezó a sonar a través del equipo cutre de la ambulancia.

—El sistema de audio es una de las mejoras para el final —puntualizó.

—¿Cuáles son las otras?

—¿Cortinas? —me dijo, con humor—. Y creo que si muevo algunos de los cajones habría sitio para un baño.

—¿Un baño entero?

—El colchón ahora es grande, pero si instalo uno más pequeño y muevo todo... Sí. Puedo poner un baño con ducha.

Silbé.

—Sí que es ambicioso.

—Algún día —respondió—. Con mucho más dinero para abandonarlo todo durante un año.

Me quedé un rato observándolo, quizá porque no habría imaginado que Isaac tuviera una aspiración tan... De hecho, no habría imaginado que tuviera ninguna aspiración, no así.

Siguió conduciendo un buen rato más, mientras las luces de la carretera y los carteles que pasaban a toda velocidad me adormecían. Su voz, una voz que cantando era aún más bonita de lo que habría imaginado, me espabiló un par de veces.

Ni siquiera parecía consciente de estar haciéndolo. Sonaba alguna melodía, y entonces le veía mover los labios, murmurar un par de estrofas y mover ligeramente los dedos sobre el volante.

Yo lo observé en silencio todas y cada una de las veces en las que pensaba que no lo miraba. Observé sin decir nada, envuelta en la bruma difusa de una noche que parecía a caballo entre el sueño y la realidad, más próxima a lo onírico que a lo real, hasta que la primera luz de la mañana empezó a iluminar el camino y entonces Isaac paró en una gasolinera a repostar.

—Necesitamos agua —me dijo, mientras paraba junto a uno de los surtidores—. Y comida. Quizá tú necesites algo más.

Le vi mirarme de reojo.

—Dado que no me dices a dónde vamos... Sí, quizá necesite algo más.

—Compra patatas, de esas con sabor a barbacoa. Y también las normales. Compra algo dulce y alguna chocolatina, y cereales. Compra manzanas también.

Arqueé las cejas.

—Manzanas.

—Sí. Manzanas.

—¿Quieres algo de beber además de agua?

—Mmmm... Té helado.

—Té helado.

—¿Puedes dejar de repetir lo que te digo con ese tonito?

Me mordí los labios. Me pasé las manos por el pelo y me estiré la ropa cuando bajé de la ambulancia y me encaminé al interior de la gasolinera.

Además de la comida y las bebidas, compré también un cepillo minúsculo y un tubo de pasta de dientes. Se lo enseñé en cuanto volví a entrar.

—Imagino que tú ya tendrás tu propio cepillo.

Me hizo un gesto mientras arrancaba y me señaló la parte de atrás.

—He ido almacenando algunas cosas por ahí.

Me moría por abrir todos esos cajones, pero no se lo dije. En lugar de eso, abrí una bolsa de patatas y empecé a comérmelas.

—Si vas a comer sin esperar a que volvamos a parar para que yo también pueda hacerlo, lo mínimo que puedes hacer por mí es darme alguna.

Le ofrecí la bolsa. Él negó con la cabeza.

—No voy a soltar el volante.

—¿Necesitas las dos manos para coger una patata?

—Venga. Dame una —insistió—. ¿De qué tienes miedo? ¿Crees que te voy a morder o algo así?

Puse los ojos en blanco y suspiré. Le tendí una patata y, efectivamente, me mordió los dedos. Solté un grito que lo divirtió aún más mientras sonreía con la boca llena.

—Qué infantil —le dije.

—Ya. Perdón. —Volvió a abrir la boca—. Era broma.

Lo miré de hito en hito. Isaac insistió.

Me negué.

—Venga. Que era broma.

Verlo con la boca abierta, un poco girado hacia mí, me estaba poniendo un poco nerviosa, así que estiré la mano, desconfiada.

Justo cuando volvió a cerrarla demasiado cerca de mis dedos los retiré con rapidez y esta vez no logró mordérmelos, pero sí que me los chupó.

Me entraron ganas de matarlo.

—Imbécil —masculé.

Volvió a reírse a todo pulmón.

No se atrevió a insistir para que volviera a darle patatas. Las sostuve y alargó la mano, como cualquier persona cuerda haría, para ir cogiéndolas de cuando en cuando.

Un par de horas después y dos botellas de agua más tarde, me ofrecí a relevarlo.

—No sabes a dónde vamos —replicó.

—Me da la impresión de que tú tampoco.

Sonrió. El muy canalla, sonrió. Estaba segura de que no lo sabía, pero no me dejó conducir.

—Duerme. Es muy tarde, o muy temprano; nunca sé qué se considera en estos casos. —Se encogió de hombros—. Y tú pareces cansada.

Lo estaba.

—¿Y tú?

—Dormiré después, en el colchón, que es mucho mejor que ese asiento. Así que... No te preocupes por mí.

No iba a discutir. A pesar de todo, Isaac parecía estar bastante espabilado y yo, que ya estaba cansada durante el concierto, ahora estaba agotada.

—Despiértame si necesitas algo —le dije.

Me quité la sudadera, hice una bola con ella y me la puse bajo la cabeza mientras me acomodaba contra el cristal.

Cuando volví a abrir los ojos, la ambulancia se había metido en un camino sin asfaltar que iba a provocarme un dolor de cabeza terrible. Me desperecé mientras miraba a mi alrededor y volvía a ponerme la sudadera, pues me había quedado bastante destemplada.

Habíamos entrado en un camino rodeado de árboles, donde la carretera nos obligaba a ir dando tumbos, cada vez más y más preocupantes. Isaac conducía carretera arriba, a través de las curvas y de los tramos donde prácticamente tenía que parar para salvar algún obstáculo.

—¿Dónde estamos? —pregunté.

Isaac me miró por el rabillo del ojo.

—En algún lugar de la costa de Portugal, me parece.

Me incorporé de golpe.

—¿Cómo dices?

De nuevo, ahí estaba esa sonrisa torcida, divertida, provocadora.

Volví a mirar por la ventanilla hasta que salimos del camino y nos adentramos en un prado más llano, amplio. Dejamos atrás la última hilera de árboles y, allí, frente a un cielo limpio y azul, Isaac detuvo la ambulancia.

El mar. Ahí al fondo, estaba el mar.

Podía escucharlo. Incluso desde dentro, oía ese rumor frío en mis oídos, esa canción helada.

—Joder —se me escapó.

Abrí la puerta antes de que pudiera hacerlo él, y poner el primer pie en el suelo trajo consigo una inesperada oleada de consciencia sobre lo que habíamos hecho, sobre las implicaciones.

—Joder.

Me llevé los dedos a la boca.

Apenas escuché la puerta del conductor al abrirse y después, otra vez al cerrarse.

—¿Es un «joder» bueno o es un «joder, Isaac, llévame de vuelta a casa»?

Me volví hacia él sin saber qué decirle.

Estábamos en la cima de un acantilado rocoso. Más allá, a ambos lados, la piedra erosionada se columpiaba sobre el mar. Allí, a sus pies, se atisbaba la arena salpicada de rocas. El sonido de las olas era todo cuanto se oía, además de los pájaros del bosque y del sonido de las gaviotas más allá.

La vista impresionante me trajo recuerdos. Algunos eran cálidos, otros arrastraban una sensación húmeda que se pegaba a los huesos; pero el tiempo me había concedido el don de deshacerme enseguida de ella.

Me miré los pies, en la tierra. Luego lo miré a él, a Isaac, y volví al presente enseguida.

—Estamos en la costa de Portugal —repetí.

Algo en mi expresión debió de hacerle gracia.

—Así es.

—Anoche estábamos en Madrid.

—Sí...

—En tu concierto... —continué—. Y ahora estamos...

—Sí, en la costa de Portugal. —Sonrió. Su rostro se ensombreció momentáneamente—. ¿Estás bien? ¿Quieres que...?

Se interrumpió cuando a mí se me escapó una carcajada y sacudí la cabeza. Vi que se relajaba un poco.

—Estoy bien. ¿Cuál es el plan? —quise saber.

Lo busqué con la mirada, empezando a sentir un hormigueo en la punta de los dedos; empezando a asimilar las dudas y las preguntas sin saber muy bien cómo formularlas.

Isaac se encogió de hombros.

—No hay plan —respondió—. El plan, ahora, es darme un baño y después voy a dormir.

Me froté los ojos. Miré al mar más allá. Hacía frío, debía de haber, como mucho, diez o doce grados y, sin embargo...

—Es un buen plan —me sorprendí diciendo.

Lo seguí mientras tomaba dos toallas grandes de uno de los cajones, echaba a andar hacia los acantilados y bajaba por unas escaleras de madera que habían visto días mejores.

No volví a decir nada. Había algo especial en el silencio que no era silencio, en ese rumor lejano del bosque, en el susurro del mar...

Vi cómo Isaac se quitaba la camiseta como si fuera parte de un sueño; tal vez necesitara dormir, tal vez lo surrealista de lo que hacíamos se había colado por las grietas de la realidad. Después se quitó los pantalones. Y yo me detuve en las flores rojas que crecían en los bordes de las rocas, por todas ellas, y las confundí con las flores que crecían sobre su rodilla derecha, donde se escondía una serpiente oscura. Reparé después en el resto de sus tatuajes, en las calaveras enamoradas de su bíceps, y en el diseño japonés de su espalda, donde varias flores partían una máscara siniestra y hermosa por la mitad.

Cuando se bajó los calzoncillos vi que aún me había quedado algún tatuaje más por ver. Sé que debí haber apartado la mirada, pero no podía hacerlo. Le vi dejar los calzoncillos sobre el resto de la ropa que se había ido quitando y echar a andar hacia la orilla, hacia el mar.

También me sentí como en un sueño cuando yo misma me quité la camiseta y las zapatillas y los vaqueros, y me detuve ahí porque el resto me pareció demasiado incluso para tratarse de un fragmento más de ese cuadro de la locura.

El frío de enero me besó la piel y yo lo acepté como un ancla a la realidad.

Fui tras él y pisé las huellas que había dejado sobre la arena ignorando los escalofríos y la piel sensible por el aire helado. Un pie, después el otro. Avancé dando zancadas innecesariamente largas, continuando exactamente su mismo recorrido, hasta que las puntas de los dedos de mis pies rozaron el agua.

Me dio la sensación de que estaba más caliente de lo que sentía el aire, pero aun así estaba fría, muy fría. Y no me importó.

Alcé la vista y volví a ver su culo mientras se adentraba en las aguas cubiertas de rocas, hasta que desapareció bajo ellas y ya solo pude ver su espalda.

Lo imité, paso a paso, hasta que la frialdad del agua me robó el aliento y me arrancó una exclamación que le hizo volverse hacia mí.

—Ten cuidado —me advirtió—. No avances más. Hay muchas rocas.

Le vi hundirse y volver a salir, también con un grito contenido, antes de apartarse el pelo húmedo de la cara con ambas manos.

El sol lo iluminó cuando se echó a reír y escuché en aquella risa parte de la respuesta a las dudas que bullían en mi interior.

44

ISAAC Y HELENA

Tenía a Helena frente a mí, mirándome. Lo miraba todo.

El mar más allá, las olas que rompían contra las rocas un poco a la izquierda, el bosque ahí arriba, las escaleras por las que habíamos bajado...

Fue un baño rápido. Vi a Helena sumergirse y volver a emerger, reír y gritar y, después, salir corriendo a la arena, hacia las toallas.

Se envolvió con una de ellas mientras yo temblaba a su lado. No todo era por el frío. Había más, mucho más. Corrimos de vuelta a la ambulancia prácticamente sin murmurar una sola palabra y allí, después de secarme como pude, preparé el colchón para que ocupara todo el espacio. Eché encima los cojines y algunas mantas y observé cómo Helena se sentaba después, envuelta por completo con la toalla.

Su pelo se había oscurecido por la humedad, tenía los labios más rojizos por el frío y las mejillas encendidas.

Busqué en uno de los cajones y me puse unos calzoncillos y una camiseta con rapidez. Luego me giré hacia ella.

—¿Necesitas ropa?

Le ofrecí una camiseta, pero Helena se puso de rodillas y se acercó hasta donde estaba para elegirla ella misma. Escogió una de las más grandes que encontró, el recuerdo de un viaje en el que alguien se había acordado de mí.

—Tenemos que volver a parar en algún sitio —me dijo, mientras me daba la espalda y se bajaba la toalla hasta la cintura.

Yo también me giré para darle intimidad.

—¿Por qué?

—Porque no tenían bragas en la gasolinera.

Cogí un par de calzoncillos y se los tendí, todavía sin mirarla. Supe que había acabado cuando desaparecieron de mi mano; pero no me volví todavía.

Cuando escuché un suspiro y el sonido de las mantas y el colchón al hundirse bajo su peso, por fin, me di la vuelta y me acomodé. Agarré un par de mantas ante su atenta mirada.

—¿Vas a dormir?

—Necesito hacerlo —respondí—. Tú también deberías.

Le di la espalda mientras me tumbaba y escuché cómo se movía un poco.

—Tal vez en un rato. —Escuché cómo abría uno de los cajones—. ¿Qué más cosas tienes por aquí?

—Ropa, un botiquín, pinzas...

—¿Pinzas?

—Para tender la ropa.

—Ah. —Se rio un poco, suave—. Eres una persona preparada.

La escuché mientras seguía revolviendo, hasta que me dijo: «Te robo unos calcetines» y, después, susurró que iba a dar una vuelta. La escuché bajar en silencio, alejarse y, en apenas unos minutos, me quedé dormido.

Cuando volví a despertar varias horas más tarde, la encontré fuera. Se había vuelto a poner los vaqueros y las zapatillas y ya no veía la inmensa camiseta que le había prestado porque se había echado la sudadera por encima.

Estaba sentada en una roca, mirando al mar. Una calma que envidiaba parecía envolverla mientras cerraba los ojos y echaba la cabeza hacia atrás.

—¿Has estado todo el tiempo aquí?

—He entrado un rato a dormir.

Me senté a su lado, en la hierba fresca. Varios cientos de flores salpicaban la planicie entre las rocas y las piedras. No pude evitar arrancar una de tonos rojizos y empezar a juguetear con ella entre los dedos. Helena siguió mis movimientos como si estuviera plenamente concentrada en ellos.

Si los turistas subían hasta allí en aquella época del año, todavía no había aparecido ninguno. No se oía nada salvo el mar y el rumor del viento.

Helena se pasó un mechón de pelo tras la oreja.

—¿Por qué no has querido marcharte con Verónica?

Me froté la nuca. Entre el sueño deficiente y los acontecimientos de las últimas horas, parecía que había pasado una eternidad desde entonces; pero solo habían transcurrido unas horas.

—Supongo que Marco ya os habrá hablado de ella.

Helena me miró como si no supiera qué responder. Al final, acabó sonriendo un poco, con cierta culpa, y desvió la mirada.

—Supones bien.

—Marco tiene razón cuando dice que es mala para mí —reconocí, y esa confesión hizo que Helena volviera a mirarme—. En práctica, hoy lo habría pasado bien un rato y, después, habría vuelto a hacerme sentir como una mierda.

Helena se inclinó a mi lado para arrancar una de las flores y también la hizo girar entre sus dedos. Cuando el silencio se prolongó durante unos instantes que resultaron larguísimos, empecé a inquietarme.

—Supongo que ha sido una decisión difícil para ti —dijo, al final.

—Sí. Pero sabía que...

—Hay un experimento... —me interrumpió— en el que dejan a un niño de unos tres años sentado frente a un pedacito pequeño de una tarta de chocolate deliciosa. —Arqueé las cejas, pero Helena no me miraba—. Entonces el adulto le dice al niño que va a marcharse y que el niño ha de quedarse a solas con la tarta unos minutos, pero que no puede comérsela. Si aguanta hasta que regrese no solo podrá comerse el pedacito pequeño, también podrá comerse la tarta entera.

—No sé a dónde vas con esto, pero creo que no me va a gustar.

—Chis... —Se llevó un dedo a los labios—. Déjame acabar. Algunos niños aguantan un minuto o dos, pero todos acaban comiéndose el pedacito pequeño de tarta, aunque sepan que se están privando de un premio mejor.

—Dios mío... —Me reí—. ¿Quién soy yo en esta metáfora?

—No es una metáfora —me corrigió, completamente seria—. Es un experimento pedagógico y científico, y te estoy felicitando porque tienes un poquito más de autocontrol que un niño de tres años. —Se atrevió a darme una palmadita en el hombro—. Enhorabuena, estoy orgullosa de ti.

—Estupendo. La tarta era Verónica, ¿verdad?

—No. Lo bien que te lo habrías pasado con Verónica esta noche es el pedacito pequeño y diminuto. La tarta es tu estabilidad emocional.

—Vaya... Tienes una expresión de lo más simpática y amable.

Era verdad: la mirada dulce, la sonrisa tímida...

—Lo sé.

—Y, sin embargo, me siento terriblemente insultado.

Helena se rio sin poder evitarlo.

—De verdad que me alegra que no fueras con ella.

Un pájaro pasó volando cerca de nosotros y lo vimos planear por la caída vertical del acantilado.

—Creías que era una mala idea y, aun así, me animaste a ir con ella cuando me lo propuso.

Helena se encogió de hombros.

—Parecía que querías y yo no te conozco lo suficiente como para inmiscuirme. —Se giró hacia mí como si acabara de caer en la cuenta de algo—. No nos conocemos absolutamente nada de nada.

—Bueno, tenemos cierta intimidad. Creo que me has visto el culo.

—Qué va. He apartado la mirada.

—Ya.

Entonces sí que lo hizo; sí que apartó los ojos. Volvió a cerrarlos, a inclinar un poco el rostro y a dejar que el viento le revolviera el pelo.

—Isaac —me llamó, bajito.

—¿Mmh?

—Tengo muchísima hambre.

Me puse en pie y esperé a que ella también lo hiciera, porque lo cierto era que mi estómago protestaba desde hacía un rato por algo de comida que no viniera en una bolsa de plástico.

45
HELENA E ISAAC

Isaac condujo hasta un pequeño restaurante que no parecía muy concurrido y que, sin embargo, tenía una buena variedad de deliciosos platos caseros que fueron mucho mejor que las patatas.

Aproveché para usar el baño, asearme un poco y cepillarme los dientes.

También aproveché para hacer una llamada.

—¿Alguna vez has sentido el impulso de abandonarlo todo y fugarte?

Una risa me recibió al otro lado.

—¡Helena, cariño! ¡Qué sorpresa! —Yo también sonreí al escuchar la voz de mi tía. No pude evitar fijarme en que aquella vez, igual que la última que habíamos hablado hacía unas cuantas semanas, arrastraba un poco las sílabas—. Claro que sí. Pienso en ello todos los días, pero no lo hago. ¿Debo preocuparme?

—Va a ser una fuga breve —respondí y, mientras esperaba a que Isaac volviera con un par de cafés, le conté como pude aquella locura.

—Aprovecha —me dijo—. Abandonar la realidad de vez en cuando viene bien. ¿Con quién te has fugado? ¿Álex?

—Isaac —respondí. Me parecía que nunca le había hablado de él—. Un amigo.

—Oh, vale.

—Las cosas con Álex no están... no están como para fugarnos.

En la barra, Isaac ya estaba pagando los cafés.

—¿Algo va mal? —preguntó Laura, prudente.

—Qué va. Todo va bien, normal. Demasiado normal.

La escuché suspirar y casi pude ver su sonrisa cándida, amable.

—¿Estás intentando tomar decisiones difíciles?

—Puede.

Laura volvió a reír con suavidad.

—Date tiempo. Tienes mucho.

Sonreí. Aquellas palabras, viniendo de ella, tenían mucho más valor, más verdad.

Antes de colgar le pregunté cómo estaba ella: sin novedades. Aquello siempre era una buena noticia, porque significaba que los síntomas no avanzaban y que quizá el tratamiento que estaba probando funcionaba frenando el avance de la enfermedad.

También le hice prometer, antes de despedirme, que no le contaría nada sobre la fuga a mis padres, y me gustó saber que podía confiar en ella.

Cuando terminamos, volvimos a ponernos en marcha.

Isaac había pasado la última media hora buscando algún lugar en Google Maps, pero esta vez no quise preguntarle a dónde íbamos. Volvimos a parar en un rinconcito apartado, también cerca de la costa, y allí no hicimos más que sentarnos en una playa rocosa a dejar que el sol tibio del invierno nos calentara.

En algún momento debí de quedarme dormida y, cuando desperté, descubrí a Isaac con un pequeño libro en la mano, manteniéndolo abierto con el pulgar, mientras sus ojos recorrían las líneas en un gesto de absoluta concentración.

Me moví un poco y descubrí con regocijo que se trataba de *El público*, de Lorca.

La humedad del ambiente y el salitre le habían rizado un poco más las puntas del pelo, que parecía más dorado bajo aquella luz de media tarde.

Isaac debió de darse cuenta de que lo miraba, porque apartó sus ojos verdes del libro un instante, sin siquiera moverse, me dedicó un vistazo y, sin decir nada, continuó leyendo.

Volví a dormirme y desperté más tarde, cuando una mano grande y cálida me rescató del trance. Sentí una larga caricia que descendía por mi columna. La sensación que provocó en mí bajó hasta las puntas de mis pies.

—Eh, deberíamos movernos —sugirió, bajito.

Su mano seguía ahí, donde la había dejado en la parte baja de mi espalda, mientras sostenía el libro con la otra y aguardaba, paciente.

Una parte de mí detestó tener que moverse, pero acabé cediendo.

Volvimos a ponernos en marcha a través de un camino igual de mal asfaltado que el que nos había llevado hasta allí.

Creo que nos perdimos un par de veces, pero mi orientación tampoco era para echar cohetes, así que quién podría saberlo.

No debía de quedar mucho para el atardecer cuando subimos a otro alto. Aparcó la ambulancia en una pendiente y bajamos cuando el camino se hizo demasiado escarpado para que siguiéramos avanzando con ella.

Primero vi el cielo, limpio, despejado y de un tono violáceo que anunciaba la inminente puesta de sol. Luego vi los pinos y las montañas a lo lejos. Al otro lado, debía de quedar el mar.

Era un mirador natural, con una caída impresionante y allí, justo junto al borde, crecía un robusto y solitario árbol. A pesar de todo aquello, fue otra cosa la que llamó mi atención.

Me quedé mirando las dos cuerdas que bajaban de una de sus ramas más altas, la tabla de madera... el columpio que debía de llevarte a oscilar sobre el precipicio.

—Me parece que voy a usar ahora mi carta blanca —susurró Isaac, inclinándose sobre mí.

Se me secó un poco la garganta.

Así que no se le había olvidado.

—Lo llaman «el columpio del fin del mundo» y voy a pedirte que subas ahí, conmigo.

Me volví para mirarlo, muy cerca de mí, tal vez demasiado, y eché a andar hacia el árbol con una sensación electrizante en las puntas de los dedos, en mis muñecas, en mis brazos...

En cuanto llegué, lo empujé con fuerza, para ver cómo se columpiaba sobre la nada, sobre el abismo. Una risa nerviosa amenazó con brotar de mi garganta.

—¿Quieres que nos subamos ahí?

Isaac recuperó las cuerdas y tiró de ellas varias veces, como para probarlas.

—Sí, sí que quiero, y tú no puedes negarte.

Le vi inspeccionar la madera, echar la cabeza hacia atrás y mirar arriba, a donde las cuerdas se aferraban a la rama del árbol.

Gastar su carta blanca en aquello no parecía muy inteligente, porque antes de traerme aquí ya debía de saber que querría subirme, a toda costa. Tal vez por eso la usaba para algo así, tal vez el juego consistía precisamente en eso.

El pecho se me hinchó un poco cuando le vi sonreírme como si de verdad estuviera siendo un canalla conmigo, subirse a la tabla de madera y hacerme un hueco entre sus piernas sin llegar a separar los pies del suelo.

—¿Vienes? —me retó.

Me faltó tiempo para correr junto a él.

Acomodé mi espalda contra su pecho. Isaac puso sus manos un poco por encima de las mías y me pregunté si también le temblarían, si también notaría esa sensación gloriosa en la piel.

—¿Preparada? —preguntó—. Levanta los pies.

Cogí aire con fuerza una sola vez, como si fuéramos a zambullirnos en el mar, y separé los pies del suelo al tiempo que él nos echaba hacia atrás, más y más atrás, hasta que quedó de puntillas y, entonces, se soltó.

Empecé a gritar antes de notar la ingravidez, cuando quedamos suspendidos en el aire. Y la sensación... la sensación fue explosiva.

El viento nos besó en la cara, igual que los últimos rayos de sol, mientras sus colores rojos teñían el cielo. Vi los árboles bajo nosotros, las ramas que desde allí parecían diminutas. Vi las montañas, el infinito y sentí cómo nuestra risa quebraba un silencio especial, que parecía no pertenecer a este mundo.

Nos columpiamos. Sentí su espalda mientras tomaba más impulso, moviéndose adelante y atrás. Y, cuando ya estábamos lo suficientemente alto, cuando creía que ya no podíamos llegar más lejos, miré sus manos, miré las mías y entonces las solté.

Estiré los brazos y eché la cabeza hacia atrás, hasta que sentí el hombro de Isaac y me acomodé allí, contra su pecho.

Escuché un sonido grave, a caballo entre un grito y una risa cuando se dio cuenta de lo que había hecho y murmuró, incrédulo y divertido:

—¡No te sueltes! ¿Es que has perdido la cabeza? ¡No te sueltes, Helena!

Yo me reí más fuerte y él, ante la incapacidad de obligarme a hacer nada, se rio también, pero pronto sentí cómo deslizaba un brazo alrededor de mi cintura.

Quizá no lo pensó. Quizá fue un acto reflejo para protegerme; pero en realidad lo único que nos salvaría así de la caída sería su otra mano. En conclusión: estábamos haciendo algo aún más peligroso.

No le dije nada, porque me gustó que lo hiciera.

Simplemente apoyé mi cuerpo contra el suyo y cerré los ojos para disfrutar aún más del balanceo, del viento y de la ingravidez.

De pronto, sentí su voz contra mi mejilla.

—No querías opinar sobre mí porque no me conocías suficiente.

Asentí solo levemente, expectante.

—Yo no soy tan considerado, así que voy a hacerte una pregunta. —Pensé que, con ese tono, esa cadencia, debería tensarme un poco; pero no lo hice—. ¿Qué sientes ahora?

Me eché un poco hacia atrás para poder ver su expresión, pero el gesto hizo que nuestros rostros quedaran demasiado cerca, y volví enseguida a mirar al frente.

—¿Qué siento?

—Qué sientes —repitió.

Su aliento me hizo cosquillas en la piel.

Fui a responder, pero me quedé con la boca entreabierta. La libertad, la suavidad del viento, el peligro, el miedo... y una confianza extraña envolviéndome al mismo tiempo. La electricidad en las puntas de los dedos, una tormenta furiosa en mi interior...

No creo que pudiese encontrar las palabras ni un millón de años. Así que dejé escapar el aire de los pulmones, sonreí un poco y volví a mirarlo a pesar de lo cerca que nos dejaba aquel movimiento.

Isaac también había vuelto la cabeza hacia mí. Me pareció que durante unos segundos dejaba de mirarme a los ojos.

Se acercó un poco más a mi oído cuando dijo, en un tono de voz muy bajo:

—Si no sientes algo parecido cuando estás con él, quizá no deberíais estar juntos.

Parpadeé. Aparté la mirada. No necesitaba que me dijera de quién hablaba; tampoco necesité que me dijera por qué. Me había escuchado hablar con Sofía aquella noche en el Ryley's, y me había escuchado después responder a preguntas sobre él. No es que yo hubiera sido muy discreta.

Quizá debería haberme molestado. Sin embargo, no lo sentí como una intromisión aunque sus palabras dejaron consigo una sensación oscura en la boca de mi estómago, y antes de eso estaba tan bien...

No respondí. Él tampoco insistió. Fue como si decidiéramos que aquel comentario formaba parte de un paréntesis, un lapso breve y atemporal, que no contaba... igual que no contaban los secretos que habíamos compartido, las canciones y los poemas.

Cerré los ojos y me abandoné al balanceo.

Nos quedamos allí mientras el atardecer se llevaba el azul y todo se volvía rojo.

Compramos un par de pizzas en un restaurante al pie de la carretera y volvimos a uno de aquellos caminos sin asfaltar de la costa, hasta otra playa desierta aquellos días, a aquellas horas.

Durante un momento llegué a preguntarme si lo que estábamos haciendo sería legal, pero no quise darle muchas vueltas.

Isaac aparcó justo en esa línea donde la hierba se encontraba con la arena. Orientó la ambulancia para que al abrir las puertas pudiéramos ver el mar y, después, trajo un par de mantas para resguardarnos del frío y dejó una sola luz encendida dentro mientras nos sentábamos en el borde, con las piernas colgando fuera.

Sin preguntar antes, puso una lista de reproducción en el móvil en la que casi todas las canciones pertenecían a Elvis. Yo me quejé un poco, pero en secreto empezaba a disfrutarlas; empezaba a sentirlas familiares.

Entre bocado y bocado, le vi responder a algún mensaje y, a medida que avanzaba el tiempo y se acababa la pizza, yo me armé de un poco de valor. Qué demonios; si él podía entrometerse, yo también.

—El amor no tiene que doler. Lo sabes, ¿no?

Isaac levantó la vista de la pantalla y me dio la sensación de que dejaba un mensaje a medias cuando volvió a bajar el móvil y lo abandonó a su lado.

Sonrió un poco, pero no fue como aquellas sonrisas amplias, divertidas y piratas a las que me tenía acostumbrada.

—Y supongo que me lo dices por algo. —Le dio un mordisco a una porción de pizza.

Miré un instante el mar, las olas tranquilas en la oscuridad, mientras buscaba una forma de explicar lo que quería.

—Tienes esa aura —le dije, con un gesto de la mano que lo abarcaba y que le hizo arquear las cejas—. La de una persona que está buscando constantemente sentir las emociones más fuertes, las más intensas, las más peligrosas...

—Vaya. —Dejó la porción a medio comer en la caja y se sacudió un poco las manos antes de cruzar los brazos ante el pecho y volverse para mirarme por completo—. A alguien le ha molestado un poco el comentario de antes.

Sacudí la cabeza.

—Ahora me toca a mí —le dije, sin entrar en si había tenido o no razón, sin pararme a confesar que, quizá, no sentir nada parecido cuando estaba con Álex me aterraba—. Me da la sensación de que eres justo la clase de persona que confunde los problemas con la emoción.

—¿Y eso te parece preocupante porque...?

—Porque el amor puede ser comodidad, pero el dolor nunca será amor.

—No estoy de acuerdo —respondió, enseguida—. Primero: se puede morir de amor, sin que ese amor sea tóxico. Y, segundo: ¿estás pensando en comodidad de verdad o en apatía?

Fruncí el ceño.

Sabía a qué se refería. Yo había estado a punto de morir herida de amor más de un año atrás, y ese amor jamás había sido malo; no había tenido ni una esquirla de oscuridad. Todo en él había sido brillante y cálido. Precisamente por eso había dolido tantísimo perderlo para siempre. Pero, el resto...

—La comodidad no está reñida con la emoción —continuó, despacio—. Puedes sentirte muy cómodo en medio de una tormenta.

Me reí un poco, y con la risa sentí que se aflojaba ligeramente una maraña que se había ido formando nudo a nudo en mi pecho. Él sonrió también.

—Exactamente a eso me refería. Tienes pinta de buscar las peores tormentas.

Isaac volvió a tomar la pizza y devoró lo que quedaba de la porción prácticamente con un mordisco.

—¿Qué tipo de tormenta buscabas tú al subirte a la Torre de Cristal? —balbuceó, con la boca llena.

Durante un segundo, me quedé sin aire. Luego adopté la misma expresión que adoptaba cada vez que Sofía o los demás sacaban el tema.

—¿Daniel te ha contado que una vez subí más de la mitad y me di la vuelta?

Isaac sacudió la cabeza despacio.

—Hay una foto por ahí en la que sales en la cima, arriba del todo.

Torció un poco la comisura de sus labios. Esa sí que era su sonrisa más canalla, la más provocadora. Mi corazón hizo algo extraño, tal vez por el recuerdo de aquella noche en la Torre de Cristal. Tal vez...

—Qué va —respondí—. Solo llegamos a la mitad, y no hubo fotos.

Isaac volvió a sacar el móvil, le vi buscar algo y, después, me enseñó una imagen en la pantalla. Me vi a mí misma en la cima de la Torre de Cristal, con tan mala calidad como para que no se distinguieran los rasgos de la cara, tapada. Mi coleta moviéndose bajo el viento, los pantalones negros, el jersey... Había sido sacada unos segundos antes de que me arrestaran y me llevaran a comisaría. Me habían tomado declaración y me habían hecho pagar una multa. No me había importado, porque había sabido que ocurriría en el momento que había dejado la grúa y había tocado el cristal. Todo habría sido mucho peor si la prensa hubiera descubierto mi identidad, si mis padres se hubiesen enterado, si mis amigos lo hubiesen podido confirmar... Aun así, volvería a hacerlo.

No pude ocultar una sonrisa.

—Te lo ha dicho Daniel, ¿no? Está obsesionado con esta chica.

Isaac hizo un gesto hacia abajo, hacia mis pies.

—Son las mismas zapatillas.

—Son unas deportivas blancas —contesté, con el corazón martilleando con fuerza contra mi pecho.

—Claro, es verdad. —Sonrió—. ¿Crees que la multa de mil euros mereció la pena? Desde el punto de vista de la chica, quiero decir.

Contuve el aliento un segundo.

—Fueron seiscientos euros —contesté—. Y estoy segura de que sí.

—Ya —respondió, sin insistir más, pero sin dejar de sonreír. Volvió a apoyar el móvil cerca, mientras Elvis seguía sonando—. Está bien.

Nos quedamos un segundo en silencio.

—Aunque el amor duela a veces, sé que una relación no tiene que hacerlo. Estoy trabajando en ello.

Cogí uno de los últimos pedazos de pizza.

—Me alegra saberlo.

Si esperaba que yo dijera algo sobre Álex, no lo demostró. Nos quedamos allí sentados un rato después de haber terminado la pizza: a veces, compartiendo palabras; otras, compartiendo el silencio.

Acabamos tumbados en el colchón, entre los cojines y las mantas, ya sin luz ni música, arrullados por el sonido del mar y los sonidos nocturnos del bosque.

—La ambulancia tiene un fallo gordo.

Casi pude ver cómo enarcaba las cejas en la oscuridad.

—Ah, ¿sí?

—No se ven las estrellas.

—Abrir el techo no es una de mis prioridades —respondió.

—Pues debería serlo.

Una pausa.

—Podemos salir —propuso, en un murmullo.

Yo ya estaba enredada entre las mantas, apenas podía mantener los ojos abiertos.

Protesté un poco de manera inconsciente.

—No quiero salir, quiero ver las estrellas desde aquí.

Escuché una risa suave. Dijo algo más sobre la ambulancia, sobre lo que tenía pensado hacer. Sé que después de eso continuamos hablando, pero por la mañana no sabría decir sobre qué.

Me quedé profundamente dormida.

46
HELENA Y NICO

Aquel día iba a ser importante, pues Nico, Eva y Daniel iban a graduarse; pero empezó como otros, con una pila enorme de libros cayéndoseme encima. Me levanté con el corazón en la boca, un ataque de nervios inminente y, un instante después, las manos de Nico sobre mis hombros.

—Tienes que arreglar eso —dije, con la voz todavía un poco ronca.

Él, medio despeinado y con los ojos a medio abrir, levantó la vista hacia la estantería que tenía a mi lado. No había mucho que arreglar. Simplemente, desafiaba las leyes de la física metiendo libros y libros que no cabían en aquellos estantes.

—Mmh... —murmuró.

—¿Qué significa «mmh»...? —protesté.

Todavía medio dormido, esbozó una sonrisa que me habría derretido en cualquier situación. Se inclinó sobre mí y pensé que iba a besarme; pero, en lugar de eso, tomó el libro que tenía en el regazo, dejándome con ganas de sentir sus labios.

—Vaya, qué bonito —rezongué.

Nico me guiñó un ojo y después observó el libro abierto por la mitad.

Rebeldes.

La luz, aún dorada, entraba a raudales por la ventana y la brisa de la mañana se colaba por una rendija que habíamos olvidado cerrar, meciendo las cortinas.

—¿Crees que es una señal para que vuelva a releerlo?

Me recosté en la cama y bostecé. Estaba tan guapo; a pesar de las ojeras, del pelo despeinado, de esa expresión adormilada... Estaba más atractivo que nunca.

—Tal vez sea una señal para que lo leas ahora.

—¿Quieres que lea en alto? —preguntó.

Me pareció ver algo de rubor en sus mejillas. Yo sonreí más fuerte. Me mordí el labio y asentí.

—Por favor.

No tuve que insistir. Me acomodé y él se sentó frente a mí. Empezó a leer; pero no lo hizo por el principio. Leyó desde la página por la que había caído el libro.

Estuvimos así un rato: yo tumbada, mirándolo como una idiota; y él, perfecto, con la luz de las primeras horas del día derramándose sobre su rostro, los mechones oscuros de su pelo, sus ojos azules como el mar... leyendo dulce y con buen ritmo, como si hubiese memorizado cada línea antes de empezar.

No lo sabía entonces, pero aquel se convertiría en uno de mis recuerdos más brillantes, más dorados.

Celebramos la graduación de Nico, Eva y Daniel sin que ninguno de los tres las hubiese aprobado todas, aunque todos nos presentamos allí como si lo hubiesen hecho. Sofía y yo no entramos al acto, porque cada uno podía invitar solo a tres personas y todos llevaron a sus familiares. En realidad, Nico solo iba con sus padres y técnicamente yo podría haber entrado con uno de sus pases, pero decidimos que era mejor así.

Después de la ceremonia, hubo un brevísimo momento de cierta incomodidad cuando los tres salieron con sus invitados, nos vieron y se acercaron. Las presentaciones fueron extrañas y un poco caóticas, pero también fueron divertidas.

Daniel tomó la iniciativa; nos presentó primero a sus padres y después a su hermano. Nico vaciló un instante, y me di cuenta de que no debía de haberles hablado a sus padres de mí cuando me presentó igual que había presentado a Sofía. Mejor así. Yo tampoco les había hablado a mis padres de él y quizá no lo haría durante un tiempo.

Eva llegó con sus padres y su abuela.

—Mamá, papá: estas son Helena y Sofía.

Su madre, una mujer bellísima con el mismo pelo pelirrojo que Eva, se adelantó un paso para tomarme primero de la mano a mí y, después, a Sofía.

—Sofía, encantada —le dijo, de verdad contenta—. Me alegra mucho conocerte por fin. ¡Mírate! Eres aún más guapa en persona.

Me entró una risa muy difícil de controlar cuando vi cómo sus mejillas se teñían de quince tonos distintos de rojo, y fue aún más complicado cuando Eva reaccionó igual.

Aquella afirmación venía con muchas capas debajo, y tal vez la más importante era que Eva le había enseñado fotos de Sofía a su madre. ¿Se habría dado cuenta Sofía o la vergüenza le haría obviar algo tan importante? Probablemente, lo segundo.

Aunque el plan era tomar algo rápido con ellos y encontrarnos después en el piso de Daniel para la verdadera celebración, cuando se hubiesen despedido de sus padres, acabamos uniéndonos a ellos también durante la comida.

Fue diferente y algo extraño, pero nos lo pasamos en grande.

Descubrimos enseguida de dónde había sacado Eva su gusto por la moda, pues su abuela era tan elegante y de gustos tan exquisitos como los suyos. De hecho, se pasó un buen rato admirando cómo nos habíamos vestido para la ocasión, todos nosotros, e incluso encontró algún cumplido que hacer a mis vaqueros y a mi top de tirantes.

También nos encontramos con un matrimonio tan alegre como el propio Daniel, encantador y divertido, siempre preparado para contar alguna anécdota curiosa.

A quienes no conocí demasiado fue a los padres de Nico. Cuando llegó el momento de elegir asientos, el destino, la casualidad o una vergüenza repentina (sí, quizá más eso último) me hicieron sentarme en la otra punta de la mesa y apenas pude participar en sus conversaciones.

Hubo preguntas fáciles y otras difíciles; preguntas de esas que hacen los padres y la familia. Al parecer, las preguntas que otros consideraron fáciles fueron las más puñeteras para mí:

—¿Y tú a qué te quieres dedicar, Helena?

—Helena es una gran escaladora —contestó uno de mis amigos por mí.

—¿Estudias algo además de escalar?

La madre de Eva se aseguró de sentarse cerca de Sofía y ella solita avanzó más en la relación entre su hija y mi amiga de lo que habían hecho ellas desde que se conocían.

—¿Tú tampoco sales con nadie, Sofía?

—No, señora —respondió ella.

El padre de Eva se limitaba a sonreír con expresión de disculpa.

—Mamá, por favor... —siseó ella, entre dientes.

Al terminar la comida, Eva, Sofía, Nico y yo volvimos juntos a casa; todos menos Daniel, que acababa de conocer a un estudiante de veterinaria que iba bastante más despacio que él en lo que respectaba a las relaciones y, contra todo pronóstico, nuestro amigo se había adaptado a ese ritmo. Según nos contó, solo se estaban conociendo, sin expectativas ni presiones.

Lo encontró cuando ya nos habíamos despedido de las familias. Iba con un amigo, pero no nos acercamos a que nos presentara a ambos. Dejamos que se marchara y el resto aceptamos la invitación de esperarlo con la fiesta en su propio piso.

Nico estaba guapísimo con esos pantalones negros, la camisa blanca y la corbata que se había aflojado una y otra vez alrededor del cuello. Se había presentado bien peinado, pero a medida que había avanzado el día su cabello oscuro había perdido la forma perfecta y ahora estaba despeinado y aún más apuesto.

Lo tomé de la mano y él me plantó un beso sin que ninguno de los dos dejara de andar; algo que casi nos cuesta un accidente.

Nos reímos, y volvimos a reírnos cuando un trueno rasgó el ambiente de la tarde y comenzó a llover con fuerza.

Los cuatro echamos a correr hasta refugiarnos bajo una cornisa que no era ni de lejos suficiente. El vestido rojo de Eva tenía ahora motitas de un tono más intenso allí donde la había alcanzado la lluvia y Sofía parecía encantada con la excusa que aquella carrera le había ofrecido para poder buscar su mano.

Allí juntos, jadeantes y divertidos, me di cuenta de que hacía tiempo que quería contarles algo.

—Chicos, tengo algo que deciros.

Sofía me miró de una forma que no había anticipado.

—Dime que no te has vuelto a subir a ningún edificio, porque si has vuelto a...

—No. —La interrumpí y sacudí la cabeza—. Voy a matricularme para tercero.

Tardaron un rato en asimilarlo; yo misma tardé un rato en sonreír, como si también me sorprendiera, como si esa idea no llevase ahí mucho tiempo.

Lo veía claro. Por primera vez en mucho tiempo, veía el camino despejado frente a mí; los desvíos, las posibilidades y los rodeos, todos dispuestos para que yo los recorriera con tiempo.

Tiempo.

Ahora lo tenía.

Quizá lo había tenido siempre; o quizá no lo tendría. La oportunidad estaba ahí. No quería esperar a ver si me quedaba sin él.

—¡Helena! Eso es genial —exclamó Eva, que fue la primera en separarse de la pared para venir a abrazarme.

Se mojó mucho durante el proceso, pero no pareció importarle en absoluto.

—Es genial, ¿no? —preguntó, cuando se dio cuenta de que ni Sofía ni Nico reaccionaban.

—¡Claro! —gritó Sofía, de pronto, como saliendo del trance—. ¡Claro que lo es!

Vino también a darme un abrazo y Eva se apartó antes para darle espacio, aunque seguro que a Sofía no le habría importado tener una excusa para abrazarla también.

—Tendré que aprobar todas las que suspendí y todas aquellas a las que no me presenté... Quizá no pueda con todas. A lo mejor no me dejan recuperarlas en la convocatoria de septiembre y tengo que empezar el curso anterior de nuevo...

—¡No importa! —me cortó ella, todavía con el rostro en el hueco de mi cuello—. Te ayudaremos. Estudiaré contigo todos los días si hace falta, pero lo sacaremos.

Nico se adelantó un paso para tomarme de la mano. Esperó sin decir nada a que Sofía terminara con el abrazo. Solo me miraba, sonriente, con los ojos brillantes, mientras me ponía nerviosa.

—Nico, si no dices algo rápido...

Se agachó para alzarme en volandas. Me levantó del culo y me agarré a sus hombros para no perder el equilibrio al tiempo que giraba y giraba conmigo mientras gritaba.

Echó a andar, a dar vueltas y a reír. Nos alejamos tanto que no hubo manera de protegerse de la lluvia.

—¡Nico! —protesté, muerta de risa—. ¡Nico, nos estamos empapando!

Me bajó, pero no me dejó marchar; yo tampoco lo intenté. Nos quedamos abrazados mientras seguía lloviendo sobre nosotros, sin que a ninguno de los dos nos importara de verdad.

—Estoy muy orgulloso —me dijo, contra mis labios.

—No sé cómo va a salir...

—¿Sabes que estaría igual de orgulloso si hubieses decidido seguir con cualquier otro plan?

Alcé los ojos hacia él. Lo entendí.

—Porque es un plan —susurré.

—Porque es un plan —confirmó, y me plantó un beso en la frente y después en la nariz.

Yo me revolví y, en ese forcejeo, Nico aprovechó para agarrarme de la mano y tirar de mí. Me hizo girar y, en un segundo, los dos estábamos bailando.

—Esto es ridículo si os quedáis ahí mirándonos —dijo él, de pronto, recordándome que Eva y Sofía seguían ahí.

Las vi compartir una mirada y echar a correr, con un grito, hasta llegar a nosotros, en medio de la acera, antes de ponerse a bailar también, juntas. Juntos.

Me entró tal sensación de euforia, de plenitud, que quise reír y gritar... Al final, todas aquellas emociones me embargaron y no pude retener las lágrimas, pero nadie lo notó.

—Creo que todo el mundo nos mira —repuso Sofía, entre carcajadas.

—Eso es porque no tenemos música —aventuró Eva, y sacó unos auriculares de su bolso.

Sofía sacó otros y nos los dio a Nico y a mí.

Ni siquiera nos pusimos de acuerdo para elegir la misma canción.

Nico eligió *Lover* de Taylor Swift y bailamos agarrados, al ritmo de unas notas que conocíamos muy bien, mientras Eva y Sofía se agarraban y se soltaban, giraban y se volvían locas al ritmo tan diferente de *Ho Hey*, de The Lumineers.

La gente nos miraba y nos dio igual.

Después, al volver a casa, Nico se deshizo de su chaqueta y me protegió de la lluvia con ella. Aunque los dos nos habíamos mojado, él llegó a casa empapado.

Sofía cumplió su promesa: que yo aprobara se convirtió en algo personal, casi una obligación para ella, por lo que tuve que recordarle varias veces que ella estaba de vacaciones y que, de hecho, necesitaba descansar.

De hecho, aquel verano todos se implicaron mucho, muchísimo. Sobre todo, Nico, que cuidaba de mí mientras estudiaba aunque él también tuviera que hacerlo.

Se aseguraba de preparar el desayuno si se quedaba a dormir y, si no lo hacía, se pasaba a lo largo del día para ver cómo estaba. Me acompañaba a casa temprano cuando salíamos con todos y venía a buscarme para arrastrarme a la calle y que me diera aire fresco cuando pasaba encerrada demasiado tiempo.

No fui capaz de contárselo a mis padres hasta agosto.

Los nervios volvían a estar a flor de piel. Se suponía que las horas de estudio, la paciencia y el tiempo invertido me habrían reportado cierta calma, pero ocurrió al contrario. A medida que se acercaba la fecha de recuperación de los exámenes, yo me fui poniendo más nerviosa y me acerqué peligrosamente al estado en el que me encontraba el día que había decidido mandar todo a la mierda y escalar la fachada de la facultad; mareos, temblores, insomnio, dolores musculares... De todos modos, aquella vez logré pedir ayuda a tiempo y, poco antes del primer examen, me senté a hablar con mis padres.

Les conté que quería volver a la universidad, que todo estaba en marcha y que, con un poco de suerte, pronto empezaría tercero de carrera.

Había pensado que tendría que darles más explicaciones, que me preguntarían qué había cambiado y que yo debería confesarles que había dejado la carrera por mi cuenta y que no había sido expulsada. No fue así. Quisieron saber cómo era posible y simplemente les conté que siempre había podido regresar, pero que no me había sentido preparada hasta entones, y no necesitaron saber más.

Nico, Eva y yo lo aprobamos todo aquel septiembre.

47
DECIMOSEGUNDA CARTA

Querido amigo, compañero:

Aquel verano no pudimos viajar. Tú también tenías que estudiar; tenías que estudiar bastante.

Sin embargo, a ratos se me olvidaba que tú también te estabas enfrentando a las recuperaciones. De alguna forma creías que mi situación era más frágil que la tuya. Si volvías a suspender, tú cursarías esas asignaturas de nuevo; las sacarías tarde o temprano. Yo, en cambio, podría abandonar.

Quién sabe si lo hubiese hecho. Tal vez sí; tal vez no. Me gusta creer que soy perseverante. Mírame, después de tantos años; después de tantas caídas. Al final no renuncié.

Aquel verano me trataste como si yo fuese más importante. Cuidaste de mí, te aseguraste de que dormía, comía y descansaba. Estudiaste conmigo, aprendiste cosas para poder enseñármelas a mí, y los días más largos te acostaste a mi lado y me abrazaste con fuerza.

Llovía. Cada vez llovía más, y tú siempre acababas mucho más empapado que yo, porque me protegías del agua.

Siempre lo hiciste, hasta el final.

48

HELENA E ISAAC

En algún momento, Isaac debió marcharse, porque la siguiente vez que desperté recordaba haber sentido un vacío a mi lado. Me moví, inquieta, todavía en algún lugar entre el sueño y la consciencia; un lugar que, de pronto, se llenó del sonido del mar, las olas, el rumor del viento... Y sentí la inquietud propia de una pesadilla trepando por mi pecho.

Logré abrir los ojos y esperé a que esa sensación extraña y acuosa desapareciera, pero mi mirada se encontró con las rocas afiladas, la orilla engullida por las olas negras y la oscuridad del mar, y nada me pareció como lo era antes.

Me incorporé de golpe e intenté desterrar el miedo que de pronto me atenazaba el pecho y lo llenaba todo, hasta el último recoveco. Había tenido pesadillas antes, pero aquello... aquello no era una pesadilla. No había estado soñando con nada antes de empezar a ser consciente de cuanto me rodeaba, del sonido del mar y de las olas y...

No se detuvo. El miedo no se detuvo. Creció en espiral, lo arrasó todo y devoró la cordura; la devoró hasta tal punto que, cuando vi a Isaac dormido en el asiento del copiloto, estuve a punto de despertarlo.

Me tragué un grito, o una súplica; no sabía bien qué esperar de mí misma.

¿Qué le habría dicho? ¿Cómo se lo habría explicado?

En lugar de eso intenté cerrar los ojos, pero el vacío me aterró aún más y los abrí. Intenté bucear en el miedo, encontrar la raíz, pero cada célula de mi cuerpo me pedía que hiciera justo lo contrario y... no encontré nada ahí, al otro lado de ese hilo negro y retorcido. Nada. No había nada.

Salvo el sonido del mar. El mar.

Con un quejido, me puse en pie, me obligué a caminar hasta las puertas de la ambulancia y las cerré.

No había una forma silenciosa de hacerlo, y me volví para pedir disculpas a Isaac, pero él ya no estaba allí.

Sentía las manos calientes y los brazos blandos, casi líquidos, cuando me giré para buscarlo por la ambulancia, pero se había marchado. Había desaparecido. Antes, en el asiento del copiloto, ¿me lo habría imaginado?

Eché a andar de nuevo hacia las puertas, para salir a buscarlo, y me detuve cuando mis pies pisaron algo blando.

Al bajar la vista descubrí unas flores rojas, entre las mantas y los cojines, flores que debíamos haber arrastrado dentro sin darnos cuenta.

No tuve tiempo de pensar en ello. El nudo de mi garganta seguía creciendo, la inquietud que no brotaba de ningún sitio en concreto se hacía más y más grande y la certeza de que algo iba mal me había secuestrado por completo.

Intenté volver a abrir las puertas para buscar a Isaac. Ya no me importaba que pensara que había perdido la cabeza, ya no me importaba confesarle que estaba aterrada. Solo quería encontrarlo y...

Las puertas no se abrieron.

Pegué un tirón y volví a sentir los brazos blandos, las piernas a punto de fallarme. Volví a intentarlo, una y otra vez, mientras el pánico me embargaba.

Di un paso atrás. Otro. Otro más.

Y entonces me di cuenta.

Aunque las puertas estuvieran cerradas, el mar seguía escuchándose terriblemente cerca, justo al otro lado. El ruido de las olas era tal que pensé que estaban rompiendo contra la ambulancia.

Volví sobre mis pasos, decidida a salir por delante y, en ese instante, oí las goteras. Al alzar los ojos las vi, filtrándose desde algún lugar del techo. Primero fueron suaves, después el agua empezó a brotar con una fuerza explosiva, a punto de reventar las grietas.

El miedo era imposible.

El pánico tenía un sabor denso.

De pronto, sentí los pies húmedos y descubrí que el agua me cubría ya hasta por los tobillos. El calor abandonó mi cuerpo de golpe.

Quise gritar. Quise huir. Y entonces lo vi todo a la vez, lo oí todo al mismo tiempo. Torrentes de agua colándose por las grietas, las olas rompiendo contra la chapa, flores rojas creciendo por las esquinas, el frío del mar agarrándome los tobillos con sus garras heladas, una voz que repetía mi nombre una y otra vez...

Abrí los ojos de golpe y ya no estaba atrapada en el interior de la ambulancia.

Intenté moverme, pero un agarre firme me lo impidió.

Me volví en todas direcciones con brusquedad, y la voz... la voz grave que repetía mi nombre seguía ahí.

—Helena, Helena... Despierta.

Oí mi respiración estrangulada al coger aire. ¿Ese sonido de asfixia provenía de mí?

—Helena.

Su voz fue el ancla, fue lo que me hizo volverme hacia arriba. Vi sus ojos verdes; un reflejo del pánico que me devoraba en ellos.

Y volví a mirar a mi alrededor más despacio.

Nos encontré arrodillados a la orilla del mar, entre las piedras. Mis pies descalzos justo en el borde, mis piernas salpicadas hasta las rodillas.

Y sus manos, las manos de Isaac... Uno de sus brazos me sostenía contra él, y el otro subía y bajaba mientras su mano acariciaba mi espalda.

—Pensaba que estabas de coña —murmuró; el miedo impregnando cada sílaba—. Me has despertado al saltar de la ambulancia, te he visto echar a andar hacia el mar y... —Se atropelló para coger aire con fuerza. Parecía que a él también le faltaba—. Luego te has tropezado con una roca y has seguido andando y he sabido que no... que algo no marchaba bien. ¿Helena? Dime algo.

Miré a Isaac a los ojos y, poco a poco, la realidad caló en mí. El miedo comenzaba a disiparse y yo me concentré en las caricias de mi espalda, en su mano abarcándola entera mientras me mantenía abrazada contra su pecho.

No fui capaz de responder. Ni yo misma tenía una explicación para lo que acababa de ocurrir.

Lo abracé. Hundí el rostro en su pecho y él no necesitó ni un segundo para reaccionar. Me envolvió entre sus brazos con fuerza, sin detener las caricias, que subieron hasta mi pelo.

Sentí sus cálidos labios en mi frente mientras susurraba que estaba a salvo, que no había nada que temer... hasta que fui capaz de apartarme.

Aún sentía suficiente el miedo como para no preocuparme por la vergüenza que sentiría después. Me levanté despacio y permití que él me ayudara, que pusiera una mano en la parte baja de mi espalda y que me acompañara pegado a mí sin decir ni una palabra.

Cuando llegamos a la ambulancia, que estaba tal y como la recordaba, sin goteras, ni puertas atrancadas, ni flores rojas creciendo inexplicablemente... me senté en el borde y me obligué a mí misma a hablar.

Isaac ya tenía una toalla entre las manos cuando empecé.

—Ha sido el mar —susurré, con voz ronca.

Se quedó quieto.

—Creía que estaba despierta, que estaba escuchando las olas, viendo el mar... Todo parecía real.

Le vi tomar aire con fuerza.

—Nos vamos —dijo—. Nos vamos ahora mismo.

Salté al suelo y salvé la distancia que nos separaba para poner una mano sobre su antebrazo.

—No vas a mover la ambulancia de madrugada, sin la luz del sol; no por el camino por el que la has subido.

Sacudió la cabeza.

—Tendré cuidado. Iré despacio.

Ya estaba a punto de subir dentro cuando lo detuve de nuevo. Esta vez, lo agarré de la muñeca.

—Había estado antes en el mar —le aseguré. Noté mi voz más entera, más serena. Creo que él también. Quizá por eso se detuvo—. Volví con Eva y con Sofía esas Navidades, y también he estado con mi tía hace poco. Había estado antes en el mar. De verdad.

—¿Qué ha cambiado?

Sentí la boca seca. Decidí que no podía responder a esa pregunta.

—No importa. Lo importante es que es pasajero, que el mar no despierta nada en mí... no habitualmente. Esto nunca me había pasado.

Abrió la boca para decir algo, pero no llegó a pronunciar palabra. Lo vi perdido, muy perdido, y yo ya estaba suficientemente despierta como para sentirme tremendamente avergonzada por lo que acababa de hacerle.

—Entonces, no nos vamos.

—No nos vamos —le confirmé.

Isaac asintió. Varias veces. Luego miró la toalla que tenía entre las manos como si no supiera qué hacía allí y, un instante después, me hizo un gesto para que volviera al borde. Obedecí y él se arrodilló frente a mí. Me agarró un tobillo con cuidado y pasó la toalla sobre mi pierna con delicadeza.

—Puedo hacerlo yo —le aseguré, a pesar de la sensación de calidez que empezaba a desterrar el frío.

Isaac me miró como si no me hubiera escuchado y volvió a repetir la operación con el otro pie.

Cuando terminó, se levantó.

—¿Estás segura de que quieres quedarte?

—Lo estoy —repetí.

La preocupación oscurecía sus ojos.

—Si te da miedo que baje la ambulancia por donde hemos subido puedo llamar a un taxi. Le pediré que nos llevé a un hotel.

Si no hubiera estado tan asustada, si no me hubiera sentido tan mal, me habría echado a reír.

—Estoy bien, Isaac. O lo estaré en cuanto vuelva a dormir un rato.

—Vale, vale...

Echó a andar nerviosamente, de un lado a otro frente a mí, hasta que se detuvo, se sentó también en el borde y se sacudió su propia arena de los pies antes de cerrar las puertas.

Se quedó quieto unos instantes.

—¿Lo sigues escuchando?

Iba a decirle que no, pero se puso en pie. Le vi saltar hasta el asiento del copiloto, revolver en la guantera y volver a sentarse donde estaba.

Buscó algo en su móvil y le conectó un par de cascos. Me los puso sin previo aviso, sin pedirme permiso. Deslizó un mechón de pelo tras mi oreja mientras escuchaba una balada muy suave, de Elvis, que me llevó de vuelta a un lugar menos frío y azul.

—¿Lo oyes ahora?

Apenas lo oía a él. Sacudí la cabeza.

—Vale... bien. —Se frotó la nuca.

Se recostó contra la cajonera de la pared y se quedó ahí un minuto, mirándome en silencio. A través de la tela de la camiseta vi cómo los músculos de su pecho se contraían con cada respiración, una respiración agitada.

—¿Vas a quedarte ahí? —le pregunté.

I Got Lucky empezó a sonar por los auriculares y yo me sorprendí de saberlo solo con las primeras notas.

—Dame un minuto.

Iba a decirle que estaba bien, que podía volver a dormir tranquilo y que solo había sido una pesadilla. Sin embargo, volver a sacar el tema, fuera de la forma que fuese, traería más preguntas que no quería responder. Así que guardé silencio.

Pensé que, si me veía dormir, tal vez también se calmara. Me tumbé entre las mantas y los cojines, me acomodé allí, con los auriculares puestos y cerré los ojos dispuesta a fingir que dormía.

Entre canción y canción, sin embargo, dejé de fingir. De alguna manera, el frío terminó por abandonar mi cuerpo. Me sumergí en una calidez inesperada y reconfortante mientras el miedo se disipaba, y acabé dormida.

No volví a despertar hasta que llegó la mañana.

Vi a Isaac tal y donde lo recordaba al quedarme dormida, en una esquina del colchón y apoyado contra el lateral. Me quité los cascos y me incorporé lentamente, luchando contra las telarañas del sueño.

—¿Bien? —preguntó, con voz ronca.

Yo quise preguntarle cuánto tiempo llevaba despierto, ahí mirándome como si pudiera dejar de respirar en cualquier momento.

—Bien —respondí, suave.

No esperó a que le devolviera su móvil, ni los cascos. Apoyó las manos en las rodillas, se puso en pie y le escuché abrir y cerrar cajones hasta que salió por la puerta del copiloto.

—Vuelvo en un rato.

No me pasó desapercibido el hecho de que no abriera las puertas de atrás. Suspiré, sabiendo que era lógico que siguiera preocupado por el mar, y me puse en pie para estirarme.

No le había mentido. No tenía ningún problema con el mar. El mar y yo... estábamos bien.

Abrí las puertas y descubrí a Isaac sorteando las rocas que conducían a la orilla. Vi su espalda, el tatuaje japonés contrayéndose con cada movimiento de sus músculos. Apenas había salido el sol y una luz anaranjada, casi rojiza, lo bañaba todo. El mar, la arena y su piel.

Pensé que era una imagen bonita, como para inmortalizarla, y saqué el móvil mientras Isaac se hundía en las aguas. No obstante, en el último momento, agarré el suyo. No tenía por qué hacerla con el mío. No tenía por qué guardarla yo.

Le saqué varias fotos. Algunas parecían postales. En otras se le veía el culo... y también parecían postales.

Me quedé un rato observando, hasta que se dio la vuelta y me vio.

49

ISAAC Y HELENA

Helena se bañó un rato conmigo. No se desnudó del todo, porque al menos uno de los dos tenía algo de decencia, y, al salir, se volvió a poner la ropa y se sentó en la arena, entre las rocas, muy cerca de donde yo aún me bañaba.

Giró el rostro muy convenientemente cuando decidí salir, y no volvió a mirarme hasta que me hube puesto unos calzoncillos y continué vistiéndome.

Los dos observamos el mar en silencio unos minutos.

—¿Vamos a mencionarlo? —pregunté, tras carraspear—. No vamos a sentarnos aquí a fingir que no ha pasado nada, ¿no?

Helena tomó aire, preparándose para una conversación seguro incómoda, y yo me adelanté.

—Mi culo. Ahora sí que me has visto el culo.

Helena se rio, pero vi que la tensión apenas la había abandonado. Dijera lo que dijese, había una conversación que sí teníamos que mantener. Dejé que fuera ella la que decidiera cómo empezar.

—Tienes que pensar que estoy loca.

Arqueé las cejas. No íbamos a andarnos con rodeos.

—Sí que lo pienso, pero no por lo que crees —contesté. Helena inhaló con fuerza—. Lo pensaba mucho antes de empezar este viaje. Por eso sabía que dirías que sí a fugarte conmigo, y por eso sabía que te habrías subido al columpio aunque yo no te lo hubiera pedido.

Vi sorpresa en sus ojos, de un tono dorado muy parecido al del amanecer bajo aquella luz de invierno.

—No me había pasado nunca —prometió—. Había tenido pesadillas antes, pero no así. No sé qué puedo explicarte...

—No quiero que me expliques nada, Helena —me apresuré a decir—. Pero hablarás con alguien, ¿no? ¿Se lo contarás a alguien que... que sí te lo pueda explicar a ti?

Helena se recogió las rodillas contra el pecho y apoyó ahí la cabeza.

—Sí, no te preocupes. Tengo ayuda.

—Bien.

No parecía que fuésemos a decir nada más. No hacía falta. Así que agarré mi libro, lo abrí y empecé a leer mientras dejaba que el sol me calentara, aunque iba a ser difícil después de aquel baño.

Vi que Helena sonreía un poco al verlo, y me gustó.

—Sabes lo que ocurrió con Nico —dijo, de pronto, rompiendo el silencio.

No era una pregunta, sino una afirmación.

Se me secó un poco la garganta. Un tema de los grandes. Importante.

Dejé el libro sobre la toalla, en la arena.

—Lo sé.

Helena asintió y volvió a mirar al frente, aunque me dio la sensación de que su mirada se había perdido más allá del mar.

Tomó aire y se volvió hacia mí, pero no me miró a los ojos. Tomó mi mano, mis dedos y, antes de que intuyera qué estaba haciendo, la llevó a su costado, por debajo de la sudadera.

Tardé un rato, al sentir su piel desnuda, en notar también la cicatriz que había bajo mis yemas.

—Me preguntaste cómo me las hice —murmuró. La voz, aunque suave, no le temblaba—. Fue el mismo día.

Apartó la mano, y la mía se quedó ahí, apoyada contra sus costillas. Creo que sentí su corazón latiendo bajo mi palma; tal vez fuera el mío.

Me di cuenta de que esperaba, de que aguardaba, y de que me estaba dando permiso para explorar sus cicatrices, para hablar de ellas. Deslicé el pulgar sobre esa aspereza sutil y sentí la calidez de su cuerpo contra la frialdad de mi palma helada.

—Lo imaginé.

—Y, aun así, no preguntaste nada.

Estiró su pierna, la miró, y yo bajé también hasta allí mis ojos. Si no hubiera llevado pantalones, habría visto la cicatriz alargada de su muslo.

—¿Qué podría haber preguntado?

Helena esbozó una sonrisa amarga.

—Te sorprendería saber qué tipo de cosas pregunta la gente, qué tipo de comentarios hace creyendo que... que están siendo empáticos.

Tragué saliva.

Vi que su mano acababa sobre la arena, los dedos semienterrados. Aparté la mía de su costado y la puse allí, junto a la suya, hasta que nuestros meñiques se rozaron. Helena se dio cuenta de la caricia, del gesto, y sonrió.

—Gracias por no preguntar —murmuró—. Gracias por no exigirme explicaciones.

Me molestó un poco la forma en la que lo dijo, no por ella, sino por quienes le habían hecho pensar que aquello no era normal, que era algo que agradecer.

Y no supe cómo decírselo. No supe cómo hacerle ver que no debía dar las gracias y que me volvía loco pensar que alguien pudiera haberle hecho daño así. Así que seguí un impulso y la tomé de la mano. No hubo roce sutil, ni caricia. La rodeé por completo, con fuerza y seguridad, y nos quedamos así, muy juntos sobre la arena.

—Se suponía que yo moriría antes —dijo, de pronto. Cuando me giré hacia ella, ya me estaba mirando—. Eso también lo sabías, ¿verdad?

Esbocé una sonrisa de disculpa.

—Daniel es muy charlatán, ya lo conoces.

—No me importa que la gente lo sepa. —Se encogió de hombros—. Si algún día empiezan los síntomas, habrá más personas enteradas para darse cuenta.

Se me hizo un nudo en el estómago.

—¿Piensas mucho en ello?

—Antes lo hacía —me confesó—. Con Nico lo tuve muy presente, porque algún día enfermaría, moriría y lo dejaría solo. Eso estaba ahí. Era una realidad. —Nuestras manos seguían juntas; nuestros dedos entrelazados. Por eso noté cómo se tensaba un poco. Los sentía cálidos en contraste con el frío de la mañana—. Se suponía que el Huntington me mataría antes a mí y, de pronto, un día, Nico se fue.

Helena volvió a mirarme.

—Me cambió la perspectiva.

—Creo que a mí me pasaría lo mismo —coincidí, con tiento. Sin embargo, sentí que no necesitaba mi opinión, que lo que quería era verme allí; saber que había alguien al otro lado.

—A veces pienso en el Huntington, sí. Está ahí. Pero también soy consciente de que podría aparecer lo suficientemente tarde como para haber vivido una vida plena. O, tal vez, para cuando ocurra exista una cura. —Se encogió de hombros—. También existe una posibilidad entre diez millones, más o menos, de que no llegue a desarrollarse. Los milagros existen.

—Es cierto. —Sonreí.

—O puede que cualquier otra cosa me mate antes —concluyó.

Me quedé en silencio. Arqueé las cejas.

—Eso también es cierto.

Helena se sorprendió por mi respuesta. La vi morderse los labios y reír y el sonido de esa risa aligeró un poco la tensión.

No decidimos hasta cuándo nos quedaríamos. No lo hablamos ni una sola vez.

Pasamos el resto del día en aquella playa. Consumimos las provisiones y nos movimos hasta otro restaurante de un pueblecito de la zona cuando llegó la hora de comer. No nos marchamos todavía entonces.

Condujimos hasta otro lugar apartado, hasta otra cala donde el baño estaba prohibido, y recorrimos los acantilados que la bordeaban.

Llegamos a Madrid a las doce de la noche. Dejamos la ambulancia, recogimos las cosas y nos marchamos juntos al metro.

Un poco antes de que llegáramos a su parada, me atreví a preguntarle algo.

—¿Sigues siendo la misma que el lunes?

Me miró como si no lo recordara, como si hubiera pasado una eternidad desde que me había confesado que nada parecía cambiar nunca. Y, aunque apenas habíamos estado fuera dos días, yo también lo había sentido como algo más largo, una pequeña eternidad dentro de un lapso que no atendía a las leyes del tiempo.

—No —reconoció—. No lo soy.

Aquella noche, cada uno se marchó a su casa y fue un poco extraño volver.

No tuve que darle excusas a Marco. Había pasado el fin de semana con Daniel y quizá por eso no me había bombardeado a mensajes; no sabía que había estado fuera.

Debería haberme acostado pronto. Sin embargo, cuando lo hice, cuando me tumbé en la cama, sentí como si algo no encajara. Como si yo no encajara allí.

Me pregunté si Helena también estaría sintiendo algo parecido.

Tomé *El público* y aquella noche lo acabé.

Aterrizar en la realidad aquella semana fue bastante duro. Por suerte, la llegada de Ivy a casa hizo que las cosas fueran un poco más... interesantes.

Marco me contó que no era muy habitual que abandonasen a perros de raza y, si lo hacían, encontraban a familias que los quisieran enseguida. Era diferente dependiendo de las razas, porque había prejuicios contra algunas consideradas peligrosas, pero no era el caso de los Border Collie. Ivy no encontró quien se hiciera cargo de ella porque estaba enferma, que es por lo que seguramente la había abandonado su primer dueño. Sin embargo, en cuanto se recuperase, encontraría una familia que la quisiera. Así que aquello era solo temporal.

El miércoles, cuando a la salida de mi turno pasé por la clínica para volver a casa con Marco, me encontré allí a Verónica, que también se marchaba, y me preguntó de nuevo por la noche del viernes (ya lo había hecho antes por mensaje, durante el fin de semana, y yo ya había respondido quitándole importancia, pero no le había dicho la verdad).

Marco me dio espacio mientras hablaba con ella y le faltó poco para resoplar. De todas formas, no creo que le molestase demasiado que ella supiera lo que opinaba de nuestra relación. Nosotros nos quedamos dentro, en la salita de espera, mientras Marco aguardaba fuera. Me hizo un gesto con su reloj. Lo señaló y dio un par de golpecitos para decirme que llegábamos tarde. Evité poner los ojos en blanco y carraspeé antes de seguir hablando con ella. Aquello tenía que hacerlo bien; por mí, más que por ella.

La conversación fue muy parecida a la que habíamos tenido la primera vez que cortamos, cuando había descubierto que la relación no era tan exclusiva como yo creía. Aquella vez, sin embargo, hubo menos gritos.

Me escuché a mí mismo dándole varias de las razones que me había repetido una y otra vez Marco; razones por las que no podíamos seguir viéndonos.

¿Por qué no seguir siendo amigos, amigos con derechos, si nos lo pasábamos bien juntos?

—Ese tipo de relación no es para mí —le dije.

En esa ocasión, me lo creí de verdad aunque tenía la impresión de que ella no lo hacía. Me daba igual; no volvería a pasar nada entre los dos.

Cuando salí, Marco esperaba con los brazos cruzados ante el pecho.

—Venga, dímelo. Dime con quién te largas.

Eché a andar en dirección a nuestro piso. Él me siguió, un poco sorprendido de que dejáramos a Verónica atrás.

—He cortado con ella.

—No estabas saliendo con ella —replicó.

—Ya, bueno. He roto cualquier vínculo con ella.

Marco se detuvo en medio de la calle, lo que obligó a dos señoras a esquivarnos.

—¿De verdad?

—De verdad. —Asentí y le pasé un brazo por la espalda para que avanzara—. Se acabó.

Marco dio una palmada, casi extasiado.

—Ya era hora. ¡Ya era hora! Por fin. ¿Sabes lo que parecías haciéndote eso a ti mismo? ¿Sabes lo tonto que...?

—Bueno, ya vale. Ya vale.

Marco se rio, pero no se detuvo. El resto del camino a casa lo pasó felicitándome, metiéndose conmigo y alabándose a sí mismo por ser el mejor en dar consejos.

No nos reunimos con los demás en los días siguientes. Sí que vimos a Daniel cuando vino a visitar a Ivy, pero no quedamos con el resto. No vimos a Eva, ni a Sofía... ni a Helena. Siempre había algo que hacer y no fue hasta el viernes cuando pudimos coincidir.

No lo planeamos antes. Aquella era una de las pocas tardes en las que podíamos ensayar con Mateo, pero lo canceló en el último momento, así que llamamos al resto y nos reunimos en el Ryley's para tomar unas cervezas.

Se habían sentado en una de las mesas de la pasarela del piso superior. Eva se encontraba de pie, igual que Daniel, y Sofía se había sentado en un taburete. Noté que Helena no estaba en cuanto llegamos, pero no me atreví a decir nada al principio. Esperé y solo cuando fue obvio que no andaba por allí, pidiendo en la barra o charlando con alguien, pregunté.

—¿Y Helena? ¿Hoy trabaja?

Sofía sacudió la cabeza.

—Está con Álex.

Debí de arquear las cejas y debió de notárseme, porque Sofía tuvo que añadir:

—Estaban invitados, los dos; pero creo que querían pasar tiempo a solas. El fin de semana pasado, Helena estuvo con sus padres y su hermano y no pudieron verse.

—Se echaban de menos —añadió Eva.

Sofía no contestó a eso, pero continuó mirándome. Así que puse mi mejor expresión neutra, asentí y tan solo me permití preguntarme una vez qué habría sido de las dudas que tenía sobre su relación.

Volvimos a vernos el martes, después de otro ensayo al que Marco y yo nos presentamos solos, sin Mateo, que volvió a darnos largas.

Aquel día sí que vimos a Helena.

Quedamos todos juntos para dar un paseo con Ivy y lo primero que hizo al vernos aparecer fue correr hacia ella. Ivy se vio rodeada de pronto por un grupo de siete idiotas que perdían el culo por ella, y creo que estaba encantada.

Álex también estaba allí.

No me permití pensar en mi conversación con Helena ni en lo que sin querer había escuchado sobre él, y me repetí que no era asunto mío hasta que su presencia resultó normal.

No hablé directamente con Helena en toda la tarde; no hubo ocasión. De todas formas, cuando estábamos todos juntos, casi siempre era así.

Fue una tarde tranquila y, durante los días siguientes, hubo alguna más así; tardes los siete juntos: agradables, tranquilas y sin sobresaltos.

La semana siguiente, el jueves por la noche, me llegó un mensaje al móvil.

Estuve a punto de ignorarlo, porque había quedado para salir con antiguos compañeros de la carrera y aún no había terminado de prepararme. Menos mal que no lo hice.

Era el primer mensaje en una conversación; el primer mensaje que me escribía Helena.

¿Está Marco en casa?

Respondí enseguida.

> Hola a ti también. Estoy muy bien, gracias por preguntar.
> ¿Tú cómo estás?

Helena se puso a escribir rápidamente. Escribió. Borró y escribió y, finalmente, solo envió:

> Isaac.

Contesté:

> No. Está con Daniel.

Helena desapareció de la conversación. Dejó el mensaje en visto y yo estaba a punto de preguntarle qué quería cuando tres golpes rápidos en la puerta hicieron que Ivy se pusiera a ladrar.

—Chis. Ivy, no. Chis. —La acaricié entre las orejas, para que no despertara a todo el vecindario, pero me olvidé de sus ladridos cuando vi quién estaba al otro lado—. ¿Helena?

Ella saludó antes a la perra que a mí.

Luego se puso en pie. Llevaba un abrigo y, debajo, un jersey color salmón de punto que parecía demasiado grande para ella. Se deshizo del abrigo antes de decirme nada, y luego lo dejó en el reposabrazos del sofá.

—¿Qué tal?

Fruncí el ceño.

—Muy bien, ¿y tú?

—Ahora que lo preguntas...

Se llevó las manos al borde del jersey y se lo quitó ante mi atenta mirada, dejando al descubierto una camiseta negra de tirantes y...

Acorté la distancia que nos separaba. Tomé su brazo entre las manos, para alzarlo un poco y observar de cerca el corte. Junto a otra cicatriz antigua en el hombro izquierdo, se había abierto un corte pequeño, no demasiado profundo, que ya no sangraba.

—¿Puedes olvidarte por un momento de que eres enfermero? —me dijo.

Resoplé y la miré a los ojos.

—A ver si adivino: no quieres ir a urgencias.

—¿A ti te parece que esto es como para ir a urgencias? No quiero pedir cita con enfermería.

La observé unos segundos.

—Entonces, ¿quieres que me olvide de que soy enfermero o no?

—Podrías olvidarte un poco, lo justo para evitar el impulso de obligarme a ir al médico, pero no tanto como para olvidarte de cómo se hace una sutura.

La miré. Me miró. Finalmente, suspiré.

—¿Cómo ha sido esta vez? —pregunté, mientras iba a buscar el botiquín.

—No ha sido como crees.

—¿No ha sido *supercerca* del suelo?

—Sí que lo ha sido, en realidad.

Cuando regresé, Helena ya se había sentado en el sofá e Ivy se había subido con ella, junto al brazo ileso. Tomé asiento al otro lado, agarré su mano y la apoyé en mi regazo para acercarla a mí. Helena se dejó hacer mientras seguía mis movimientos al preparar el instrumental.

Me puse guantes, desinfecté la herida y toqué con suavidad los bordes.

—No es tan fea como la de la última vez —admití—. Te pondré puntos de papel, aunque no creo que lo que estoy haciendo sea ni medianamente ético. Si se te cae el brazo a trozos negaré haberlo hecho.

—¿Se me va a caer el brazo a trozos? —Enarcó las cejas.

—Nunca se sabe.

Se apartó y se giró para darme un leve empujón. La reprendí, pero me reí un poco.

—Eh, no te muevas.

Empecé a poner los puntos y, antes de acabar, tuve que detenerme un par de veces más para pedirle que, por favor, no acariciara a Ivy mientras tanto.

Me puse en pie mientras me quitaba los guantes.

—Bueno, ¿cómo ha sido esta vez? ¿Has vuelto a buscar en tu agenda a la peor persona posible?

—Sí. —Sonrió—. He buscado a la persona más irresponsable y a la que toma decisiones más cuestionables y he venido hasta aquí.

Cuando terminé de guardarlo todo y volví, me crucé de brazos.

—Pues yo creo que es mentira.

—Yo no miento —replicó, con rapidez.

Tenía la melenita recogida en un moño mal hecho y varios mechones de pelo caían a ambos lados de su rostro.

—Yo creo que me has buscado porque sabes que puedes confiar en mí.

La falta de provocación en esa afirmación, la sinceridad implícita y la seriedad debieron de desconcertarla, porque parpadeó y esperó unos instantes antes de responder.

—Confiaba en que, con tus antecedentes, después del primer incidente de este tipo, entrarías en razón y...

Le hice un gesto con la mano para que cortara el rollo, un poco divertido, y no insistí más porque notaba que se estaba avergonzando un poco.

Durante unos instantes nos quedamos en silencio.

Luego Helena me miró. Paseó sus ojos de arriba abajo por mi imagen, desde el jersey hasta los vaqueros negros.

—¿Ibas a salir? —preguntó.

La observé ahí sentada en mi sofá, despeinada, con el brazo recién cosido y aun así llena de humor y entonces pasó algo que no esperaba: mentí descaradamente.

—No. —Helena volvió a bajar los ojos hasta mis vaqueros. Me obligó a mentir más—. Acababa de llegar. ¿Y tú... qué hacías antes del incidente? ¿Ya has cenado? —Sacudió la cabeza—. ¿Tienes hambre?

—No quiero molestarte —se apresuró a decir.

Quizá no se creía que acababa de llegar; quizá sabía que estaba mintiendo.

—Bueno, me parece que ya es tarde para eso. Me da la impresión de que, obligándome a curarte la herida lejos del hospital, me has hecho cómplice de uno o dos delitos.

Dejó escapar una risa dulce, cantarina. Sacó el móvil del bolsillo.

—Vale. Te invito a cenar, por las molestias. ¿Pizza? ¿Sushi?

Al final, pedimos tailandés; una cantidad desorbitada de comida que comimos mientras veíamos *Las chicas Gilmore*.

Después de dos capítulos y medio, me obligó a cambiar y me puso *Anne with an E*, que a todas luces sería dramática y lacrimógena a más no poder. Pero no pude decirle que no, literalmente. Se apoderó del mando, negándose a aceptar cualquier otra opción; se negó incluso a marcharse cuando le dije bromeando que me quería ir a dormir, y vimos un capítulo hasta el final.

Antes de que pudiera poner el siguiente, Marco me preguntó si estaba por ahí para volver a casa conmigo y, cuando Helena se enteró de que volvía, recogió su jersey, se despidió de Ivy y después me dijo adiós a mí.

No me pasó desapercibida la mirada a la mesita de la sala de estar, donde descansaba el ejemplar de *El público*, ya terminado.

Había pasado tiempo desde la noche del cine y quizá se estuviera preguntando si ya habíamos dejado de jugar, si me habría cansado.

En realidad, esperaba el momento para ganar.

50

NICO Y HELENA

Ese año decidí trabajar a jornada completa. Había un par de másteres que me gustaban, pero el sueño de Ophelia era un poco más real después de aquel boleto premiado, y un año más de estudios me habría alejado considerablemente de él. Así que decidí invertir ese tiempo en ahorrar lo que faltaba para que aquello no fuera absurdamente arriesgado.

Ya surgiría algo; ya encontraría la forma. Lo sabía. Helena tenía razón. Tenía fe, un plan, una convicción ciega. Algún día, en algún lugar, hallaría el modo de que Ophelia fuera real.

El vigesimoprimer cumpleaños de Helena fue blanco. En Madrid, el invierno había llegado especialmente gélido y, cuando no llovía, nevaba.

Volvimos a reunirnos todos. Aquel año, la tarta fue menos macabra y más grande, porque me dejaron hacerla a mi gusto. Supongo que fue una concesión que hicieron debido a que ahora estábamos juntos y a que les dije que quería preparar algo especial.

Salió enorme, mucho más grande de lo que había calculado, y tuve que fingir que había sido a propósito. Imagino que no se lo tragaron, pero, aun así, no me gritaron demasiado.

Hice una tarta de chocolate y la adorné con chocolatinas que sabía que le gustarían. También le puse canela y un borde de glaseado. Había conseguido varios moldes circulares de distintos tamaños y de aquella tarta enorme saqué una alargada, altísima, que dejó a Helena con la boca abierta.

—Para la chica de las alturas —le dije, al depositarla sobre la mesa.

Helena sopló las velas con las luces apagadas y Daniel tardó más de la cuenta en volver a encenderlas mientras todos aplaudíamos y la provocábamos para que nos contara qué deseo había pedido.

Eva le regaló un conjunto deportivo, con mallas largas y un top ajustado, que me moría por verle puesto.

—No tenías por qué —le aseguró Helena, sorprendida.

—Sofía me ayudó a elegirlo —explicó—. ¿Te gusta?

—Me encanta. Así que habéis ido juntas de compras... —observó.

Yo pensé lo mismo; y puede que Daniel, con aquella sonrisa malintencionada, también. Sin embargo, todos fuimos buenos y no comentamos absolutamente nada. Sabíamos que, si estaban acercándose, cualquier comentario podría hacerles dar un paso atrás. Y aquello, después de tanto tiempo, habría sido un crimen.

Daniel le regaló un pequeño lienzo con un bosque en relieve. Ella estuvo un buen tiempo admirando lo bonito que era y decidiendo dónde lo pondría al llegar a casa. Sofía le regaló una pulsera y una poesía que hizo llorar a Helena; primero de la risa, quizá por algo más después.

Todos me miraron al acabar.

—Es privado —repliqué.

—¿Cómo que privado? —inquirió Daniel, que se puso en pie para acercarse a donde estaba en la mesa—. ¿Qué le has regalado?

—Privado significa que no te lo voy a contar.

—¿Qué? ¿Por qué no? —Sostuve su mirada, sin responder—. ¿Solo se lo vas a enseñar a Helena?

—Sí.

—¿Es algo que nos haría avergonzarnos?

A Helena se le escapó una carcajada.

—No —resoplé, y me crucé de brazos—. No insistas, Daniel, no te lo voy a decir.

Daniel se giró hacia ella.

—Nos lo dirás tú, ¿verdad?

Apenas podía contener la risa.

—Si Nico dice que es privado... —se excusó.

No dijo nada más; no insistió igual que insistía Daniel, pero yo vi la curiosidad en sus ojos dorados.

Esa noche se quedó en mi piso y Eva se ofreció para acompañar a Sofía a casa para que no tuviera que volver sola. Nadie le comentó que, después de acompañarla, ella se encontraría con el mismo problema. Quizá no había problema.

En cuanto nos quedamos solos, Helena se subió a mi cama con cuidado de no tocar los libros que hacían equilibrios sobre la librería y miró a su alrededor.

—Estoy lista para mi regalo.

Me metí las manos en los bolsillos.

—Así que solo te has quedado por eso...

—Y por más cosas —respondió, resuelta.

—Más cosas... —repetí, y di un paso adelante.

—Me gusta el café cuando lo preparas tú.

—Mmh... —Me senté en el borde de la cama.

—También me gusta ese póster en ese sitio tan normal —señaló.

Se levantó de donde se encontraba y comenzó a acercarse a mí con lentitud.

—¿Nada más?

—¿Te he dicho ya que quiero mi regalo?

Deslicé la mano tras su nuca y la empujé ligeramente hasta que quedó de espaldas sobre el colchón para inclinarme y robarle un beso largo y meditado.

Me miró desde abajo con los labios enrojecidos y un poco húmedos; sus mejillas empezaban a sonrojarse y tenía una mirada que prometía perversión. Me resultó muy complicado no volver a descender hasta su boca.

—Entonces sí que era un regalo que les habría hecho avergonzarse.

Me eché a reír y me levanté para poner un par de pasos de distancia entre los dos; al menos por ahora. Debía tomármelo en serio. Luego...

—No puedo dártelo todavía.

Frunció un poco el ceño.

—¿No ha llegado?

—Algo así.

Ladeó la cabeza.

—¿Merecerá la pena?

—Yo diría que sí. —Sonreí, y ella pareció aceptarlo—. ¿Por qué otras razones decías que te habías quedado a pasar la noche?

Helena se rio, se echó hacia atrás para esperarme y volví a besarla.

Aquel diciembre nevó; nevó tantísimo que suspendieron las últimas clases antes de las vacaciones de Navidad. Por mi parte, tendría que trabajar un par de festivos, así que me dieron fiesta unos cuantos días.

Fueron un sueño.

Helena se las ingenió para llegar un día por la mañana, mientras todos los telediarios recomendaban no salir de casa, ir en coche lo menos posible y evitar incluso el metro.

Llegó con un abrigo que le cubría hasta por debajo de las rodillas, un gorro de lana que le tapaba las orejas y unos guantes sobre los que sostenía la caja de cartón de una pizzería. También se trajo los libros para los exámenes de enero.

De vez en cuando, Helena me preguntaba: «¿Ha llegado ya mi regalo?».

Llevaba conmigo los últimos días y sabía que ni yo había salido ni ningún repartidor había pasado por allí, así que debía de imaginar que el regalo, cuanto menos, era especial.

La desperté una mañana un poco antes de que saliera el sol. Hacía solo unas horas que nos habíamos acostado y la primera respuesta fue una protesta que se parecía mucho a un gruñido, pero conseguí que se levantara.

—Ponte el jersey —le pedí, mientras le tendía uno de los más gordos que tenía.

Helena me observó largamente: el gorro, el abrigo, la bufanda que me cubría medio rostro y que, aun así, no había evitado que se me pusiera roja la nariz.

—Es tardísimo —murmuró, con voz ronca y cierto tono de reproche—. O prontísimo, según cómo se mire. Sea como sea... ¿a dónde vamos?

—A por tu regalo.

Cuando empezó a calzarse las botas, la detuve.

—Zapatillas —le sugerí.

Helena arqueó una ceja larga y elegante.

—Zapatillas. Hazme caso.

Lo hizo. Se abrigó y salimos juntos de la habitación. Cuando se encaminó hacia la puerta, yo le hice un gesto hacia el otro lado.

Me dedicó una sonrisa curiosa, expectante. Sin embargo, antes de que llegara al balcón, la detuve.

—Sin mirar.

Seguía sonriendo; no dejaba de hacerlo. La expectación, los nervios, las ganas de descubrir qué había al otro lado... hacían que las comisuras de sus labios tiraran hacia arriba casi sin querer, como si no se diera cuenta.

Permitió que le tapara los ojos sin hacer preguntas y se dejó guiar hasta la barandilla del balcón. Me gustó que confiara en mí, que no dudara un solo instante cuando le dije que teníamos que subir al tejado.

A medio camino, mientras nos abríamos paso entre la vegetación, empecé a preguntarme cómo de temerario estaba siendo, si no se me habría contagiado un poco la imprudencia de Helena. Aquello era propio de ella, no de mí. Pero seguimos adelante.

Helena había subido tantas veces a aquel tejado que se sabía el camino a la perfección: los lugares donde podías apoyarte y los que no, las ramas de aquel árbol que aguantaban el peso y las que se romperían nada más pisarlas. Lo hizo prácticamente tan rápido como le había visto hacerlo con los ojos abiertos.

Quizá deberíamos haber cambiado nuestros hábitos.

Cuando llegó arriba, le di la mano para que no resbalase. Había estado limpiando la nieve, pero apenas unos minutos habían hecho que la superficie despejada del tejado se cubriese de blanco de nuevo y fuese peligrosa.

Limpié con la mano justo en el borde y me senté allí con ella, todavía con los ojos vendados y muerta de risa a pesar de que no se imaginaba qué tenía a sus pies.

—¿Estás preparada?

—Siempre —respondió.

Le quité la venda con cuidado, Helena levantó un poco la cabeza, buscando su sorpresa, y la vi tomar aire y contener el aliento. En una fracción de segundo decenas de copos de nieve se posaron sobre sus pestañas oscuras.

—Eso es buena señal, supongo.

Sacudió ligeramente la cabeza y parpadeó.

—Vaya —murmuró. Se levantó un poco para acercarse aún más al borde y asomarse—. Es... dios mío, es... ¿Madrid?

Abajo, sobre los árboles y la vegetación que crecía sin control y había engullido un patio que debió de ser bonito, cientos de luces diminutas, anaranjadas, doradas y ocres, formaban manzanas, calles y plazas entre la nieve que no dejaba de caer.

Me reí.

—Bueno, no todo. Solo es...

—La Torre de Cristal —exclamó, casi sin aliento—. Eso de allí son las torres. Son...

Hizo un amago de levantarse y un pie se le resbaló. La agarré de la muñeca justo a tiempo de evitar que se cayera de culo sobre el tejado.

—Cuidado —le advertí, cada vez más contagiado por su entusiasmo—. Imagínate lo que nos costaría explicar esto si te caes de aquí arriba.

Helena se giró hacia mí y se mordió los labios. Sus ojos reflejaron mil luces nocturnas. Tuve que alzar la mano para quitarle un copo de nieve que se derretía sobre su mejilla encendida.

—¿Desde hace cuánto planeas esto?

—Un tiempo. Tenía que nevar mucho.

Volvió a mirar abajo y después arriba. Alzó la cabeza y cerró los ojos. La nieve caía a nuestro alrededor con fuerza, tiñéndolo todo de blanco, difuminando las luces y haciendo la atmósfera más mágica.

—Ven. —Le tendí la mano.

—Quiero quedarme un poco más.

—¿No quieres ver el resto? —la provoqué.

Sus ojos se iluminaron mientras sus pulmones se llenaban con el frío de diciembre.

Empezamos a bajar cuando el cielo había pasado de un azul oscuro a un azul más suave, cuando un arañazo de luz de azafrán se coló entre los resquicios del fin del mundo.

Tuvimos mucho cuidado por la nieve, pero volví a preguntarme si no habría dejado que sus insensateces se apoderasen de mí demasiado. Cuando llegamos a nuestro balcón, pasé de largo y seguí descendiendo por el árbol. Miré arriba para comprobar que Helena me seguía y me encantó ver la cara que ponía.

Al llegar abajo le tendí la mano y ella descendió de un salto; ágil, elegante, como una pluma descendiendo blandamente.

—Nunca había estado aquí abajo —dijo, en un susurro.

No había luces en las ventanas que daban al patio y las que había colocado yo en la copa de los árboles y en la cima de la maleza brillaban de una forma especial sobre nuestras cabezas.

Helena avanzó sin dejar de mirar arriba, pendiente de esas constelaciones que parecían a punto de derrumbarse sobre nosotros, entre los árboles, las ramas y la nieve.

No necesitó mirarme para encontrar mi mano y entrelazar sus dedos tibios con los míos.

—Es increíble, Nico.

No aparté los ojos de ella.

—Lo es.

Por fin, bajó la vista y miró a su alrededor, a aquel pequeño bosque, a ese espacio que parecía sacado de otro mundo. No había tenido tiempo de hacer gran cosa. Apenas había podido adecentar el lugar, podar las ramas más peligrosas y limpiar el camino. Tampoco habría podido hacer mucho más si no quería que Helena se diera cuenta al asomarse por la ventana.

Nos abrimos paso entre la nieve, sobre un camino empedrado, hasta alcanzar el tronco de uno de los árboles más viejos que crecían allí dentro.

Las luces eran especiales. No formaban nada en concreto; eran luces y ya está. Se entrelazaban sobre nuestras cabezas, entre las ramas de los árboles, como un manto de constelaciones, vivas y parpadeantes, cuando la nieve las atravesaba y caía en nuestras cabezas.

Agarré a Helena de las manos.

—He estado pensando en todo lo que hablamos: en Ophelia, en mis planes, en los tuyos y en que un día te dije que era triste que no los tuvieras...

—Ahora sí que los tengo —replicó, en un murmullo.

Quería mirarme, pero sus ojos danzaban de un lado a otro inevitablemente; saltaban entre las luces, la nieve y los árboles, cuyas hojas empezaban a ser heridas por la luz del amanecer.

—Lo sé —contesté—. Lo sé y estoy orgulloso de ello. Y agradecido por poder compartirlos contigo. Por eso estoy aquí, para darte las gracias por dejarme formar parte de este gran plan que es tu vida, Helena. Solo quiero pedirte que no lo abandones nunca: sé amable siempre contigo misma, comete errores, crece, conoce a gente apasionante, disfruta...

—Visto así, sí parece un gran plan —coincidió, con una sonrisa.

—Lo es. Y yo tendré suerte si puedo seguir compartiéndolo contigo.

Helena no pudo resistirse más y me besó. Sus ojos descendieron a mis labios y volvieron a buscar mis ojos de nuevo. Al instante, sentí su boca contra la mía, su cálida respiración, el tacto helado de sus mejillas.

Se apartó un poco y me ruboricé al ver que parecía emocionada, que sus ojos brillaban, que aquello... que aquello le había gustado.

—¿Todo esto, entonces, ha sido para decirme...?

—Es un poco tonto —me excusé, con una risa nerviosa—. Soy consciente, pero quería decirte que tienes el mundo a tus pies y que al mismo tiempo —extendí los brazos y miré a nuestro alrededor— eres parte de él, una parte que hace que mi mundo sea más bonito.

Me sorprendió lo sencillo que fue decirle lo que sentía y lo fácil que parecía haber sido que lo entendiera.

La vi volverse un segundo, enjugar una lágrima traicionera y coger aire con fuerza.

—Yo también estoy agradecida de formar parte de tu historia, Nico.

Sus dedos oprimieron los míos con suavidad y sentí esa caricia como una promesa.

La meta no importaba demasiado si llegábamos de la mano.

Pasamos juntos aquellas Navidades, transitando de su piso al mío. Dormir juntos cada noche era un pacto que no habíamos hecho en voz alta. A veces, ella se quedaba a dormir; otras, era yo quien se marchaba.

Helena se acostumbró a traerse siempre el cepillo de dientes, algo de ropa y el lienzo que le había regalado Daniel. Creo que había empezado como una broma, como una forma de demostrarle lo mucho que le había gustado, pero se había convertido en un ritual. También pienso que el destino tuvo algo que ver, que la misma fuerza que me empujaba a mí hacia Ophelia o que la había empujado a ella a subir a las alturas actuó con ese lienzo, porque a mí me dio la oportunidad perfecta de pedirle que no se lo llevara nunca más, que lo dejara en casa y que se quedara también.

Aquella primavera nos mudamos juntos.

No fue difícil convencer a Eva y a Sofía, que compartieron una mirada que callaba muchísimo antes de decir a la vez que sí, que por nosotros estaban dispuestas a mudarse juntas.

Una semana después, Eva me llamó de madrugada para contarme que se habían dado su primer beso.

Aquel año hicieron un homenaje por el aniversario de la muerte de Gabriel, en Chicago. Todos lo seguimos desde casa, desde las redes. Fue un poco extraño y tenso, y creo que Helena lo notó, porque en algún momento tomó aire y dijo: «Somos dos personas diferentes».

Con eso fue suficiente.

Y nos alegramos de haber hecho nuestro propio homenaje, uno que probablemente fue un poco egoísta por nuestra parte porque todos (excepto Helena, que tenía aprecio de verdad hacia su figura) nos reunimos allí pensando solo en ella, en esa etapa que parecía estar cerrándose, en esa herida con la que estaba aprendiendo a vivir.

No había ni rastro del Huntington en Helena. Incluso habían desaparecido algunos de los síntomas que creía haber estado experimentando y que, probablemente, solo habían sido producto del estrés. De vez en cuando hablábamos de ello; hablamos de aquello que le quitaba el sueño, de sus opciones, de lo que podría o no podría ocurrir. Sin embargo, nunca hablábamos de ganar o de perder, tampoco de luchar. Hablábamos de posibilidades reales, de mala suerte, de miedo y de esperanza. Y cada vez podíamos hablar un poco más, como si avanzáramos por una cima escarpada, paso a paso, abordando los temas difíciles, los incómodos, los necesarios.

Algunas charlas eran duras. Algunas nos hacían discutir, porque en ocasiones teníamos formas distintas de entender la vida y la muerte; pero al final lo que importaba de verdad era que ambos queríamos lo mismo: compartir el camino, durara lo que durase.

Aquel verano tampoco pudimos viajar al norte, a ese viaje que también nos habíamos propuesto hacer juntos. Yo tenía que trabajar y Helena tuvo que estudiar. Recuerdo que por aquella época escribió un artículo que tituló *Sueños caros* y en él habló sobre lo difícil que era para los jóvenes aspirar a tener un hogar, una familia, un sueño. Fue uno de sus artículos más leídos.

Los dos tuvimos mucho que hacer. Así que decidimos posponer el viaje y volver a intentarlo el próximo verano.

El mar podía esperar.

51
HELENA E ISAAC

Llevaba los últimos días buscando señales, un poco tensa. Sabía que Isaac no había estado en mi piso y, aun así, no había podido evitar fijarme en cualquier detalle. Me había descubierto abriendo libros por la mitad o mirando dentro de las cajas de cereales. Sin embargo, fue al ponerme a revolver en mis bragas que me dije que era suficiente. Quizá el juego había acabado con la frase del espejo.

Aquella mañana habíamos quedado para dar un paseo; se podría decir que Ivy había mejorado nuestras rutinas, pero lo cierto es que esos paseos no solían terminar en lugares precisamente sanos. Íbamos camino del Retiro mientras Marco nos leía el último mensaje de Mateo y despotricaba. Estaba de un humor de perros.

—¿Cómo ha podido? ¡Cuando estamos consiguiendo bolos!

Isaac parecía tomárselo con más filosofía. Llevaba las manos en los bolsillos y caminaba tranquilamente. Era él quien nos guiaba, quien marcaba el ritmo y decidía cuándo cruzar, cuándo girar.

—Puede que no hubiera química —contestó—. Ha probado, no le hemos gustado.

—Pero ¿cómo no vamos a gustarle? ¿Y él? ¿A quién le gusta él?

Daniel le dio un par de palmaditas en el brazo, divertido por un mal humor que en él no parecía habitual.

—Yo casi que me alegro. No terminábamos de enca...

No dejó que Isaac acabase.

—Pero ¡¿cómo te vas a alegrar?! —Se volvió hacia nosotras—. Nos han llamado, del Ryley's. Quieren que actuemos.

Estuve a punto de darle la enhorabuena; sin embargo, una mirada a Isaac, que negó con la cabeza, fue suficiente para que me mordiera la lengua. Sofía los miraba con los ojos muy abiertos, como un cervatillo asustado sin atreverse a intervenir tampoco.

—Que toque Eva —les propuse.

Eva se rio. Daniel volvió a agarrar a Marco del brazo.

—¡Sí! Que toque Eva. Eva toca muy bonito, y sabe cantar.

Marco se giró hacia ella. Era la primera vez en todo el camino que dejaba de gritar. En cuanto vio su expresión, Eva sacudió la cabeza.

—No. No. Lo dice de broma, Marco. Yo solo toco la guitarra acústica.

—Podéis adaptaros. Hacer un sonido diferente. Eva toca muy bien. —Sonrió Sofía.

No me había dado cuenta al abrir la boca, pero aquella tardé presioné una tecla y ya no hubo marcha atrás.

Marco continuó rumiando la idea todo el paseo, Eva continuó negándose, muerta de vergüenza. No dejaron de pensar en ello hasta que pasamos por delante de un hotel y algo más importante interrumpió todos nuestros pensamientos.

Un grupo de personas apiñadas miraba hacia arriba. Un par de coches patrulla. Varias cámaras apuntando al cielo. Todos estaban pendientes de una pancarta que colgaba de lo más alto, de un tramo de edificio sin ventanas, muy cercano a la azotea, pero no lo suficiente como para que los operarios que se asomaban desde arriba llegaran a ella.

—¿Qué demonios? —masculló Marco, que detuvo su campaña de reclutamiento un instante.

Todos nos detuvimos sin poder evitarlo.

—¿Qué pone? —preguntó Eva—. ¿Qué ha pasado?

Estábamos al otro lado de la calle y la pancarta, aunque grande, no eran tan gigantesca como para poder leerla bien. Entrecerré los ojos, agucé la vista y...

—«El teatro es poesía que se sale del libro para hacerse humana» —leyó Isaac.

—¿Qué cojones...? —empezó Daniel—. ¿Qué quiere decir eso? ¿Ha habido alguna polémica reciente con ese hotel?

Sofía sacudió la cabeza.

—Ni idea. No me he enterado de nada.

Ivy pegó un leve tirón de la correa que llevaba Marco y esa fue la señal que necesitamos para reemprender la marcha. Ya casi habíamos llegado.

—¿Cómo era la frase? —preguntó Eva, con el móvil en la mano.

Se la repitieron, buscó durante un rato y encontró fotos. La pancarta llevaba ahí desde primera hora de la mañana; probablemente más tiempo.

—Bueno, ¿y contra qué protestan? ¿De quién es ese lema? —insistió Daniel, mientras atravesábamos una de las puertas del Retiro.

Nos adentramos enseguida por uno de sus caminos rodeados de verde, de arbustos frondosos, árboles altos...

Eva continuó buscando mientras hacían sus conjeturas y se aventuraban a lanzar ideas. Yo también estaba intrigada.

—No lo saben —informó Eva, al cabo de un rato—. Las cámaras del hotel no graban la fachada y los edificios colindantes no apuntaban hacia su azotea, así que no tienen ni idea de quién lo ha hecho.

Pasamos por el único arbusto en flor de todo el paseo: un explosivo color rojo que salpicaba el verde en diminutos racimos de flores de cinco pétalos.

—Qué estúpido —opinó Daniel—. ¿Quién se cuelga de un edificio para poner una pancarta y no reclama el mérito?

Sentí un cosquilleo en las puntas de los dedos.

Eva volvió a mirar la pantalla.

—No pertenece a ningún colectivo. De hecho, la frase es de...

Era consciente de lo que iba a decir antes de que terminara. Lo supe en el mismo instante en el que me giré hacia Isaac, que caminaba a mi lado por detrás del resto. Estaba pendiente de mí. De alguna manera, supe que me había estado mirando todo este tiempo, esperando ver el instante en que lo entendiera...

Me quedé sin respiración.

—... Lorca —terminó Eva.

Estuve a punto de gritar. Quise hacerlo. Quise hacerlo con todas mis fuerzas, sin poder controlarlo, sin saber muy bien qué es lo que iba a gritar; pero Isaac supo verlo a tiempo, se acercó a mí, me rodeó la cintura con un brazo y me tapó la boca con la mano.

Se estaba riendo.

Los demás se dieron cuenta. Cómo no iban a darse cuenta si con su tamaño estuvo a punto de tirarme al suelo, si los dos estuvimos a punto de chocar con una pareja que intentaba disfrutar del paseo.

Isaac se disculpó; con ellos, no conmigo.

Marco le dedicó una ceja arqueada.

—Es que casi se cae. Ya sabéis lo torpe que es.

Yo reaccioné apartándome de él y dándole un puñetazo en el hombro.

—Es mentira. Ha estado a punto de tirarme.

Y mis palabras, mi gesto... de alguna manera los convencieron. Un tropiezo. Había sido un tropiezo.

Eva y Daniel estaban demasiado absortos por la historia de la pancarta como para prestarnos más atención y siguieron andando, lanzando teorías y buscando información. Marco y Sofía solo escuchaban con modesta atención.

El corazón me latía con fuerza mientras yo también avanzaba. No pude dejar de mirar a Isaac, que caminaba a mi lado mientras trataba de ocultar una sonrisa.

La situación me pareció... surrealista. De alguna forma, algo grande había cambiado. Algo grande y pesado que ya no era igual que antes, y nadie se daba cuenta; nadie salvo nosotros dos.

Isaac alzó una mano hacia mí, pero no para silenciarme: puso dos dedos bajo mi barbilla y me obligó a girarla, a dejar de mirarlo.

Aparté sus dedos de un manotazo.

—¿Cómo narices se te ocurre? —mascullé, en voz baja.

—Chiss —me mandó callar.

—¿Cuándo lo has hecho? ¿Y cuándo has...?

Acortó la distancia entre los dos con una velocidad insultante y entonces volvió a intentar taparme la boca. Sentí sus largos dedos aferrándose a mis mejillas con delicadeza y yo volví a quitármelo de encima.

Se inclinó un poco para decirme algo al oído.

—Has perdido.

—¿Cómo dices? —pregunté.

—Que has perdido. Te he advertido, pero no dejas de parlotear. —Hizo un gesto con la mano—. He ganado.

Casi me atraganto.

—Claro que has ganado. ¿Estábamos probando la falta de cordura?

Isaac sonreía y vi en esos labios, en esa boca, un matiz que no había visto antes en sus sonrisas: algo radiante y tímido, algo exultante y nervioso.

Llegamos hasta una amplia zona donde la gente soltaba a sus perros y Marcó permitió que Ivy corriera libre mientras los demás se sentaban en el césped. Parecía que se recuperaba bien.

No me hizo falta compartir una mirada con él para decidir que ambos seguiríamos paseando, un poco apartados del resto.

Aquella mañana había amanecido con viento. De vez en cuando se levantaba una ráfaga que levantaba los pañuelos sobre los que se habían sentado algunas parejas, agitaba las ramas de los árboles y hacía que yo tuviera que apartarme el pelo de cara. Ese aspecto despeinado por el viento en Isaac quedaba muy bien.

—¿Cómo? —lo interrogué—. Es una zona transitada, incluso por la noche. ¿Cómo no se dio cuenta nadie a través de...? ¿Cuántos? ¿Diez pisos? ¿Quince?

Una amplia sonrisa.

—Así que estás tan loca como para considerar que escalaría en libre todos esos pisos... No imagino por qué. —Hizo una pausa, deleitándose seguro con mi desconcierto—. Subí solo los dos últimos —me explicó, al fin, mientras se giraba hacia nuestros amigos. Marco acababa de lanzarle una pelota a Ivy y esta había salido corriendo tras ella como una bala—. No iba a escalar toda la fachada. Salí por la ventana de un pasillo de almacenaje, la colgué y volví dentro. Nadie me vio.

Casi se me sale el corazón del pecho.

—¿Y las cámaras de dentro?

—No había cámaras en ese pasillo. Descuida. Me aseguré antes.

Me entraron ganas de matarlo.

—¿Y en el resto? Las cámaras te habrán grabado entrando al vestíbulo, metiéndote en el ascensor y...

—Un tiempo después saliendo en uno de los pisos, buscando una habitación muy confuso, y regresando después al vestíbulo. Fui muy rápido.

No podía creérmelo. No podía...

—¿Por qué arriesgarte por algo tan absurdo?

—¿Por qué arriesgarse por la Torre de Cristal? ¿No había cámaras en la zona? ¿No había gente paseando abajo?

Nos quedamos en silencio, mirándonos, hasta que una carcajada incontrolable e incrédula brotó de mi garganta, y ya no pude parar. Debí de contagiarlo a él también, que se echó a reír de forma más discreta, todavía pendiente del resto, mientras intentaba acallarme a mí.

No pudo.

—Chis... Helena... Chis... —No era capaz de aguantarse—. Que nos van a mirar. Nos miran. Nos miran...

Me daba igual. Él tendría que inventar algo, porque yo no iba a poder. Continuamos riendo y riendo, mientras el sol intentaba atravesar la copa de los árboles y hería los ojos de Isaac, su piel siempre bronceada, su sonrisa.

—¿Te gustó *El público*? —pregunté, procurando serenarme.

—No entendí absolutamente nada —contestó, con sinceridad—. Quería contestarte con alguna cita del libro... Pero no entendí nada. Me sentí tontísimo durante toda la lectura, Helena. Tontísimo. Daniel me explicó algunas cosas, lo de la máscara y los cuchillos y... —Se detuvo—. La frase es de una entrevista que le hicieron a Lorca.

Me di cuenta de que eso significaba que se había tomado muchas molestias por un juego del que ni siquiera habíamos hablado en voz alta. Más allá de subirse a la fachada de un puñetero hotel, había pasado mucho tiempo pensando en mí, en algo que me haría reaccionar.

—«El teatro es poesía que se sale del libro para hacerse humana» —repetí.

Asintió.

—Se acabó el juego —añadí.

—Se acabó.

Sentí algo dentro del pecho. Podría haber sido euforia por lo que habíamos compartido, o podría haber sido vacío por lo que ya no compartiríamos más.

Sin embargo, la sensación fue muy distinta; la sensación fue la de algo echando raíces, creciendo, llenando el espacio, llenando las grietas.

Un petirrojo se detuvo muy cerca de nosotros justo antes de que decidiéramos volver con el resto. Fue un instante, solo uno. Dio la impresión de que ladeaba la cabeza, como esperando algo y, después, cuando nos movimos, se espantó y alzó el vuelo.

52
ISAAC Y HELENA

Había algo ahí, desde que Helena había descubierto la pancarta, vibrante y dorado, que parecía a punto de estallar todo el rato, en cada mirada cómplice, en cada risa, incluso en cada respiración.

Me gustaba tener otro secreto entre los dos. Había muchos, la mayoría extraños y un poco inexplicables pero llenos de sentido, como lo había estado el viaje a la costa o subir por aquella fachada la noche anterior.

Aquel mismo día subí a mi perfil una de las fotos que había encontrado en mi móvil al volver a casa, tras nuestra fuga. Había tardado un rato en ubicarlas, en darme cuenta de que debían de ser de la última mañana en la playa, justo después de la noche que había pasado en vela viendo a Helena dormir.

Me preguntaba qué habría visto aquel día para querer inmortalizar ese momento. Por eso la subí, porque me gustaba pensar en ella sacando el móvil, observándome y disparando.

No habíamos hablado de aquellas fotos. Tampoco dijo nada cuando Marco se dio cuenta, me preguntó dónde diablos la había sacado e hizo mil cábalas y conjeturas que acabaron siendo tan disparatadas que el tema pronto pasó a ser otro.

Otro secreto entre los dos. Eso era.

Después de jugar con Ivy y charlar un rato tirados en el césped, poco a poco los demás fueron excusándose. Era extraño coincidir a plena luz del día todos juntos, quizá por eso Helena protestó tanto como yo cuando empezaron a marcharse, y más aún cuando se hizo evidente que nuestra mañana en el Retiro había acabado.

Me costó mucho preguntarlo, muchísimo. Dejé incluso que Helena se pusiera de pie, dejé que echara a andar... ¡eché a andar también! Y, para cuando ya llevábamos un tramo recorrido con Marco y Daniel, que eran los últimos en irse, se me ocurrió abrir la boca.

—Podemos quedarnos —le dije. Helena se volvió para mirarme, sin responder—. Yo no soy un hombre tan ocupado como nuestros amigos.

Helena arqueó las cejas.

—¿Quieres quedarte?

Carraspeé un poco.

—Solo si tú quieres...

—Oh, sí. Bueno. Sé que me he puesto un poco dramática por no querer volver a casa, pero no voy a morirme de verdad —contestó.

—¿Entonces no...?

—¡Sí! Sí que quiero, lo que digo es que no quiero que tú te quedes si no...

—Oh, vale ya —nos atajó Marco—. Quedaos. Quedaos a seguir tirados al sol. Las personas con responsabilidades nos vamos a cumplir con nuestras obligaciones. Nos llevamos a Ivy, ¿vale? Ya está cansada —añadió con amabilidad cuando tendió la mano hacia mí.

Le entregué la correa y agradecí su interrupción, porque tenía la sensación de que no habría sabido salir de esa conversación sin una retahíla larguísima de «oh, ¿seguro que quieres? Yo quiero solo si tú...».

Si hubiese tenido una pared delante me habría dado un cabezazo.

Pero era normal, ¿no?

Helena y yo nunca nos habíamos quedado solos, teóricamente.

Habíamos estado a solas en aquel viaje, en la costa; pero aquello había sido una situación completamente aparte, desligada del tiempo y de la realidad donde las normas no contaban. También había ocurrido la primera vez que me había buscado para que le cosiera una herida... y la segunda, pero aquello tampoco contaba. Ninguna de aquellas veces era tan simple como esta, tan cotidiana, tan... natural.

Por eso debí de sentirme extraño. Por eso debía de parecer tan tonto.

Sin embargo, acompañamos a nuestros amigos hasta una de las salidas y, en apenas unos minutos, la extraña incomodidad desapareció.

—¿Escribirás en tu perfil sobre la pancarta?

Helena se giró hacia mí, divertida.

—¿Debería?

Me encogí de hombros.

—Tengo información privilegiada sobre los hechos, si necesitas fuentes.

Rio un poco.

—Es posible que lo haga.

Seguimos paseando sin que tuviéramos que acordar nada. Tampoco lo decidimos cuando nos sentamos en una suave colina desde la que se veía parte de un arroyo, el puente de madera y los árboles del camino. El suelo estaba cubierto de pequeñas flores de tonos ocres; al principio creí que crecían allí, pero pronto descubriría que habían caído de los árboles.

Estábamos cerca el uno del otro y aquella proximidad me recordó el fin de semana que habíamos pasado en la arena, observando el mar.

—He estado haciendo mejoras en la ambulancia.

Helena se volvió hacia mí. Un rayo de sol que se había colado entre las ramas de los árboles le hirió el rostro y le hizo guiñar los ojos de una forma adorable.

—¿Has instalado ya el techo descapotable?

—Por supuesto, porque eso era lo más urgente de todo.

Helena rio.

—¿Qué has podido hacer?

—Ahora hay cocina. —Enarcó las cejas—. Una pequeñita, con fogones, para no tener que alimentarnos a base de cereales y patatas.

—Qué lástima. —Fingió un mohín—. Has arreglado lo único que no había que arreglar. —Me reí con ganas, a todo pulmón—. ¿Qué más?

—Creo que te voy a dejar descubrirlo.

Los recuerdos del viaje trajeron consigo también otros recuerdos distintos. Me aclaré un poco la garganta antes de hablar.

—¿Cómo... cómo has estado? —«¿Has vuelto a tener esas pesadillas tan vívidas? ¿Has podido hablarlo con alguien? ¿Te duele más pensar en él después de lo ocurrido?».

Su respuesta me sorprendió.

—Diferente.

—¿Diferente? —repetí, sin comprender.

—Sintiéndome diferente los viernes; al menos respecto a los lunes.

En cuanto lo comprendí, sonreí. Le di un pequeño empujón.

—Me alegra saberlo. —Era verdad. Sin embargo, todavía había algo que necesitaba preguntarle—: No sé si te lo han contado... Daniel está organizando un viaje para que podamos ir todos.

Asintió.

—Sí, sí que me lo ha contado. Me pidió mi calendario. Está intentando encontrar varios días en los que coincidamos todos.

—Entonces, sabrás a dónde quieren ir.

Se mordió el labio inferior.

—Sí. También me lo han dicho.

Una pausa; un segundo en el que me pregunté cómo debería continuar.

—¿Estarás bien en la costa esta vez?

—Lo que pasó... —Suspiró—. No fue por la costa, Isaac. Estoy segura. He hablado mucho de ello con mi psicóloga. Yo misma he pensado mucho en ello. Parece que fue un terror nocturno y no tiene por qué volver a repetirse. No ha vuelto a ocurrir.

Tragué saliva, pero asentí.

—Está bien. —Intenté sonreír un poco—. Creo que nos lo vamos a pasar bien.

Noté un golpecito en la frente y descubrí que Helena había alzado de pronto la mano hacia mí.

—Una hoja... No, una flor.

La quitó enseguida, la arrojó a un lado y tuve la sensación de que iba a decir algo. Sin embargo, antes de hacerlo, una ráfaga de viento pasó silbando entre las ramas de los árboles. Agitó la melenita de Helena y, de pronto, algo cayó sobre nosotros como un aguacero.

Estuve a punto de ponerme en pie, pensando realmente que era una tromba repentina de agua, pero la risa de Helena me mantuvo en mi sitio para descubrir de qué se trataba.

—Bueno, ahora ya sabemos por qué estaba la colina llena de estas flores.

La vi reír mientras se las sacudía de encima, del regazo, de los hombros... Y, después, la vi mientras me miraba a mí. No se lo pensó. Simplemente, se inclinó hacia delante y alargó la mano. Sentí sus dedos en la sien, entre el pelo, en un par de toques suaves.

—Espera.

Se movió un poco hacia mí, solo un poco; pero lo suficiente para que nuestros rostros quedaran muy cerca. Aún sonreía. Alzó las dos manos a ambos lados de mi rostro; sus ojos fijos en mi pelo, en las flores que debían de haber quedado enredadas, y los míos fijos en ella.

Se mordió el labio inferior, concentrada, y mi corazón hizo algo extraño y estúpido e imprudente... y todo mi cuerpo quiso hacer algo igual de irresponsable.

No lo pensé. No le di demasiadas vueltas. Obedecí al impulso y me incliné también adelante, ladeé la cabeza y contuve el aliento y entonces, en el último segundo, una parte muy molesta de mí quiso recordarme un detalle: Álex.

Me abstuve de apartarme tan bruscamente que no habría dejado lugar a dudas sobre lo que quería hacer y alcé también mi mano para apartar las flores de su pelo.

Mierda. Mierda. Mierda.

Helena, ajena al millón de dudas, preguntas y reproches —sobre todo reproches— que luchaban dentro de mí, continuó sin inmutarse, quitándome cada flor mientras sonreía.

Tenía novio. Tenía un novio al que seguramente no quisiera de verdad, pero... pero eso no era asunto mío. Joder.

Carraspeé, sintiendo de pronto la garganta seca, y en cuanto acabó me puse en pie sin pensarlo.

—Igual deberíamos movernos. —«Igual deberíamos poner un poco de distancia entre los dos, para evitar que tome una decisión absurda».

Coincidió, con una sonrisa, y volvimos a ponernos en marcha. Esta vez no nos detuvimos. Quién sabría cuántas malas decisiones podría tomar sentado a solas en un banco con ella o tumbados al sol.

Cuando volví a casa, Marco esperaba con noticias. Daniel aún seguía allí, sentado con Ivy en el sofá.

—Adivina —me dijo, con una sonrisa.

La forma en la que me miró Daniel no cuadraba con la expresión de Marco.

—¿Es bueno o malo?

—Bueno —respondió Marco.

—Malo —contestó Daniel, y se pasó una mano por la cabeza rapada.

—Vale... —Me acerqué al sofá y me senté al otro lado de Ivy. Inmediatamente se dio la vuelta y apoyó la cabeza en mi regazo para recibirme. La acaricié entre las orejas—. Dispara.

Marco levantó la vista del móvil para volver a sonreír.

—Tenemos una familia para Ivy.

Arqueé las cejas.

—Es espantoso —añadió Daniel, inclinado para llegar mejor a acariciarla—. Es terriblemente espantoso.

—¿No dices nada?

Sacudí la cabeza.

—No me... no me lo esperaba.

—Ya te dije que siendo una Border Collie la adoptarían enseguida en cuanto estuviera recuperada. ¿No es genial?

Fui a decir que sí, pero una parte de mí se rebeló.

—¿Por qué ahora y no cuando estaba enferma?

Marco suspiró y se frotó la nuca.

—Hay a quienes les da miedo no poder hacerse cargo de un animal que necesite demasiados cuidados. Es normal. —Se acercó a mí con el móvil en la mano—. Es una buena familia, Isaac. Ya adoptaron un gatito hace tiempo, tienen jardín y dos niños y...

Siguió hablando y me enseñó una foto de la familia que no vi.

Miré a Ivy, que también me miraba a mí mientras meneaba el rabo.

—No.

—¿Cómo que no?

Me puse en pie. Ivy ladró cuando se vio forzada a saltar también del sofá. Di un par de zancadas hacia un lado, luego hacia el otro. Creo que la puse nerviosa, porque empezó a seguirme.

—Que no se va con ellos.

Escuché a Daniel pegar un grito y aplaudir. Marco todavía no lo entendía.

—¿Es que estás sufriendo algún tipo de crisis?

—Que me la quiero quedar, Marco. Quiero que nos la quedemos... Porque no sé si solo podría. Tendríamos que mantener los turnos para sacarla y los horarios, pero si me ayudases...

Le vi arquear las cejas, pero supe qué iba a responder incluso antes de que él lo hiciera. Creo que Daniel también lo sabía. Se acercó tan nervioso como Ivy, me pasó un brazo por los hombros y me zarandeó tal vez demasiado fuerte, pero con cariño.

Tampoco tuve que insistir mucho. No tuvimos que meditarlo, y fue tan fácil que más tarde llegué a preguntarme si esa familia existía de verdad... Aún tenía presente el plan para ablandarme con los gatitos; sin embargo, estaba tan contento que me dio igual saberlo.

Nos quedábamos con Ivy.

53

HELENA Y NICO

—He escuchado una historia —me dijo Nico.

Sus dedos se deslizaron sobre mi abdomen en una caricia lenta y deliberada, muy consciente de lo que provocaba en mi piel.

—¿Has escuchado?

—Leído, escuchado... Matices —zanjó—. Hay una leyenda de una tribu africana que dice que para empezar un nuevo año, empezarlo de verdad, hay que subir a una montaña a la que llaman el Sueño.

—Qué interesante —murmuré, buscando atrapar sus dedos. Nico rio.

—Sí que lo es —continuó, divertido, ignorando por completo mi tono—. No simboliza empezar de cero, representa el comienzo de una nueva etapa aceptando todas las anteriores.

—Algún día, después de abrir Ophelia, podemos ir a esa montaña.

—No hace falta esperar tanto.

Se me escapó una carcajada, y en cada risa sentí sus dedos tanteando sobre mi abdomen.

—Lo digo de verdad —continuó, muy convencido—. He encontrado el espejo de esa montaña.

—¿El espejo?

Sus dedos buscaron el borde de mi camiseta y la subieron con cuidado mientras yo observaba cada movimiento, cada caricia perezosa.

—Sí, verás: he hecho cálculos matemáticos muy complicados para encontrar esa montaña de África pero aquí, en Madrid.

—¿Durante el desayuno?

Una sonrisa. Se pasó la lengua por los labios.

—He tardado años en desarrollar esta fórmula.

—Años —repetí, con un asentimiento.

—Largos años, noches en vela... Ya sabes.

—¿Y tendrías a bien explicármela?

—Por supuesto. —Sus dedos se detuvieron cerca de mi ombligo, y luego bajaron más, y más, hasta el borde de mi ropa interior. Nico habló con un susurro que erizó cada vello de mi cuerpo—. Aquí estaría esa montaña de las leyendas, el Sueño. He calculado la latitud y la altitud.

Movió un dedo, como si diera un paso con él.

—Ajá...

—Y también la altura sobre el nivel del mar...

Otro pasito con los dedos, hacia arriba.

—Ya...

—Y otros cálculos muy complicados para explicar con palabras.

Otros dos pasitos.

Me reí.

—Nico...

—Escucha, escucha... He tenido en cuenta el nombre.

—El nombre es muy importante.

—Se llama el Pico de la Alevilla.

Sus dedos se detuvieron, toda su mano lo hizo. Se quedó aquí, rozando mi piel tan suave, con tanta suavidad, que parecía un suspiro, el aleteo de una mariposa.

—Es increíble lo preciso que has sido con tus cálculos —contesté.

Nico me miró. Su risa escapó de sus labios y chocó contra mi piel cuando se inclinó para depositar un beso muy suave en mi costado, bajo mi pecho.

Me estremecí y lo miré.

Sentí la garganta seca, la piel sensible, expectante.

Tenía sentido. El Pico de la Alevilla. Empezar una etapa y aceptar las anteriores. Me gustó. Lo adopté como una verdad en la que creería. Una que defendería.

—Lo subiremos algún día —declaré.

—Pero hoy no —murmuró, con la voz grave, a un palmo de mis labios.

—Hoy no.

Sellamos el trato con un beso.

54

ISAAC. QUINTA CANCIÓN

Yo ya estaba prácticamente perdido, a punto de rogarle un beso.

Pero no me atrevía a pedírselo; no me atrevía a pedirle nada. Ojalá me lo hubiera robado. Ojalá se hubiese puesto de puntillas. Se lo habría dado; se lo habría entregado todo sin preguntas ni condiciones.

Después de la amistad, entre la fuga y el beso, tras las cicatrices, hubo más. Me habría quedado allí. Lo habría llamado hogar.

Antes de que todo empezara, hubo un roce de manos.

Llegó marzo.

55
HELENA E ISAAC

Fue otro día, tras esa alteración que no cambiaba nada ahí fuera y que, sin embargo, lo cambiaba todo aquí dentro, entre los dos, cuando algo volvió a estallar.

Las redes sociales habían hecho un montón de memes que relegaron a un segundo plano la pancarta original y los telediarios habían olvidado pronto el asunto, no sin antes dedicar varios reportajes a los *rooftoppers*, a los accidentes que provocaban y a... a Gabriel. Muchos de esos reportajes acababan con la foto que se había hecho viral las Navidades pasadas, con la chica de negro en la punta de la Torre de Cristal.

Eso había reabierto conversaciones entre nuestros amigos, pero yo me había limitado a negarlo, una y otra vez, y a reírme discretamente de ellos cuando insistían.

Y, a pesar de que los dedos me quemaran cuando me planteaba escribir algún artículo sobre el tema, me contuve y me limité a trabajar temas que me interesaban o preocupaban (dejando de lado el de los *rooftoppers*), para seguir elaborando artículos que pudiera usar para mi porfolio.

El tiempo parecía ir más despacio desde que Isaac y yo habíamos vuelto de aquella fuga con retorno. Aquella mañana en el Retiro le había dicho la verdad: no había vuelto siendo la misma persona que era al partir y, desde entonces, cuando llegaba el viernes estaba segura de no ser la misma que el lunes. Algo estaba cambiando, aunque no tenía muy claro el qué.

Durante un periodo de entregas y exámenes del máster, me recluí en casa varios días y solo las visitas de Daniel me libraron de volverme loca. Únicamente salía para trabajar y no pude escaparme al rocódromo más que una vez en la que, además, casi me parto todos los dedos de la mano izquierda contra la pared. Fueron días largos, pero en ningún momento tuve esa sensación de vacío que me había embargado antes.

Tras mi último examen, nos reunimos en casa de Daniel para celebrarlo. Y, aunque sabía que no necesitábamos excusas para vernos, me tomé aquella cena como una cena en mi honor. De todos modos, para cuando llegué del Palacete del Té, ellos ya llevaban unas horas «celebrándolo» por mí y supe enseguida quién tenía el control de los altavoces cuando comprobé que, por cada tres canciones, sonaba una de Elvis.

Solo detuvieron la música una vez, cuando obligaron a Eva a tocar una canción para ellos. Esa única canción se convirtió después en dos canciones y, al final, Marco acabó enseñándole a tocar una original de Star Zone 7. De cuando en cuando se volvía hacia Isaac, para que reforzara sus indicaciones o cantara algún verso, y él se limitaba a obedecer estoicamente mientras Eva sacaba la melodía con la guitarra.

—Sabes que va a obligarla a tocar en el bolo del Ryley's, ¿no? —le pregunté a Sofía, que había acabado sentada a mi lado.

Las dos mirábamos hacia el sofá donde los otros dos tocaban concentrados.

—Ya tengo el borrador del mensaje preparado para avisar a su madre —me aseguró.

En aquel momento, una sombra oscura atrapó mi atención y descubrí que Willow nos miraba a todos desde la barandilla del balcón, sentado entre las ramas que crecían sin control, contemplativo. Entonces dio un salto dentro aprovechando que la puerta estaba entreabierta y recorrió las esquinas con elegancia antes de acercarse a saludar.

Me agaché para acariciarlo y frotó su cabecita contra mi mano.

—¿Dónde te metes? —le pregunté, bajito—. Te echamos de menos.

Eva me había dicho, después de que Nico me lo presentara, que aquel gato no era de nadie, que siempre pasaba largos periodos fuera, días enteros sin que supieran de él; por eso no me preocupaba que se marchara tan a menudo. Siempre volvía.

Cuando se cansó de recibir atenciones, se subió a una repisa en la que solo había libros y se recostó allí arriba mientras nos vigilaba a todos.

Sofía acabó levantándose para reunirse con Eva y Marco y escucharlos desde cerca, justo en el momento en el que las notas conocidas de una canción empezaban a sonar.

You look like an angel...

Le di un toque con el pie a Isaac por debajo de la mesa y entendió enseguida. Me dedicó una sonrisa cómplice y, aunque no era lo que yo pretendía, se levantó y movió la silla para sentarse a mi lado.

Se dejó caer allí con un suspiro pesado. Marco le preguntó, a gritos, cómo seguía la canción y él respondió sin cantar.

—Pareces cansado —observé.

Isaac me devolvió una mirada combativa.

—Y tú pareces más torpe que de costumbre.

Soltó la cerveza que tenía y, de pronto, noté sus dedos fríos sobre mi mano izquierda. Un estremecimiento bajó por mi columna, por el frío repentino.

—¿*Supercerca* del suelo? —Arqueó una ceja.

—No —contesté, para su sorpresa—. Me lo hice en el rocódromo. Un tropiezo tonto.

Isaac dejó de mirarme a los ojos para centrarse en mi mano. Deslizó la suya por debajo, mientras notaba las yemas de sus dedos sobre mi palma extendida. No había herida, solo un cardenal de diferentes tonos que siguió en una caricia lenta, exploratoria. Tomó todos y cada uno de mis dedos entre los suyos con una pereza lenta, completamente concentrado y, cuando su pulgar acarició mis nudillos, yo perdí también el sentido de la realidad. No hubo nada salvo su mano sobre la mía, sus dedos conociendo los míos, el rumor suave de su piel al deslizarse con una delicadeza exquisita.

Dejé de escuchar la risa de Daniel, las notas de la guitarra de Eva. Dejé de ver a nuestros amigos en esa misma sala para verlo a él, solo a él. Me obligué a apartar los ojos de nuestras manos y subirlos hasta su rostro. No se dio cuenta. Siguió con su labor lenta y cuidadosa, deslizando las puntas de sus dedos por mis nudillos magullados.

Algo le hizo detenerse, pero no soltó mi mano. Le vi girar el rostro, responder algo, probablemente a Marco. Intentó seguir explorando mi mano, pero no lo consiguió.

No hubo marcha atrás, Marco volvió a decir algo, él respondió. Empezaron a hablar y a hablar y a reír y, mientras tanto, continuaba agarrándome la mano, y yo no pude —no quise— hacer nada para cambiarlo.

Mientras nada cambiaba ahí fuera, algo cambió dentro de mí: una ruptura del tiempo, una alteración del sonido, de las voces, de las canciones.

Terminaron de hablar e, incluso entonces, Isaac se olvidó de lo que estaba haciendo antes. Dejó de mirar mi mano, pero no la soltó. No la soltó tampoco entonces. Sus dedos, sin embargo, sí se movieron, y continuaron con el trabajo que había dejado a medias, con las caricias lentas y suaves, la exploración minuciosa... sin que fuera consciente, sin que se diera cuenta.

La noche continuó sin sobresaltos. Marco obligó a Eva a firmar un contrato en un ticket de la compra de unas galletas María y quedó así establecido que, en el próximo y esperado concierto de Star Zone 7, Eva tocaría con ellos en el Ryley's.

En algún momento, Isaac tuvo que ponerse de pie y tampoco entonces pareció consciente de lo que había estado haciendo.

Por la mañana falté a un seminario para quedar con Álex, y rompí con él. Tardé semanas en contárselo a nadie.

56

ISAAC. SEXTA CANCIÓN

¿Recordáis el beso? El beso con el que empezó todo; un beso anhelado, soñado. Un beso que en otro universo nunca existió o que quizá existió para siempre. Así empezaba nuestra historia, la romántica, aunque la de verdad empezara antes.

Un beso de Helena lo cambió todo; marcó un inicio, abrió un nuevo camino. Desde entonces contaría el tiempo antes y después de ese beso. Convirtió mi realidad en presente.

Deseaba muchos besos después de aquel.

El primero llegó una noche templada. Llegó en abril.

57
ISAAC Y HELENA

Apenas vi a Helena durante las semanas siguientes al último secreto que habíamos compartido. Los astros parecieron alinearse para que no coincidiéramos: cuando ella no tenía que trabajar, yo tenía turno; y cuando yo podía quedar, ella estaba ocupada.

Pasé de la piscina y del gimnasio —incluso de Marco— para ir al rocódromo prácticamente todos los días, en diferentes horarios, hasta que un jueves la encontré allí un par de horas antes del cierre.

Cuando llegó y me vio en el suelo quitándome el equipo, se le ocurrió preguntar si llegaba o me marchaba y, dos horas después de haber estado fundiendo mi sistema nervioso, me atreví a mentir y volví a ponerme el equipo para quedarme con ella.

Si notó que descansaba más de lo normal y me negaba a completar vías de niveles asequibles para mí, no lo mencionó.

En algún momento me dijo, con sorna, que me notaba «fatigado». Yo pensé para mis adentros que no estaba fatigado, sino imbécil. Pero pronto se me olvidó.

Competimos y nos retamos y en algún momento tuve que negarme a subir a su lado porque la posibilidad de que intentara darme una patada no me pareció muy descabellada.

Sin tener que decidirlo, echamos a andar juntos para volver a casa, ignorando las paradas de metro que nos encontrábamos de cuando en cuando. La noche era tranquila en aquellas zonas y, de alguna forma, evitamos las que no lo eran; no sé si conscientemente.

Cuando ya llevábamos un rato paseando, vimos a un grupo de gente que hizo que Helena se detuviera. Tardé un rato en reconocer a Álex, que se separó ligeramente del resto para saludarla.

—Eh, hola...

Helena le dedicó una sonrisa amable.

—Hola. ¿Qué tal... estás?

—Bien, bien... —Lo noté nervioso mientras se frotaba la nuca, un poco inquieto—. ¿Y tú? ¿Cómo estás? ¿Estás... bien?

—Sí, lo estoy.

Durante unos instantes se quedaron en un silencio tenso, largo y extraño que me dio ganas de largarme de allí y dejarlos solos para que dejaran de comportarse de aquella forma.

—Deberíamos quedar algún día, para tomar un café —sugirió Helena y, de pronto, aquellas palabras parecieron deshacer un peso entre los dos.

Álex dejó escapar todo el aire de sus pulmones. Rio un poco.

—Sí. Eso estaría bien. No sabía si querrías.

—¡Sí! ¡Claro! —contestó ella, y parecía sincera—. Yo no sabía si querrías tú.

Los dos compartieron una sonrisa. Yo me estaba quedando de piedra.

—Bien. Bueno, entonces...

—¿Hablamos?

—Hablamos. —Álex me miró—. Podríais avisar a los demás, ya sabéis, por si quieren venir. Me apetece verlos también.

—Sería estupendo —contestó ella.

Se despidieron con la promesa de quedar pronto y cada uno siguió su camino.

—¿Qué ha sido eso? —pregunté, confuso.

Helena resopló.

—Álex —dijo, sin más—. Es la persona más amable y menos problemática de la faz de la tierra. ¿No te parece?

La miré de hito en hito y se prendió una chispa de comprensión.

—¿Es que ya no...? —No llegué a terminar. Ella apretó los labios y sacudió la cabeza—. Ah. —No supe qué más decir, aunque tenía mucho que preguntar; mucho. Tras una pausa larga, larguísima, carraspeé un poco—. ¿Desde cuándo?

—Mmh... ¿tres semanas? ¿Un mes?

Me giré bruscamente para mirarla, con un reproche que murió en mis labios. ¿Es que había algo que reprochar? Helena no me debía explicaciones, no tenía por qué venir corriendo a contarme un acontecimiento así cada vez que ocurriera... incluso si éramos amigos.

—No se lo he contado a nadie —dijo, vacilante.

—¿Ni siquiera a Sofía? —me sorprendí. Helena sacudió la cabeza—. ¿Por qué?

—Es complicado. —Esbozó una sonrisa que le salió regular—. No se lo digas tú, ¿de acuerdo? Se enfadarán si no se enteran por mí.

—Claro. Descuida...

—Se lo voy a contar. Pronto —aseguró—. Es solo que... ya sabes cómo son nuestros amigos. Me acribillarán a preguntas y necesito...

—Tiempo —terminé por ella. Parecía nerviosa, casi incómoda. Decidí no insistir.

Helena asintió.

Yo también ardía en deseos de hacerle preguntas. Sobre todo quería saber si había sido él o había sido ella. Formular esa pregunta traería consigo respuestas importantes, respuestas que podrían serlo; quizá por eso no me atreví a hacerla.

Si lo hubiera sabido. Si hubiera sido consciente antes... ¿Qué? ¿Qué habría hecho?

No habría hecho nada porque había sido yo quien le había sugerido que lo dejara, como un imbécil. Im-bé-cil.

Ni siquiera me di cuenta de que habíamos llegado a su calle; debía de haber sido un paseo extraño si habíamos estado tanto tiempo en silencio. Cuando se despidió de mí y alcé la mano mientras me alejaba, quise darme de cabezazos.

En cuanto llegué a mi piso, Marco me puso la correa de Ivy en las manos, y ella ladró con anticipación.

—Marco —protesté.

—Tendrías que haber llegado hace dos horas. Esta noche te toca sacarla a ti.

Me moría por decirle que si llegaba tarde era porque había estado haciendo el idiota con una chica, pero resultaba que esa chica era amiga nuestra y me debatí entre desahogarme con él y guardar ese secreto para mí.

Elegí una tercera opción.

—Adivina dónde he estado. —Sonreí.

Ivy movía la cola con insistencia frente a mí. Acabó sentándose, impaciente, sin dejar de mirarme.

Marco alzó un poco el mentón y frunció el ceño.

—Esa sonrisa... Dime que no te has enrollado con ella.

—Puedes decir su nombre, Marco. Verónica no está maldita. Y no, no me he enrollado con ella. Eso es agua pasada.

Alzó aún más el mentón.

—¿Otra chica?

Ivy ladró. Arqueé las cejas y le señalé la puerta.

—Acompáñame y te lo cuento.

Protestó, claro que lo hizo. Pero acabó bajando conmigo, tal y como sabía que haría. Se echó una chaqueta que no ocultaba el penoso pijama con estampado de corazones que llevaba y bajó todo el tramo de escaleras haciéndome preguntas sobre ella sin dejar que contestara a ninguna de ellas.

—Entonces, ¿de qué os conocéis? ¿La conozco yo? ¿Cuánto tiempo lleváis...?

—Ese no es el asunto —lo interrumpí—. No es como piensas. No ha pasado nada todavía, ni siquiera sé si puede pasar.

—¿Por qué?

—Verás, el problema es que ha cortado con su novio.

Ivy acababa de llegar corriendo con un palo que ninguno de los dos le había lanzado. Me agaché, se lo quité de la boca y lo tiré.

—¿Y eso es malo porque...?

Suspiré.

—Porque, quizá haciendo uso de mi confianza y nuestra complicidad... yo le sugiriese que debían terminar.

—Oh, mierda, Isaac... —masculló.

—No lo hice por mí.

—Claro que no —bufó, con ironía.

—¡No! Cuando lo hice no sabía lo que sentía. Se lo dije porque pensaba en serio que no era feliz con él, que no lo sería.

—Mierda.

—Sí. Es una mierda. Porque si hago algo ahora, pensará que me aproveché de su confianza.

Marco suspiró profundamente y, cuando Ivy volvió con su palo, se agachó para lanzárselo.

—También puedes decirle la verdad: contarle esto mismo que me has contado a mí y esperar que te crea.

Los dos nos sostuvimos la mirada, porque ambos sabíamos que no pasaría algo así.

Resoplé.

—Una mierda —repetí.

La noche en el Ryley's se acercaba y, entre turnos en el hospital y ensayos con el grupo, el poco tiempo libre que me quedaba lo había dedicado a evitar situaciones con Helena que pudieran inclinarme a la estupidez, lo cual redujo mis interacciones con ella mucho. Muchísimo.

Evité sentarme a su lado cuando quedábamos, pues no se podía prever cuándo mis manos encontrarían una excusa para cerrarse sobre las suyas. Tampoco la miré de reojo para ver su reacción ni una sola de las veces que alguno de nuestros amigos mencionaba la pancarta de Lorca, algo que seguía pasando a menudo a pesar del tiempo que hacía de aquello. Dejé que otro se ofreciera a traer las bebidas a nuestra mesa cuando era ella quien se ponía en pie y quité a Elvis de todas las listas de reproducción que sonaban cuando estábamos todos.

Sin embargo, todo el mundo sabe que existe una ley que dice que tus posibilidades de evitar una situación son inversamente proporcionales a tus ganas de enfrentarte a ella. Así que, durante aquellos días fui consciente de lo ridículamente cerca que estábamos siempre sin proponérnoslo: cuando éramos los últimos en sentarnos y solo quedaban dos asientos juntos o cuando alguien mencionaba algo que ambos atesorábamos como un secreto entre los dos. También cuando nuestros amigos se largaban y nos dejaban a solas o cuando una maldita canción que me recordaba a ella sonaba cerca. Y la verdad es que muchas canciones me recordaban a ella.

Por fin llegó la noche del concierto. Eva no dejaba de mirar al escenario y preguntar: «¿Es tarde para echarme atrás?». Yo creía que lo decía de broma, pero Marco estaba a punto de subirse por las paredes.

Helena fue la última en llegar, lo hizo con un vestido oscuro ceñido en la cintura por una cinta. Creo que era la primera vez que la veía con vestido, que veía cómo la tela oscilaba por encima de sus rodillas y enseñaba sus piernas. Tenía el pelo más rizado de lo habitual, todavía un poco húmedo cuando la vi aparecer. Se había pintado los labios de un color entre el rojo y el negro, intenso y oscuro y... Me concentré en el bajo, en los nervios de Eva y en ponerlo todo a punto.

—Supongo que tendré que animarte a ti —me dijo Helena, cuando ya estábamos a punto de empezar.

—¿Qué?

—Cada uno tiene ya a su *groupie* —señaló—. Supongo que te toco yo.

—Ah.

—Mucha mierda, o lo que quiera que se diga —añadió.

—Gracias.

Me sentía terriblemente torpe, terriblemente lento; pero no tuve tiempo para mortificarme por ello.

Subí al escenario, donde Sofía intentaba calmar a Eva, con la guitarra entre las manos y la mirada perdida. «Hay mucha gente. Hay mucha gente», murmuraba. Durante unos segundos, permití que el pánico de Marco a que Eva nos abandonara en mitad del concierto me dominara, pero duró solo hasta que empezó la primera canción y, después, no regresó.

Había algo cuando tocábamos, cuando sonaba la música, que hacía nuestro el escenario y hacía nuestras a todas las personas ahí abajo. Quizá fuera la sinceridad con la que nos presentábamos allí, como unos pringados que solo querían disfrutar de la música. Quizá fuera el nuevo sonido o el magnetismo de Eva, que hacía que las canciones, en los coros, sonaran mucho más bonitas.

Con la primera de ellas, el público estalló. Nos lo ganamos mucho antes de lanzar la primera versión de otro artista, antes de tener que intentar convencerlos de que estaban allí para vernos, y no por la copa gratis que daban con la entrada.

Vi cómo Eva cogía aire después del primer tema, y también tras el segundo. En el tercero la inhalación fue más relajada y en el cuarto ya estaba cómoda.

Entre saltos y risas y voces que coreaban nuestras canciones, nos acercamos al descanso y con él a una versión que fue fruto del éxito que había tenido *Devil in disguise* la primera vez.

Marco, sudoroso y jadeante, se acercó a mí y tapó mi propio micrófono cuando habló, justo un segundo antes de empezar.

—Haz lo de la chica.

—¿Cómo dices? —inquirí, casi sin aliento.

—Lo de la voz grave, lo de la chica especial entre el público... Les gusta.

Casi me atraganto.

—Ni hablar —escupí.

Marco me dio un puñetazo en el hombro.

—Aunque la chica en cuestión no esté entre el público, hazlo. La última vez se volvieron locas —insistió.

Ya. Lo que él no sabía era que la chica en cuestión sí que estaba entre el público. Nuestras miradas se habían cruzado un número exagerado de veces durante la actuación y solo esperaba que Helena lo achacara a eso de mirar a un rostro amigo cuando estabas rodeado de desconocidos. Ella estaba allí, en tercera o cuarta fila, en un plano discreto con Sofía y con Daniel, bailando, gritando y dándolo todo. Desde donde me encontraba podía ver que sus mejillas se habían sonrojado por el calor. Podía ver incluso cómo le brillaban los ojos por la emoción.

Mierda...

—No pienso hacerlo.

—¡Isaac! No seas idiota. ¿No te daba vergüenza cantársela a Verónica y te acobardas ahora?

Resoplé.

—Como quieras —le dije.

Marco volvió a su sitio y yo agarré mi micrófono.

—La siguiente canción es para una persona que está entre el público. —Bajé la voz, la oscurecí. La batería empezó a acompañarme. Eva se unió después—. Una persona muy especial... —añadí, arrastrando las palabras.

Alguien gritó. A Marco debió de encantarle.

Lo que venía después iba a encantarle aún más.

—Y es que ese chico... —La gente enloqueció, y empecé, a mi manera—. Oh, señor todopoderoso, hace que la temperatura de nuestro batería suba, más y más alta, quemando hasta su alma...

¿Marco se saltó una parte? Puede que sí, puede que se hubiera olvidado de cómo tocar. Tuve que contenerme para no reírme y empecé a cantar con fuerza e intensidad *Burning Love*, aunque un poco cambiada:

Boy, boy, boy, boy
You gonna set me on fire
My brain is flaming
I don't know which way to go.

Quise mirar a Daniel, para ver cómo lo miraba él a Marco, pero el intento fue inútil porque mis ojos se fueron, una y otra vez, al mismo lugar.

Y Helena... Helena también me miraba.

«Oh, mierda».

Canté sobre un amor que me consumía incapaz de apartar los ojos de ella, que de pronto empezó a cantar también una canción que no sabía que conocía, y mi mundo estalló en colores dorados. Me fundí con la letra, con cada verso y cada nota y la sentí como si la tuviera a un palmo, como si estuviera cantando contra sus labios, solos los dos en medio de la oscuridad.

Canté y toqué y me desfondé, y me eché a reír cuando el público nos aplaudió y nos vitoreó tan fuerte que Marco estuvo a punto de renunciar al descanso para seguir.

Pero todos teníamos que parar y yo... yo tenía que saltar ahí abajo y buscarla. Tenía que encontrarla, tenía que llegar a ella y...

La encontré. De pronto, mis manos estaban sobre sus hombros. Sentí su piel caliente bajo el vestido, su respiración agitada, casi tanto como la mía. Nos tropezamos en medio de un mar de gente, cuando el local ponía una música muy suave mientras esperaban a que volviéramos y la gente se dispersaba para pedir otra copa antes de seguir. Y no supe qué hacer.

La había buscado. Había *necesitado* buscarla y ahora que la tenía delante no tenía ni idea de qué esperaba.

Helena abrió la boca para decir algo, y no llegó a hacerlo. Se rio un poco. Quizá me había visto buscarla para quedarme completamente en blanco; quizá pensó que era un poco imbécil.

Yo también me reí, con una sensación electrizante extendiéndose desde las puntas de mis dedos, desde allí donde la tocaba. Subió por mis antebrazos y después hacia arriba. La sentí en la garganta y después en el pecho. Y cuando se humedeció los labios y miré su boca, me quedé sin aire y di un paso atrás. La solté, dispuesto a poner una distancia muy necesaria entre los dos y entonces sentí una caricia en la nuca.

Sus dedos se deslizaron por ella y tiraron un poco de mí, para que me agachara. Mi cerebro dejó de funcionar. Crack. Se rompió. Me quedé ahí como un idiota, mientras Helena se ponía de puntillas, apoyaba otra mano en mi pecho y me besaba.

Cerré los ojos a pesar de la sorpresa. Los cerré porque, aunque yo no estuviera preparado para ese beso, mi cuerpo sí lo estaba, llevaba preparándose sin que yo lo supiera una eternidad. Por eso reaccionó solo, por eso deslicé las manos y la tomé de la cintura, por eso entreabrí la boca cuando su lengua pidió permiso y por eso me aparté, la miré un solo instante y la tomé de la mano para llevarla lejos.

58
HELENA E ISAAC

No sabía muy bien qué esperaba cuando salí a buscarlo y, sin embargo, ahí estábamos los dos, corriendo a través de la gente después de un beso que ni yo misma sabía que iba a dar. Fue él quien se apartó, quien me miró con los ojos muy abiertos, incrédulo. Pensé que estaría preguntándose si había perdido la cabeza y, después, echó a correr.

Me agarró de la mano y me guio a través del gentío, sorteamos el público hasta que llegamos a un pasillo oscuro que cruzamos enseguida y salimos a la calle.

El frío aire de la madrugada de Madrid me acarició las mejillas. Yo ya estaba preparada para dar excusas y explicarle por qué había perdido tanto la cabeza como para besarlo, creyendo que querría alguna respuesta, cuando me empujó contra la pared.

No lo vi venir.

Sus manos apresaron mis mejillas y todo el aire de mis pulmones escapó cuando me pegó contra la pared, me atrapó con su cuerpo y me besó.

No fue nada parecido al primer beso, a ese que le había robado hacía solo unos segundos. No hubo vacilación, ni duda, ni un solo instante para coger el aliento.

Su boca reclamó la mía casi con furia. Su mano se deslizó tras mi nuca para evitar que me hiciera daño contra la piedra y después... después me devoró. Sus labios, exigentes, exploraron los míos como si no quedara en él un ápice de control. Sus dedos se aferraron a mi cintura y bajaron después a mi cadera y, cuando su lengua acarició la mía y se me escapó un gemido contra sus labios, su beso se volvió aún más furioso, aún más ávido.

Me derretí ante sus caricias, tiré de él casi sin darme cuenta, porque no estaba lo bastante cerca; tenía la sensación devastadora de que nunca lo estaría. Deslicé las manos por su pecho, me aferré a su cuello, acaricié su mandíbula y perdí un poco la noción de la realidad cuando un sonido grave y gutural escapó de su garganta.

De pronto, una descarga abrasadora hizo que me estremeciera. Nació en mi muslo y subió y subió, al tiempo que subía también su hábil mano. La sentí por debajo de mi vestido, acariciando la piel expuesta de mi pierna, hasta que sus dedos encontraron mi cadera y, después, me agarró el culo mientras profundizaba aún más en el beso y pegaba su cuerpo al mío. Cuando lo hizo, sentí a través de sus pantalones lo entregado que estaba.

Sus dedos jugaron con el borde de mi ropa interior; jugaron y me provocaron e hicieron que todo mi cuerpo se rebelara, inclinándose más hacia él. La frustración, sin embargo, duró apenas un suspiro, pues sus dedos siguieron su camino hacia arriba, por debajo de mi vestido, hasta mi cintura, mientras continuaba besándome con desesperación.

De pronto, interrumpió el contacto. Sus manos, su cuerpo y su boca. Todo de golpe. Dio un paso atrás, la tela del vestido volvió a su lugar y cada parte de mí sintió el vacío que dejaba.

Tenía los labios enrojecidos, las mejillas encendidas. Jadeaba por la intensidad del beso y sus ojos verdes brillaban con algo parecido a la necesidad y al anhelo.

—Mierda. El concierto —murmuró.

Me sentía tan absorta, tan perdida en el reciente recuerdo de sus labios sobre los míos, que tardé un rato en descubrir que estaban llamándolo desde el Ryley's, que Marco repetía su nombre desde el micrófono con una nota de alarma en su voz.

Se apartó un paso, dos; como si fuera peligroso quedarse cerca de mí. Parpadeó con fuerza y esbozó una sonrisa nerviosa, inquieta.

—Perdona —me dijo, con voz ronca—. Tengo que...

—Sí. —Asentí, también sin voz—. El concierto.

Isaac sacudió la cabeza, azorado, se mordió los labios y volvió a entrar por la misma puerta por la que habíamos salido.

Me quedé allí con la respiración agitada, también desconcertada y un poco mareada, hasta que decidí entrar, casi sin darme cuenta, justo cuando volvían a tocar.

Me abrí paso entre la gente. De nuevo, tuve esa sensación extraña en la que todo el mundo parecía moverse a la misma velocidad, sin que nada hubiera cambiado, mientras dentro de mí todo giraba más y más rápido.

Aún sentía los labios de Isaac sobre los míos cuando lo descubrí ya subido al escenario, inclinándose sobre el micrófono, cantando, sonriendo. Sus ojos brillantes por la emoción, una chispa de descontrol guiando sus dedos sobre el bajo.

Habíamos compartido un beso con la fuerza del mar, y ese mar lo había destruido todo hasta derrumbar un muro que me había costado mucho construir y que de pronto caía con todo su peso sobre mí.

Lo vi todo como una marea de recuerdos que estallaba. Recordé la patada que me había lanzado de la pared aquel día, recordé el corte en el muslo y el viaje a urgencias, el viaje después a la playa. Lo vi de espaldas a mí, con la piel dorada brillando bajo el sol, hundiéndose en el agua. Lo escuché preguntar por mis cicatrices y hablar sobre las suyas. Sentí su pecho tras mi espalda en aquel columpio del fin del mundo. Lo imaginé trazando un plan para subir por una fachada y dejarme sin habla. Noté sus manos sobre las mías acariciando una magulladura y, después, volví a experimentar el beso. El anhelo, la crudeza del deseo, mi deseo... Me asusté. Todo aquello, ese mar de sensaciones, pasó por mi pecho, entró, lo arrasó todo, lo llenó... y fui de pronto consciente de la magnitud de cuanto albergaba ahora en mi interior y del vacío que quedaría si lo dejaba marchar.

Tiempo atrás, no hacía mucho, ese lugar había estado lleno y el mar lo había devorado todo.

Cogí aire una vez, y otra, y otra... Pero fue en vano. Una parte de mí gritó que me marchara y ya no pude detenerla. Ya no pude detenerme.

59
NICO Y HELENA

Ese agosto por fin viajamos al mar.

Esa mañana, como todas las demás, Helena tiró un libro. Se quedó tumbada, con él entre las manos y los brazos estirados, mientras intentaba leer la página por la que había caído. Era muy temprano, pero a ninguno de los dos le importó levantarse. Perdimos media hora entre las sábanas, hasta que Helena fue fuerte por los dos y acabó apartándose de mí para preparar café.

Metimos un par de mochilas en el coche, las revistas y los periódicos de Helena, mi ejemplar de *Nada,* de Carmen Laforet —gastado de haberlo leído tanto—, y también algunas botellas de agua para el viaje y un par de chocolatinas, y nos pusimos en marcha.

Entre las paradas necesarias, las innecesarias, las carreteras secundarias para ahorrarnos los peajes y las risas cuando nos equivocamos de salida, tardamos más de siete horas en llegar a nuestro primer destino.

Aprovechamos las últimas horas de sol para bajar a una playa rocosa, sin apenas arena, de donde los bañistas ya habían empezado a marcharse por el viento que comenzaba a levantarse.

A nosotros nos daban igual las rocas o el viento; nos habría dado igual la lluvia si hubiese llovido.

Nos acomodamos en una pequeña duna, entre dos rocas, a ver las olas lamer la orilla.

Helena me contó que hacía años que no veía el mar. Yo le respondí que yo apenas me acordaba de la última vez. Hablamos del viaje, de sus piernas cansadas de conducir, y de todo lo que queríamos hacer esos días. No teníamos muchos planes más allá de estar juntos, de disfrutar del mar. Acabamos hablando de Eva y Sofía. «Por fin», dijo ella. Hablamos de Daniel y del veterinario con el que salía, y hablamos de Madrid, de la Torre de Cristal, del socavón del que no podíamos hablar y de Ophelia.

—He estado haciendo cálculos —le dije.

Helena me miró con los ojos brillantes, una media sonrisa asomando a unos labios que me costaba no besar.

—¿Y cómo vamos?

«Vamos», porque ahora Ophelia era parte de los dos. De alguna forma, la habíamos hecho nuestra.

—Vamos bien.

Helena fue a hablar. Abrió la boca para soltar una respuesta que ya había pensado, la contestación para una conversación que creía que iría por otra parte. Cuando se dio cuenta, cuando comprendió lo que había dicho de verdad, se detuvo, ladeó la cabeza y arqueó un poco las cejas.

—¿Has dicho «bien»? —preguntó, con prudencia.

—Bueno, no vamos mal. Antes íbamos muy mal —me reí.

—Lo sé. Muy mal.

—Pero no hemos gastado nada del número de Daniel, y, con su parte y con la mía, con lo que he ahorrado... A lo mejor a final de año, tal vez a principios del que viene, podría ser real.

Helena apoyó las manos en la roca. Sus ojos se desviaron un segundo cuando varias mariposas pasaron aleteando frente a nosotros.

—¿Qué me estás diciendo, Nico?

—Te estoy diciendo que, a lo mejor, podemos empezar dentro de unos meses. Para entonces tendremos suficiente para ponerlo en marcha y tener un respaldo por si no sale bien al principio; por si no hay ganancias.

—Me mientes —exclamó, con la voz muy aguda. El brusco movimiento ahuyentó del todo a las mariposas, que se alejaron con más rapidez.

Me entró la risa.

—No me atrevería.

—¡Nico! —saltó, literalmente, y rodeó mi cuello con las manos mientras gritaba en mi oído—. ¡Nico! ¡¿Y qué hacemos aquí?! Si no hubiésemos hecho este viaje, si hubiésemos ahorrado esto también... ¿Por qué no me lo habías dicho?

La agarré por los hombros.

—Si no hubiésemos hecho este viaje podríamos haber empezado un par de días antes —contesté.

Aunque era una exageración, Helena rio y se relajó un poco.

—Me cuesta creerlo —murmuró—. Por fin. ¿Por fin va a pasar?

Asentí débilmente, porque a mí también me costaba creerlo.

—Sí —susurré.

—¿Y qué tenemos que hacer ahora? ¿Cuál va a ser el plan?

—Averiguar a quién pertenece Ophelia y, si podemos alquilarlo, descubrir qué reparaciones necesita, contactar con los gremios, empezar los trámites legales...

Helena se me quedó mirando.

—Cuéntamelo otra vez, Nico —pidió—. Cuéntame cómo va a ser.

Dudé.

Estaba muy guapa bajo esa luz. Lo estaba bajo todas las luces. Lo estaba a tientas, entre las sábanas, de madrugada.

—Cierra los ojos.

Helena los cerró.

Una ráfaga de viento meció sus cabellos alrededor de su rostro y ella alzó los dedos para apartarse un mechón de la frente.

De verdad que tenía intenciones de contárselo, de volver a describir cómo se abría la puerta para nosotros, de describir las largas estanterías hasta el cielo, los mostradores siempre llenos y los grandes ventanales por los que entraba la luz.

Pero no lo hice.

En su lugar me incliné, la besé y saboreé la sorpresa en sus labios, porque no importaba visitar Ophelia en sueños. Algún día, muy pronto, podríamos abrir la puerta de verdad. Sería en ese local del Barrio de las Letras, o sería en otro lugar. Sería con largas estanterías hasta el cielo, o sería con pequeñas baldas en las esquinas, pero sería. Sería Ophelia. Y ya no haría falta cerrar los ojos para verla.

Así que no se lo conté, le robé un beso y después ella me robó otro a mí.

Rodeó mi cuello con los brazos, pegó su cuerpo al mío y acabamos en la habitación de nuestro hotel sin haber aprovechado la última hora de luz.

Volvimos a tomar el coche al día siguiente, y al siguiente, y todas aquellas horas en la carretera no importaron. No es que no contaran; contaron, sí. Fueron parte de aquel viaje y vivimos, hasta la última de esas horas, juntos y felices.

Pasamos tardes enteras en la playa, hasta que se fue el sol, entre calas perdidas en la frontera, alquilando habitaciones de hoteles baratos, muy lejos de la costa, y malcomiendo en chiringuitos donde ya se hablaba francés.

Aquella tarde estábamos tan a gusto que ninguno de los dos quiso moverse cuando el sol empezó a marcharse y la brisa del mar comenzó a arrastrar un rumor frío.

Pasé los dedos sobre la piel de su brazo. Todavía había en ella un recuerdo del sol abrasador de la tarde, como si conservara parte de su calor; un rayo de sol atrapado en su piel y en sus ojos, dorados como la arena.

—Vamos a quedarnos aquí —le dije.

Helena miró abajo, a nuestros pies.

La marea seguía subiendo; fuimos conscientes de ello cuando la gente empezó a recoger sus toallas y se marchó. Antes, había varios metros hasta el borde del mar. Ahora, las olas ascendían hasta nuestros tobillos, pero ninguno de los dos había dicho nada.

—Nos tragará el mar —respondió, con un brillo divertido en las pupilas.

—En la playa no. Aquí. —Extendí los brazos.

Helena, tumbada frente a mí, se puso de medio lado. El pelo le cayó sobre la cara; yo se lo aparté y lo pasé por detrás de su oreja.

—Aquí —repitió—. ¿En el norte?

—Aquí, juntos.

Me daba igual dónde, no me importaba el tiempo; ya nos había llovido un par de días, y siempre era divertido, siempre era nuevo e interesante y pasaba algo que quería atesorar eternamente.

No tuve que explicárselo. Creo que ella lo entendió; solía hacerlo. Si no lo hizo, dio igual, porque se rio un poco y a mí esa risa me habría bastado en cualquier contexto, en cualquier situación.

—¿Qué haremos cuando se nos acabe el dinero?

Las olas subieron un poco más allá de nuestros tobillos, como un recordatorio de que se nos acababa el tiempo. ¿Se acababa? Parecía que lo teníamos todo.

—El dinero es un concepto, un constructo social. Podemos negarnos a participar en él.

—¿A participar en el constructo social del dinero? Bueno, Nico, podemos intentarlo, pero no creo que a los demás les guste.

Un silencio. Un rugido lejano de las olas estallando contra las rocas.

—En realidad, todavía nos queda un poco.

—Muy poco —sonrió—. No suficiente para una noche más.

Deberíamos habernos marchado al día siguiente. Ese era el plan, el límite.

—Existen las tarjetas de crédito.

—Las tarjetas de crédito no se usan porque Ophelia está a la vuelta de la esquina.

Los dos miramos al mar, como si realmente estuviera allí, en algún lugar entre la bruma que comenzaba a descender sobre un cielo púrpura. Subía la marea y cada vez nos cubría un poco más, un poco más...

—Una noche; para que esta no sea la última.

Helena sonrió.

—Sabes que me encantaría.

—No termines la frase.

—Pero no podemos.

—Podemos.

Nos miramos. El aleteo de una mariposa despistada nos hizo girarnos a los dos.

—Unos cuantos números no van a ser muy relevantes. Qué más da.

—Este viaje ya va en contra de nuestro plan —replicó.

Sonreí mucho, muchísimo, porque no me podía creer que estuviera discutiendo sobre eso con ella, que fuera Helena la que intentara convencerme precisamente a mí de que ahorrara un poco para Ophelia.

—Este viaje es exactamente parte del plan —contesté.

También lo entendió, porque se ablandó un poco.

—Nico... Tenemos todo el tiempo del mundo. Después de conseguirlo, podremos volver mil veces.

—Y volveremos —contesté.

Helena bajó la vista hacia el mar, a punto de sumergirnos. Pronto volvería a empapar los bañadores que se habían secado durante toda la tarde y no tendríamos nada con lo que secarnos, porque las toallas también estarían terriblemente empapadas.

—Una noche más —respondió.

Sellamos el trato con un beso. Volveríamos, pero antes pasaríamos una noche más allí, y aquella, aunque perfecta, no sería la última.

Incluso después de eso, después de la última noche de verdad, habría mil más, y todas serían importantes. Nos acostamos sabiendo que tendríamos más de veinticuatro horas, y después de eso más de cuarenta y ocho, más de doscientas cincuenta, más de mil setecientas treinta y cuatro.

El último día fue eterno. Se abrió una brecha en el tiempo. Creo que lo llaman singularidad. Vivimos el infinito contenido en veinticuatro horas. Nos despertamos como si tuviéramos todo el tiempo del mundo allí, y de alguna forma era verdad. Había mil posibilidades, mil opciones de volver... volver allí, a ese lugar, que no era un lugar en realidad; no, al menos, físico. Siempre podríamos regresar, siempre que estuviéramos juntos.

Podríamos volver una noche normal en Madrid; en casa o en el tejado, en un turno larguísimo en el Ryley's o en una madrugada tumbados bajo las sábanas.

Si estábamos juntos, volveríamos siempre.

La mañana que nos marchábamos el despertador sonaría a las diez, pero yo me desperté mucho antes. Me encontré a Helena a mi lado, y como cada día que eso ocurría, algo se prendió en mi pecho.

Todo su pelo estaba desperdigado por la almohada, y las ondulaciones de su cabello castaño parecían una prolongación del mar. El sol hirió su rostro a través de las diáfanas cortinas, pero siguió dormida; no se despertó.

Los labios entreabiertos, las mejillas un poco sonrojadas por el sol de los días pasados, la piel dorada y los hombros desnudos bajo las sábanas enredadas en su cuerpo.

Era algo bello que contemplar; una buena excusa para apagar el despertador y dejar que siguiera durmiendo.

Lo hice, pero la desperté a tiempo; con suavidad, con un beso en la frente, antes de que me atrapara y me arrastrara con ella.

—Ha merecido la pena —murmuró, todavía con la voz ronca.

No nos costó mucho marcharnos; teníamos la certeza de que el tiempo era nuestro. El futuro nos pertenecía y no nos importaba volver a casa. Pero hubo problemas, impedimentos, trabas que nos impidieron ir más rápido; un beso, una provocación y una pelea de cosquillas que acabó en la cama.

Recogimos las últimas cosas sin un solo silencio; habíamos pasado aquellos días juntos y, sin embargo, había mil cosas que teníamos que compartir. No dejamos de hablar. Salimos de allí, dejamos las mochilas en el coche y paramos en una cafetería a recoger un par de cafés para el viaje.

No íbamos a desayunar todavía; lo habíamos decidido así, pero vimos un lugar sobre un paseo marítimo que nos obligó a detener el coche. Pedí tortitas, una magdalena, un zumo y un segundo café. Terminé mi desayuno, comí parte del de Helena y, aun así, ella no pudo acabar con lo que había en su plato.

Nos levantamos cuando decidió que ya no podía más. Nos subimos al coche a las once menos cuarto y volvimos a ponernos en marcha, a través de una carretera que bordeaba la costa.

No recuerdo una mañana más feliz. El sol, Helena, el olor a sal y las canciones que tarareaba sin darse cuenta. El paisaje era precioso; me habría detenido en cada mirador, en cada curva pronunciada, y me habría pasado una eternidad contemplando allí a Helena.

Helena, cómo te echo de menos.

No lo hicimos. No nos detuvimos. Continué conduciendo, deslizando la mano sobre la suya y dejando que besara mi mejilla sin aviso.

Eran las once y media cuando interrumpí una conversación para decirle lo perfectos que habían sido aquellos días, lo perfecta que había sido aquella mañana. Ella respondió que no podía pedir más; que ya lo tenía todo.

—Soy terriblemente feliz, Helena —le confesé después.

Sonrió. Me regaló una sonrisa preciosa, de esas que disparan el pulso y dejan sin aliento.

Eran las once y media, y Helena dejó de sonreír, abrió mucho los ojos, señaló algo en la curva que estaba a punto de engullirnos y un grito quebró para siempre nuestro tiempo infinito.

Eran las once y media cuando caímos.

60
ISAAC Y HELENA

Me subí a aquel escenario ridículamente nervioso por algo que dejaba atrás: un beso robado contra la pared, su aliento en la comisura de mis labios, su piel caliente bajo mis manos.

Quería volver a sentirla; quería volver a experimentarla entera, centímetro a centímetro, mientras hacía que se sintiera como me sentía yo.

No fue tan mal como esperaba, porque toda esa energía estalló en mis dedos y en mi voz y la canalicé hacia el concierto. Empecé a cantar y, en un segundo, volvía a estar dentro, volvía a dejarme arrastrar por esa marea.

Busqué a Helena entre el público y la encontré al cabo de un rato. Estaba dispuesto a cantarle, a hacerle pasar un poquito de vergüenza cuando llegara el turno de *One Night* y confesara, sin que nadie supiera que le cantaba a Helena, que todo por lo que rezaba era por una noche con ella.

Sin embargo, mis planes se esfumaron en cuanto le vi la expresión: la mirada perdida, la respiración agitada y los puños cerrados a ambos lados del cuerpo.

De pronto, echó a andar. La vi abrirse paso a través del gentío, camino de la salida principal, y mi corazón se aceleró por un motivo diferente, que no tenía que ver con confesarle que ardía en deseos de volver a besarla esa noche.

La vi atravesar la puerta y desaparecer y todo a mi alrededor se paralizó.

Su expresión; no dejaba de ver su expresión.

Tomé la decisión antes de meditarla bien, antes de preguntarme qué estaba haciendo.

Salté del escenario y ni siquiera me detuve a ver qué ocurría tras mi partida, cómo abandonaba a mis amigos. El mundo desapareció y solo quedó ella.

Dejé el bajo y corrí tras Helena. La alcancé bajando la calle adoquinada que había frente al Ryley's.

—¡Helena! —grité. Algo me dijo que no se detuvo por mí, sino por la sorpresa de encontrarme allí—. Helena, para. ¿Estás bien?

Era una de esas preguntas tontas que tanto odiaba. Sabía cómo estaba. Veía sus ojos a punto de las lágrimas, sus labios enrojecidos, todos sus músculos tensos.

Pena. Lo que descansaba no solo sobre ese rostro, sino sobre ese cuerpo, era pena: profunda, amarga y azul.

—Date la vuelta, Isaac —me dijo, un poco dura—. Estás en medio de un concierto.

—El concierto me importa una mierda, Helena.

Algo se endureció en sus ojos.

—¡Pues no debería! Son tus amigos los que están ahí arriba —replicó.

Su voz me dejó paralizado. Sentí el miedo que destilaban sus palabras, su tono.

Se me hizo un nudo en la garganta.

—Perdóname —le dije. Di un paso adelante—. He sido muy brusco. He sido... Mierda. Lo siento, Helena. Me he dejado llevar.

—Isaac, no...

Di otro paso más y ella reaccionó tensándose aún más y alzando una mano: Una petición, una advertencia.

—Lo siento —insistí, roto. Joder... Me la habría follado allí mismo si ella hubiese querido—. No me he dado cuenta. He ido muy rápido. He ido a la velocidad de la luz porque soy imbécil. Perdóname.

—El concierto... —insistió, más suave, un poco más vulnerable—. Deja esto. Olvídalo.

—¿Cómo voy a olvidarlo? Mírate. Mira lo que te he hecho. Siento tanto...

—¡No! Déjalo estar, Isaac. No ha sido culpa tuya. No sé... No sé qué me ha pasado para besarte. Ha sido un error que no volveré a cometer. Puedes quedarte aquí y joderles la noche a tus amigos o puedes volver dentro, pero yo me marcho.

Me quedé quieto, completamente inmóvil frente a ella, mientras sentía que algo se quebraba dentro de mí, o tal vez entre los dos.

«Un error que no volveré a cometer».

Una parte de mí quiso correr tras ella cuando me dio la espalda y bajó la calle adoquinada. Otra parte, más cobarde o sensata, quizá más herida, dio media vuelta.

La gente me miraba al entrar. Quizá por eso fue tan fácil encontrarlos entre el público. Me acerqué a Sofía, que esperaba con preocupación, y me incliné un poco sobre ella.

—Helena se ha marchado. No estaba bien. Se ha ido calle abajo.

—¿Helena? —se extrañó. Se giró a su alrededor—. ¿Ahora?

Asentí con pesar. Cuando me dio un apretón en la mano a modo de gracias me sentí terriblemente mal. Era cosa de Helena, así que dejaría que se lo contara ella. De todas formas, no tenía tiempo para explicaciones.

Salió disparada, seguida de Daniel, que también lo había escuchado, y yo me subí al escenario para recoger el bajo del suelo.

Me sorprendió un poco descubrir que, por encima del enfado, había una sensación gélida, tirante, de quienes intuían que, si había dejado una canción a medias, tendría que haber sido por una buena razón.

Me aseguré de que tapaba el micrófono cuando les expliqué que Helena tenía problemas y, durante un segundo, nos sobrevoló la misma idea.

¿Dejábamos de tocar?

No lo hicimos. No podíamos, aunque nos hubiera gustado. Volvimos físicamente al escenario, aunque mentalmente no estuviéramos allí; no del todo... hasta que los vimos reaparecer.

De alguna forma, Sofía y Daniel habían conseguido traerla de vuelta y, aunque eso tranquilizó a los demás, yo no fui capaz de librarme de una sensación agria, pegada a la piel y a los huesos.

El público aplaudió tras cada canción, gritó y nos ovacionó y tengo la sensación de que hicimos bastante bien nuestro trabajo. Sin embargo, sabía que la segunda mitad de aquel concierto la recordaría siempre bajo un filtro gris, con el sabor amargo de una derrota en la que tanto Helena como yo habíamos perdido mucho, tal vez demasiado.

61

HELENA E ISAAC

Tuve que volver.

Me di cuenta enseguida de que Isaac había alertado a los demás. ¿Qué debieron pensar? Sofía parecía aterrada y su mirada no me gustó. Me llevó de vuelta a un lugar frío y húmedo, sin sonido. Me llevó de vuelta al día que me había contado que Nico había muerto.

Vi esa mirada en Sofía y una muy parecida en Daniel. Ambos se estaban perdiendo el concierto de personas a las que querían mucho, muchísimo, y me odié por robarles eso.

Ya nos habían robado demasiado a todos.

Estaba segura de que no me dejarían marchar sola, me habrían acompañado a casa.

Así que me recompuse, o fingí hacerlo; y fingir, extrañamente, trajo un poco de entereza. Los convencí de que estaba bien. De que había sido un instante, un momento de agobio, y de que podíamos volver al concierto.

Pasé el resto de la noche intentando dar respuesta a una única pregunta: «¿Y ahora qué?». Haberme marchado a casa me habría dado un tiempo muy valioso para reorganizar mis ideas y tomar decisiones sensatas sobre mi próxima interacción con Isaac, pero quedarme me había privado de ese tiempo. Así que esperé mientras la ansiedad crecía y el miedo se apoderaba de mí, porque no encontraba la forma de ordenar mis pensamientos, ni mis emociones... ni el dolor.

Sin embargo, Isaac me lo puso terriblemente fácil.

Imagino que después de aquella escena tendría las mismas ganas de verme que de ser apuñalado. Por eso, cuando Marco y Eva se acercaron para celebrarlo (y preguntarme si estaba bien), él se quedó aparte.

Después, Sofía y Daniel hicieron el resto. La primera le dijo a Eva que dormiría conmigo, y el segundo le dijo a Marco que pasaría la noche en su piso.

Aunque intenté convencerlos de que no hicieran tal cosa, en el momento en el que lo decidieron supe que ya no había forma de hacerlos cambiar de opinión y acabamos los tres en mi piso; el que una vez perteneció a Nico y a Eva, y que una vez nos perteneció solo a Nico y a mí; con su socavón cubierto por un póster, su balcón devorado por las plantas y los libros que tanto amaba.

Daniel solo pasó por su casa para recoger un pijama que Sofía, por decencia, le obligó a llevar. Después, ya no volvió a separarse de mí más que para beber agua, mucha agua.

Intuía que intentaba que se le pasara el pedo, aunque objetivamente debía saber que beber agua no lo espabilaría antes.

Los tres nos sentamos en el sofá como si estuviéramos a punto de poner una película mala y comentarla con palomitas; pero en lugar de eso, yo me eché a llorar.

Ahí estaba, intentando dar con una forma cuerda de explicarles lo que había pasado y, puf, las lágrimas salieron solas.

—Dios mío... Lo siento. Esto es ridículo. Esto es... —Intenté limpiarme esas lágrimas traidoras con las manos, pero una de ellas quedó rápidamente inutilizada cuando Daniel la agarró.

—No parece ridículo, parece bastante importante.

Sofía me limpió las lágrimas que quedaban con las palmas de sus manos.

—No quiero preocuparos. —Me di cuenta de que me temblaban un poco los labios.

—No nos preocupas —contestó Sofía, demasiado rápido.

Nos echamos a reír. En cuanto soltó aquella patraña, los tres rompimos en una carcajada torpe que disipó un poco la tensión.

—No ha pasado nada. De verdad que no —les aseguré—. Es solo que he... he besado a alguien y no estaba preparada.

—Oh —murmuró Daniel.

Sofía se mordió los labios.

—¿Te refieres a... a alguien que no era Álex? Si solo ha sido un beso, si hablas con él tal vez...

Sacudí la cabeza para detenerla y me llevé una mano a la frente. Por todos los demonios... Aquello iba a sonar espantoso.

—No he engañado a Álex. Cortamos hace días.

Sofía y Daniel compartieron una mirada.

—Siento no habéroslo contado, pero tenía que aclararme antes de que hicierais preguntas.

—Está bien. No pasa nada. Lo entendemos —dijo Sofía—. Entonces, rompisteis y ahora te arrepientes. ¿Es eso? ¿Sigues pillada por él?

—No es por Álex —confesé.

Tardaron un segundo en comprenderlo. Luego vi cómo el pecho de Daniel se inflaba cuando cogía aire. Sofía volvió a acariciarme la mejilla con la mano y yo cerré los ojos ante el contacto.

—Cielo... —susurró—. No pasa nada. Sabemos que estas cosas son cíclicas. Piensa que ya pasaste por esto cuando besaste a Álex por primera vez, y pudiste seguir adelante. Por muy mal que te sientas ahora, sabes que ya has estado ahí y volverás a salir.

—Estamos aquí para ayudarte —añadió Daniel—. Y ahora sabemos más.

Me gustó cómo usó ese «sabemos». Me gustó que hubieran hecho suyo el deber de protegerme, de cuidarme; y también me pareció triste. Todo me parecía jodidamente triste.

—No ha sido como aquella vez —respondí, y cerré los ojos—. Ha sido peor. Ha sido... —Sacudí la cabeza—. Ni siquiera quiero pensar en ello. No puedo hablar de lo que ha pasado esta noche. Necesito descansar, aclarar-me las ideas y pensar qué voy a contarle a Isaac, pero ahora no puedo...

Me detuve. Ni siquiera me había dado cuenta.

Y ellos...

Tragué saliva. Daniel se frotó el mentón. Sofía volvió a morderse el labio. Me di cuenta de que esperaban a que dijese algo más, de que espe-raban para reaccionar. Me estaban dando la oportunidad de retractar-me. Si seguía hablando fingirían que no habían escuchado el nombre de Isaac. Lo harían, por mí. Y eso significaba...

—¿Lo sabíais?

—Sinceramente, Helena —Daniel se pasó los dedos por la cabeza, la sombra de pelo rapado—, yo creía que estabas engañando a Álex con él.

Sofía se estiró por detrás de mí para darle un manotazo.

—Y yo le dije que no harías algo así.

Pero quizá sí que lo había hecho; quizá toda esa emoción, las ganas, los caminos infinitos colándose en mis sueños... habían aparecido mu-cho antes de la noche en la que me había tomado de la mano y me había dado cuenta.

Y yo no había sabido verlo.

Aquella atracción inofensiva que ya había intuido se había conver-tido, en algún momento, en algo con posibilidades reales; en algo más peligroso.

Una arcada trepó por mi estómago.

—Terminé lo que había empezado con Álex en cuanto me di cuenta de lo que pasaba —dije, tal vez más para mí que para ellos.

—Lo sabemos —insistió Sofía—. Lo sabemos. No tienes que sentirte mal porque tú no eres dueña de...

—No me siento así por Álex —la interrumpí, con la garganta seca y continué hablando con un hilo de voz—. ¿En qué tipo de persona me convierte eso?

Ninguno respondió enseguida. Creo que masticaban las implicacio-nes, las preguntas. ¿Por qué me sentía como si me hubieran arrancado el corazón del pecho entonces?

Por Nico.

Aunque todavía no comprendía lo que estaba pasando, sabía que era por él, porque no dejaba de evocarlo, de traerlo una y otra vez a la mente.

—Eres humana —dijo Daniel, y no añadió nada más.

Pretendía ser una absolución, un consuelo. Su sola presencia, junto con la de Sofía, ya lo era de alguna manera.

—Explícale a Isaac lo que ha pasado —propuso Sofía—. Dile que necesitas ir más despacio. Lo va a entender.

Sacudí la cabeza; incluso si no había aclarado aún todas las ideas, había una nítida, real y casi palpable que era ineludible.

—No voy a hacerme esto —les dije, convencida—. No voy a pasar por esto por un poco de diversión.

Ambos se quedaron callados y compartieron una mirada larga, pesada.

Fue Sofía la que se aclaró la voz, antes de seguir hablando, todavía bajito.

—¿Es un poco de diversión?

Asentí, incapaz de creer que tuvieran que hacer esa pregunta. Era Isaac. Lo conocían tan bien como yo. Era impulsivo y un poco temerario. Isaac era la persona que, al borde de un acantilado, en lugar de tenderte la mano para ponerte a salvo te la ofrecía para saltar contigo.

Isaac era una mala elección, en todos los sentidos. Y quizá, en otro tiempo, otra Helena diferente se habría decidido por esa mala elección sin consecuencias, pero ahora no podía.

Aquella noche Sofía durmió conmigo y Daniel durmió en el cuarto de Eva. Sin embargo, a mí me costó conciliar el sueño, que era inquieto e inestable; y un par de horas después, tras asegurarme de que los dos dormían, salí al balcón, me aferré a las ramas de aquel árbol que conocía tan bien y subí al tejado como hacía antes.

Willow debió de sentirme. Debió de verme en una de sus cacerías nocturnas, porque durante unos minutos se acercó a mí. Restregó su cabecita contra mis piernas y se marchó de vuelta a casa en cuanto se hubo cansado.

Yo no tardé en seguirle, pues sabía que ni el viento fresco de la noche me ayudaría a sentir menos pesada la carga que llevaba en el corazón.

Al entrar, descubrí que tenía varios mensajes en el móvil.

Y abrí la puerta de casa.

62

DECIMOTERCERA CARTA

Querido amigo, querido compañero:

Ojalá no hubiésemos hecho ese viaje.

Ojalá hubiésemos vuelto cuando acordamos.

Nos quedamos allí más tiempo. Agotamos todo nuestro tiempo.

¿Funcionará así la felicidad? A veces imagino que todos tenemos un tiempo juntos, un tiempo verdaderamente feliz, brillante e intenso que puede durar años, décadas o toda una vida... Quizá nos habría durado más, Nico. Tal vez fuimos demasiado felices, tal vez lo agotamos todo muy rápido y nuestro tiempo ardió.

No recuerdo nada del último día que pasamos juntos; tampoco de los dos siguientes. El último recuerdo que tengo es de la noche anterior: arena en la piel, marcas de sol, el sabor a sal de tus labios... Son recuerdos dorados, antes de que todo se volviese azul para siempre; un azul mucho más oscuro que el de tu mirada, Nico, más grotesco, más enfermizo.

Al principio me inquietaba la idea de no recordar nada de aquella mañana. Me aterrorizaba la idea de que hubiese pasado algo entre los dos, de que al final hubiésemos discutido, estuviésemos cansados o simplemente aburridos. Imaginar un último instante vulgar o corriente contigo, un instante menos dorado de lo que lo había sido la noche anterior, me torturaba.

Ya no me da miedo. Si algún día regresan los recuerdos, si descubro que discutimos, que no todo fue perfecto, lo aceptaré como parte de la vida, del dolor y de la muerte. Le di mucha importancia y puede que la tenga, pero es una pequeñísima parte de un camino mucho más largo. No importa el final, es lo que menos importa. Importa el septiembre que hablamos juntos por primera vez; importa la primera mirada en la que supe que me entendías, importa Madrid, importa Ophelia, el balcón salvaje de tu piso y los libros que se me caían encima mientras dormía.

Para mí todo fue perfecto hasta el final.

Las caricias tímidas, los roces que todavía puedo sentir. Si cierro los ojos, fragmentos de esos recuerdos se entrelazan: una sonrisa, una mirada, tus dedos pasando las páginas de un libro. Son las gotas más brillantes en un río complejo, oscuro a ratos, siempre en movimiento.

Suelo recordarte leyendo algún párrafo en alto. Es una de mis imágenes favoritas. También lo es la de aquel día bajo la lluvia, completamente calado, mientras me protegías a mí con tu chaqueta.

Nunca dejabas que me empapara del todo.

Tampoco dejaste que acabara completamente empapada aquella última mañana, ¿verdad? No dejaste que me sumergiera contigo, Nico.

63

ISAAC Y HELENA

No pude esperar.

Me propuse marchar a casa, dormir y dejar que ella durmiera también para buscarla por la mañana. Pero no pude. No pude.

Cuando abrió la puerta del portal, el corazón se me aceleró.

Aún llevaba el vestido de aquella noche. Tenía el pelo un poco revuelto y las mejillas sonrojadas, tal vez por el frío.

Me hizo un gesto para que la siguiera, escaleras arriba, hasta que se sentó en un escalón, justo por debajo de una ventana que daba al exterior y que regalaba una luz ambarina muy pobre pero suficiente para verle la expresión.

—Helena... —empecé, pero ella me interrumpió.

—Antes de que digas nada —susurró; aún no me miraba a los ojos—, quiero que sepas que no has hecho nada mal. La culpa ha sido mía; solo mía. Por besarte. Por no saber lo que quería. Sé que es una excusa muy pobre, pero estaba emocionada, había bebido un poco y yo... estaba confundida. No tendría que haberte besado.

Me quedé callado, porque no era eso lo que esperaba.

—No te disculpes por el beso, Helena. —Me llevé la mano al pecho, mientras intentaba encontrar la forma—. Yo quería que pasara. Si no lo había hecho antes es porque fui yo quien te dijo que no parecías feliz con Álex y no quería que pensaras... Oh, mierda. Es por eso, ¿verdad? Puedo jurarte que no lo hice con otra intención que ser sincero. Sé lo que parece. Lo sé muy bien. —Me froté los ojos, con frustración—. Por eso no había intentado nada.

Helena parpadeó despacio, como si intentara serenarse, como si ella también tuviera problemas para encontrar las palabras.

—Hiciste bien en no intentar nada —dijo, serena, y sentí aquellas palabras como una flecha—. Y yo he hecho terriblemente mal en intentarlo.

Le sostuve la mirada, pero era difícil. Esa mirada quemaba. Esa mirada desarmaba.

—¿Por qué? —me atreví a preguntar.

—No quiero hacerte daño —murmuró, y la creí.

Sabía que decía la verdad; por sus manos retorciéndose sobre su regazo, el impulso apenas contenido de morderse los labios...

—Podré soportarlo. —Intenté sonreír.

«Necesito poder soportarlo», pensé. «Porque si me alejas ahora, si me apartas sin una explicación, puede que vuelva a intentarlo, una y otra vez, hasta estar seguro de que para ti no merece la pena».

Helena tomó aire.

—No puedo estar contigo, Isaac —disparó—. Tú no eres para mí, y yo no soy para ti. —Tragué saliva—. Es una mala idea. Una idea terrible.

Quizá estuve demasiado tiempo callado; pero no sabía qué podría decir. Nada de lo que saliese por mi boca iba a cambiar lo que pensaba. Contra eso, ya, no se podía hacer nada.

Quise volver a preguntarle por qué. Analizar cada razón y cada excusa, tirar de cada hilo de esa madeja enredada... pero a lo mejor eso no era capaz de soportarlo.

«Un error que no volveré a cometer». Sus palabras, en medio del concierto, después del beso, aún me quemaban.

Había algo de mí que no le gustaba, algo que hacía que aquello le resultara inconcebible. Yo no era lo bastante bueno para ella y... mierda, yo lo sabía.

Me froté la nuca y esbocé la mejor sonrisa que encontré en la recámara, que no era gran cosa.

—Bueno, tal vez tengas razón.

Por primera vez desde que nos habíamos sentado, su expresión dio paso a otra emoción alejada de la pena o la incomodidad. Era sorpresa.

—Pero funcionamos bien como amigos, ¿no? —preguntó. Ella también se estaba esforzando por sonreír.

—No dejaría que perdiéramos eso, Helena —le aseguré. Estuve a punto de deslizar la mano por su regazo y tomar la suya, pero me contuve a tiempo. Abrí y cerré los dedos, inquieto—. Tu amistad es demasiado importante para mí.

—Para mí también. —Cerró los ojos e inspiró con fuerza, varias veces, antes de volver a abrirlos—. Siento esta gran metedura de pata.

Las primeras palabras que treparon por mi garganta me habrían llevado al principio, a volver a confesarle que llevaba tiempo a punto de rogarle un beso. Y Helena no necesitaba eso; yo tampoco. Así que me las tragué.

—Creo que los dos hemos cometido errores esta noche. Podemos olvidarlo... si quieres.

Un último puente. Uno que esperaba que no quemara.

Me habría aferrado a cualquier cosa: un silencio, una pausa, el asomo de duda en su mirada... Pero Helena sonrió y todo ardió.

—Me parece bien.

Creo que ella también dudó cuando alzó la mano y volvió a dejarla sobre su regazo. Me dolía aquello, me dolía tener que reaprender los límites. Pero lo haría, porque era lo que ella quería.

Me marché enseguida, de vuelta a mi piso. Cuando Marco me preguntó si Helena era la chica de la que le había hablado, le di una versión resumida, edulcorada y apenas ligada a la realidad: «Me besó, la besé, se arrepintió. No pasa nada. Hemos hablado, estamos bien».

Esperaba que, al menos en su caso, fuera verdad.

Intenté darle espacio los días siguientes. No tenía mucho tiempo para convencerla a ella, a los demás y a mí mismo de que las cosas entre los dos no enrarecerían cualquier ambiente y no quería joder a todos el viaje a la costa. Sin embargo, necesitaba un margen para concienciarme, para volver a lo de antes, para olvidarme de las posibilidades que, durante un beso, fueron reales. Así que dejé de aparecer por el rocódromo y también por el gimnasio, porque sabía que solía visitarlo, y me limité a nadar. Nadé más que nunca, antes o después de entrar a trabajar, daba igual. Cambié turnos para tener una excusa real que darles el primer fin de semana cuando todos salieron. Y ensayé con el grupo y en solitario, religiosamente.

Por suerte, Marco había podido convencer a los del Ryley's de que aquel extraño parón en mitad de una canción se había debido a un fallo técnico que pudimos solventar, y parecía que no nos habíamos cerrado del todo sus puertas.

La primera tarde que iba a ver a Helena después de aquello, pasé todo el día preparándome. De todos modos, lo que sucedió durante aquella sesión de cine primero, y en el Ryley's después, no me lo esperaba. Fue normal. Terriblemente normal.

Si noté tensión, no fue proveniente de ella, sino de los demás, que pisaban con pies de plomo ahora que sabían que nos habíamos enrollado y que había salido mal. Pero desapareció enseguida, en cuanto Helena empezó a hablar, en cuanto me habló a mí.

Interactuamos lo mismo que interactuábamos antes frente a los demás: prácticamente nada. El trato fue amigable, completamente mundano. Ni siquiera hubo nada de aquella falsa cordialidad que, a veces, tras los problemas y los malentendidos, parecía tan fría.

Y no podía dejar de preguntarme si, de haberme evitado, de haberse esforzado por sentarse lejos o de haber preferido marcharse pronto a casa para no tener que hacer parte del camino de vuelta a mi lado, habría dolido menos.

64

ISAAC. SÉPTIMA CANCIÓN

Recordad el beso. La piel. Las ganas. La electricidad. Recordad el primer encuentro, la noche que llegó la amistad. Recordad la primera vez que nos rozamos, el primer abrazo.

Tras todo aquello y antes de todo lo que conquistamos y todo lo que conquistaremos, existe un fragmento brillante escondido entre todos esos recuerdos pasados y futuros. Es un fragmento dorado, como el color de sus ojos, como sus palabras.

En mitad de nuestra historia, compartimos una promesa que no llegaríamos a cumplir, y que lo cambió todo.

Estábamos en mayo.

65
HELENA E ISAAC

Isaac estaba por todas partes.

Lo había estado incluso aquellos días en los que había dejado de ir al rocódromo, en los que me había confinado en casa con la excusa de preparar mi currículo. Estaba en una recopilación de poesía de Lorca, estaba en la cima de la Torre de Cristal. Estaba en una canción que sonaba por la radio y que quitaba enseguida y estaba en la sensación de ingravidez cada noche que subía a mi tejado. Estaba incluso en el cajón de la ropa interior, donde aún guardaba las bragas en las que había escrito.

En algún momento, fuimos capaces de retomar nuestra rutina: rocódromo, amigos, Ryley's. Éramos quienes fuimos al principio, antes de que me presentara en su piso para que me cosiera una herida. Creo que ese había sido el inicio de todo, cuando entre los dos había surgido un lenguaje que ahora nos esforzábamos por olvidar.

Y yo lo echaba de menos.

Lo veía prácticamente a diario: en el piso de Daniel, en un paseo con Ivy, en un ensayo con el grupo al que Sofía y yo nos presentábamos por sorpresa... Y, sin embargo, lo añoraba con fuerza.

Ese no era el Isaac al que había conocido a través de una canción o un pedacito de película; era un Isaac diferente, inaccesible, al que quizás nunca me habría molestado en conocer.

¿Había sido demasiado el beso? ¿Incluso a pesar de la conversación, nos había condenado a olvidar todo aquello, a volver al principio?

Me negaba a aceptarlo.

Quizá por eso, cuando aquel día me levanté con una idea poderosa y recurrente, una idea pegajosa que se adhería a los huesos y a la piel, seguí ese impulso y no dejé que anidara en mi interior, que se sintiera allí tan a gusto que no quisiera salir nunca. Me aferré a ella y la hice mía; con seguridad, con convicción.

Tenía los horarios de todos en el grupo en el que hablábamos de los días que nos iríamos de vacaciones juntos, así que sabía cuál era el calendario de Isaac esa semana y sabía que al día siguiente no trabajaba.

No necesité más.

Preparé mi equipo y aquel mismo día fui a buscarlo a la salida del hospital. Lo vi un poco cansado, con las últimas horas de trabajo pegadas a los párpados y el andar lento. A pesar de eso, cuando me vio, algo se iluminó en una sonrisa que de pronto parecía más tímida.

—¡Eh! ¿Qué haces por aquí? —Me dio un repaso de arriba abajo, sin disimulo, mientras giraba a mi alrededor—. ¿Qué te has abierto?

Me reí.

—Nada. Vengo a buscarte. —Eso lo sorprendió un poco. Quizá por eso se mantuvo en silencio, esperando que fuera yo quien me explicara—. ¿Tienes trabajo esta noche? ¿Y mañana?

Durante unos segundos no respondió y yo tragué saliva. Si respondía que sí, yo sabría que estaba mintiendo; pero al menos habría tenido elección. Eso debía concedérselo.

—No —contestó, intrigado, y sentí que podía volver a respirar—. ¿Por qué?

—¿Quieres venir conmigo?

—¿A dónde? —insistió, incrédulo.

—No hay respuestas. Solo la propuesta de una fuga rápida. Es ahora o nunca.

Me pregunté si al escucharme en su cabeza sonarían también sin querer las primeras palabras de una canción que conocía gracias a él.

It's now or never
Come hold me tight
Kiss me my darling
Be mine tonight

—Supongo que Daniel cuidará de Willow. Hablaré con Marco para que cuide de Ivy. —Asentí—. ¿Necesito llevar algo?

De nuevo, tomé aire y me di cuenta de que había estado conteniéndolo hasta ese instante.

—Dijiste que escalabas en roca, ¿verdad? ¿Dónde está tu equipo?

Tras recuperar su equipo, y antes de ir hacia la ambulancia, hicimos una parada: nos detuvimos frente al escaparate cubierto de papeles, la mariposa violeta y el eterno misterio.

Fui rápida. Saqué un sobre de la mochila, me agaché y lo deslicé por la ranura para las cartas bajo la mirada curiosa de Isaac. Una parte de mí se preguntaba si llevarlo había sido buena idea. Podría haber esperado a que él no estuviera, pero no me importaba que lo supiera. De hecho, quizá... quizá quería que lo supiera.

El hueco libre que quedaba en el cristal ofrecía un vistazo de las cartas que se habían acumulado allí a lo largo de los últimos meses.

—¿Vienes a menudo? —preguntó.

—Una vez cada dos viernes, después de trabajar —contesté.

—¿Para quién son? —me preguntó, cuando volví a ponerme de pie.

Creo que ya lo sabía.

—Para una historia que no fue. Para el pasado.

—¿Las leen?

Sonreí.

—Espero que sí.

Isaac me cedió las llaves de la ambulancia. Sin preguntas, sin exigencias.

No tardamos mucho en llegar a nuestro destino porque no necesitamos salir de Madrid. Conduje a través de la sierra preguntándome si sentiría algo parecido a lo que había sentido yo el día que iba de copiloto a su lado, cuando me rescataba de sentirme igual un día más.

Paré en un *parking* para mirar mi móvil, porque intuía que la cobertura estaba a punto de abandonarnos, pero no aparqué allí. Consulté lo que necesitaba y continué por una senda sin asfaltar, mientras notaba cómo Isaac procuraba aferrarse a los detalles.

Al llegar por fin, estaba nerviosa; puede que lo estuviera más que Isaac. Aparqué, agarré mi mochila, salí de la ambulancia y tuve que contenerme para no echar a correr el último tramo.

Me detuve allí abajo y miré arriba.

Isaac me siguió e imitó mis movimientos. Tal vez intuyera algún tipo de solemnidad en ese gesto porque, al hablar, lo hizo más bajito de lo normal.

—Vale. ¿Dónde estamos?

Tomé aire.

—Se llama el Pico de la Alevilla.

Yo miraba la roca y él me miraba a mí. No lo demoré mucho tiempo. Me senté y saqué varios pedacitos de papel de la mochila, algunos doblados y arrugados. Algunos escritos por otra letra que no me pertenecía. Los extendí con mimo sobre el suelo.

—Quiero subirla —le expliqué—. En esa montaña hay varias vías; algunas de escalada clásica, otras equipadas para la deportiva.

Sus dedos tantearon sobre la tinta del papel.

—¿Has elegido una?

—Es una combinación de vías, en realidad —respondí. Me mordí los labios—. Quiero subir desde el suelo, hasta la cima.

Isaac volvió a mirar la montaña que se erigía orgullosa frente a nosotros; apenas un paseo entretenido si se subía por una vía de senderismo por el lado menos escarpado, pero por la roca...

Volvió a clavar sus ojos verdes en mí.

—¿Cuánto hay hasta la cima?

—360 metros, más o menos, pero no todos son tramos de escalada.

Le entró la risa.

—¿Cuántas vías? ¿Cómo son?

—Trece etapas. Dos azules. Ocho verdes y tres rojas. —Se las mostré en los mapas, en los dibujos y los esquemas. Luego lo miré para comprobar si aquello que nos había unido entre secretos, canciones y retos seguía ahí, y no necesité más de un segundo para comprobar que sí—. Le prometí a Nico que la subiríamos algún día. —Tomé aire, porque sentí que me faltaba al volver a pronunciar su nombre—. No pudimos hacerlo juntos, pero quiero intentarlo sola. Es una historia muy larga, pero... subir simboliza empezar una nueva etapa aceptando todas las anteriores; es como aceptar una nueva versión de ti que acoge a todas las demás.

Me di cuenta de que no me miraba con tanta intensidad porque me estuviera juzgando; igual que el día que nos habíamos enseñado las cicatrices, no había en él compasión, ni miedo, ni confusión, sino que había algo diferente, más cercano a la comprensión, al *querer* comprender.

—Vale —dijo.

—Me costará bastante. Para cuando llegue ya habrá anochecido. Quiero que subas por aquí con la ambulancia —le dije, y le mostré un mapa—. Así, cuando llegue a la cima, podremos volver a bajar aunque sea de noche. ¿Me esperarás allí? —Hice la pregunta con la emoción en la punta de la lengua.

—No —contestó, sin embargo.

—¿No?

Isaac se pasó la lengua por los labios y sacudió la cabeza con fuerza. Me preparé para que me dijera que había perdido la cabeza o que probablemente perdería algo más si intentaba subir ahí arriba sabiendo que quizá podría anochecer mientras aún seguía en la roca. Pero no ocurrió nada de eso.

—¡No! Me has contado esa historia de aceptar todas tus versiones, me has enseñado las etapas y me has hablado de una promesa... Me has dado las llaves de un fórmula uno, no puedes pedirme que me siente a mirar.

Parpadeé.

—Isaac, no te estoy pidiendo que...

Él apoyó las manos en las rodillas y se puso en pie. Yo lo seguí, nerviosa.

—Sé que no me estás pidiendo nada, te lo estoy pidiendo yo —repuso—. Bueno, no, ni siquiera eso. —Esbozó una sonrisa canalla—. No necesito tu permiso para subir contigo.

—Tu equipo era para escalar mañana. Hay otras montañas en la zona, otras vías... No has descansado. Has estado trabajando toda la mañana.

Encogió un hombro.

—He hecho cosas peores.

Me lo creía.

Contuve el aliento.

—Si subes conmigo, no habrá nadie al otro lado para recogernos.

Aunque tardó en responder, por la forma en la que curvó la boca, por esa mirada y esa expresión, no tuve ninguna duda de lo que iba a contestar.

—No necesitaremos que nadie nos recoja si estamos juntos, Helena. —Pensé que era bonito. Pensé que, aunque hablaba de forma literal, había algo más ahí al fondo, entre las palabras, que hacía que una parte de mí temblara—. Hay luna llena, o casi. Y tengo linternas. Bajaremos por detrás; tendremos cuidado.

Ni siquiera intenté disuadirlo. Podría ser egoísta, pero deseaba que me acompañara. Así que, cuando se marchó a por su equipo, no lo detuve.

Fui la primera en subir. Primer tramo: un azul amable, para empezar con ritmo. Pie. Mano. Salto. Pie. Un grito eufórico al final.

Después, fue el turno de Isaac.

El siguiente tramo era verde y era un poco más difícil. Lo noté en el tiempo que tardamos, en el esfuerzo, y en cómo jadeábamos al llegar al final.

Después debimos caminar por la roca y subir un poco para poder seguir escalando.

—¿Cómo te sientes? —le pregunté a Isaac.

Él miró abajo, a las vías que acabábamos de dejar, se recolocó un poco la cinta del casco y me regaló una sonrisa amplia, llena.

—Vivo.

Seguimos subiendo. El siguiente tramo era rojo. Volví a ir yo primero. Esta vez fue más difícil. Estaba acostumbrada a caer, a quedar colgando; pero resbalar en la roca es muy diferente a hacerlo en el rocódromo. Ocurrió un poco antes de alcanzar la reunión. Debía saltar al siguiente saliente pero fallé, me quedé corta. Solté un grito de frustración, lo repetí y volví a caer. Tampoco lo conseguí a la tercera.

—¡Descansa! —me gritó Isaac, desde abajo—. Retoma el aliento. No tenemos prisa.

Pero, en realidad, sí que la teníamos.

Este era solo el primer tramo rojo; quedaban aún dos más y, al terminar con este, todavía deberíamos subir otras diez vías. No podía entretenerme allí.

Aun así, le hice caso. Descansé, cogí aliento y volví a intentarlo.

Lo conseguí al sexto intento.

Un grito de júbilo brotó al mismo tiempo que llegaba al final, al mismo tiempo que me detenía en la reunión.

Isaac era más alto y no falló. Cuando alcanzó el final, yo aún estaba resollando.

—En esta voy yo primero —me dijo.

Y yo me concedí aquello. Le dije que sí. Esperamos lo suficiente para que se recompusiera y encabezó la subida.

La siguiente también era roja, pero tenía menor dificultad. Después llegaron dos verdes y, tras aquellas, una cómoda azul que nos concedió un respiro. Tras varios ascensos más, Isaac me tendió la mano al final de un tramo verde de los más complicados.

Noté su fuerza en el brazo, tirando de mí hacia arriba, su mano en la cintura cuando me impulsó y yo me dejé arrastrar por él.

No me aparté enseguida. Me quedé ahí un segundo, dos... descansando contra la seguridad de su pecho. Él tampoco me soltó. Podría haberlo hecho, pero su mano siguió acomodada contra mi cintura mientras la otra sostenía mi brazo.

Noté su respiración agitada a través de la tela de su camiseta, contra la palma de mi mano; o quizá fuera la mía. Estábamos tan cerca...

Me aparté antes de que mi mente empezara a hacer tonterías, imaginando escenarios donde aquello no era una idea terrible, y pasé los dedos por sus mejillas manchadas de magnesio. Isaac sonrió un poco y cerró los ojos, pero se dejó hacer. No se lo quité del todo; creo que solo lo extendí más. Quizá manchara con mis manos zonas limpias.

En cualquier caso, nos sirvió de excusa para detenernos.

Estábamos alto, muy alto. Habríamos recorrido ya alrededor de 300 metros, pero puede que los últimos que nos separaban del Pico de la Alevilla fuesen los más duros.

Bebimos agua, descansamos los músculos.

La siguiente era una verde en la que probablemente tuviese que volver a saltar para alcanzar uno de los salientes. Debía reunir fuerzas para no extenuarme con los intentos, porque la última se trataba de una roja de los niveles más avanzados. Un solo nivel más y ya sería una morada.

El sol, que nos había acompañado durante toda la subida, no quemaba ya tan fuerte. Había empezado a retirarse discretamente y pronto traería de vuelta el atardecer.

—Casi lo tenemos —dijo Isaac.

Parecía contento, cansado pero eufórico. Había algo especial en su expresión, en los ojos ávidos que miraban primero abajo y después hacia arriba, buscando la cima. Conocía esa sensación; era la misma que sentía yo en las rodillas, en las puntas de los dedos, en las terminaciones de los labios...

—¿Quieres ser tú? —me ofreció, cuando llegó el momento de partir.

Empecé a subir cuando los tonos cobrizos del ocaso bañaban la roca y la montaña. Me vi subir sin dificultad hasta el salto. Descansé, tomé aire y me concentré, pero fallé. Volví a quedar colgando y eso no vaticinaba nada bueno.

—¡No te preocupes! —escuché la voz de Isaac desde abajo—. ¡Antes era más difícil y lo has logrado! ¡Volverás a conseguirlo!

Subí de nuevo el tramo que había deshecho en la caída, tomé aire, me impulsé y, esta vez, cuando mis dedos rozaron el saliente y a pesar de eso resbalé, ocurrió algo más. Cometí un error. Tal vez fuera el cansancio, tal vez las horas en la roca me pasaban factura; pero erré la recepción de la caída. Apoyé mal el pie y, ¡paf!, eso me costó un golpe contra la roca.

Habría sido una caída fea, pero logré equilibrarme a tiempo, interponer mis manos.

Ahogué un grito de asombro cuando me encontré segura, al otro lado de la cuerda, todavía colgando.

—¡Helena! ¡¿Helena, estás bien?!

La preocupación en la voz de Isaac me trajo de vuelta a la roca templada, al dolor suave en mi rodilla izquierda, a mi corazón desbocado.

Respiré hondo.

—¡Estoy bien! —confirmé, con un grito—. ¡Vuelvo a intentarlo!

Tardó un segundo en responder.

—¡Vamos! ¡Casi hemos llegado!

Recuperé el aliento, me recobré del susto y solo miré una vez los nudillos raspados de mi mano izquierda. Al día siguiente tendría un cardenal feo y una herida que me obligaría a permanecer en tierra unos días, pero daría igual porque para entonces ya lo habría conseguido.

Volví a intentarlo. Esta vez, acerté con el salto.

Nos encontramos en la reunión, colgados de la roca.

Había algo reconocible en esa sonrisa, algo que ya había hecho mío. Se pasó los dedos manchados de magnesio por la frente y me ofreció su botellín, pues yo ya me había quedado sin agua. Echó la cabeza hacia atrás.

—No me creo que vayamos a conseguirlo.

Me mordí los labios.

—Yo sí —contesté.

Sonrió más, más fuerte y entonces sus ojos descendieron por mi cuerpo.

—¿Estás bien? Ha sido una caída fea.

Se concentraron en mi rodilla. Había estado atento, había captado dónde había impactado mi cuerpo. Mañana habría una marca cárdena; hoy estaba ilesa.

—Lo estoy —contesté.

Pero yo también era consciente de que aún nos quedaba lo peor. Nos enfrentaríamos a la vía más difícil, la más extenuante y peligrosa al final, cuando ya habíamos subido otras doce que nos habían drenado, y yo me sentía más torpe, más blanda.

Cuando le devolví el botellín, sus dedos atraparon mi mano.

Lo guardó con rapidez, sin apartar sus ojos de mí. Procuró no tocar la herida, ni el golpe.

—¿Puedes mover los dedos?

Los moví. Oculté una punzada de dolor.

Isaac se rio. Tal vez fuera la rapidez con la que lo hice, o la mirada con la que lo desafié.

—Está bien —respondió.

Se llevó mi mano a los labios y besó las heridas, de una en una, con una devoción que me hizo temblar.

Y lo sentí. Aquello que subía por mis dedos y mi piel, que se colaba en mis huesos y se aferraba a mí no era solamente atracción; no podía serlo.

Se me secaron los labios.

Puede que hubiera sido una ingenua al creer que no había algo más, pero también había sido sensata al no permitir que aquel beso se convirtiera en una noche con él...

One night with you
Is what I'm now praying for
The things that we two could plan
Would make my dreams come true.

¿Pero qué me había hecho? Su voz cantando esa canción de Elvis se coló entre los resquicios de la consciencia, y ni siquiera estaba segura de haberlo escuchado alguna vez.

No tuve valor para recuperar mi mano. Fue él quien me la devolvió, despacio, como si ese gesto no significara nada, como si no hubiera hecho temblar la roca de la que colgábamos sobre el precipicio.

—¿Tú primero? —preguntó.

Asentí.

Había algo emocionante en ser la primera en llegar al final y él debía de saber que este ascenso en especial sería importante.

Cerré los ojos, tomé aire un par de veces. Isaac creería que intentaba concentrarme para aquello a lo que tendríamos que enfrentarnos. En realidad, procuraba dejar de pensar en él, dejar de cantar *One Night* en mi cabeza.

Empecé con fuerza.

Pie. Mano. Apoyo. Pie. Un salto y un grito. Volví a quedar colgada y solté un grito de frustración, pero no me detuve.

—¡Vamos! —exclamó él, colgado desde la reunión, siguiendo todos mis movimientos como si fueran suyos. De alguna manera lo eran; de alguna manera, estábamos subiendo juntos.

Trepé de nuevo, volví a prepararme para el salto y aquella vez lo hice limpio. No me detuve.

Continué ascendiendo. Probé otra forma y volví atrás. Descarté un paso, tanteé otra manera y avancé. Avancé.

Los músculos me ardían. Mis pulmones eran un infierno. El atardecer transformó la roca, la volvió dorada, cobriza, roja... Y entonces lo vi: el final. Un saliente por el que, en algún momento, tendría que quedar colgada y confiar en la fuerza de mis brazos.

Pero eso no me desanimó; me dio más fuerzas, me dio más ganas. Ascendí. Sentí la victoria en las puntas de los dedos, un cosquilleo intenso subiendo por la boca de mi estómago, la emoción expandiéndose y a punto de implosionar.

Últimos pasos. Últimos minutos. Último salto de fe.

Ascendí de forma horizontal. Fue solo un segundo, no permití que fueran más y, después, me aferré al borde.

Solté los pies y... quedé colgada. Quedé allí, suspendida sobre el abismo. Solo me sostenían mis dedos, algunos magullados, ya sin fuerza. Si caía entonces, volver a subir me costaría un mundo, pero la posibilidad estaba ahí, en el temblor de mis antebrazos, en la fragilidad de mis dedos.

Miré hacia arriba, hacia el cielo teñido de rojo. Tomé aire. Solté un grito, que se transformó mientras subía, mientras me impulsaba. Se volvió menos limpio, más eufórico, hasta que me vi arriba, hasta que mi cintura dio con el borde y me dejé caer al otro lado: exhausta, temblorosa y... Aún estaba ahí: la sensación de vértigo, la ilusión por el final. No había desaparecido, porque no había terminado.

Me acerqué al borde y vi a Isaac repetir el camino que ya había trazado yo. Sufrí con cada tropiezo, con cada agarre mal hecho. Solté un grito de júbilo con cada paso que acertó y contuve el aliento cuando lo vi desaparecer un instante en esa ascensión horizontal.

Luego un grito que se perdió en el vacío.

Quedó colgado. Soltó una maldición.

Mi corazón me martilleaba el pecho con fuerza, pero no hubo golpe. No necesité preguntarle si estaba bien; no quise quebrar su concentración. Volví a ver cómo lo intentaba y, esta vez, sus dedos aparecieron en el borde. Sus manos, sus fuertes antebrazos. El corazón se me detuvo cuando lo vi al otro lado. Me eché un poco hacia atrás, susurré en silencio que ya lo tenía, y le tendí la mano al final, en un último empujón que nos lanzó a los dos hacia atrás, entre gritos eufóricos y risas.

La caída me robó el aire de los pulmones, pero había caído sobre algo blando. Mis manos se aferraron a las flores que crecían bajo ellas cuando Isaac, aún sobre mí, dejó escapar una carcajada.

Entonces sí lo sentí: la explosión, la victoria.

Lo habíamos logrado.

Me puse en pie, con las piernas un poco temblorosas, miré al cielo. Miré las vistas infinitas que se extendían frente a nosotros: las colinas y las montañas, los caminos y los ríos. Isaac se había quitado el casco y estaba a punto de volver a dejarse caer. Yo no se lo permití. Corrí hacia él y lo abracé. Enterré el rostro en su cuello y él rodeó mi cintura con las manos. Acarició mi espalda y con cada caricia, con cada sonrisa en mi oído, me devolvió una calidez perdida.

66
DECIMOCUARTA CARTA

Tú fuiste agua, Nico. Así sentí tu amor. Una lluvia penetrante, un río que desemboca en el mar, una tormenta que te atrapa y te cala por completo. Ocurrió con lentitud, casi sin que me diera cuenta. Me perdí en ese azul vibrante, sereno; el azul profundo de tu mirada.

Lo que tengo con Isaac es diferente. Él es sol, calor, fuego. Lo que siento por él es intenso, fugaz; una llama que se prende de pronto y arde con fuerza, iluminándolo todo a su alrededor. Es como una llama que no se apaga. Sigue ardiendo, día tras día, caricia tras caricia, en cada beso robado, incluso si sé que no debería.

67

ISAAC Y HELENA

«No la beses. No la beses. No la beses».

Parecía tan fácil, allí en la cima, con ella entre mis brazos, sus labios contra la piel de mi cuello y su pelo castaño, que olía a lilas y a algo más dulce, haciéndome cosquillas en el mentón...

La apreté más fuerte contra mi pecho, contra mí, y la noté blanda, exhausta.

Yo también lo estaba.

Sentí su aliento sobre la piel y una risa que reverberó en cada parte de mí.

Se apartó lentamente. A mí me costó un poco soltarla. A mi cuerpo le costó dejarla ir. Seguía allí, a un paso de distancia, pero lejos. Lejos de alguna manera porque aquello no era lo que Helena quería.

Sacudí la cabeza porque no deseaba que esa sensación empañara otra mejor, otra en la que sí me sentía cerca, muy cerca; una en la que sentía que acabábamos de conquistar el mundo juntos.

Me pasé la lengua por los labios, todavía sin aliento.

—Un nuevo comienzo, ¿no?

—Un nuevo comienzo, aceptando todo lo anterior —repitió, también jadeante.

Le tendí la mano. Helena la miró.

Hubo algo en sus ojos, algo que no supe identificar, que hizo que me estremeciera, que las piernas me fallaran más, que me faltara el aliento.

Pero la tomó. Aceptó mi mano, y empezamos a bajar juntos.

La noche no era fría, pero ninguno de los dos iba preparado para pasear por la sierra después de que se hubiera ido el sol. A pesar de eso, tuve la sensación de que no nos apresurábamos. Cuando la luz nos abandonó por completo, incluso si la luna hacía que la noche fuera clara, sacamos las linternas y continuamos descendiendo así, por el borde del camino.

—No me imaginaba haciendo esto sin Nico —dijo, de pronto.

La miré de reojo. No sabía qué contestar a aquello. Tenía la impresión de que cualquier cosa que saliera de mi boca sería torpe y demasiado burda; así que opté por lo importante.

—¿Estás bien?

Helena asintió y me sonrió; una sonrisa triste que pareció de verdad.

—Me alegra haber subido. A él le habría gustado que lo hiciera —me aseguró. Parecía tranquila, en paz, y eso me relajó a mí—. Lo que quiero decir es que... no me imaginaba haciendo nada sin él. Se suponía que yo me iría antes, ¿sabes? Siempre había sido así.

Aquella vez no pude evitar mirarla de lleno, sin disimulo. A pesar de la oscuridad distinguí el brillo dorado de sus ojos, la chispa que siempre los iluminaba, aunque parecieran tristes.

—Por el gen del Huntington —murmuré.

Ella asintió.

—Y a él se lo llevó el mar —susurró—. Dijeron que fue un desprendimiento. Eso hizo que aquel coche perdiera el control y nos sacara de la carretera... Pero yo no recuerdo nada de eso, así que... —Se encogió de hombros—. Qué importa decir si fue mala suerte, un cúmulo de casualidades, la naturaleza o un error humano.

—¿No lo recuerdas? —pregunté, bajito.

Ella sacudió la cabeza.

—Olvidé por completo tres días enteros: el día del accidente y los dos de después en el hospital. Sé lo que pasó después porque Sofía me lo ha contado. Desperté, hablé con los médicos, con la policía y con mis padres. Lloré cuando me contaron lo de Nico y al tercer día tuvieron que volver a contármelo porque lo había olvidado.

—No imagino lo que se tiene que sentir —confesé, con un nudo en la garganta.

—A mí a veces me cuesta. El dolor, la pena... eran inabarcables al principio. No comprendía lo que había pasado. Sofía me dijo que la segunda vez que me lo contaron fue la peor; yo estaba más despierta y ella sabía cómo iba a reaccionar.

—¿Te lo contó Sofía?

Asintió y dejó de mirar el suelo para mirar arriba, a las estrellas. El camino no estaba asfaltado, así que me pegué más a ella por si tropezaba.

—Mis padres no conocían a Nico, y Eva y Daniel estaban demasiado afectados para hacerlo. Se ofreció ella.

No sabía qué decir. De nuevo, cualquier cosa me parecía manida, demasiado pobre. Así que alargué la mano y rodeé la suya. Al principio, pareció sobresaltada. Vi la sorpresa en sus cejas alargadas, elegantes, y algo se suavizó en su mirada.

—Gracias.

Sentí un peso insalvable en el pecho.

—Ni siquiera he dicho nada —murmuré, casi sin aire.

—Pero yo no quería que dijeses nada, solo quería que escuchases —respondió. Sus dedos se acomodaron entre los míos—. Quise morirme. Al principio, quise morir. No creía que alguien pudiese soportar tanto dolor, pero lo hice. Primero conté los minutos, luego las horas, los días, las semanas... Y ahora sigo aquí, y es extraño porque él no está, pero... No siempre es triste. Ahora soy capaz de pensar en él sin dolor.

—Me alegra saber eso.

Helena volvió a mirarme. Asintió. Sonrió. Y articuló otro «Gracias» con los labios que se quedó grabado en el fondo de mi pecho.

Continuamos bajando. Una parte de mí pensó que algunas conversaciones eran más duras que subir por la roca. Más importantes. Pedí en silencio, por si alguna estrella escuchaba, que no dejara nunca de tenerlas conmigo.

68
HELENA Y ISAAC

Isaac estaba sentado en el borde de la ambulancia, con una pierna colgando fuera y la otra flexionada, mientras se curaba un rasponazo en la rodilla. Se había cambiado de ropa, pero aún quedaban algunas manchas blanquecinas en sus brazos, en su frente.

Yo también me había curado la herida de mi mano izquierda y había dejado que él la vendara con mimo después, mientras contenía el aliento y contaba los segundos para poder volver a respirar.

Allí, observando su perfil, me di cuenta de que estaba equivocada. Creía que salvar a alguien era tenderle la mano para ponerlo a salvo del precipicio, pero en mi caso salvarme había significado precipitarse conmigo; y él siempre lo había sabido, era la clase de persona que te daba la mano para saltar.

Al terminar de curarse, se puso en pie, volvió a guardar el botiquín y se dispuso a preparar algo para cenar: pasta caliente de uno de aquellos envases precocinados donde solo había que verter agua caliente.

Era cierto que había mejorado aquello, y la pequeña cocina que había instalado nos brindaba muchas posibilidades, aunque yo no había sido tan previsora como para llevar conmigo nada además de agua, un poco de fruta y unas barritas energéticas con trocitos de chocolate que ya habíamos comido durante la subida. Por suerte, Isaac ya tenía allí la pasta junto con otros platos que podían prepararse rápidamente.

Me detuve en una de las paredes, donde ahora colgaba un mapa que comprendía Europa y Asia. Había una pequeña estrella dorada dibujada en Portugal.

—¿Qué es esto? —pregunté, mientras alzaba la mano para recorrer las líneas.

—Es para cuando me pierda un año entero, para ir marcando los lugares que visito. No quiero pasar por uno dos veces.

Sentí cosquillas en las puntas de los dedos.

—Eso parece un poco triste.

Isaac se detuvo a mi lado y se encogió de hombros.

—Nuestro tiempo es limitado, y yo quiero verlo todo. —Lo miré desde abajo. Sus ojos se habían perdido en algún lugar del mapa, tal vez imaginando todos aquellos lugares que visitaría, aquellos lugares en los que sería libre. Vi cómo se le movía la nuez al tragar saliva—. A la costa de Portugal volvería —confesó.

—¿A las mismas playas? —me atreví a preguntar.

Me miró.

—No cambiaría nada. Lo repetiría todo de nuevo.

Respiré hondo y me aparté de allí. Ahora, de las puertas de atrás colgaban unas cortinas cuya única función era hacer el lugar más acogedor. La ambulancia estaba más bonita, con el mapa, las cortinas y esos pequeños detalles que descansaban aquí y allá, como ese frasco de cristal con flores secas, rojas y naranjas; pero yo tampoco habría cambiado nada. La habría dejado tal y como estaba: vacía en apariencia, con las mantas y el colchón que pisábamos y que a ratos me desestabilizaba, la música de Elvis y las horas colándose por las grietas. Era acogedora. De alguna forma, podría haber sido un hogar.

En ese momento también sonaba música; canciones conocidas que se me habían pegado a la piel apenas sin darme cuenta.

—Has trabajado mucho en ella —observé.

—Y aún no te has dado cuenta de lo mejor.

—Ah, ¿no?

Isaac sonrió. Le vi frotarse la nuca y dudar. No entendí por qué.

—Túmbate —me pidió, y yo obedecí.

Lo comprendí mientras lo hacía y echaba la cabeza hacia atrás. Lo entendí antes de que él doblara los brazos tras la nuca e inspirara con fuerza.

—Era más fácil que quitarle el techo —murmuró—, pero así también se ven las estrellas.

Un escalofrío se deslizó por la piel de mis brazos.

Había pintado estrellas en el techo: doradas, diminutas, medianas y grandes, llenando todo el espacio.

—Y estas son más bonitas —reconocí.

Isaac rio pensando que no hablaba en serio. Aquella risa traía consigo algo delicado, complejo y emocionante que me hacía sentir... valiente.

Mi corazón se saltó un latido y, acompasadas con él, empezaron a sonar las primeras notas de una canción en la que había estado pensando aquella misma tarde.

One night with you
Is what I'm now praying for...

Algo flotó entre los dos, algo que Isaac también debió de notar, porque se incorporó, agarró su móvil y pasó la canción.

Me levanté también y le vi preparado para poner una excusa, inventar que aquella melodía lo aburría y quizá, después, charlar sobre algo trivial, sobre algo que nos alejara a los dos de la idea de compartir una noche, de rezar por ella; pero no le dejé hacerlo.

—Vuelve a ponerla —le pedí.

Isaac dudó. Tal vez vio algo en mis ojos que le contó, antes de que tuviera que hacerlo yo, qué es lo que quería.

—Helena... —Había una advertencia profunda en ese tono, pero también algo más oscuro, más denso.

—Una noche contigo, ¿no? ¿Es eso lo que dice la canción?

Apretó la mandíbula.

—La canción dice muchas cosas.

—Pon la canción, Isaac.

Inspiró con fuerza, y volvió a ponerla. Dejó que la música nos empapara. Me di cuenta de que estaba nervioso, de que aquello que parecía envolverlo podía ser, incluso, algo parecido al miedo.

—Una sola noche parece un trato bonito, ¿no? Fácil —me atreví a murmurar.

Isaac dejó escapar el aire pesadamente.

—Parece de todo menos fácil.

—Acabamos de subir 360 metros de roca. En comparación, es muy sencillo. —Sonreí, aunque el corazón me latía a mil por hora.

—En comparación, 900 metros serían un paseo.

Me entraron ganar de reír, pero me mordí los labios. Y en su lugar solo sonreí, igual que hacía él, pero sin tanto miedo.

—Una noche, Isaac. Si me prometes que no va a cambiar nada entre los dos, que dentro de un mes volverás a buscarme para que nos fuguemos o que aceptarás un juego estúpido cuando yo te lo proponga... Podemos tener una noche.

Isaac se quedó en silencio. Me observó desde donde estaba, mientras el sonido de la canción se diluía entre los dos; unas estrellas mentirosas sobre nosotros, la anticipación haciéndome cosquillas en unos dedos que se morían por tocarlo.

—Una noche... y luego olvidarla para siempre. —Asentí. Él resopló. Rompió la quietud en la que se encontraba y sacudió un poco la cabeza mientras se frotaba la nuca—. No sé si puedo prometerte eso, Helena.

Me perdí en esos ojos. Creí que quería decirme algo más. Estuve a punto de preguntar «¿Por qué?», pero mis labios eligieron otras palabras que me dieron la respuesta que quería en ese momento, pero no la respuesta que ahora sé que necesitaba.

—Debes prometerlo. —No podía volver a esos días en los que lo sentía tan lejos, a esa proximidad sin cercanía, a esa cordialidad amable. Lo necesitaba en mi vida. Lo que hiciéramos no podía cambiar eso, no podía destruir los puentes—. Debes prometer que no me apartarás.

—Eso podría prometértelo ahora y siempre —contestó, con una sinceridad que me desarmó, una sinceridad que fue suficiente.

Me mordí los labios.

—Una noche, Isaac. Hasta que acabe esta.

Tenía la respiración agitada cuando me acerqué. Me incliné un poco hacia él y lo probé, a unos centímetros de sus labios. Sentí su aliento contra mi boca y el deseo ante las expectativas, ante las posibilidades.

—Helena... —gruñó, contra mi boca. Fue un ruego, una súplica.

Y lo besé.

Apoyé la mano en su mentón, en esa barba incipiente que me acarició la palma, y atrapé sus labios en un beso lento y exploratorio, que se hizo más urgente cuando pedí permiso con la lengua y él me lo concedió, junto con el hambre, la necesidad y una contención que se dejaba sentir en cada respiración.

No bajó las manos por mi cintura hasta que yo apoyé las mías en su pecho. Me di cuenta de que tampoco había intentado desnudarme hasta que yo tiré de su ropa.

Puso las manos sobre mis hombros y bajó despacio las tiras de la camiseta, concentrado en un movimiento que después recreó a besos con los labios. Sus manos volaron a mis caderas mientras me estremecía, y se quedaron allí, expectantes, aguardando.

Me separé un poco de él y me quité la camiseta y los pantalones. Los arrojé lejos e Isaac, tras un instante en el que me atravesó con la mirada, se quitó los suyos, pero no se movió. Me di cuenta de que el hambre de aquel primer beso seguía ahí, dentro de él; pero había algo más, había una prudencia que tal vez había nacido después, a causa de mi reacción, de mi miedo. Querría haberle prometido que no había sido por él. Querría haberle susurrado que no tenía que contenerse, pero sabía que no me habría salido la voz, así que volví a acercarme a él. Rodeé su cuello con los brazos, me acomodé en su regazo y él se mordió los labios cuando sentí en el centro de mi cuerpo lo mucho que deseaba aquello.

Gruñó mi nombre contra mi boca cuando me balanceé sobre él y sus manos subieron y bajaron por mi espalda, la acariciaron con pereza y después se aferraron a ella como si fuera un salvavidas.

Sus dedos se clavaron en mis caderas cuando deslicé los míos bajo su ropa interior. Cerró los ojos y el gemido grave que escapó de su garganta me hizo estremecer y pensar que era una tortura lenta, muy lenta, cuando aún quedaba ropa entre los dos.

Como si hubiera escuchado mis pensamientos, sus hábiles dedos volaron a mi espalda y soltaron el cierre de mi sujetador. Me contempló unos segundos y luego alzó los ojos, cargados de algo pesado, oscuro y delicioso, hasta los míos, y me acercó con brusquedad mientras sus labios buscaban mis pechos.

Su lengua me provocó hasta que me estremecí y me mecí de forma más intensa. Si Isaac se detuvo solo fue para agarrarme por la cintura, darme la vuelta y tumbarme. Apoyó un brazo junto a mi rostro, colocó una pierna entre las mías y sus hábiles dedos se deslizaron por mi abdomen desnudo hasta el borde de mi ropa interior.

—¿Sigo?

Me volvió loca que tuviera que preguntarlo. Cerré los ojos y eché la cabeza hacia atrás.

—Isaac, por favor —rogué, porque fui consciente de que tal vez de verdad necesitara esa respuesta para continuar.

En cuanto esa petición escapó de mi boca, su mano se hundió bajo mi ropa interior y tuve que morderme los labios, pero él no me lo permitió durante mucho tiempo. Antes de que abriera los ojos, sentí su lengua contra la mía, sus labios, su anhelo escapando en cada bocanada de aire.

Le apoyé las manos en los hombros para apartarlo.

—¿Tienes condones?

La pregunta pareció tomarlo por sorpresa, como si hubiera estado en otro mundo, como si necesitara unos segundos para volver, masticarla, entenderla.

Sacudió la cabeza.

—No importa. Tengo varias ideas que no implican usarlos.

Una descarga se deslizó por mi columna ante el tono ronco de su voz, ante la promesa en su mirada.

—Yo sí —me apresuré a decir, antes de que se me nublara aún más el juicio—. En la cartera.

Una risa oscura escapó de su garganta mientras se ponía de rodillas, frente a mí. Lo miré desde abajo, con el corazón golpeando con fuerza mis costillas.

—Aun así, pienso poner esas ideas en práctica.

La sonrisa que esbozó después me derritió, me deshizo pieza a pieza hasta que solo quedó la sed.

Sus manos viajaron hasta mi ropa interior y alcé las caderas para ayudarle. Luego, aún frente a mí, deslizó una mano por mi pierna, desde abajo, y fue subiendo y subiendo hasta que sus dedos se cerraron alrededor de mi rodilla y la doblaron hacia arriba.

Se inclinó sobre mí, y me dejó con las ganas de un beso en los labios cuando depositó uno en mi cuello, y en mis clavículas, en el contorno de mi pecho, en mi ombligo, en mi vientre...

Alzó la cabeza.

Una mirada. Una pregunta.

—¿Sigo? —repitió.

Esta vez no pude responder. Solo me estremecí entre sus manos, bajo su mirada, y no necesitó que hablara.

Sabía que había algo más allá de la provocación. Sabía que había duda real en aquella pregunta, porque estaba preocupado, porque a pesar de las ganas le importaba más que me sintiera cómoda, y eso me encendió de otras formas.

Isaac me devoró, me llevó hasta el límite y no pude averiguar qué otras ideas había tenido porque me perdí por completo con aquella, con su lengua sobre el centro de mi cuerpo, sus labios y su boca presionando justo donde necesitaba que lo hiciera. Exploró mis ritmos, le vi meditar mis movimientos, aprenderse mis ruegos y, cuando todo mi cuerpo estalló y me dejó blanda y todavía temblando sobre el colchón, se puso en pie.

Al abrir los ojos de nuevo, perdida todavía en las sensaciones que recorrían mi cuerpo desnudo, descubrí que se estaba quitando los calzoncillos, dejando al descubierto el tatuaje que ya había advertido una vez antes de apartar la mirada. Esta vez no lo hice. Me fijé en las líneas de tinta que trazaban el hermoso diseño de un arco, con una flecha encajada en él, sobre el lado izquierdo de su cadera.

Isaac se puso el condón sin dejar de mirarme.

Le vi abrir la boca, pero no le dejé que volviera a preguntar.

—Sigue —le pedí.

Aquella urgencia pareció tocar alguna fibra en él, alguna que enturbió su mirada y le hizo intentar ahogar un sonido gutural que erizó cada vello de mi cuerpo.

Nuestras caderas encajaron como se supondría que encajarían dos mitades de una misma pieza. Primero se movió despacio, sin besarme, atento a cada respiración, a todas y cada una de mis expresiones. Cuando tiré de su cuello y le pedí más, cuando deslicé mis manos por su espalda y moví mis caderas hacia él, buscándolo, empezó más fuerte.

Y ya no hubo marcha atrás. Perdí la cabeza entre sus brazos, otra vez, y él se perdió conmigo apenas unos segundos más tarde, murmurando mi nombre contra mis labios.

Creo que me dormí unos minutos. Las emociones y el cansancio me golpearon hasta que me dejé arrastrar por el sueño, y desperté más tarde, con el peso de Isaac sobre mi cuerpo, su pecho desnudo ligeramente sobre el mío, su brazo protector cubriéndome.

Elvis aún sonaba por todo el espacio, canciones lentas que se fundían con otras que no lo eran. Canciones que hablaban de fiesta y desenfreno y otras que hablaban de amores que torturaban hasta matar.

Isaac despertó. Movió el rostro y me miró aún un poco somnoliento, con un pie en el mundo de los sueños y otro en este.

Se me ocurrió que no había pensado en el momento de después. Había pensado más allá, en esa complicidad que yo quería mantener intacta días más tarde, pasadas unas semanas, durante toda la vida...

pero no había pensado cómo sería despertar a su lado, levantarme, ponerme la ropa que nos acabábamos de quitar...

—Hola —susurré, a falta de más palabras.

Isaac me miró como si no se esperara encontrarme allí, como si necesitara unos segundos para asimilarlo todo. Bajó los ojos por mi rostro y se detuvo en mi boca, y luego más abajo, y la intensidad con la que deslizó la mirada por mi cuerpo me encendió las mejillas.

Entonces echó la cabeza hacia atrás, hacia la ventana. Le vi estirarse, sin comprender qué hacía, qué buscaba, hasta que volvió a mirarme.

—Aún es de noche —murmuró, con voz ronca.

El deseo se filtró de nuevo por mi sangre y mis huesos.

Todavía no iba a tener que averiguar qué ocurriría después, al tener que levantarme, al tener que vestirme; porque Isaac no iba a permitirlo y yo estaba más que encantada con ello.

69

ISAAC Y HELENA

En algún momento decidimos dormir; o quizá no fuera consciente, quizá acabáramos rindiéndonos al sueño. Sin embargo, no lo hicimos hasta que salió el sol, pues yo me aseguré de que exprimíamos hasta el último minuto prometido.

Si solo teníamos una noche, la recordaríamos para siempre; al menos, yo lo haría.

No sé qué hora era cuándo desperté y sentí el olor de Helena envolviéndome; envolviéndolo todo.

Al abrir los ojos, no obstante, me di cuenta de que ya no estaba allí; pero las mantas olían a ella, las almohadas y... mi propia piel.

Me levanté, me vestí y la descubrí fuera, no muy lejos de la ambulancia. Estaba sentada en una roca, de espaldas a mí. Tenía su mochila entre los pies y consultaba varios mapas sobre su regazo.

Me acerqué, y me pregunté si debería decirle algo sobre lo que había ocurrido esa noche; si debería volver a preguntar por qué una sola vez, por qué no quería intentarlo conmigo. Me pregunté si estaría bien que le dijera que a partir de entonces no volvería a pensar en otra cosa, que a partir de ese momento el recuerdo de lo que habíamos compartido me consumiría.

Cuando me vio aparecer me miró y, al ver sus ojos, supe que la noche había terminado.

No escalamos durante todo el día porque, a pesar de estar en una buena montaña para ello, físicamente estábamos agotados y doloridos. Así que paseamos. Nos perdimos por varios senderos y volvimos después a descansar a la ambulancia.

No fue extraño sentarme junto a ella, charlar del grupo o de sus planes ahora que había terminado el máster. Lo raro no era la cercanía. A Helena le preocupaba que me apartara y no tenía ni idea de que yo tendría que esforzarme precisamente para no hacer todo lo contrario.

Todo mi cuerpo tiraba en una dirección: ella. Cuando paseamos y reprimí el impulso de buscar su mano con la mía. Cuando nos tumbamos, nuestros hombros se rozaron y tuve que cerrar los ojos para no alzar los dedos y prolongar una caricia. No habría salido de allí dentro en todo el día. Pero le había hecho una promesa.

Así que pasamos el día en la sierra, igual que habíamos pasado aquellos días en la costa. No hubo despedidas especiales, no hubo más palabras que las que habíamos compartido aquella vez al decirnos adiós. No quiso que la acompañara a casa, y yo no quise insistir.

Me di cuenta, los siguientes días, de que me buscaba; primero con timidez, poco a poco con la confianza de quien sabe que siempre encontrará una mano tendida al otro lado.

Sin embargo, no me buscaba como a mí me habría gustado ser encontrado. Una broma que solo los dos entendíamos nos llevaba a compartir una mirada cómplice, un paseo con todos que acababa demasiado rápido se hacía más largo solo para nosotros dos. Y en todas y cada una de esas ocasiones en las que sentía que me quería cerca, me planteé volver a preguntarle *por qué* no quería más.

Pero tenía sus palabras, las que había pronunciado aquella noche del primer beso, muy presentes: «No eres para mí y yo no soy para ti».

También recordaba lo que me había hecho prometer antes de acostarnos juntos.

Helena me había dejado muy claro que quería mantener lo nuestro como una amistad que yo valoraba suficiente como para no mandarla al infierno.

Me decidí a conformarme con eso, a aprender a convivir con la sensación agridulce de tenerla cerca y, sin embargo, no poder rozarla. Me resigné. Aprendí a esperar: a que ella se sentara a mi lado, a que ella viniera a verme a solas. Yo no le pedí nada, ni una sola vez, porque temía pedir demasiado: se lo habría pedido todo.

No se lo conté a Marco. Me habría gustado hacerlo, pero intuía que tendría muchas preguntas para las que quizá yo tampoco tuviera una respuesta. De todas formas, la persona con la que más me apetecía hablarlo era la misma con la que no podría hacerlo jamás.

Aquellos días ensayamos mucho, muchísimo, porque el Ryley's quería que volviésemos a tocar. Esta vez, habría algo más que cerveza gratis. No sería mucho, pero estábamos emocionados. Eso me ayudó a pensar en otra cosa, a mantener la cabeza ocupada.

Y, después, llegó el viaje.

Un compañero nos hizo un favor y se quedó con Ivy aquellos días. Bajamos al sur en dos coches y tuvimos que echar a suertes quién viajaría con Sofía, porque el aire acondicionado del suyo no funcionaba y la radio estaba atascada en la misma emisora.

Habíamos alquilado cuatro habitaciones en un motel de un pueblo costero sin mucho más que ofrecer que un par de playas donde no debía de ser complicado encontrar un buen sitio donde bañarse. La costa era rocosa y escarpada en aquella zona y todos los veraneantes preferían moverse unos cuantos kilómetros al este para encontrar algunas de las playas más bonitas de España, pero nosotros no buscábamos eso. Nosotros buscábamos paseos interminables por un acantilado rocoso, charlas de madrugada, noches de contar estrellas en la azotea del motel... Probamos todas las pizzerías del lugar, nos emborrachamos en la playa como si fuésemos críos y agotamos noches enteras para dormir durante los días calurosos.

La penúltima noche tomamos un autobús a otra localidad más grande para celebrar sus fiestas patronales: desfiles y mascaradas, una verbena con sabor a verano y una hoguera en la playa.

Vi a Helena bailar alrededor del fuego. La vi reír, y gritar y caer en la arena.

Se sentó junto a Marco y yo dos tropiezos después. Venía despeinada, con las mejillas encendidas y un poco rojas por los paseos bajo el sol. Me di cuenta de que había pecas nuevas sobre su nariz, pequeñas y casi imperceptibles. Desaparecerían con el otoño.

En cuanto se dejó caer a nuestro lado, Marco se levantó. Me pregunté si el muy idiota lo estaría haciendo a propósito, si todas esas veces que nos habíamos quedado irremediablemente a solas durante el viaje estarían siendo, de alguna forma, premeditadas: la noche que nos habían dejado recogiendo la azotea, la mañana que nadie había querido levantarse de la cama para pasear, aquella ocasión en la que nos habíamos repartido las tareas y nos había tocado ir a por pizza juntos...

Claro que, por otro lado, estábamos acompañando a dos parejas. Quizá estuviera siendo paranoico, quizá quedarme a solas con Helena me tensaba tanto que veía conspiraciones donde no las había.

Ella aún jadeaba cuando alzó las manos para sacudirse la arena.

—Hola —me saludó, con una sonrisa—. ¿Tú no bailas?

—No, creo que no. Hasta hace un rato había una loca cayéndose y empujando a todo el mundo.

Frunció el ceño. Tardó un momento en darse cuenta y luego me dio un pequeño empujón.

Aún reía. De vez en cuando, miraba la hoguera, veía a alguno de los nuestros haciendo el imbécil y se le escapaba una carcajada. Se estaba limpiando la arena pegada a los brazos cuando actué sin pensar y me incliné un poco sobre ella.

—Espera. Déjame.

Bajé mi mano hasta su tobillo y empecé ahí. Le quité la arena, grano a grano, con delicadeza, y fui subiendo despacio por la pierna, hasta llegar a la rodilla y después hasta el muslo.

Había una parte de mí, prudente, sensata y con miedo a la autodestrucción, que se aseguraba de mantener ciertos recuerdos a raya, pero hay sensaciones que la piel se niega a olvidar.

Cuando quise darme cuenta, Helena me miraba como quien también se esfuerza por olvidar. No sabría decir si el rubor de sus mejillas ya estaba antes ahí o si se había intensificado desde que había dejado de bailar.

A pesar de ello, seguí. Le quité con cuidado la arena y reprimí el impulso de levantarme y marcharme cuando acabé. Carraspeé un poco, intentando quitarme un nudo de la garganta, y me di cuenta de que no dejaba de mirarme.

Se había quedado callada y aquel no era como uno de esos silencios que compartíamos tan a gusto, uno de aquellos vacíos que en realidad estaban muy llenos.

Debería haberme largado. Debería haber puesto distancia entre los dos, pero parte de la promesa que le había hecho implicaba esto también; implicaba quedarme a su lado aunque tuviera que luchar contra cada fibra de mí que empujaba en un sentido peligroso, sus labios.

Dejamos de mirarnos. Volvimos la cabeza hacia la hoguera y nos quedamos así, en un silencio que por primera vez en mucho tiempo era pesado y denso, pues cargaba con demasiados recuerdos.

Aquella madrugada, el autobús nos dejó lejos del motel y parte del camino lo hicimos a pie. Eva se descalzó y llevó los tacones en la mano. En algún momento del calor sofocante de la noche, Daniel se había deshecho de su camiseta, pero no había ni rastro de ella.

Volvíamos los seis juntos, en un cierre de vacaciones perfecto. El ambiente nocturno, la quietud, el olor a humo aún pegado a nuestra ropa, y la arena, el sabor del salitre... todo nos envolvía como en un manto especial, casi onírico. Más adelante, no recordaría de qué hablamos aquella noche al regresar, pero sí que me acordaría de la risa de Helena, del cariño en los ojos de Daniel al mirar a Marco o de las manos seguras de Sofía, que no dejaban que Eva se tropezara.

Las chicas se encerraron en su habitación entre risas, haciendo que incluso Daniel las mandara callar; pero Marco y él continuaron enseguida el mismo camino, con la misma discreción o incluso menos.

Solo quedamos Helena y yo, solos de nuevo y frente a frente, cada uno junto a la puerta de su propia habitación.

—Supongo que se acabó —murmuró ella.

—Ha sido corto pero intenso —respondí yo.

Ella dejó escapar un pesado suspiro. Parecía cansada, apoyada por completo en el marco de la puerta, la cabeza descansando en él. Sin embargo, no fue eso lo que dijo.

—El paseo me ha espabilado y no tengo nada de sueño. No creo que esta noche pueda dormir.

Tiré un poco del cuello de mi camisa.

—Con este calor, a mí también va a costarme.

Helena sonrió. Sentí esa sonrisa como una despedida, una pausa antes de desearme buenas noches. A pesar de ello, antes de volverse hacia su cuarto, se detuvo un segundo.

—¿Nos bañamos?

Se me escapó una carcajada que salió un poco ronca.

—¿Lo dices de verdad?

Asintió. ¿Cuándo no hablaba Helena en serio? Cada locura que salía de su boca parecía un plan asumible; cada reto una invitación imposible de rechazar.

Se me secó la garganta.

Y dije que sí.

No trajimos nada; ni ropa de repuesto, ni toallas, ni móviles. Nos largamos tal cual habíamos llegado, con nada más que las llaves de las habitaciones, y bajamos a la playa más cercana.

Corrimos entre las rocas, y nos quitamos la ropa al llegar al final: zapatillas, pantalones, camiseta...

Helena se llevó los dedos al cierre del sujetador y yo tragué saliva. No debería haberme afectado; no cuando ya no había nada nuevo que ver. La había tenido desnuda bajo mi cuerpo, susurrando mi nombre, con las manos entrelazadas tras mi espalda y las piernas a mi alrededor empujándome hacia ella. La había probado y había sentido cómo...

Me obligué a cerrar los ojos, a detener el hilo de mis pensamientos.

Tal vez, tal vez... me afectara precisamente por eso.

Pero ya no había nada que hacer. No había nada que yo, que había prometido que todo seguiría igual, pudiera hacer para impedir que arrojara el sujetador con el resto de su ropa y deslizara las bragas por sus piernas.

Tomé aire, me quité los calzoncillos y me zambullí en el agua antes de que mis pensamientos fueran más que evidentes para ella. Un segundo después, las olas volvieron a romperse cuando Helena entró corriendo a mi lado.

Estuve seguro de que nuestros gritos despertaron a algún vecino aquella noche. No nos importó. No pensamos en que estuviera prohibido, ni nos preocupó que hubiera demasiadas rocas en la costa. Tan solo nos sumergimos y volvimos a emerger, gritamos y reímos y, durante unos segundos, no importó nada salvo ese momento.

Tan solo me rozó una vez: una caricia, dos segundos, cuando apoyó su mano en mi brazo para recobrar el equilibrio. No hubo más; si no, habría perdido la cabeza.

Fue una delicia y una tortura, que acabó rápido y que duró toda una eternidad.

Volvimos al motel con la ropa medio mojada. Mi corazón aún palpitaba con fuerza y era imposible adivinar por qué: el baño, la arena de sus piernas o el recuerdo de su cuerpo entre mis manos.

Regresamos al mismo lugar. Aún escapaba una luz encendida de las habitaciones de nuestros amigos. No hicimos ningún comentario, pero ambos lo notamos y sonreímos.

Nos quedamos de nuevo el uno frente al otro, apoyados en las puertas. Helena había abierto un poco la suya y la sujetaba mientras me observaba.

—¿Estás mejor? —pregunté—. ¿Más cansada?

—Puede que sí —contestó.

Yo me reí y me froté la nuca.

—Conmigo ha tenido el efecto contrario —reconocí.

Inspiró con fuerza.

—¿No tienes sueño? —Bajó el tono de voz.

—Ni un poquito.

Helena se mordió el labio inferior, la vi dudar, la vi barajar las posibilidades.

—¿Quieres pasar?

Mi corazón errático se saltó un latido, puede que más. Intenté recordarme que debía respirar.

La vi allí, con la ropa pegada a su cuerpo, su piel tostada por el sol, un poco jadeante y risueña, los ojos brillantes...

—No —contesté.

Helena parpadeó.

—¿Por qué no? —inquirió, muy bajito.

No podía. Puede que en algún momento llegara a ser capaz de encerrarme en una habitación de motel con ella, con la sangre ardiendo y el corazón desbocado, y no pensara en arrancarle la ropa; pero aquella noche... Aquella noche ya me había probado a mí mismo bastante.

Así que di un paso atrás, y otro, y yo también agarré el pomo de mi puerta.

70

HELENA E ISAAC

—¿Por qué no? —me atreví a preguntar. Me temblaban un poco las manos. Deseé que no lo notara. Isaac me miraba desde el otro lado del pasillo, con el pelo revuelto y mojado, los ojos verdes enturbiados y ni asomo de la sonrisa canalla a la que estaba acostumbrada—. ¿Por qué no quieres entrar? —repetí.

—Sí que quiero, pero no lo voy a hacer.

Noté la garganta seca.

—¿Por qué? —insistí.

Isaac no respondió enseguida. La forma en la que ladeó la cabeza, tomó aire y oscureció la voz debió de ser un aviso de qué clase de respuesta me daría. Aun así, nada podría haberme preparado para lo que me hicieron sus palabras, su cadencia oscura, cruda y sentida.

—Porque al entrar te besaría contra la pared, y luego tendría que quitarte la ropa. Averiguaría si la piel te sabe a sal y te haría el amor en la cama. Tal vez también contra el escritorio, y quizá en la ducha.

Contuve el aliento. Sentí aún más fuerte el temblor en mis dedos, y ahora también en mis piernas, que supieron percibir en su promesa el recuerdo de otra noche.

Es difícil decir quién tomó la decisión aquella noche. No creo que fuera Isaac, completamente perdido y desesperado. Tampoco pienso que hubiera sido yo, tan confusa y conmocionada y... anhelante. Fue algo distinto, algo que no nos pertenecía a ninguno.

—Pasa —repetí, tan bajito que temí que no lo hubiera escuchado.

Isaac abrió mucho los ojos y se irguió un poco.

Un segundo, dos, tres... y se apartó de su puerta. A lo mejor se acercó tan despacio para darme tiempo por si quería rectificar o puede que quisiera provocarme. Tal vez él tampoco estaba absolutamente preparado.

Abrí la puerta del todo, me hice a un lado y le permití entrar con el corazón en la garganta, la respiración agitada y una sensación eléctrica descendiendo por la punta de mis dedos.

Todo su cuerpo, su presencia, me devoró cuando pasó a mi lado: el calor, su aroma, el recuerdo aún del fuego...

La puerta se cerró tras él. Isaac deslizó una mano por mi mejilla y yo me incliné ante el contacto, ávida de más.

Sus ojos eran dos abismos verdes oscuros. Sus labios sonrieron prometiendo perversión y entonces cumplió su amenaza.

Me besó contra la pared, igual que había hecho el día del concierto, y me robó la respiración y la cordura. Sus manos recorrieron mi cuerpo con tanta necesidad que me derretí.

Sus ganas, su sed, eran abrumadoras; tanto como lo eran las mías.

No quedaba ni rastro de la contención de la primera vez. No hubo tiempo para dudas, para que creciera la expectación. Un instante sus labios exigentes estaban sobre mi cuello y, al siguiente, se había arrodillado frente a mí y deslizaba mis bragas por mis caderas.

Apenas fuimos capaces de llegar a la cama. Ya no quedaba ropa entre los dos cuando me subí a horcajadas sobre él, cuando sus grandes manos recorrieron mi espalda y se clavaron en mis muslos mientras se adaptaba a mis movimientos.

Aquella vez, yo también lo probé a él. Me arrodillé y lo llevé al límite una segunda vez mientras rogaba con mi nombre en los labios, pero no nos apartamos de la cama. A pesar de sus palabras, ninguno de los dos quiso moverse de donde estábamos, como si algo nos anclase a las sábanas, a los brazos del otro.

Recuerdo que, en algún momento, entre beso y beso, entre caricia y caricia, cuando las emociones me embargaban y todo parecía a punto de estallar, lo miré a los ojos y pensé que hacía mucho que no me sentía así de bien, y eso trajo consigo un sentimiento diferente, una chispa fugaz que luché por desterrar enseguida: miedo.

Sentí que aquello no podía ser solo cosa de una noche; aquello no podía ser solo deseo. Ni para la Helena que era antes ni para la Helena que era entonces. Había algo más; tras la necesidad, tras la sensación eléctrica en la piel, había algo que no podía haber ignorado antes y que no podría ignorar entonces.

La mañana siguiente, aún exhausta y enredada en las telarañas del sueño, escuché una voz que repetía: «Quédate, quédate, quédate». Entonces creí que había sido una parte cruel de mí, un deseo profundo, arraigado a mis entrañas.

Aunque ahora sé que no fue así, en aquel momento lo creí, y lo primero que hice en cuanto abrí los ojos fue marcharme de mi propia habitación.

Aquella vez no hubo promesa antes; aquella vez ninguno de los dos marcó límites.

No dejaba de pensar en eso mientras subíamos las maletas a los coches, mientras tomábamos asiento y nos poníamos en marcha de vuelta a Madrid. Quizá por eso Isaac había parecido tan apático, tan distante, tan poco... él.

En algún momento, en todo aquel tiempo, Isaac se había convertido en una parte imprescindible de mi vida, una pieza que daba sentido a muchas más; piezas que me hacían ser quien era.

Creía que dos personas podían acostarse juntas, terminar aquello y continuar siendo amigas. Pero Isaac y yo no éramos solo amigos: había algo más. La complicidad, los secretos, las canciones, los retos... Había algo a lo que no me habría atrevido a poner nombre entonces; algo que no se limitaba a quedar un sábado por la noche para escuchar música y beber cerveza. Había algo muy diferente a lo que tenía con Sofía o con Daniel, y a ellos los quería con locura, pero Isaac... era diferente. Y no creía que fuera posible mantener nuestra amistad si cada vez que nos quedábamos a solas lo único en lo que pensaba era en quitarle la ropa, que me la quitara a mí y volver a sentir sus manos sobre mi piel.

Estaba jodida.

Cuando volvimos a echar a suertes quién viajaría con Sofía, en el coche sin aire acondicionado y con una única emisora disponible, nos tocó separados, y yo no supe si dar las gracias o maldecir profundamente.

Después, cada uno se marchó a su casa y yo sentí la ausencia de Isaac varios días después. Me descubrí mirando la puerta del rocódromo mientras subía, buscando por casa frases escritas con su bonita letra, abriendo y cerrando su conversación en el móvil...

Durante aquellos días me di cuenta de que algo más había cambiado también ahí fuera: habían empezado obras nuevas en la Torre de Cristal; con un perímetro de seguridad, andamios, esqueletos, una grúa y una posibilidad.

Mis padres hicieron un viaje al norte y yo me sentí tentada de volver a pedir permiso en el trabajo, porque me habría venido bien una distracción, pero no lo hice. Mi tía Laura me hizo prometerle que los visitaría pronto.

No me atreví a buscar a Isaac ni una sola vez hasta que volvimos a reunirnos todos. Esa era una de las secuelas, una de las consecuencias terribles que ni siquiera yo podría haber evitado.

Nos vimos para otro concierto de Star Zone 7, e Isaac estuvo tan ocupado que no pude hablar con él hasta después. Tocaron versiones, alguna canción original que sonaba más bonita cuando Eva hacía los coros y un par de canciones de Elvis que sospechaba que iban a convertirse en marca de la casa.

A pesar del ambiente y de lo bien que había salido, nos retiramos muy pronto; pero no nos marchamos a casa, sino que subimos al piso de Daniel y seguimos allí con la fiesta.

Nos pusimos a calentar pizzas en el horno a las dos de la mañana. Ya había un par en camino mientras preparábamos la tercera. Cocinarlas con lo que Daniel tenía en el frigorífico era un auténtico ejercicio de originalidad.

No sé cómo empezó la discusión. Solo recuerdo que Isaac estaba monopolizando el control sobre la música cuando Daniel se atrevió a decir que apenas se podía bailar con Elvis.

Isaac le demostró que se equivocaba con Marco, que en algún momento de la noche debía de haber perdido la vergüenza, y los dos bailaron frente a frente *All shook up* como la habrían bailado en un bar en los sesenta.

I know one cure for this body of mine
Is to have that girl that I love so fine

Y cuando Daniel consiguió parar de reírse tuvo que callar; porque, aunque no lo dijo, le encantó ver a Marco bailar de aquel modo, reír de aquel modo y moverse como si hubiera perdido la cabeza. Y no tuvo otro remedio que levantarse para ir a bailar con él.

Sofía se puso en pie al mismo tiempo que lo hacía yo, con la misma idea. Nos sacó a Eva a y a mí y las tres bailamos también. Todos lo hicimos, con otras dos canciones rápidas que nos extenuaron, que nos llevaron a otra época, a otro ritmo, e hicieron que nadie conservara un ápice de vergüenza al final. Daniel debió de perder la última que le quedaba con un par de movimientos por los que deberían haberlo encerrado. Animaron a Isaac a cantar, y una y otra vez tuvo que detenerse porque la risa le robaba el aliento.

Solo nos rozamos una vez, una sola, bajo las notas alegremente tristes de *Marie's the Name Of His Latest Flame*.

Di una vuelta que me lanzó frente a él.

Would you believe that yesterday

Sonrió sin dejar de bailar y me ofreció la mano.

This girl was in my arms and swore to me

La tomé. Apenas un roce de sus dedos cuando volvió a hacerme girar.

She'd be mine eternally

Nuestras miradas se cruzaron en el último instante; también apenas un roce, una caricia descuidada.

Bailamos una más, o al menos lo intentamos, ya sin fuerzas en aquella madrugada tardía. Vi cómo Isaac saltaba la siguiente canción y dejaba que sonara una lenta.

Love letters straight from your heart

Keep us so near while apart

Se retiró discretamente, justo al mismo tiempo que Sofía se aferraba a los hombros de Eva y Daniel apoyaba la cabeza contra el pecho de Marco. Yo también me aparté, con el corazón desbocado, con ese cansancio feliz de quien vive un momento que se convertirá en un recuerdo que atesorar para siempre.

Me apoyé junto a él en la encimera de la cocina, en un rincón a oscuras y apartado desde el que seguir mirando.

Fui a decir algo, a llenar un silencio que parecía dulce, cuando sentí sus dedos sobre los míos.

Me recordó tanto a la caricia durante la canción que no pude evitar ver que él pensaba lo mismo. Deslizaba su mano bajo la mía con la delicadeza de un aleteo, como quien comprueba que el sueño no es sueño, sino realidad. Yo también sentí su tacto como se siente en los buenos sueños: deseando no despertar.

—¿Qué estamos haciendo, Helena? —preguntó, tan bajo, tan suave, que tardé unos segundos en darme cuenta de que debía responder.

Dejé de mirar nuestros dedos solo para mirarlo a él.

—Cometer errores, uno tras otro.

Pareció meditar mis palabras, bebérselas, tragárselas.

—Vamos a cometer otro a tu casa —propuso, con voz ronca.

Su pulgar trazó un círculo por la cara interna de mi muñeca. Contuve el aliento.

—No podemos ir a mi casa, Isaac.

—Pues encerrémonos en una de esas habitaciones —susurró.

Me habría reído si no hubiera tenido tantas ganas de decirle que sí.

Los demás seguían bailando juntos, muy pegados, ajenos a cuanto ocurría entre nosotros. Como tantas otras veces, algo dentro parecía girar a toda velocidad mientras el mundo seguía con su ritmo.

Mi corazón ya no latía desbocado por el ritmo del baile; había algo más, intenso y tierno y cruel.

—No puedo, Isaac. No puedo hacer esto. —Me esforcé para mirarlo a los ojos. Debía escucharme, debía saber que no era una excusa, sino la verdad más dolorosa—. Me habría gustado, de verdad que sí. Pero no puedo.

Le vi tomar aire. Su pecho se hinchó y después volvió a soltarlo despacio.

—¿No quieres que vuelva a suceder? —preguntó, bajito—. ¿No quieres que la madrugada en el motel se repita?

Cerré los ojos un momento.

«No. Claro que no».

¿Acaso podía darle esa versión? ¿Acaso aceptaría una idea que incluso a mí parecía escapárseme? Me habría quedado allí, entre sus brazos, cada noche, cada mañana... Y precisamente por eso no podía permitírmelo.

A veces hay preguntas que no pueden responderse sin destrozarlo todo.

Isaac estaba allí, a mi lado, con sus manos reconfortantes, sus ojos verdes, su presencia cálida... Lo único que deseaba era que me abrazara y en ese momento comprendí que yo misma iba a romperme el corazón.

—Quizá deberíamos alejarnos un tiempo.

No soltó mi mano, pero detuvo sus caricias. La preocupación de sus ojos me atravesó cuando se acercó un poco más.

—¿Por qué dices eso, Helena?

«Porque si seguimos cerca no respetaré esta decisión. Caeremos una y otra vez hasta que los dos salgamos demasiado heridos».

—Porque no funciona. Seguir igual y fingir que no ha ocurrido nada entre nosotros ha sido un error.

—¿Y tu solución es dejar de vernos? ¿Mantenernos alejados? Fuiste tú la que vino a buscarme; tú, Helena. —Alzó ligeramente la voz, pero los demás parecían ajenos a lo que ocurría entre los dos—. Me prometiste que nuestra amistad era importante y luego me hiciste prometer a mí que no me alejaría. ¿Para qué? ¿Para alejarte tú?

Apreté los nudillos. Quise decirle que aquello era demasiado difícil, que era mucho más complicado de lo que pensaba. No tuve valor.

—No voy a marcharme —le prometí—. Solo... solo necesito un poco de espacio entre los dos.

«Sin caricias. Sin abrazos. Sin besos... sobre todo sin besos».

Vi cómo Isaac tomaba aire.

—¿Significa eso que no habrá conversaciones como esta, lejos de todos los demás?

Asentí. Quizá lo entendiera. Quizá él también sintiera que en aquellos momentos el resto dejaba de importar, que su voz me llevaba a algún otro lugar lejos, lejos de todo lo demás.

Así que di un paso adelante, y después otro. Me alejé de él y volví con el resto bajo su atenta mirada.

No me marché. Cumplí mi promesa. Esa noche y también las siguientes.

La vida siguió para todos como hasta entonces: noches en el Ryley's, paseos con Ivy, largas quedadas en el piso de Daniel... Para nosotros, para mí, sin embargo, todo cambió.

No hubo más miradas de complicidad, porque yo procuraba no compartir ninguna con él. No hubo conversaciones, ni retos, ni provocaciones, porque yo me aseguré de no quedarnos a solas. E Isaac... Isaac se mantuvo al margen, tras esa línea que yo había trazado.

No falté ni a una sola de nuestras citas con los demás aunque tenerlo tan cerca y no poder tocarlo me matara lentamente. Cumplí mi promesa: no me marché, aunque cada día lo sentía más lejos.

71
ISAAC Y HELENA

Solo veía a Helena cuando veía a los demás, y entonces sentía que no era ella. O quizá yo no fuera yo. Ninguno de los dos lo éramos, en realidad.

La busqué muchas veces en las alturas, en el rocódromo. Sin embargo, durante todo un mes solo la vi una vez allí y tampoco entonces compartimos nada más que el espacio, que de pronto parecía inmenso sin aquello que nos mantenía cerca.

Noche tras noche, aquella frialdad entre los dos pareció volverse más densa, más insalvable. A cada instante me parecía que se hacía más normal, que se asentaba entre los dos como si siempre hubiera sido así, como si ya no fuera a desaparecer. Y aquello me aterraba.

Me di cuenta de que intentaba no quedarse a solas conmigo. Procuraba no mirarme, y casi siempre lo conseguía. Había días un poco más tristes, en los que sus ojos se cruzaban con los míos y, tras un instante eterno, los apartaba como si le doliera.

Quise gritarle que todo aquello no tenía sentido. Quise hacerle ver que no había nada que nos obligara a mantenernos separados.

Durante algunas semanas no supe cómo poner fin a aquello, cómo acercarme a ella. ¿Cuándo? ¿Dónde? Me imaginé a mí mismo armándome de valor y llamando a su puerta, pero sospechaba que Helena sentiría aquello como si la pusiera a prueba, como si invadiera el espacio que me había pedido.

Más tarde me di cuenta, no obstante, de que había una cita a la que no iba a faltar. Comprendí también que había una manera de decir todo aquello que quería sin obligarla a escuchar.

Llegó agosto y yo empecé a escribir canciones.

72
HELENA E ISAAC

Lo vi de lejos, en cuanto enfilé la calle que llevaba a Ophelia. Allí, al fondo, frente al escaparate cubierto de periódicos, el rótulo oscuro y la mariposa violeta. Tenía las manos en los bolsillos de unos vaqueros, una actitud despreocupada y unos ojos que no apartaba de mí.

A pesar de eso, cumplí con mi ritual como hacía siempre. Me agaché, deposité mi carta en el pequeño buzón y, solo entonces, me giré hacia él con un nudo en la garganta.

—Respeto tu decisión. —Fue lo primero que me dijo, antes de saludarme, antes de que pudiera prepararme.

—¿Qué haces aquí entonces?

Isaac se encogió de hombros. No se movió. No dio un paso hacia mí, ni intentó agarrarme de la mano. Si lo hubiera hecho, si hubiera buscado mi contacto, tal vez no habría podido negárselo. Lo echaba muchísimo de menos.

—Quería verte.

Se me hizo un nudo en el estómago.

—No podemos. Todavía no puedo. —Asintió lentamente y se apartó de la pared, pero continuó en su sitio. Esperaba. Aguardaba a que yo dijera algo—. Isaac, aún es pronto. Aún tengo demasiadas preguntas.

—Está bien. No pasa nada. —Entonces sí que dio un paso hacia mí, y yo me tensé, pero me esforcé para no moverme—. Solo quería decirte que, cuando estés preparada, yo ya tengo todas las respuestas que importan.

Me tendió un sobre. No, un papel. Un pedazo de papel doblado. En uno de sus lados había escrito, con esa caligrafía suya tan bonita: «Primera canción».

Tragué saliva.

—¿Y si no lo estoy nunca?

Isaac sonrió un poco, nada parecido a esas sonrisas canallas que me encantaban. Esta era más suave, más tímida y un poco triste.

—Entonces no lo leas; pero, cuando me eches de menos, incluso si no quieres respuestas, podrás escuchar mi voz.

Alcé la mano, recibí el pedacito de papel y se marchó.

Esa fue su despedida, una un poco menos tensa que la última vez, pero igual de dolorosa.

Di un paseo largo hasta Fuencarral y comprobé que la grúa seguía ahí, en la Torre de Cristal. «Reformas largas», decían. No llegarían a Nochebuena, pero tal vez sí a la noche de Todos los Santos. Tal vez, tal vez...

No supe a qué se refería Isaac hasta que me subí al metro y saqué el móvil. Busqué a mis amigos, pero no quería verlos a ellos. Tras un rodeo largo, larguísimo, me concedí buscar su perfil. Su número de seguidores había subido considerablemente desde la última vez que lo miraba. Ahora había más fotos del grupo, de los ensayos y de algún concierto.

La última publicación era un fragmento de un vídeo corto, cortísimo, en el que Eva, Marco y él salían ensayando. Debía de ser reciente.

La canción era nueva. Lo supe porque no reconocí la letra, ni los acordes. En la descripción había un enlace que llevaba a otro perfil: el de Star Zone 7. Vaya. Eso sí que era nuevo.

Allí estaba aquella canción entera; también varias más. Tenían bastantes seguidores para tratarse de un perfil nuevo.

Entonces lo vi; el título de una de las nuevas canciones: «Primera canción».

Saqué el pedazo de papel que me había metido en el bolsillo de los vaqueros. Mis dedos temblaron cuando estuve a punto de abrirlo, pero no lo hice.

No sabía si estaba preparada para las respuestas; sin embargo, sí era cierto que lo echaba de menos. Así que guardé la nota, pero me puse los cascos y escuché.

Aquella tarde me reuní con ellos en una cafetería cerca del Barrio de las Letras. No llegué a tiempo para nuestro paseo con Ivy, porque había tenido una entrevista en una de las revistas con las que colaboraba Sofía.

—¿Qué tal ha ido? —preguntó ella, en cuanto me vio aparecer.

Tomé asiento a su lado, agradeciendo la distancia que había hasta la silla de Isaac.

—Les gusta lo que escribo —respondí—. Me han dicho que me llamarán cuando terminen las entrevistas.

No era la primera vez que hacía algo así aquel verano. En parte, agradecía el ajetreo y la preocupación, pues me mantenía centrada en otra cosa que no fuera... Isaac.

—Helena, si quieres dejar el Palacete del Té para concentrarte en escribir... —empezó Daniel.

—Lo sé, lo sé —lo interrumpí—. No te preocupes. Estoy bien. Sé que puedo contar contigo si lo necesito. Te lo pediré si es así.

Ya habíamos mantenido esa conversación varias veces. De hecho, la habíamos tenido por primera vez unos meses después de que Nico muriera. A ninguno se le había ocurrido que el dinero para Ophelia seguía ahí, sin que nadie lo reclamara. Me había costado mucho convencer a Daniel de que era suyo, de que podía usarlo para vivir si lo necesitaba mientras trabajaba en investigación, y periódicamente me recordaba que yo también podía contar con él.

Daniel sonrió.

—Sé que no lo vas a usar.

Ladeé la cabeza.

—¿Por qué dices eso?

—Porque yo tampoco lo he usado.

Arqueé un poco las cejas. Vi movimiento entre nuestros amigos, también sorprendidos.

—¿No has gastado nada? ¿En todo este tiempo?

Daniel se pasó la mano por la cabeza, pensativo. Tenía cierto aire de disculpa cuando volvió a mirarme.

—Es que era para Ophelia —respondió, en voz baja.

Lo entendí enseguida: era para Ophelia y no se atrevía a gastarlo en ninguna otra cosa.

Asentí, porque no había mucho que pudiera decir en contra de eso. Yo misma era consciente de lo ridículo que sonaba. Tanto dinero desaprovechado... y, sin embargo, tampoco yo había tenido valor para tocarlo.

Le dediqué una sonrisa que decía que lo comprendía, y él me la devolvió.

Aún no era el momento. Aún no.

El resto de la tarde, yo me concentré en no mirar a Isaac. Era extraño tenerlo cerca y sentirlo tan lejos; pero no estaba dispuesta a sacrificar también su presencia, ni la de mis amigos. Romper todos los vínculos habría significado alejarme de su lado u obligarlo a él a hacerlo, y ninguno merecíamos aquello.

Así que aquella tarde fue como eran las demás desde hacía tiempo: un café, una charla distraída y unos ojos que sabía que me buscaban. Yo procuraba no mirarlos.

Esa noche Sofía se quedaría en mi casa. Volvíamos juntas al piso, con Daniel. Cuando este terminó de contar una aventura que nos tuvo riendo un buen rato, se aclaró la garganta y bajó un poco la voz.

—Bueno, ¿y cómo van las cosas con Isaac?

No era la primera vez que preguntaban. Debían saber que la respuesta sería la misma.

—Somos amigos —respondí—. Ya lo sabéis.

Sofía compartió una mirada con Daniel.

—No, qué va —dijo ella—. Ya no lo sois.

Hubo un segundo tenso.

—Es... verdad. Erais amigos después del beso, pero desde el viaje...

—Desde el último concierto —lo corrigió Sofía.

—Sí, desde el último concierto parecéis dos desconocidos cuando estáis juntos.

Así que se habían dado cuenta.

Tomé aire con fuerza.

—Vamos a mantenernos alejados un tiempo —les expliqué—. Por nuestro bien.

—¿Y eso es porque...? —empezó Sofía, prudente.

—Porque ya nos hemos acostado dos veces —solté.

Ella parpadeó y abrió la boca, pero no llegó a decir nada. Daniel se detuvo en seco.

Hubo preguntas; hubo muchas más preguntas de las que me imaginaba. Aquella revelación trajo consigo un nuevo invitado a la noche de pijamas, porque Daniel se negó a marcharse a su piso cuando llegamos al portal. E incluso si intenté quitarle peso, si seguí manteniendo la misma versión, dándoles las mismas explicaciones, no hubo forma de ignorar el tema: necesitaban saber.

—No tengo respuestas —les dije, sincera—. Y tampoco sé si las quiero. De verdad que no puedo pensar en esto; no ahora. Necesito mantenerme alejada de él. Eso es todo.

Había intentado poner una película, pero ninguno de los dos se había mostrado dispuesto a prestarle la más mínima atención. Así que allí estábamos los tres, en los sofás, con un bol de palomitas que ninguno había empezado, con una película en pausa y Willow paseándose entre los tres para reclamar caricias.

—Dijiste, cuando ocurrió lo del beso, que Isaac te gustaba, ¿verdad? Que sentías algo por él —dijo Daniel, con tacto.

—Sí que lo dije.

Recordaba aquella conversación; recordaba qué más había confesado: Nico. Una parte de mí se sentía mal por él. Con Álex no había sido así porque nada de lo que sentía por él se parecía a lo que sentía por Nico. Pero con Isaac, en cambio...

—¿Y cuál es el problema, Helena? —murmuró Sofía, con una expresión torturada, como si aquello de verdad le doliera también.

Quizá fuera así.

Me enterneció un poco. Alargué la mano y tomé la suya.

—Yo. El problema soy yo. Ahora no puedo sentir esto.

—¿Por qué? —preguntó Daniel, con una expresión muy parecida que me hizo alargar la otra mano hacia él.

—Porque no puedo. Chicos, por favor...

—Está bien —decidió—. Está bien. No quieres hablar de ello. Lo entendemos.

Sofía asintió.

—Pero cuando quieras, cuando puedas...

—Sé que estáis aquí.

Daniel sacudió la cabeza.

—Claro que estamos, pero quizá haya otra persona dispuesta a escuchar; deseando escuchar.

Tragué saliva. También lo sabía. Lo sentía en cada célula de mi piel, en cada centímetro entre los dos, en la distancia que cada día parecía más grande.

La nota que me había dado hacía casi dos semanas continuaba en mi escritorio. Esperando.

Cuando llegó el viernes, Isaac apareció en el mismo lugar, frente a Ophelia, y me dio otra nota: «Segunda canción».

No me dijo nada más. Apenas se atrevió a preguntar qué tal estaba; apenas me respondió cuando le pregunté yo cómo estaba él.

Tampoco abrí aquella nota, pero sí que escuché las canciones nuevas; las escuché todas.

73
ISAAC Y HELENA

Septiembre llegó sin cambios.

Helena había conseguido que le compraran un par de artículos para algunas revistas digitales, y había empezado a colaborar en una de las empresas en las que trabajaba Sofía. Aunque todavía no era suficiente para dejar el Palacete del Té, estaba contenta.

Lo habíamos celebrado; sin embargo, yo ni siquiera la había felicitado personalmente.

Nada había vuelto a ser lo mismo para nosotros dos. Y tampoco creía que fuera posible: no hablábamos y yo procuraba no quedarnos a solas. Cuando ocurría inevitablemente, dejaba que hablara ella o que no hablara. No era como al principio, al conocernos, cuando me ignoraba deliberadamente. Entre los dos había algo tan denso que resultaba casi palpable, algo que oscilaba entre la frialdad y la tristeza.

Pero no lo habría cambiado.

Sospechaba que Helena no había leído mis notas. O, tal vez, las había leído y había decidido no decirme nada. Fuera como fuese, significaba que no necesitaba respuestas.

A pesar de todo, al menos podía verla.

Un viernes, cada dos semanas, nos encontrábamos en Ophelia y volvíamos a intercambiar un secreto silencioso. Aquella vez, no había reto de vuelta, no había expectación: Helena dejaba allí su carta y yo le entrega a ella la nota. No había más.

Y durante un tiempo eso fue todo.

Silencio, una mirada desde lejos, una comodidad dolorosa pidiéndonos estar cerca, la piel tirando hacia el otro y, al final, las notas que no sabía si leería algún día.

Solo traspasé esa línea que me había marcado a mí mismo en una ocasión, cuando un viernes me di cuenta de que Helena nunca volvía a casa después. La seguí sin saber muy bien qué hacía ni por qué, consciente de que estaba mal, y me di la vuelta en cuanto descubrí a dónde iba, qué buscaba.

Así fue como me enteré de que la Torre de Cristal volvía a estar de obras. Con una grúa.

74
HELENA E ISAAC

Era una tortura, y tenerlo cerca no lo hacía más fácil. Tal vez aliviaba lo mucho que lo echaba de menos y mitigaba parte del dolor, pero este se veía sustituido por uno más crudo, más visceral, que no solo quería sentirlo cerca: necesitaba tocarlo, besarlo y confesarle cuánto deseaba volver atrás, a cuando éramos solo amigos, o tal vez a las noches que habíamos decidido ser algo más.

Sofía lo veía, también Daniel; pero desde que había hablado con ellos no habían vuelto a preguntar.

A finales de octubre mi tía volvió a invitarme a pasar unos días al norte, a San Sebastián, y aquella vez yo acepté la invitación como una oportunidad para alejarme de todo aquello que no me dejaba siquiera pensar.

Apenas fueron un par de días. En cuanto llegué, lo primero que hizo Laura fue llevarme a ver la playa. Acababa de llover y la arena aún estaba mojada, pero eso no nos impidió descalzarnos.

Había pasado más de un año desde la última vez que la había visto en persona, y el avance del Huntington se notaba. Quizá no para otra persona, pero sí para mí, tan instruida en prestar atención a las señales. Arrastraba todavía más las palabras y se trababa al hablar. También advertí que había un gesto nuevo, un pequeño espasmo que tiraba de su mentón de cuando en cuando.

—¿Sabes? Me sorprendió mucho que quisieras venir —confesó, con una sonrisa.

Yo se la devolví.

—Siempre he querido —le dije, aunque no sabía si era del todo cierto. Antes me resultaba difícil estar junto a ella. Desde lo de Nico, en cambio, encontraba reconfortante saber que alguien que me entendía tan bien estaba a una llamada de teléfono—. Pero siempre había muchas cosas —me excusé.

—Y las sigue habiendo, ¿no? Por eso me sorprende que estés aquí. —Se encogió de hombros y, de nuevo, volví a notar cierta torpeza, cierta tirantez—. No me malinterpretes, cielo, me encanta que hayas venido por fin, y Aiora está deseando verte; pero... ¿ha cambiado algo?

Dejé escapar aire con fuerza. El viento era frío a pesar del sol y los pies se me estaban congelando, pero la sensación de caminar con las zapatillas en la mano era agradable.

—Tengo miedo, tía.

Laura se detuvo un instante para mirarme.

—¿Del Huntington?

—Sí, también... Es una de las cosas que me preocupan, pero... hay más.

Laura rio y yo la miré sorprendida mientras echábamos a andar de nuevo.

—Has avanzado mucho si esa es solo una de las cosas que te preocupan —me dijo—. ¿Qué ocurre?

Miré el mar. Las olas lamiendo la arena. Más allá, una pareja se sacaba fotos frente al azul del océano.

—Cuando estaba con Nico creo que nunca pensé realmente en qué ocurriría después con él, ¿sabes? Tengo bastante asumido que la vida va a ser más corta para mí, pero no se me ocurrió pensar qué pasaría cuando yo no estuviera, qué ocurriría con los demás. Después Nico murió y yo me quedé aquí... —Tomé aire—. ¿Merece la pena hacerle pasar a alguien por lo mismo que he pasado yo con Nico?

—Ay, cariño... Esa es una decisión que debería poder tomar Isaac, no tú.

Me giré hacia ella en redondo.

—¿Cómo...?

Un par de gaviotas pasaron volando sobre nosotras. Mi tía dejó escapar una risa muy suave.

—Nadie se fuga con un amigo cualquiera. Debía de ser un amigo importante o algo más —sugirió, con tiento—. ¿Lo es para ti?

—Puede. No lo tengo claro.

Laura volvió a sonreír.

—Prueba —me dijo, con tranquilidad—. Prueba y sabrás si funciona o no.

Aquella vez, fui yo la que se detuvo.

—Ya he probado y sí que funciona.

—¿Cuál es el problema, entonces? —quiso saber.

No dejé de mirarla, pero no respondí; no pude hacerlo. Ella entendió. Me cogió del brazo y ambas nos dirigimos a la salida. Pasaron unos instantes antes de que volviera a hablar.

—Creo que tú y yo sabemos que al final de este camino está la muerte desde que a mí me diagnosticaron y a ti te encontraron el mismo gen; pero el camino es el mismo para todo el mundo, ¿entiendes? Todos vamos a morir algún día, solo que nosotras tenemos que hacernos antes las preguntas difíciles, porque tenemos un poco menos de tiempo. Y te voy a decir algo que me ha costado entender, pero que es absolutamente importante recordar: independientemente del punto del camino hacia la muerte en el que te encuentres, independientemente de lo cerca que estés, lo importante es que ahora estás viva.

Mastiqué sus palabras. Intenté quedarme con ellas.

Inspiré con fuerza.

—Isaac no es... No es la opción correcta. —Me reí un poco, nerviosa, consciente de cómo sonaba—. Es la opción complicada, y me da miedo que en el camino me haga daño. ¿Y si soy yo la que vuelve a pasarlo mal, tía?

Llegamos al final de la arena. Laura se detuvo un momento y me oprimió la mano con cariño.

—Ahora estás viva —repitió—. El riesgo es parte del trato. —Ambas nos apoyamos en la barandilla del paseo para deshacernos de la arena de los pies—. Isaac, ¿eh? Cuéntame por qué es la opción complicada.

Tomé aire, y empecé a hablar.

Tan solo pasé dos noches allí. Me gustó ver a mi prima y a mi tío, pero me gustó más estar con Laura. Paseamos, me llevó a los bares más bonitos de la Parte Vieja y estuvimos horas enteras hablando.

Para cuando me subí al avión de vuelta ya sentía que algo había cambiado. O tal vez estuviera a punto de cambiar.

Llegué a casa de madrugada.

Al entrar, la ventana estaba abierta y Willow se había comido el cuenco que había dejado para él. También había revuelto las mantas que estaban en el sofá y su presencia se sentía en pequeños detalles, minúsculos, como en las notas que en lugar de permanecer juntas en un montón estaban ahora desperdigadas sobre mi escritorio.

Ya había acumulado seis de las notas de Isaac, todas ellas sin abrir, dobladas; pero había escuchado todas las nuevas canciones. Algunas terriblemente nostálgicas, otras eufóricas. Había algunas cuya melodía alegre contrastaba poderosamente con una letra que hablaba a ratos de pena, a ratos de esperanza. También había versiones de otros artistas; y de Elvis. Aquellas eran las que más me gustaban, quizá porque durante mucho tiempo habían sido parte de un secreto entre los dos.

Agarré una de ellas, aquella en la que su bonita caligrafía rezaba Primera canción.

Y la abrí.

Sin embargo, cuando buscas respuestas sin conocer las dudas, te arriesgas a terminar con preguntas nuevas, más complejas y dolorosas.

«Imaginad sus labios pidiendo permiso, imaginadme a mí perdiendo la cabeza. Mi historia de amor con Helena comienza con un beso, pero la historia de verdad, la que importa, empieza antes, mucho antes, un diciembre especialmente frío».

Mis dedos temblaron un poco cuando dejé de leer y volví a escuchar una canción que ya había oído infinidad de veces. Lo hice apenas sin ser capaz de respirar, con el corazón en un puño, a punto de estallar, porque comprendí que ahora cobraba un sentido diferente.

Todas lo hacían.

Leí cada nota y en todas ellas pude escuchar su voz grave, profunda y sincera, contándome una historia que había vivido y, sin embargo, no conocía.

«Las respuestas que importan», había dicho.

Dos personas que se habían conocido casi sin darse cuenta, sin proponérselo, a través de pequeños gestos, retos, miradas de complicidad...

Aquella noche me quedé dormida escuchando sus canciones, repitiendo sus palabras en mi cabeza.

Ese viernes también recibí la nota de Isaac, en el mismo lugar, a la misma hora. En esa ocasión, sin embargo, fue diferente. La mano me tembló un poco al alzarla hacia él. Los dedos me rogaron que los estirara más, solo un poco más, para acariciar su piel.

Aquella vez fue diferente porque ya había leído todas las notas y las canciones que las acompañaban ya nunca volverían a sonar igual. Desde entonces serían canciones dedicadas a la Helena que Isaac veía con sus ojos, a una Helena que parecía más especial bajo su mirada.

—¿Cómo estás? —preguntó, cuando me tendió la nota.

—Bien. ¿Y tú?

—Bien.

Ese fue todo el intercambio. Una parte de mí pensó que si alguien lo viese desde fuera sería extraño: una chica que echaba algo al otro lado de un escaparate cerrado, un chico que le daba a ella una nota y una conversación de tres segundos entre los dos.

—¿De qué te vas a disfrazar esta noche? —pregunté.

Isaac pareció sorprenderse. En todas aquellas semanas, nunca le había preguntado nada, nunca había dado pie a una conversación que durase más que dos segundos.

—Aún no lo sé. ¿Y tú?

—Esta noche no voy a ir al Ryley's —contesté.

Podría haber improvisado, podría haber dado una explicación vaga y despreocupada que hubiese alejado cualquier sospecha; pero decidí no hacerlo.

—¿Por qué?

—Porque tengo planes —contesté.

—¿Qué podría ser mejor que ver el disfraz de Daniel?

Me quedé callada. De nuevo, tuve la oportunidad de inventar algo, pero no lo hice. En su lugar, lo miré en silencio y esperé, con el corazón latiéndome a mil por hora. No dije nada y, sin embargo, él pareció entender mucho. De alguna manera, entendió.

—Bueno, puede que no haya algo tan divertido, pero sí más importante —tanteó, de pronto serio.

Sentía la garganta seca.

—Puede que sí.

Nos sostuvimos la mirada.

—Quizá yo tampoco vaya al Ryley's después de todo.

Tragué saliva.

—¿También tienes algo importante que hacer?

—Tal vez.

De nuevo, mi corazón hizo algo extraño. Noté una descarga que bajaba por mis brazos, mis manos y mis dedos, y se quedaba ahí, encerrada bajo mi piel.

No hubo más preguntas; ni por mi parte ni por la suya.

Volvimos a despedirnos.

En mi paseo de aquel día a Fuencarral, miré un par de veces atrás, solo por si acaso.

Poco antes de que anocheciera volví a casa y, un par de horas después, a las doce, volvía a estar fuera: de negro, con el pelo recogido, y las zapatillas blancas con las que más cómoda estaba; las mismas que habían aparecido dos años atrás en los periódicos.

75
ISAAC Y HELENA

Me subí al metro sintiéndome como me sentía al principio, cuando había empezado todo aquello y cada detalle podía ser una pista, una respuesta.

Los dos volvíamos a compartir un secreto del que no íbamos a hablar en voz alta, aunque quizá estuviera equivocado. Quizá mi comentario la había alertado y se retirase.

No importaba. Yo estaba decidido a hacerlo de todos modos.

Cuando llegué a la Torre de Cristal, rodeé la zona hasta que estuve seguro de que me encontraba en el lado donde las cámaras de los edificios cercanos no alcanzaban, ni siquiera desde lejos. Esperé hasta que no hubo nadie cerca, fingiendo que esperaba a alguien, y solo entonces salté las vallas de seguridad y corrí cuando no hubo ningún vigilante cerca.

El silencio reinaba al otro lado, como si fuera un mundo aparte, separado del resto. No había luces y las vallas y la grúa formaban un aparato suficientemente grande como para hacer de pantalla y dejarlo todo en penumbra.

Miré arriba, a la subida infinita, y tomé aire.

Me quedé enseguida sin respiración, mucho antes de empezar a subir, de empezar a notar el vértigo, cuando la vi ahí: su figura sentada sobre una de las vigas rojas, con los pies colgando, las manos aferradas a otra viga atravesada. Su coleta balanceándose con el aire frío de la noche.

Estaba esperando.

Me miró. La miré. Y empezamos a subir juntos.

76
HELENA E ISAAC

Primer tramo.

Fuimos rápidos, increíblemente rápidos.

Aquello era mucho más fácil que la subida al Pico de la Alevilla, menos cansado y sin complicaciones. Al cabo de un rato, se convertía en rutina: mano derecha, pie, mano izquierda, impulso, pie... Repetíamos movimientos en cadena, casi automáticos, una y otra vez, hasta que llegábamos a un leve cambio de tramo donde debíamos frenar un poco, subir con cuidado hasta el siguiente agarre y tomar las escaleras verticales, que volvían a ofrecernos cierta seguridad, para volver a repetir después.

Desde abajo había contado siete tramos. Llegamos al tercero sin cansancio.

Aquello era fácil; más fácil que el rocódromo, que la roca... Aquellas subidas, sin embargo, tenían algo que no tenía la Torre de Cristal: cuerdas.

Cuerdas, seguros, y la certeza de que si caías quedarías colgando.

La perspectiva de caer desde ahí arriba, sin embargo, traía consigo un tipo de fatiga que no era física, unos nervios que agarrotaban los dedos, que hacían burbujear la sangre y temblar los huesos.

Busqué a Isaac, una y otra vez, y descubrí que el miedo malo, el miedo paralizante, solo venía al pensar que él tenía tantas probabilidades de resbalar como yo.

Intenté desterrarlo, intenté centrarme en la seguridad que transmitían sus manos, sus piernas largas, la velocidad con la que ascendía, siempre pendiente de cada uno de mis movimientos, siempre pendiente de mí.

Me sonrió. Todas y cada una de las veces que nuestras miradas se encontraron, me dedicó una sonrisa que hacía que mi corazón latiera más rápido de lo que lo hacía latir aquella altura criminal.

Quinto tramo.

No hablamos. Ni siquiera al vernos, al empezar. Solo subimos, incansables, escalón a escalón, mientras sentíamos que el aire era cada vez más frío, que el contraste con nuestras mejillas calientes era cada vez más abismal, y que el metal se volvía más gélido y resbaladizo.

Sexto tramo.

Algunas vigas se habían humedecido; quizá por el frío, quizá por la altura. Mi mano falló un agarre en una de las subidas; un paso tonto, sin importancia, que no me puso en peligro y que, sin embargo, trajo consigo la mano de Isaac a mi espalda.

Compartimos una mirada significativa. Solo un instante, solo uno, y seguimos subiendo.

Último tramo.

Me dejó encabezarlo a mí igual que lo había hecho en el Pico de la Alevilla. Me di cuenta de que se frenaba un poco, incluso si aquella grúa nos daba espacio a los dos. Cuando estábamos a punto de llegar, me hice a un lado y esperé. Isaac vaciló, pero lo entendió enseguida y llegó a mi lado.

Alcanzamos la jaula de metal que ofrecía un descanso al final al mismo tiempo, a la vez; tan cerca que sentí su aliento, su respiración un poco acelerada por la emoción.

Me reí. En cuanto me senté contra la seguridad de la estructura y me alejé de la caída que prometía el borde, me eché a reír. Isaac rio también, con la risa de quien no se cree del todo lo que acaba de hacer.

—¿Vamos a saltar a la azotea de la Torre? —preguntó, casi sin aliento.

Quedaba cerca, muy cerca. No sería difícil cruzar.

—Allí hay sensores, y puede que cámaras. Si tocamos la Torre enviarán a la policía y nos arrestarán. No. No cruzaremos. —Hice una pausa—. A no ser que tú quieras hacerlo.

Isaac dejó escapar una risa alegre, que acariciaba la locura.

—¿De cuánto es la multa?

—Seiscientos euros por persona.

Volvió a reír.

—Prefiero quedarme aquí, gracias. Además, no creo que en tu caso se limiten a tomarte declaración y multarte. Puede que reincidir traiga más consecuencias.

Esta vez, fui yo la que rio.

—Probablemente sí.

Echó la cabeza hacia atrás y se pasó las manos por el pelo castaño. Iba de negro, hasta las zapatillas. Aún con las rodillas dobladas, nuestros pies se rozaban en la plataforma de la grúa.

Cuando volvió a bajar la cabeza, cuando volvió a mirarme, la misma parte de mí que me había empujado a subir me empujó a decir aquello:

—He leído las notas.

La sonrisa de Isaac, la incrédula y eufórica, se difuminó lentamente, sustituida por otra expresión distinta.

Tragó saliva y la nuez de su garganta subió y bajó.

—¿Has escuchado las canciones?

—Las he escuchado todos los días, y he vuelto a hacerlo ahora, después de haber leído.

Apretó la mandíbula. Tal vez se dio cuenta. Ahí, entre las palabras, había una confesión, pues él mismo me había dicho que podría escuchar su voz cada vez que lo echara de menos.

Isaac aguardaba. Vi en esos ojos un miedo que no había visto mientras ambos subíamos, y me estremecí.

Tomé aire.

—Ahora sé que no puedo pasar la noche contigo y olvidarme después. No puedo, Isaac. La primera vez fue un error, a pesar de la promesa, y también lo fue la segunda. —Me detuve, sintiéndome expuesta, desnuda, pero decidida a continuar, a recuperar todas las respuestas—. Una noche nunca es suficiente y, sin embargo, las consecuencias son demasiado.

Esperé. Esperé y vi cómo ladeaba la cabeza, cómo la sacudía.

—No te das cuenta, ¿no? —Estaba enfadado. Lo vi en ese ceño fruncido, en la mirada oscurecida. Se acercó a mí en un impulso y, a pesar de eso, a pesar de la rabia contenida, solo había suavidad en sus manos cuando rodeó las mías—. No quiero una puta noche contigo, Helena. Las quiero todas.

Me quedé sin aire.

—Tú no sabes lo que quieres.

Bufó. Podría haberse enfadado más, podría haberse apartado y haberlo mandado todo al infierno, pero no lo hizo. En su lugar, apretó mis manos más fuerte.

—¿Y tú sí? —Parpadeé—. ¿Tú sabes lo que quieres? ¿Te dije yo que solo quisiera acostarme contigo? —Abrí la boca, pero no me dejó intervenir; tampoco creo que hubiera encontrado qué decir—. ¿Te dije acaso que quisiera una aventura? ¿Quién le ofreció al otro una noche sin que cambiara nada entre los dos?

—Yo —respondí, casi sin aliento.

Me soltó y se apartó un poco. Me observó, serio y desafiante, más seguro de lo que lo había visto nunca.

—Tú eres la que ha puesto límites —susurró—. Una y otra vez. Y yo los habría aceptado todos si me hubieras permitido permanecer a tu lado.

Tragué saliva.

—Isaac...

—Sé que te gusta estar conmigo. Sé que me deseas. No sé qué significa eso ni qué sientes de verdad por mí —continuó, dolido. Me rompió saber que esa pena la provocaba yo. Me habría gustado alzar los dedos y deshacer de su expresión las líneas más tristes—. Pero sí sé qué siento yo por ti, y esto, esta distancia, me está matando lentamente.

—Siento demasiado.

—¿Qué? —preguntó, confuso.

El corazón me latía con una fuerza imposible, casi insoportable. Lo notaba a través de las costillas, reverberando contra mis huesos y temblando contra mi piel.

—Que lo que siento por ti es demasiado —confesé. Sentía un nudo en la garganta, grande, denso. Me costaría mucho desenredarlo—. Habría sido mucho más fácil si solamente te deseara, si solamente quisiera estar contigo, pero te necesito. Y eso me aterra porque no había sentido nada parecido desde Nico, y ni siquiera puede compararse porque esto es... Esto es muy distinto.

Las palabras me quemaron en el paladar, pero dejaron de doler cuando las solté.

Isaac se había quedado muy quieto, como si hubiera dejado de respirar. Solo sus ojos, anclados a mí, se movían. Por mi rostro, mi expresión, mis manos, mis labios...

Podría haberme prometido que jamás me haría daño. Podría haberme jurado que no había nada que temer. Pero Isaac me entendía demasiado bien como para saber que yo no quería ninguna promesa vacía que pudiera quebrarse con un golpe del destino.

—¿Qué es lo que más miedo te da?

Se me llenaron los ojos de lágrimas.

—Me da miedo la fuerza con la que me obligas a amarte.

De pronto, volví a sentir sus fuertes dedos envolviendo los míos y tiró de mi mano para llevarla a su pecho. La apoyó allí, justo sobre el corazón, hasta que sentí sus latidos rápidos, poderosos.

Un beso de viento nos revolvió el pelo.

—¿Es que no te das cuenta de que estoy tan perdido como tú, de que estoy tan aterrado o quizá más? Contigo me siento como si estuviera siempre sobre el fin del mundo. Nada, absolutamente nada, me ha dado tanto miedo como me lo da perderte.

Eso cerró algunas heridas, pero abrió otras, más viejas y con más cicatrices.

Su mano no se separaba de la mía, como si necesitara sentirme cerca, como si su piel se lo pidiera. La mía también. Estábamos apenas a un palmo de distancia, la suave brisa traía consigo su olor. Si la calidez hubiera tenido olor habría sido ese, exactamente ese.

—¿Y qué pasará cuando me pierdas para siempre? ¿Qué pasará cuando enferme?

La pregunta lo pilló por sorpresa.

—Creía que no pensabas en eso.

—No me torturo como antes, pero sería muy ilusa si no lo hiciera. Dime, Isaac, ¿qué pasará cuando me marche y te quedes aquí, con el dolor, con la tristeza? Diez, quince, veinte años... si son felices, si son buenos, pueden pasar muy rápido. ¿Te compensa eso? ¿Sería suficiente?

Apenas se movió, pero me dio la impresión de que su presencia lo absorbía todo, llenaba el espacio. Su pulgar, que acariciaba mi muñeca, se detuvo un segundo. Sus dedos oprimieron los míos con seguridad.

—Moriría por un solo segundo a tu lado antes que vivir toda una vida con tu ausencia.

Me desarmó. Lo sentí palabra a palabra, sílaba a sílaba.

Tuve que tomar aire y mi respiración sonó tan temblorosa como yo me notaba. Me incliné un poco adelante y dejé caer mi cabeza sobre su hombro, hasta que sentí su cuello contra mi frente, su calor ocupando el vacío.

Durante unos segundos el mundo desapareció, y me sentí bien entre sus brazos, en casa. Isaac, en cambio, no me permitió quedarme allí.

Tomó mi barbilla con los dedos y la alzó con suavidad, obligándome a mirarlo a los ojos.

—¿Puedo besarte ya?

Había algo desesperado en ese tono de voz, en esa mirada, que, además de derretirme, aflojó parte de la presión que oprimía mis hombros.

—Isaac...

—Nos enfrentaremos juntos a este miedo —prometió, sin soltarme.

Y en ese instante, entre sus brazos, a un palmo de sus labios, quise creerlo. Quise creer que juntos seríamos más fuertes. Quise (más de lo que había querido nada nunca) dejar de sentir ese pánico atroz que me atenazaba y quise confiar en que a su lado sería posible.

Me temblaban las piernas.

—¿Puedo besarte ya, Helena? —repitió, un poco más duro, un poco más insistente.

Quise, con todo mi corazón. Lo quise a él.

—Bésame —le pedí.

No me dio tiempo a decir nada más. Ni siquiera pude tomar el aire que luego habría de robarme, con un beso largo y lento, tan profundo como lo que sentía por él; lo que ahora sabía que él sentía por mí.

Y ese beso lo cambió todo. Deshizo el nudo de mi garganta y se llevó parte del frío aterido a mis huesos. Fui del todo consciente, por primera vez desde que lo había confesado, de lo que significaban de verdad sus palabras.

Aquello lo cambiaba todo.

Su mano se deslizó por mi mejilla y la acarició con devoción. Me tomó por la cintura, y me acercó a él, a su cuerpo. Me envolvió con fuerza. Cerca, me quería cerca, y yo lo sentí con la fuerza del sol.

—¿Y ahora qué? —preguntó, todavía contra mis labios.

Tenía la respiración agitada, los ojos aún cerrados, y me di cuenta de lo realmente perdido que estaba.

Deslicé mi mano sobre la suya.

—Ahora creo que deberíamos bajar de aquí. —Sonreí.

Él también lo hizo.

No importaba lo perdidos que estuviéramos. Juntos, siempre nos encontraríamos el uno al otro.

77

ISAAC Y HELENA

Besé a Helena en el portal.

También la había besado en el metro, y de camino a casa. La besé en las escaleras y volví a besarla contra la puerta de su piso. Apenas fuimos capaces de entrar.

Mis manos ya estaban buscando quitarle la ropa cuando atravesamos el umbral. Las suyas se enredaron tras mi nuca, en mi pelo. Tiraban de mí hacia ella, más y más cerca.

Me quitó el jersey y la camiseta, y una parte de mí ardió cuando se apartó un poco y se deshizo ella misma de la ropa. Sus dedos jugaron sobre mi cinturón y yo traté de concentrarme para soltarle el sujetador con los míos. Helena rio cuando se dio cuenta de que me faltó poco para arrancárselo.

Deslicé las manos por sus caderas al tiempo que ella volvía a rodearme el cuello con los brazos, y la levanté del suelo mientras buscaba su habitación. Un beso ávido, las caricias y el anhelo nos hicieron tropezar antes con la pared y ni siquiera nos molestó. No intentamos encontrar el camino. Un beso llevó a otro y las ganas hicieron que no llegáramos a la cama.

Lo hicimos contra la pared, con sus piernas rodeándome con fuerza, y acabamos en el suelo. Solo cuando la sangre se templó fuimos capaces de movernos a su habitación.

No dormimos en toda la noche. Nos encerramos allí hasta que amaneció. Incluso entonces, creo que a los dos nos costó un poco aterrizar. Seguíamos allí, en algún lugar a más de 200 metros del suelo.

Fui yo el primero en marchar. Me quedé un rato más de lo que debía, enredado en unas sábanas que olían a ella, incapaz de dejar de contemplarla, porque a una parte de mí le daba miedo hacerlo.

—Esto ha sido de verdad, ¿no? —me atreví a preguntar. Creo que no le sorprendió. Creo que ella intentaba asimilarlo también. Alzó la mano y acarició mi mejilla sin dejar de mirarme—. ¿No vas a desaparecer?

Sacudió la cabeza.

—Si tú quieres, seguiré aquí cuando vuelvas.

Le robé un beso profundo, largo, necesitado, antes de despedirme. Claro que iba a volver.

78
HELENA E ISAAC

Aquel otoño escribí acerca de lo que me hacían sentir las alturas: la electricidad en la piel, la emoción, la intensidad... el miedo y la pasión; un poco lo que me había dicho Isaac una vez acerca del amor. Para acompañar el texto, usé una foto especial: dos personas besándose en la cima de una grúa pegada a la Torre de Cristal.

Sofía entró en pánico. Creo que la alegría por vernos juntos, por fin, mitigó un poco lo cerca que estuvo de perder la cabeza por culpa nuestra.

No pasó mucho tiempo hasta que ambas empezamos a trabajar asiduamente para la misma revista. Yo aún tardé un poco en dejar el Palacete del Té, pero lo hice.

Y Star Zone 7 siguieron tocando. Repitieron varias noches en el Ryley's, como si ya fuera costumbre, y también los contrataron desde otros garitos. Con lo que les pagaban empezaron a ahorrar para grabar canciones en un estudio decente.

Marco continuó un tiempo viviendo con Isaac, manipulándolo de vez en cuando, siempre que algún animal necesitaba una casa de acogida un tiempo. Daniel siguió trabajando en investigación, manteniéndose con la beca y sin tocar el dinero de la lotería.

Mucho tiempo después, junto con un cartel de «Se vende», surgiría otra conversación sobre esos fondos, sobre un sueño que nunca había llegado a ser. Ambos, al igual que Nico, amábamos las palabras, aunque de otra forma. Así que una idea empezó a sobrevolarnos: tal vez Ophelia no tendría por qué ser una librería; tal vez pudiésemos montar algo entre los dos, algo bueno, algo que no dejase morir del todo el sueño. Un tiempo después compramos Ophelia con el dinero que había sido de Nico, con nuestros ahorros y con los de nuestros amigos, que siempre eran parte del plan. Nos arriesgamos mucho, pero la hicimos nuestra: con sus escaparates llenos de periódicos, las cartas que se acumulaban al otro lado, la mariposa sobrevolando los rótulos y todos los misterios que guardaba.

Pero esa es otra historia.

En cuanto a Isaac y a mí, el invierno llegó y trajo consigo nuevas respuestas en forma de promesas, de besos, de esperanzas.

Continuó así también en primavera y en verano... Estación tras estación el vértigo duró, aunque el miedo, en algún momento, desapareció. A su lado, no existía el temor a caer.

Fue emocionante conocer a Isaac en cada confesión, en cada caricia bajo las sábanas, en cada canción que cantaba solo para mí.

Durante los años siguientes, de vez en cuando, los medios volvieron a llenarse de fotos de un par de escaladores que, desde aquel beso en la Torre de Cristal, eran suficientemente imprudentes como para subirse a algún que otro edificio en libre. Isaac decía que eran valientes. Sofía decía que iba a matarnos.

Isaac continuó reformando la ambulancia. La usamos siempre que pudimos. A veces solos, otras veces acompañados por los demás. Sé que uno de los recuerdos más felices que me llevaré cuando me vaya pertenece a una madrugada que, apiñados en la parte trasera, los seis nos quedamos dormidos contando historias.

Otro de ellos nos pertenece solo a Isaac y a mí. Aquel día escalamos la roca, compartimos secretos como si aún nos quedara mucho por descubrir, nos bañamos de madrugada en el mar de alguna costa perdida e hicimos el amor sin prisa. Por la mañana, continuamos con un viaje infinito, sin rumbo, tal y como Isaac quería.

Estuvimos casi un año entero viajando, perdiéndonos, encontrándonos.

Y durante todo este tiempo, he amado cada instante a su lado. Cada beso, cada caricia, cada canción. Lo he amado todo con la fuerza que un día me aterró.

Ya no tengo miedo. Amar tiene un precio, un precio alto si se hace con intensidad; pero la recompensa es siempre mayor y yo tengo suerte de compartirla con él, que lo siente todo con la misma pasión, o tal vez más.

Quienes amamos así, sin red de seguridad, sufrimos más, pero también somos más felices.

Y yo he aprendido a arriesgar.

EPÍLOGO: OPHELIA

Un día, muchos años después, Helena cerrará los ojos por última vez, caminará hasta mi puerta, verá las mariposas sobrevolándola y la abrirá: estanterías infinitas, libros, flores y el reloj que hasta ahora siempre marcaba la misma hora; siempre las once y media.

Willow se acercará, se paseará entre sus piernas y reclamará su atención. El sol que entrará desde la cristalera de dimensiones imposibles, al fondo, la cegará durante un instante antes de convertirse en un reflejo agradable.

No se sorprenderá al ver que mi interior también alberga mariposas, todas ellas de tonos violáceos, como las flores que crecen en las esquinas, entre las estanterías y al pie de la escalera de caracol, porque ese es el color de los sueños.

Sobre el mostrador, junto a los libros, encontrará todas las cartas que ha estado enviando a lo largo de las estaciones; abiertas, leídas con mimo y custodiadas con la añoranza de un amante que anhela el reencuentro.

No se acercará a leerlas porque avanzará para subir las escaleras. Su mano se deslizará sobre la hermosa barandilla y se separará de ella cuando llegue arriba y lo vea. Los segundos del reloj que quedará a su espalda volverán a correr de nuevo.

Y allí, recortado contra el sol, entre historias, flores y mariposas, estará Nico esperándola.

Pronto, empezarán a llegar más cartas; cartas en forma de canción que Helena leerá recordando su voz y atesorará con devoción. Crecerán flores rojas y me llenaré de petirrojos. Y las canciones no dejarán de llegar hasta que, un día, Isaac cruce también mi umbral, porque el corazón siempre alberga el espacio que uno necesita.

FIN

AGRADECIMIENTOS

Escribir esta historia no ha sido nada fácil. Por eso, quiero empezar agradeciéndoselo a todas las personas que me han apoyado mientras tanto, especialmente a Ima, por compartir la vida conmigo, y a mis padres, por hacerlo todo siempre mucho más sencillo.

Quiero darle las gracias también a todo el equipo de Titania que ha trabajado en ella. A mi querida editora, Esther Sanz; a la ilustradora, Inma Moya; al portadista, Luis Tinoco, y a Mariola Iborra, de comunicación.

Gracias a todas las personas que se han esforzado para que esta novela viese la luz.

Gracias a mi agente, Jordi Ribolleda, por confiar en mis historias.

Gracias a Meg, por ser la primera en cruzar el mar de tinta sin saber nunca qué habrá al otro lado.

Gracias a Cris, por ser siempre un puerto seguro.

Gracias a todos los que recomendáis mis libros, a los que habláis de ellos con pasión y a los que os emocionáis conmigo. La travesía es mucho más bonita con vosotros. Gracias a las amigas que me ha traído la literatura: a Leire (@respirandofrases), a Laura (@hechodeletras), a Anny (@annyy94), a Amanda (@amanda_brox), a Silvia (@universodesilvia)... y a todos los que sois parte de esto.

Ophelia y el sueño de cristal pretende ser un puente entre personas. Por eso, no puedo despedirme sin agradecéroslo a vosotros, que estáis leyendo esto al otro lado de ese puente. Gracias.

Un abrazo,

Paula.

¿TE GUSTÓ ESTE LIBRO?

escríbenos y
cuéntanos tu opinión en

f /Sellotitania   **𝕏** /@Titania_ed

◎ /titania.ed

#SíSoyRomántica